有爱的青春陪伴者

狐狸不归 著

# 追光

廣東旅游出版社
GUANGDONG TRAVEL & TOURISM PRESS
中国·广州

图书在版编目（CIP）数据

追光 / 狐狸不归著. — 广州 : 广东旅游出版社, 2022.8
ISBN 978-7-5570-2726-1

Ⅰ. ①追… Ⅱ. ①狐… Ⅲ. ①长篇小说－中国－当代 Ⅳ. ①I247.5

中国版本图书馆CIP数据核字(2022)第057781号

# 追光

Zhui Guang

狐狸不归 / 著

◎出版人：刘志松　◎总策划：苏瑶　◎责任编辑：何方　◎责任技编：冼志良　◎责任校对：李瑞苑　◎策划：欧雅婷　◎设计：Insect Cain酱　◎封面绘制：A-Moon

出版发行：广东旅游出版社
地址：广东省广州市荔湾区沙面北街71号
邮编：510130
电话：020-87347732
印刷：长沙鸿发印务实业有限公司
地址：长沙黄花工业园三号
邮编：410137
开本：889毫米×1194毫米　1/32
印张：10
字数：338千字
版次：2022年8月第1版
印次：2022年8月第1次
定价：45.80元

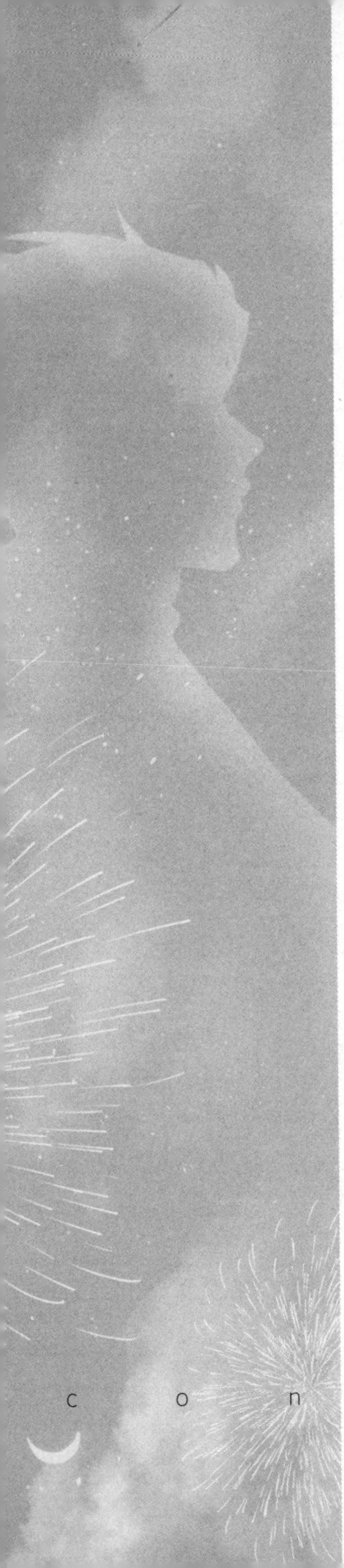

# 目录



c o n t e n t s

# 目录



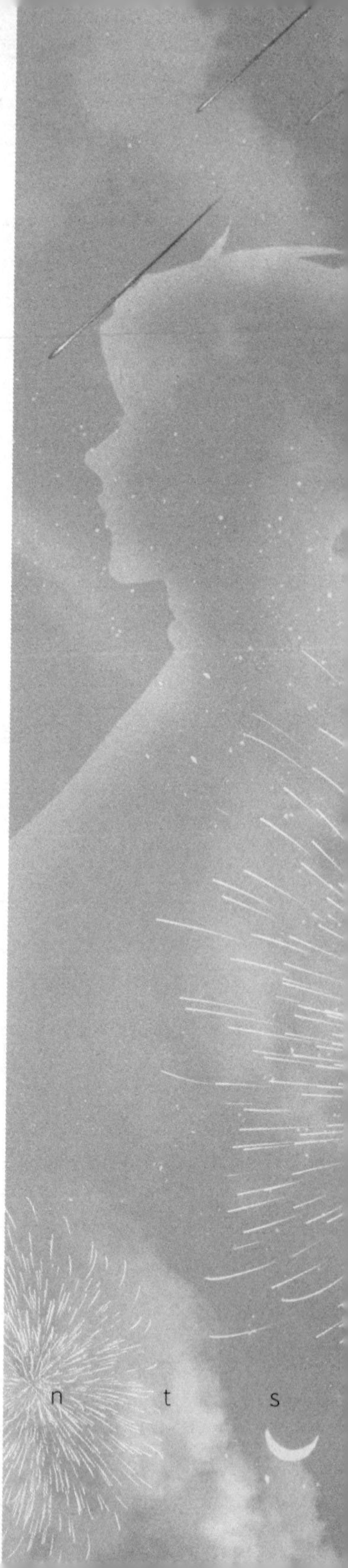

c o n t e n t s

# 第一章

D I Y I Z H A N G

## 丢了角色

谢颜的二十岁生日，是以失去一个男五号角色开始的。这是他在影视城摸爬滚打一年来接到的第二个有台词的角色。

那天天气不好，谢颜怕中途下雨耽误赶路时间，很早便去了剧组。天还未亮，连道具组也没来，周围空无一人，只有时不时传来的一两声鸟叫。

过了立秋，天气越发冷了。谢颜穿着一件过大的卫衣，兜帽的边缘搭在眉骨上，眼角泛着薄红，大约是冻的。他摘了半边口罩，坐在路旁的长椅上一边看早已烂熟于心的剧本，一边小口小口地抿着热豆浆。

大约过了两个小时，场地里才陆陆续续地来了人。化妆组是在道具组后头来的，今天只是试妆和拍定妆照，谢颜被分配到一个叫作小田的美妆助理手中。

小田是才从学校里出来的毕业生，给剧组里的化妆师打下手，勉勉强强算得上是个助手。

周围熙熙攘攘挤满了人，谢颜个子高，得弯着腰小助理小田才能替他摘下口罩。

小田看到他的模样，差点迷晕了眼。

她资历浅，见过的明星不多，但干他们这一行的，见得总不会少，她却从未见过这么好看的。

谢颜的皮肤很白，五官生得尤为出众，高眉挺鼻，唇色浅薄，无一处不好看，凑在一起更是好看得逼人，不过稍显疏离冷淡，有点高不可及。

那是种嶙峋又锋利的美。

难怪遮得这么严严实实，若是他不戴上帽子、口罩直接走在人群中，怕不是一个发光源。

小田接过谢颜手中的剧本，那甚至不能称作剧本，只是薄薄的几张纸，上面却密密麻麻地写满了批注，心里更惊讶了，没料到他这么认真。

世人大多对长得好看的人或多或少地有些偏见，因为美貌是天生的、无可取代的优势，这一优势在聚光灯下又格外突出。她想，像谢颜这样的相貌，刷脸就可以获得一大拨人气，太容易成名了，自身的努力在别人眼里似乎就无足轻重了。

这些话小田没有说出来，只是手脚麻利地按照剧本里的人物形象折腾了好久。因为人设的缘故，谢颜还要将头发染成绿色，非常鲜亮的绿，一般人根本压不住这颜色。

小田不忍心宝珠蒙尘，帮他把头发折腾完，看主演们的衣服都选好了，就提前去衣帽间用心挑了几套好看的衣服。她回来的时候，恰好看到副导演走到谢颜旁边，说了几句话，谢颜偏着头，微微皱眉，同他一起离开了。

那副导演叫贾回，在业界名声不太好，连小田这个才入行的都有所耳闻。

谢颜和副导演一起进了临时搭建的小屋子，里头摆了一张桌子、几把椅子。贾回挺着啤酒肚替谢颜拉开一把椅子，自己坐在旁边笑着说："听说你是第一回演戏，我怕你不会，和你讲讲戏。"

谢颜应了一声，将手里的剧本递了过去。

贾回瞥了剧本几眼，目光没在上面多停留，往谢颜这边贴："我知道你认真，可演戏不能只是纸上的功夫，要不我和你演一出对手戏，就是和女主角这一出。我这个年纪，演不出女孩子，你长得倒很好，很合适。"

他的手离谢颜的脸只差一厘米，谢颜躲了过去，问："你什么意思？"

贾回笑得连眼睛都找不着了，以为谢颜很上道："能是什么意思？和你交个朋友，到时候把你介绍给编剧，多加……"

他的话还未讲完，身下的椅子却一震，他整个人直直地向后倒了过去，摔了个仰倒。

谢颜站起身冷冷淡淡地看着疼得龇牙咧嘴的贾回，似乎正在思忖着什么，接着又一脚将正缓慢地从地上爬起来的贾回踹倒了。

贾回难以置信，豆大的汗珠从额头上滴落，结结巴巴地威胁谢颜："你什么意思？还想不想演戏了，我可是导演！这部剧的导演！"

他在剧组里摸爬滚打很多年，这种事做得不算少，但都很小心谨慎，只挑选那些没有背景靠山的小演员占便宜，软弱的就屈服了，强硬的也不过是拒绝。他就给那些小演员使绊子，可从来没遇到过谢颜这样的，他什么便宜都还没占到对方就直接动手打人。

谢颜扯了扯嘴角，露出今天的第一个笑。他活动了几下手腕，走了过去："没什么意思，我不想交这个朋友，那就不演了。"

这只是个临时搭建的小屋子，逼仄狭窄，谢颜很高，挡住了唯一一扇小窗户，拉长的影子足够将贾回遮起来。

贾回肥胖的身躯在阴影下发抖，他干了这么多年缺德事，也不是没被拒绝过，只是像这种翻车，还是人生头一回见。

大约是周围太吵闹的缘故，谢颜把贾回揍了好一会儿，也没一个人发现。

他舒展了身体，从容地从小屋子里走出来。他在福利院就是个刺头，从小打架到大，而且是那个贾回做了亏心事，肯定也不敢报警。

小田一直很担心谢颜，这时看到谢颜走出来，她忙迎上前，只是还没来得及说话，就见他紧皱着眉，戴上帽子，认真地说："不好意思，我不演了，浪费了你的妆，还有头发。"

他的语气有点凶，但小田知道他是真心实意地道歉，心里明白方才肯定是发生了一些事，却又不好问，只干巴巴地憋出了一句："没关系，你长得这么好看，又这么认真，以后肯定会红的。"

谢颜忽然笑了笑，无所谓地摇了摇头。

他没再停留，朝小田摆摆手，走到影视城外的公交站，没看是哪辆车，直接坐上去离开了。

影视城位置偏僻，很少有外人来，剧组工作人员大多都有专车来往，公交车上没几个人，谢颜坐在最后一排，撑着下巴，漫无目的地看向窗外。

其实他知道自己本来不应该打人的，可以委婉些拒绝，没必要闹得这么僵，所以难得犹豫了一次，可最后还是没能忍下脾气，顺从了心意。

也许这对于旁人来说是可以忍耐的，毕竟没有实质性伤害，只需要虚与委蛇，可谢颜不行，他可以吃苦，可以受罪，却不能容忍这样的事。

他本来就不是什么好脾气的人。

谢颜看了一眼自己的指节，因为用力打人而红了，又想，就当是给自己的二十岁生日礼物，教训了一个本就该被教训的人。只是又失去了一次机会，甚至在这个影视城都可能再也接不到什么说得上话的角色了，又要回去演尸体了。

不过，这也不是头一次了。

谢颜在福利院长大，因为长得好看，但性格冷，不太理人，和别的小孩子混不到一块去，很受排挤。别人怎么对他，他也怎么对别人，一点不能吃亏。他还因为性格原因被退养过，也不受工作人员的喜欢，所以一到十八岁，就立刻被赶了出来。

谢颜没人资助，高中肄业，没有文凭只能卖力气，他才找了份工地搬砖的工作就被星探发现了，签了合同。

那家公司还不错，不缺资源。经纪人倒还挺喜欢谢颜，觉得他好看上进，可以往上推一推，还给他接了个网剧的活。不凑巧的是，网剧才拍完，老板就看到了谢颜的真人对他动了心。谢颜被骗到办公室，在老板开出一堆条件，明白对方的意图后，把对方打掉了一颗牙。

这件事后，谢颜在原来的城市待不下去了，幸好还没签长约，便收拾包裹，到了济安。这里有全国最大的影视城。其实搬砖也不是不能养活自己，可谢颜拍了那部网剧后，发现自己喜欢演戏。

谢颜长这么大，过得浑浑噩噩，做的一切都是为了活下去，很难得碰到一件自己喜欢的事，所以即便前路困难重重，也要继续做下去，现在不过是又回到了原点。只是今天正巧是生日，谢颜心情差，不想回自己那个逼仄的小出租屋了。

公交车走走停停，谢颜昏昏欲睡，到了终点站才下车。他来济安半年多，一直在住处和影视城两个地方来回奔波，别的地方都没去过。他有点迷茫地看了周围几眼，视线所及之处，寻到了一家招牌很小的咖啡店。

应该会卖蛋糕吧？

谢颜皱着眉，又将帽子戴起来，大步走进去。

这家咖啡店不仅招牌小，里面的座位也很少，只有三个，其中两个已经被占了，是一男一女。谢颜从不多看陌生人，却忍不住多瞥了那男人一眼。已经入秋了，那男人还穿了一件短T，头发剃得很短，面容成熟英俊，腰长腿长，甚至能隐约看到结实的腹肌。谢颜忍不住猜测，他站起来应该比自己高。

谢颜收回目光，他身上带了五十块，买了一块小蛋糕，坐到最后一把椅子上，出神地盯着眼前的蛋糕。

他觉得今天可能是打人打得自己脑袋坏掉了，竟然买了蛋糕，自己又不喜欢吃甜食。他爱吃肉，不如买两只烤猪蹄更快乐。

不过买了就要吃掉。谢颜从小饿到大，没有浪费食物的习惯。他磨磨蹭蹭了半个小时，终于摘下口罩，张大嘴，狼吞虎咽地一口吞掉眼前的生日蛋糕。很甜腻的味道，他不喜欢，心情也没有变好。

这里也实在待不下去了，谢颜将口罩戴回去，推开门走到公交车站，拿手机查回去的路线。只有一路公交车，一个小时才来一辆。

谢颜没等多久，天就开始下雨。

这里大概已经是市区边缘，公交车站都格外简朴，除了破旧的牌子，连个挡风遮雨的地方都没有。谢颜没动弹，还站在原处，秋雨落在他的身上，有点冷，不过也没什么大不了的，直到身前落下一团影子。

谢颜皱着眉，抬起眼才发现看不到对方的脸，逼不得已地仰起头，才瞧清是方才的男人。

他真的很高。

是来找碴儿的吗？

这是谢颜的第一个念头。

那男人低头看着谢颜，他长得很凶，额头至眼角还有一道长疤，只是离得近才能看清。

谢颜的眼睛微微睁大，顿时绷紧了身体。

那男人问：“是在等车吗？”

谢颜一怔，没反应过来这是个什么开场，也不好先动手，含蓄地点了点头。

那男人站在谢颜面前，脸上并没有笑，只是陈述：“前面出了车祸，车开不过来了。”

这里是市区边缘，城乡结合部，只有一条路，路况还不好，出了车祸很容易造成一整条线路都没办法再流通。不仅是公交车，连出租车都过不来。

谢颜怔了怔，拿手机查了一下，新闻还没出来，不知真假，只好说：“谢谢，我再等等看。”

那男人依旧沉默，目光顿在谢颜身上好一会儿，没再说话，踏着雨水离开了。谢颜没有回头看他，只能听到渐渐远去的脚步声，也不知道他去了哪里。

其实谢颜到现在还没想明白那人为什么要问这样一句话。

秋雨下得并不大，绵绵地下了许久，谢颜还是被淋湿透了。他不怎么怕冷，因为没有躲雨的地方，连动都未动，还是站在原处。雨水凝在他的绿头发上，一滴一滴落下来，顺着额头向下滑。

谢颜索性拽了口罩，抹了把脸，手上染了一层绿，是头发掉的颜色，想必脸上也好不到哪里去。

天终于黑透了，路灯也未亮起。

谢颜又拿出手机，上头落满了雨水，几乎看不清屏幕了。他搜了关键字，新闻出来好一会儿了，果然是出了车祸，前头全堵了。

他今天心情不好，打了人，没了角色，整个人像是个一点就炸的炮仗，现在淋了雨，炮仗点不了，被水浇灭了，闷在了心里。

好像没有一件事顺利，倒霉过了头，不过谢颜永不认输，他还是站得笔直，仰头看着天，任由雨水砸进眼里，想着什么时候雨停。如果雨停不了，他就得找个地方对付一晚上，又得花钱。

谢颜没什么钱，当群演扮尸体拿的工资还没搬砖多，攒不下钱。加上前段时间他接了那个男五号，为了研究剧本，调整状态，把剩下来的活全推了，这段时间都靠从前攒的些许积蓄，现在也快花完了，看来明天也是要继续努力演尸体赚钱的一天。谢颜最多曾在一部大型古装片里演过八次尸体，每次死状都不同，他闲得无聊，研究过不同死法造成的死状有什么不同，还在片场演了。可惜再怎么努力还是具尸体，死人是不会讲台词的。

许是想得太专注，谢颜没注意到身边的动静，他不知道那男人还没走，又走过来了。周围一片黑暗，只有细细密密的雨声，那人的声音从黑暗中传来，他的嗓音很低，却格外清晰："你走不了，要去我家躲雨吗？"

他们只是素不相识的陌生人，本不该有这样的对话的。而且谢颜从来不接受别人的好意，或者说他只是见多了恶意，没遇到过好人，所以不相信这世上会有好人了。

不过现在与往常不同，谢颜冷得头皮发麻，有点蒙。他抬起头，眨了眨眼，眼窝里的水珠都落下来了，有点像是掉眼泪。

"好。"

反正他都二十岁了，对方还能拐了自己吗？

那男人轻轻"嗯"了一声，转身朝公交车开来的另一个方向走过去。

大约到了设定的时间，路灯终于亮了起来，谢颜踏着雨水，跟着对方的影子走。没走一会儿，两人就拐进一条小巷。巷子又黑又长，到了尽头才豁然开朗，是一条老街，街上没几个人，零零散散的，大多看着自家的铺面。

那男人领着谢颜经过的时候，那些铺面的老板都要打招呼，鸭舌店的老板娘格外殷勤，笑着说："傅哥带人回家玩啊？真是难得。才卤好的鸭舌，要不要拿一点回去招待客人？"

那男人瞥了一眼谢颜，对老板娘说："就拿一点。"

谢颜注意到老板娘每样都拿了，加在一起肯定不是一点，而且那男人没给钱，直接拎走了。那男人又走进一个店铺，拿了套新衣服，裹了几层塑料袋，还是没给钱。

他心想，这不会是这条街的“大哥”吧？

不过这话肯定不能直接问出口，谢颜平时不大喜欢说话，此时没话找话：“你姓傅吗？”

那男人点头，他头皮上的青茬滚满了雨水，薄薄的短 T 也湿透了，里面的肌肉根本藏不住，真是凶得越发明显，很有“大哥”风范。

他顿了片刻，接着说：“我是傅青。”

谢颜没料到对方会告诉他名字，他战略性地省略了此时应该对对方的礼貌称呼，直接介绍自己：“我是谢颜。”

几句话的工夫，他们俩就走到了一个小院子前面。

院门是木头的，外面栽了两棵槐树。傅青走上前，推开了门，里面是几间平房，院子里还有个石桌，旁边有一圈石凳子。

傅青等谢颜进来，才转身关门：“你进去坐着。”声音又略提高了些，“爷，我回来了。”

正对着大门的屋子里走出来一个须发皆白的老人，很瘦，却很精神，看得出来身体很健康，只是拄着拐杖，戴了副黑墨镜。

谢颜愣在原处，他从小在福利院长大，不可能有去别人家做客的机会。后来长大了，光顾着搬砖、演戏，没交到半个好朋友，也没有谁邀请他去家里玩，导致他根本没有见别人家长的经验。

他拼命回忆起小学课本是怎么教的，磕磕绊绊地跟书中的小人鹦鹉学舌：“爷……爷爷……爷爷好。”

福利院第一刺头谢颜突然就有点紧张。

傅爷爷虽然眼睛看不见，可耳朵很好，似乎对谢颜的到来丝毫不意外，笑着说：“你也好，过来过来，和我说说话，让阿青好好准备招待你。”

谢颜还没来得及说话，傅青先开口了：“爷，外面下着雨，他淋着雨回来的，先让他换身衣服。”

傅爷爷虽然拄着拐杖，但精神十足：“那还不带人家去啊！”

傅青领着谢颜进了里屋，将方才里里外外裹了几层的新衣服拆开，递给谢颜，自己拿了一套衣服往外走。

谢颜才知道这是给自己的，他身上的衣服被雨水浸透了，原来也不觉得多冷，可现在却忽然有些难以忍受起来。他耳朵尖红了红，轻声说：“谢谢。”

其实他还想问，这套衣服多少钱，他明天付给人家老板，做小本生意也不容易。

傅青没给他说话的机会，在门口问了一句莫名其妙的话：“今天是你多少岁生日？”

谢颜怔了片刻，没想明白傅青怎么会知道今天是自己生日，他们不过是陌生人罢了。

傅青挑了挑眉，连那道伤疤也一起上挑：“嗯？”

谢颜望向傅青的方向，他站在门前，灯光落在他的肩膀上，连影子都高大极了。也许是方才太冷，现在屋子里又太暖和，谢颜感到一阵久违的轻松：“二十岁，今天是我二十岁生日。”

傅青点头，不再多说什么，转身走开了，留下谢颜一个人愣了半天才换好衣服，随便理了理头发，走回傅爷爷身边，和他又打了个招呼。

老人家和蔼极了，先嘘寒问暖一番，又问他是怎么和傅青认识的。

谢颜不太会说谎，也没必要说谎，将今天自咖啡店遇见傅青，再到跟着他回家的事原原本本地说了出来。

傅爷爷笑了笑：“我们家阿青啊，别的不说，心肠很好的，街坊邻居都知道，天天和我夸他。”

谢颜抬头看了一眼，克制着自己不要把今天看到的事告诉傅爷爷。大不了他明天去把钱还掉。

傅爷爷接着问：“那小谢今年多大岁数了？声音听起来年纪还小。”

谢颜长这么大，从来没面对过这样来自长辈的关心，他知道对方是好意，也不忍心敷衍，一字一句都回答得很认真：“我二十岁了，不小了。”

傅爷爷的语气似乎有些沮丧："我们家阿青都三十二岁喽，不年轻了。"

谢颜："……"

怎么就转到了傅青的年纪上了？

他们聊了半个小时，傅青端了碗面，并着两碟炒菜、一碟鸭杂，还有个小菜走进来，摆满了小桌子。

傅爷爷摆了摆手："我吃过了，也累了，先去屋里看电视了，你们俩小孩自己吃吧。"说完，他就将拐杖扔在一边，径直穿过院子，朝另一个屋子走去了。

谢颜原本还想站起来扶傅爷爷来着，结果傅爷爷健步如飞。

傅青将桌子上唯一一碗面推给谢颜，谢颜先道了声谢，随后发现里面有两个煎得金黄的鸡蛋。

谢颜慢半拍地反应过来，这是过生日要吃的长寿面。

他放下筷子，抬起头，望着傅青的眼睛，语调很认真郑重："谢谢。"

无论他喜不喜欢自己的生日，别人对自己的心意总是值得感激的。他从小没得到过什么善意，除了谢谢，好像也不知道该说些什么，该做些什么了。

谢颜边吃面边想，总有自己可以为对方做到的事。如果傅青当大哥要打架的话，他也可以上场，一打三肯定没问题的。

傅青坐在对面，他没有吃，偏头看着窗外，偶尔转回来，会看一眼谢颜。有时正好目光相触，傅青会朝他点一下头。

谢颜吃得很安心。虽然他没怎么过过生日，可在为数不多的记忆里，这也是最安心的一次了。

吃完面，谢颜自觉地收拾起碗筷，却被傅青按住了。

傅青的眼瞳是琥珀色的，在灯光下显得很温柔，他把碗筷拿起来，朝谢颜说："你是客人，去睡吧，今天还淋了雨。"

谢颜很擅长对付别人对自己怀有恶意的情况，现在这种倒没什么办法了，只好像个听话的小朋友一样乖乖地往刚刚的房间走。

"对了。"

谢颜听到收拾碗筷的声音忽然停了下来，傅青顿了一下，继续说："今天是二十岁的小谢了，生日快乐。”

即便是谢颜这样的坏脾气，暴躁性格，天生对柔软的事物缺少感触，都觉得这句话温柔得过分了。

就好像他们从前很熟识，眼前的这个人真的是很为二十年前自己的出生而开心一样。

一句话就能让人的心变得柔软，一天的不幸都烟消云散。

这种体验太新奇了。

谢颜的耳朵尖红通通的，迷迷糊糊地躺在床上，用胳膊遮住眼，想着不愧是能当大哥的人，真是厉害。

他又在心里默念了一句：“二十岁加油。”

谢颜睡着后，傅爷爷走到厨房，对傅青咧嘴笑了：“怎么，突然捡个小朋友回家？”

傅青对街坊邻居都很热情，内里的性子却很冷淡，从小一起长大的人都很少能了解他内心的想法。这次却忽然捡了个陌生的小朋友回来，着实令傅爷爷吃惊，这才一看到谢颜，就恨不得替他们俩谈下至交好友。

傅青摇了摇头，无所谓地笑了笑：“您多想了。就一小孩，孤零零地在公交车站待着，我看到了，也不至于让人就那么在外面待一夜，还下着雨。”

傅爷爷闭着眼，也不知有没有把他的解释听进去，依旧固执得我行我素：“我老头子就不多说了，反正你心里清楚。”

傅青心绪平静地将碗筷洗干净后，打了个电话，忽然又想起了谢颜仰着头淋雨，像是和什么人较劲的那一幕。

就像是看到一只可怜巴巴的小猫，运气很差，在雨水里被淋得湿透，没吃到喜欢的吃食，只能蜷着身体舔毛，还正巧在过生日，放任他一个人未免太过狠心。

不过这只小猫皮毛顺滑，模样动人，性子也与众不同，表面凶得冲人哈气，实际上傻乎乎的，稍稍引诱就带回了家。

不可否认，这只小猫格外可爱些。

第二天，谢颜在一张陌生的床上醒过来的。他有点低血糖，早晨起来迷迷糊糊的，反应了好一会儿，才想起来自己在傅青的家中。

他跳下床，将被褥叠好，去院子里洗了把冷水脸，将头发揉了揉，就出门买早点去了。原先还想顺便把昨天的卤菜和衣服钱还上，可这时候太早，那些店还没开门，他又去小卖铺买了一盒烟，昨天剩的大半盒都被雨水泡软了。他早晨起来没什么精神，习惯抽一根烟提神，也不怎么上瘾。

傅青起得比谢颜晚，他推开房门，看到谢颜正坐在院子的青石台阶上抽烟。

谢颜长得太好，冷白皮，桃花眼，眉目锋利又显得多情，眼梢点了抹红，睫毛上沾了几滴露水，仿佛一低头就要落下来。

他是个天生的美人，只可惜现在染了一头绿毛。

谢颜的食指和中指间夹了半根烟，火光忽明忽灭，似乎要被露水打湿了。他抬眼看到傅青，笑了笑："我买了早点，傅爷爷什么时候起床？"

傅青的目光落在他的身上，顿了片刻，才偏过头，看了一眼时间："很快就起了。"

傅老爷子一直都是七点起床，今天也没有例外。

爷孙两个并着谢颜吃完了早饭，傅爷爷叮嘱谢颜要多来探望自己，才让傅青送谢颜离开。

谢颜将自己昨天换下的湿衣服装进袋子里，说："不用送，我等公交车就行了。"

傅青去后院的杂屋推车，远远地解释："那趟车是从市区开过来再折回去的，第一班车可能要等到十点多。"但只要离开这个街区，去前面几站，可选择的班次就多了。

谢颜没再拒绝。他不喜欢欠人情，可寻思着从昨天到现在可能欠到了从前一年也欠不完的人情，这么点事好像就无关紧要了，还的时候连零头都算不上。

他走出大门，才看到门口停了一辆摩托，很酷，很帅，他不太能抵抗得了，不自觉地走上前，摸了摸车把手。

傅青扔了个头盔给他，自己戴好了，说："你没有驾驶证，骑不了。"

谢颜往后退了两步，忍住不再去看摩托了，显得刻意极了，说出来的话又十分口是心非：“我又没说要骑。”

傅青没继续戳穿他，小朋友总是要面子的。

谢颜是头一回坐摩托，还是后座。秋风很凉，还浸着昨日下雨的水汽。他双手牢牢地抓着后面，迎着风，眼睛都快要睁不开了，但他还是努力瞪大。

几站路没一会儿就到了，谢颜先跳下车，将头盔揭下来，还给傅青。

这站叫临湖中学，旁边有一所初中。此时天真活泼的初中生来来往往，对站在站口的谢颜和傅青都退避三舍，走到他们身旁时都自动自发地形成了一片隔断带，连碰都不敢碰他们。

这两人站在一起，简直是“凶的二次方”。

谢颜略低着头，在公交站牌上找着去自己住所的车次。这个方向正对着不远处的小巷口，似乎有几个人纠缠在一起。

他歪着头，躲过遮挡视线的垃圾桶，微微眯着眼，看清楚里面果然是在打架。一个穿着校服的初中小男生被摁在墙上，身前几个十七八岁的小混混正对着他不知说些什么。

其实要真是几个差不多大小的孩子斗殴，有来有回，或者单方面挨揍，谢颜都没什么想法，反正两拨能打起来的人一般都不是能轻易被欺负的。不过这算以大欺小，还是社会人士欺负小孩子，性质不大一样。

谢颜紧皱着好看的眉眼，面色一冷，利落地挽起袖子，直冲冲地加入战局，快到傅青都没拦住他。谢颜个高腿长，几步就走到被欺负的小孩面前，几个小混混还没注意到，他就一脚踹开了摁住小孩手腕的那个，把那个初中生往正走过来的傅青身后一扯，又径直朝另外几个人走去。

几个小混混愣在原处，看着面色很不耐烦的谢颜。他长得虽然高，却瘦，眉目锋锐暴躁但好看得过分，甚至都能称得上小白脸了。原本这样的人，他们是不放在眼里的，可这人实在是太凶了，又出其不意，让他们不敢再有动作。只有领头的那个反应稍稍快些，站了出来，还没来得及说话，谢颜已经走过来了，单手就拎着他的衣领，往墙上一按。这力道有点大，混混头子一下子有点发晕，说不出话。剩下的几个人见老大都这样了，相互对视一眼，没人再敢冲上去。

这是谢颜一贯的打法，先发制人，擅长打出气势，毕竟一般他只有一个人，面对着一群人，混战起来很吃亏，不如让对手害怕。

谢颜瞥了眼面前的人，又看了看还在瑟瑟发抖的初中生，活动了一下手腕，张开嘴想要说些什么，忽然卡壳。

他打架打得多，可从来没有打前打后放狠话的环节，都是把人彻底打服了，打怕了，再也不敢招惹他。

他有点头疼，打了这一架，也不可能以后每一架都帮这小孩打。

傅青走了过来，拍了一下谢颜的肩膀。谢颜一怔，手不自觉地放松，将人撂在原处，往后退了几步。

傅青半俯下身，脸上没什么表情，语气稀松平常，只是问："你知道周玉吗？"

很明显，周玉是这片地的"大哥"。

谢颜心想，大哥不愧是大哥，就算几里路外的学校不是势力范围，但手下的小弟还管着呢。

那混混头子明显一惊，磕磕绊绊地说："知、知道。周大哥，谁不知道！"

傅青单手撑着墙壁："他以前和我说过，不让你们欺负学生，有这事吗？"

小混混们集体吓得一哆嗦，周玉带给他们的心理阴影不小。

混混头子和这些小混混有本质的不同，就在于他现在还敢狗胆包天地问："你是哪个？也配拿我们周哥的名头吓人？"

傅青起身，朝谢颜那边走去："我是傅青。"

于是几个小混混连带他们的头子都吓得屁滚尿流地跑了，临跑路前还留下句保证，以后一定好好做人，再也不欺负学生了。

谢颜打架多年，也没遇上过这种报上个名字，对方不仅不战而败，而且简直吓得要磕头赔罪的。

他心想，傅青该是个多狠的角色啊。

也不应当啊，他觉得傅青除了拿东西没给钱，还挺和颜悦色，待人亲和的。

肯定是因为刚刚那几个小混混太过心虚，才吓成那样。

而被他们救下来的那个初中生也在瑟瑟发抖，估计是因为抖得太厉害了，才没能跑掉，那小孩都不敢看傅青。

傅青自动沉默，看了旁边的谢颜一眼。

谢颜接收到信号，勉强笑了出来，露出两个尖牙，在阳光下锋利极了。

小孩看了，抖得越发像筛子。

谢颜欲言又止：“我去。”

不过倒也不意外，傅青长得太凶，脸上有疤，谢颜刚才太狠，又是一头非主流绿毛。

不过小孩抖归抖，话还是能说得出来的，也知道他俩没有恶意。他从书包里拿出一整包没拆封的糖果，哆哆嗦嗦地说：“很感、感谢哥哥和叔叔救了我，吓跑了他们，他、他们总是欺负我。这是今天早晨买的糖，想要、想送给你们。”

谢颜很少做好人好事，皱着眉，挠了挠后脑勺，迟疑了片刻，也不知道该不该收下。倒是傅青接了过来，顺手扔给了谢颜，还叮嘱了一句：“别害怕，以后应该不会了。”

小孩虽然很害怕，但还是睁着圆圆的眼睛，很有礼貌地同他们两个说再见，才出了小巷，向学校走了过去，一步三回头，朝他们摆了好多次手。

这一包糖果，谢颜拿着有些烫手，不知道该怎么处理。傅青接过来，拆开袋，剥了一颗塞进嘴里，扔给谢颜一颗，才微微笑着说：“打架这么莽，真像只小老虎。”

谢颜扭过身体，装作不在意地耸了耸肩，漫不经心地说：“打架，不就这么回事。”

傅青的话音一转：“下次别这么打，他们人多，一起上不好处理。”说到这里，又顿了一下，“还有，小朋友要注意安全，不能随便跟人回家。”

谢颜抬头看向傅青，准确抓住他话中的重点：“我不是小朋友。”

傅青又剥了一颗糖：“刚才，你不是喊那个初中生小孩吗？”

谢颜迅速明白了对方的意思，他肯定大不了那个初中生几岁，而傅青却比自己大了十二岁，既然自己叫那个初中生小孩，那以傅青的年纪来说，自己就是个小朋友。

还真是，逻辑通。

话是这么说，谢颜总觉得自己吃了大亏，却无话可说，便转过身一声不吭地走回公交车站，埋头踢路边的小石子。

傅青站在离他不远不近的地方，看了他一会儿，忽然说：“我以前也在这里念书。”

谢颜原本不想和他说话的，可忍了一会儿，还是没忍住，泄愤似的狠狠踩着石子：“那当时你是不是就是校园一霸？”

傅青偏过头，看了不远处的学校一眼，一本正经地开了个玩笑：“算是吧。我以前不带十来个人，根本不好意思出门。”

谢颜用力咬着下嘴唇，没笑出声。

过了一会儿，谢颜才拿出手机，点开微信，移到傅青的眼前，说：“那请校霸加一下微信。”

傅青扫了二维码，申请还没来得及发出去，公交车就来了。

谢颜跳上公交车，临走前还拿了一颗糖，合在掌心，朝傅青挥了挥手。

傅青看到他找到靠边的座位，脸贴着车窗玻璃，一头绿发张扬至极，黑色的瞳孔闪着细碎的光，嘴唇一张一合。

他在说：“傅哥再见，下次请你吃饭。”

直到走了，他才叫了句“哥”，前头一直刻意把这个称呼躲过去了。

傅青在原处看着公交车开远了，直到申请发出去后，才关掉微信，打了个电话：“过来接我。”

那边立刻接通，问：“您在老街吗？”

傅青一边给周玉发了条微信，让他把自己的摩托骑回去，一边说：“不在老街，在前面的公交车站，临湖中学。”

# 第二章

D I E R Z H A N G

## 要存钱请傅哥吃饭

谢颜回到自己的出租屋后，才又拿出手机，通过了傅青的微信申请。

傅青的头像应该是他家门前的那棵槐树，谢颜看了半天，把他的备注改成前任校霸。

出租屋不大，卧室只摆得下张床，几平方米大的卫生间是另外打的隔断，没有厨房，剩下的几平方米凑上桌子板凳，勉强能算得上是客厅。反正谢颜从来不用招待人，客厅存在的意义接近于无。

谢颜躺在床上，算了算自己还剩多少钱。他不太有存钱的习惯，加上当群演也存不下钱，一般当月能把下个月必需的生活费挣下来就不错了。不过因为上个男五号的事，他推了好多活，下个月的生活岌岌可危。

他不怎么把钱的事放在心上，如果真的接不到活，还可以去工地搬几天砖周转一下。可这次不一样，他还琢磨着要请傅青吃一顿好的，免不得是一大笔支出。

要存钱（请傅哥吃饭）。

谢颜在备忘录上记下这一条，同时删掉了之前的十余条，都是和之前男五号角色相关的。

想好了这些，他给一个叫陈树的人发微信，说明天就可以接活了。

陈树是他们这些群演的“经纪人”，和各个剧组都有联系，手里捏着活，每谈成一笔活都要拿提成。有些比较有梦想的群演会讨好这些经纪人，能拿到好一点的活，有几句台词，能露脸，钱也多点。

不过这和谢颜没什么关系，所以他大多时候都扮演尸体，少数时候当人体背景墙。

天黑的时候，谢颜才起床泡了碗面，加了火腿肠。他一贯好养活，对吃的不挑不拣，此时却莫名有点想念昨天那碗长寿面的味道。

也许因为都是面。

面还没吃完，陈树那边先来了消息，不是有活，而是问他：“谢颜，你在《八王乱》里演了几次？”

《八王乱》是一部古装剧，因为对尸体的需求量过大，谢颜甚至在里面演过八次尸体，次次死法都不同。

谢颜用左手戳了几下屏幕：“八次。”

那边很快又回：“你还记得每次演的是什么吗？”

谢颜终于把筷子放下来了，他想了片刻，将每一次扮演尸体的身份和死法都写下来，发过去了。

过了好一会儿，陈树才发了条微信：“嘿，你要发了，刚刚是王宁找我问你，她说有点事想找你。要是你愿意，明天下午两点在小桥咖啡厅见。”

王宁是《八王乱》的编剧，和导演冯先平是夫妻，两口子开夫妻档，一人写一人拍，配合默契，在业界名声很好，产量虽然不高，可部部都是精品。

谢颜答应后，陈树又立刻给了他一个小活，恰好在那家咖啡厅附近。

泡面早就凉了，谢颜还是一口一口，很认真地吃完了。

演艺界是个很容易造梦的地方，可谢颜很少做梦。他没想过一夜成名，变成明星，他进这行的初衷就是演戏，现在也还是没变。走一步算一步，能演就演，不能演就回去搬砖。日子再坏不过是不能追梦，而现在还可以，所以也坏不到哪里去。谢颜十分潇洒且心大地想，用冷水洗了把脸，看着镜子里的自己一眼，又躺回略显得窄小的床上，很快就睡着了。

第二天天气很好，谢颜原本是要在刑侦剧里演具尸体，可因为他染了一头绿发，和人物设定不符，本来都要走了，又被导演叫回来，说是可以演一个从歌舞厅里被抓过来的小混混，被男主抓住逼问刚才发生了什么事。

就几句台词，导演也没在这个镜头上花费多少时间，谢颜拍完后没走，走到场务后面准备看回放。他个子高，伸长脖子就探头过去了，看完之后觉得自己拍得不怎么好。可拍得好不好，要不要重拍，并不是他能决定的。

旁边的摄影大叔看着谢颜的脸，摸鱼抽了根烟，指着镜头说："哎，小伙子，你上镜，在这上头比男主角还好看。"

谢颜仔细地看了一会儿，认真地说："我也觉得。可是在这个场景下，小混混不应该比警察亮眼。"

这就是他和男主角都演得不好了。可演得好不好，要不要重拍，并不是他能决定的。

旁边忽然传来一个阴森森的声音："小子，你胆子很大嘛，不知道我是男主角吗？"

谢颜一扭头，就看到一张放大的脸，正是这部戏的男主角杨寻。杨寻是最近炙手可热的"小鲜肉"，演了好几部大热的偶像剧，现下资源大好，又赶上了这部主旋律刑侦剧，正等着厚积薄发，成功上位演技派。

杨寻也没料到自己就在这里擦个汗，还能听到摄影和一个群演对自己的脸评头论足。最主要是，不仅是别人说，他自己也看了遍方才的场景，还真被那个群演盖住了。

真的扎心了。

毕竟是男主角，摄影面色慌张，有些担心这事闹到导演那儿去，可杨寻明显不是寻常人，不走寻常路线，他仔仔细细地重看了两遍，发现确实没办法在这个场景中战胜谢颜，便对谢颜说："虽然你长得比我好看，可又有什么用，还不是个群演。你把你的微信给我，我们加一下，以后有什么戏，我还找你。"

杨寻笑眯了眼，很得意的模样，刻意加重语气："当我的群演，下一次你肯定拍得没我好。”

谢颜后退了两步，皱着眉，冷冷地看着杨寻，脸上明明白白写了两个字——有病。

他连一句话都没多说，直接拿好场务结的账离开了，甚至没多给杨寻一个眼神。

杨寻问小助理：“不是我说，长得好看就可以为所欲为吗？他怎么这么嚣张？”

小助理看着谢颜渐渐远去的身影，才收回目光，兢兢业业地替杨寻擦汗，诚实地回答：“是啊，杨哥，还是你教给我的，对好看的人要宽容一些。他长得那么好看，你看你和他吵架，我都不帮你。”

杨寻气急败坏：“你给我闭嘴！”

因为临时换了角色，又有后来这么一出，浪费不少时间，谢颜是跑去咖啡厅的。他走进去，里面没几个人。王宁坐在靠窗的位置，她四十多岁了，端庄亲和，一见他就笑了，说：“小谢来得还挺早，其实不用着急。”

谢颜额头落了滴汗，用王宁递过来的纸巾擦了擦，打过招呼，才坐在对面。

王宁问他要喝什么，最后点了杯果汁，又很仔细地看了他两遍：“你长得可真好。我开始以为你是那种格外上相的人，也许真人长得不如屏幕里，否则怎么会一直做群演。”

谢颜不明白她的意思，沉默地抿了口果汁。

《八王乱》整部剧王宁从头到尾都参与制作，连剪辑都要一点一点细看的，这才注意到了谢颜。她其实只发现了谢颜的三个镜头，虽然都是演尸体，可他演得和别人不一样，甚至和自己每一次演得都不一样，于是找人联系上了他，问他究竟演了什么。得到答案后，她又把那些镜头翻出来看了，才觉得有意思极了。

谢颜是在演尸体，可又不仅仅是单纯地当人肉道具，虽然这是演给他自己看的。如果不是偶然的机会，谁也不会注意到。

可王宁看到了，她看到了这样一个谢颜，难免有惜才之心，加上确实有个机会。

“我有一个老朋友，筹备拍一部戏很久了，一直缺个男主角，找不到合适的人，你要不要去试试？”

谢颜听了，没有立刻答应，而是问：“筹备了这么久，又是您的朋友，怎么会没有人愿意演？”

王宁苦笑：“我那个朋友是个老顽固，剧本写了好几年，修修改改，拍戏也不喜欢别人指手画脚，连投资都难拉，好不容易筹够了钱，又缺人。他要的男主角，就两个要求，一是长得好，要年轻；二是认真，演戏能狠得下心慢慢磨。”

说到这里，王宁一顿：“可长得好看，又愿意吃苦的，早该红了，都太贵了，他出不起价。所以我一看到你，就想向他推荐。不过这片，虽说是男主角，可就是部小众片子，片酬就更不用说了。”

王宁做人一向正派，要是谢颜真的要去试试，她也提前说了真话。

可这理由可真荒谬。

谢颜深吸了口气，放下果汁，指尖紧紧按着杯壁：“我要去。”

他想演戏。

那部电影叫作《白鲸》，男主角叫陆逢春，出生在一个海岛上的小渔村，十二岁时因为海难父母双亡，从此以后一人独自生活，十六岁那年因为高烧导致又聋又哑。因为出生在一个海岛上的小渔村，几乎与世隔绝，又没有亲人，所以连手语都没有学过。

这只是故事背景和基础的人物设定，具体剧本要到三天后的试镜才会给。

谢颜同王宁告别后，把陈树那边的活全推了。

陆逢春的形象在谢颜心中还只是个模糊的影子，他拿出笔记本，将故事梗概一句一句写上去，因为没有故事情节，无法具体展开性格和心理，只能从这个人物的客观条件出发。

他是个聋哑人，又不会手语，该如何交流？

当一切文明的交流方式都对陆逢春起不了作用，那就只有依靠本能了。

谢颜对着镜子琢磨了一会儿，该如何纯粹地运用肢体去表达自己的想法。这很难，也有趣，不过一时半会儿也练不出来。

接下来的三天，谢颜堵住耳朵，没再说一句话。

试镜安排在了早晨，王宁还特意给谢颜打了个电话，让他不要紧张。

谢颜并不紧张，他知道这是个难得的机会，他已经提前做了自己能做的一切准备，用尽全身的力气了，如果还是抓不住，只能证明自己本来就不行，也就没什么好紧张遗憾的。

何况他不觉得自己抓不住。

《白鲸》的导演叫孙怀君，今年四十多岁，个头不高，皮肤黝黑，很精干健壮。他早年拍过几部得过大奖的纪录片，后来拍文艺片，也得过奖，不过曲高和寡，商业价值不高，投资基本看不到回报，后来就很难拉到赞助商了。加上孙怀君本来就是个牛脾气，不喜欢被别人牵着鼻子走，索性连赞助都不拉了，靠着自己的存款和妻子的公司，也慢慢将《白鲸》的班子搭起来了，就是时间耗费得长了些。

孙怀君和王宁是多年好友，对于对方推荐来的人还是很信任的。即使知道谢颜从来没正经演过戏，他也没放在心上，反倒还挺期待。

一来没经历过镜头，一般多些灵气青涩，和角色相符；二来，就是肯定便宜。

至于演技怎么样，孙怀君没放在心上，只要认真，能吃得下苦，他很会调教演员的演技。

结果人来了，还没看到脸，就远远地瞧见是一头绿毛，和一丛杂草似的。孙怀君脾气大，脸色立刻变了，对一旁的监制抱怨："这不是开玩笑吗？一头绿发来演陆逢春，今天还挺多事要做，这不得给他耽搁了。"

说话间，谢颜已经走到了他们俩面前，摘下口罩，孙怀君才看清楚他的脸。

导演看人与一般人不同，孙怀君看人先看骨相，脸可以靠化妆改变，骨骼却不行。电影镜头极其挑人，有些人美则美矣，在镜头下却显得庸俗平凡。

孙怀君审视的目光一寸一寸，仔细地从谢颜的脸上划过。

谢颜长得太好了，轮廓深刻，五官突出，他无须聚光灯和镜头，都足够将周围所有人的目光集中到他的身上。

孙怀君总算笑了，说："好！小宋，给他剧本。"

要是看脸这一关过不了，连剧本都没得看。

谢颜并不在意别人的目光，他从小到大被人看得多了，无论是什么样的，都不足以叫他动容。但他很厌烦，所以从福利院出来后，出门都会戴上口罩。

孙怀君也不着急："剧本给你，你可以多看一会儿，再想想要演哪一幕。"

谢颜没说话，点了点头。

监制是孙怀君的老朋友，闻言问："老孙，你什么时候这么好脾气、好说话了？"

孙怀君笑得挺得意："看脸，这脸啊，就配咱们这戏。"

《白鲸》的故事是从陆逢春失去声音开始的。他失去父母后，村子里的人对他都很同情，因为他发高烧，又聋又哑，就帮了他更多忙。可日子久了，也不知谁第一个开始，对他的同情怜悯中隐藏着嘲讽。

毕竟只是个残废罢了。

谢颜翻到后两页，就是陆逢春第一次遇到那头年幼虎鲸时的场景了。

一个孤独的人，遇到一头孤独的虎鲸，他选了这一段戏。

孙怀君一听就骂："这小子恃靓行凶，一上来就敢试这么难的。"

监制还想劝谢颜来着，就见孙怀君拍了下桌子："脸长得好，胆子就该这么大！"

监制："行吧，你一直是人来疯。"

这出戏的人物情感并不算多变，却极为细腻。陆逢春是个哑巴，他的身世可怜，村里人同情之余，一直将他隐性地排斥在村子之外。他天真却敏感地察觉到这一切，就像个孤独的游魂，游离在村外，甚至许久未和别人交流了。

那一天，陆逢春一如往常，驾驶着家里的那艘旧船，一个人在碧蓝的海上晒太阳。可是船舷边忽然水波翻涌，陆逢春看到一抹黑色的身影。

是一头虎鲸。

它太漂亮了，却并不像村里的长辈所说的一样与人类亲近，而是停在离船远远的地方看着陆逢春。

陆逢春被漂亮的虎鲸所吸引，忍不住向它靠近。虎鲸还是留在原处，直到陆逢春伸出手摸它时，它才猛地向下一蹿，溅起漫天的水花，而陆逢春也因为身体太过倾斜而落到了海里。

他是海边长大的孩子，会游泳，借着这个机会，向虎鲸身旁凑过去。

虎鲸却以为他溺水了，拱着他往船边游。

这一幕不仅是因为感情的转折，要完全依靠肢体动作和神态表现，而且很难让人有代入感。当前的场景和电影需要呈现的画面差别太大，就很容易造成笑场。当电影拍成成片后，会用实景或者特效弥补，而在现场想让观众代入感情，对演技的要求就太高了。

谢颜闭了闭眼，再睁开眼时已经与方才完全不同了，不再是那个暴躁又坏脾气的谢颜，而是孤独、敏感，眼角眉梢都是天真的陆逢春。

他只演了一幕：仰着头，消瘦的身体绷紧成一道漂亮的弧度，在板凳上坐着去够不远处游荡的虎鲸。

虎鲸离得太远了。

陆逢春屏住呼吸，又向前够了够，终于，指尖碰到虎鲸柔软的皮肤。

谢颜放任自己直接从板凳上栽下来，仿佛真的落入了海里。

日光穿过温暖澄澈的海水，摇摇晃晃地落在了陆逢春的脸上。

他有天真的欢喜、好奇，还隐藏着一丝不会被轻易发现的不甘心。

明明长辈都说，虎鲸是很亲人的，为什么它不亲近自己？难道连虎鲸也觉得自己不讨人喜欢吗？

所以陆逢春没有急着游回船上，而是向虎鲸游过去。可谢颜是游不了的，他省略了这一部分，胳膊微微用力，在虚空中抱住了那头虎鲸。

试镜室鸦雀无声。

过了片刻，谢颜起身，朝孙怀君鞠躬，周围的人才如梦初醒。

孙怀君也才反应过来，声音压得极低："不是，就小谢长成这样，演成这样，竟然连一部戏也没演过？"

不过一抬头，他又变了张脸，开始挑刺："虽然演得不错，不过你是不是不会游泳？”

“对了，”孙怀君又琢磨了一会儿，“你，多久没说过话了？”

谢颜须得低着头，才能直视孙怀君的眼睛：“三天没说话了。现在我虽然不会游泳，不过可以学。”

监制心里寻思着孙怀君又走了什么运，随随便便试镜都能遇到谢颜。他要立刻和谢颜签约，生怕谢颜跑了。

孙怀君脾气不好，和他合作久了都知道。他拍电影很暴躁，可品行端正，还多嘴说了一句：“拍这部电影，一定赚不到什么钱，吃苦拍戏也不一定能够上映，连名气也捞不着。你要想好了，真签了约，可别反悔。”

监制在旁边被他的一番话气得头都大了，好不容易找了个合适又便宜的演员，可别又被说没了。

谢颜想了一会儿，考虑到剧组生存艰难，很认真地说：“我当群演一天能赚两百块，你们给我这个价就够了。要是钱不够，只要包吃包住，等什么时候有钱再给就行。”

他很难得才能拍一部戏，而且剧本很好，他很喜欢，即使只是试镜，都能感觉到无穷的欢喜。

孙怀君这样的厚脸皮听谢颜这么说，难得有些不好意思：“你听谁说的，我们剧组也没穷到那个地步……”

最后签下的价格是十万块。为了表示没有穷到要坑男主演工资的程度，监制先发了五万块给谢颜。

剧组还在准备阶段，没正式开拍，而谢颜要学游泳，看剧本，然后进剧组，可能就很久都出不来了。

谢颜走在路上，想了一会儿，点开傅青的微信：“傅哥，我找到工作了，过段时间可能要进剧组，想先请你吃饭。”

也许是隔着网络，“傅哥”这两个字变得能很轻易地被说出口。他以前从来没叫过人“哥”，可要是见面，是不是就不能隔着网络、隔着屏幕，要亲口叫了。他的耳朵尖红了一点，心跳加快了些。

就有点紧张。

傅青收到微信的时候才签完合同，莫复找他喝酒。傅青的手机放在桌子上，振了好几下，上面显示着“小老虎”三个字。

莫复“啧”了一声，扭头问傅青：“小老虎？周玉又换名字了？他怎么这么幼稚，都多大了，他哥也不管管他。”

傅青拎了两瓶酒回来，瞥了莫复一眼：“新认识的一个小朋友。”

他没说这是他给谢颜的备注，其实原本是打算备注成“小猫咪”，后来想想又算了。谢颜那样的性格，兴许不喜欢这样的称呼。

莫复哼了一声，调侃似的说：“你这么沉迷工作，还有空认识什么小朋友？”

谢颜同傅青说他找到了新工作，傅青多问了句，才知道他是个演员，新接了部电影。谢颜人生头一回当主演，又没旁人可说，便说给了傅青听。

这中间巧合和运气太多，不过谢颜都没在意。也许就和当时同傅青回家时想的一样，反正他二十岁了，也不能被拐走。

可傅青不太信，抬头忽然说：“你帮我查个人。”

这对于傅青而言只是举手之劳，可如果电影真的不对头，谢颜一头栽进去，可是要伤筋动骨的。

莫复抬头：“不是，你还用得着我给你查人啊？”

傅青语调不紧不慢：“用得着，是个叫孙怀君的导演，还有他新开的戏——《白鲸》。你查查有没有什么问题，他人怎么样？”

这是业内的事，傅青要查仔细得费些功夫，不如莫复，家里是开电影院的，投资电影，经常参与这些，消息灵通。

莫复放下酒杯，来了些兴致：“这和你有什么关系？哦，就刚刚那个小老虎要去那儿演戏，你为这个查？不对，你从哪认识的小明星？”

傅青想起谢颜，理所当然地回答：“他是个小朋友，天真了些，怕他被骗。”

莫复怀疑傅青昏了头，演艺界里能有什么天真的小朋友，做梦呢？

傅青和谢颜约在了老街。

傅青最近在忙一个大项目，有几天没回老街了。他和谢颜约在这里，还能看看爷爷，只是才进老街，就被周玉逮了个正着，非要和他一起吃饭。

周玉开始记事的时候，傅爸爸就已经去世了，傅家只剩一老一小，老的还瞎了眼，只剩下小的撑着。他从小是听着傅青的传说长大的，特别崇拜傅青。加上他是小一辈的，小时候正好是老街最艰难的一段日子，傅青和他哥哥相熟，对他格外宽容些。而且周玉比别的同龄人胆大不要脸，跟屁虫似的天天跟在傅青身后，两个人的关系很亲近，傅青拿周玉当亲弟弟看。

不过，今天周玉在傅青这里吃了闭门羹，傅青说同别人约了饭。

周玉今年也才二十出头，而且脾气不小，闻言就问："哥你和谁吃饭我不能一起？"

能约在老街都是熟识的人，一般生意场上的朋友，傅青不会把人往这里带。周玉自认是这一辈的头，还见不得人吗？

傅青知道周玉的脾气，有些头痛。他不太说话，老街的小一辈都有点怕他，但周玉不同，而他其实对他们小一辈的都很宽容。

傅青发了条微信问谢颜："有个邻居家的弟弟也要一起吃饭，行吗？"

谢颜秒回："行。"

于是傅青答应下来了。

周玉眼睁睁地看着傅青问了那人，对面答应了才行，深感自己的地位下降，尝试性地问："哥，是生意上的朋友吗？"

傅青进了火锅店，和老板打了招呼："不是，和你年纪差不多大，比你小一点，他叫谢颜，你叫他名字。"

谢颜是坐公交车来的，傅青提前去车站接他。周玉一个人留在火锅店里嘀嘀咕咕，心里想那能是谁，还这么郑重？

都不像是平常的傅哥了。

没过一会儿，火锅店的门帘被人撩开，走进来个人，傅青跟在身后。周玉没见过，抬头仔仔细细地看着谢颜。

一眼就瞧见谢颜十分标新立异的头发。

谢颜的一头绿毛染了两个星期，颜色掉得差不多了，头发半绿半黄，很非主流，很中二病，比小混混还要小混混。

周玉一哆嗦，心里陡然出现一个不可能的念头，不会有人趁自己不在，跨过自己，成了傅青最好的弟弟吧！不行，他不允许这样的事发生！

周玉心里一凛，人模狗样地和谢颜打招呼，说："我是周玉，你好。"

谢颜一怔，没料到傅青手底下的小弟和他一样，都还挺亲切友善。

傅青叮嘱周玉多照顾着点谢颜，就出去点单拿菜去了。

这家火锅店在老街开了几十年，从老子传到儿子，原本该传给孙子的，可孙子跑到外面，不愿意回来，就留老两口撑着店面，人手不太够，有时候人多连菜都要自己拿。傅青来这里吃饭，不论人多人少，都是自己动手的。

见傅青离开，周玉的胆子更加大了起来，友善地同谢颜套近乎。

谢颜没觉得有什么不对劲，他从小到大，靠拳头和同龄人交流比靠语言多，没多少社交经验，而且对于傅青介绍的人，他本来就没什么警惕心，周玉还伪装得挺成功，他有一搭没一搭地把自己的事都告诉周玉了。

周玉越听心绪越复杂，加上傅青因为谢颜拒绝和他吃饭，他本来就小孩子脾气，心里很不忿，一番脑补下来，就成了谢颜这个演艺界的小演员要抱他们老街扛把子傅哥金大腿的故事。

傅哥这是被对方迷住了眼！

这都是虚情假意，怎么能比自己和傅哥从小一起长大的感情深！

周玉深觉自己应该拯救傅哥于水火之中，不过谢颜来这里做客，他总不好把人打出去，主要是怕反被傅青捶。他左思右想，另寻他路："谢颜，你和傅哥认识的时间不长，是不是不知道他以前的事啊？"

谢颜才打起精神，他其实不太愿意应付陌生人，和周玉能说到现在完全是因为这是傅青的弟弟。

周玉开始信口开河："我哥从小就是我们老街的大哥，我亲哥都听他的，上学的时候，傅哥指谁打谁，周围都知道。后来不上学了，就是因为文化水平不太高，傅哥带着我哥出门当讨债的，那也是响当当的。我傅哥人好，但你知道吧，干这一行的，都爱打人，我们一起长大，打在一起闹着玩不当回事，可外人接受不了啊。哎，外面也不是没人和傅哥交朋友，都是被我哥打怕了，跑了，就没辙。我哥人这么好，打人怎么了？打人也不能跑啊！”

周玉觉得自己这一番表演下来十分到位，从各个角度都能让谢颜知难而退，目光正朝谢颜移过去，想看看对方的反应，却发现谢颜睁圆了眼，似乎有些惊讶地看着自己。

看来有些效果，还要多洗几遍脑，周玉深感欣慰，还没来得及开心，就感觉凳子被人用力踹了一脚，自己差点从上面跌下去。

“周玉，我看你是皮痒了。”

周玉战战兢兢地扭过头，傅青端了两个托盘，正站在他的身后。

要不是还记得有个谢颜，他就要当场跪地求饶了。

傅青没理他，将托盘一个个放下去，说了一句：“先上了些一般的菜，待会儿你再点喜欢的。”

谢颜坐在对面，连眼都笑眯了。

傅青没见过谢颜笑成这样。他瞥了一眼瑟瑟发抖的周玉，咳了一声：“也不算全是胡说，他哥跟我确实是一起长大的。”

谢颜笑出了声，接了句：“我知道，傅哥也不打人。”

话一说出口，谢颜自己就愣住了，其实这才是他第一次当面叫出这个称呼，很自然而然似的。

周玉闹了这么一出戏，在饭桌上也不敢作妖了，老老实实地吃饭，一句话都不敢多说。

谢颜不怎么喝酒，也不怎么给人面子，可他看到傅青端了酒杯，喝酒的时候微微眯了眼，好像很好喝的样子。他心里一动，也一小口一小口地抿完了好几杯。

火锅店里的灯光很暗，谢颜低着头，又一贯很会装模作样，直到快吃完了的时候，傅青才瞧出他的不对劲来。

傅青走到他的身边蹲下来，才看清他半合着眼，眼瞳里似乎蒙着一层水光，很柔软似的，脸颊也很红。

傅青问他：“喝醉了吗？”

谢颜抬起头，本能地狡辩：“没有，就是有点困。”

他迷迷糊糊的，耳朵也听不太清，只知道傅青好像和周玉说了几句话。过了片刻，声音才拉近了些，他听见周玉说：“哥，那要我给他叫一辆车吗？”

大约是离得很近的缘故，谢颜将傅青的话听得清清楚楚，他说：“叫人来时间太长，我打车走，不用你送。”

傅青叫了车，在路上哄骗着他把地址问出来了。

到了谢颜的住所，傅青打开门，把醉醺醺的谢颜放到床上，脱了外衣，又走到客厅，烧了壶水，等水开了才倒了杯热水，走进了卧室。

谢颜已经醒了。

窗户大开，灌进来一室的冷风。谢颜坐在床上，手肘抵着窗台，掌心撑着额头，头发凌乱地散在脸颊上，只露出小半张侧脸。

傅青走近了些，才看清谢颜的下颌微微扬起，脸颊上的红晕快散尽了。

他把水杯放在桌子上，问：“酒醒了吗？”

谢颜偏过头，他脱了外套，此时只穿了一件单薄的卫衣，动作间能看得清脖颈下方的骨头。

傅青的目光顿了一下，又移开了。

谢颜对着冷风吹了好一会儿，此时脑子清醒得差不多了。他酒量的确不好，可也没差到一沾就醉的地步，方才半醉半醒、迷迷糊糊的，可仔细回忆起来，又都能记得清，包括傅青是怎么同周玉告别，哄孩子似的把住址从自己嘴里骗出来，回家后又把他放在床上，仔细地盖上被子。

想到这里，谢颜的脸又涌上一股热气，幸好还有酒醉做遮掩，谁也不知道他是为了什么红了脸。

谢颜扭过脸继续吹风，声音里还全是沙哑，比平时要软一些：“没喝醉，就是有点晕，现在好了。”

傅青笑了笑，没戳穿谢颜，他很会给小朋友留面子，反倒说：“其实你喝酒这么上脸也好，在外面有人灌你酒，你可以装醉。”

谢颜支吾地应了声，点了一根烟，他的嘴唇很薄，抿起来的时候沾了些许水光。

傅青也想抽烟了。

他出来得急，口袋里还剩半包烟，打火机却落在火锅店里了，便敲了敲桌子。谢颜不解又迷糊地转过头，他才抽出根烟，说：“借个火。”

其实傅青是想借打火机，可谢颜愣了一下，从窗台上拿起打火机，抬起了手。

他的手指白、长，且瘦，很好看，指尖略带了些粉，正在点着打火机。

火苗一下子烧了起来。

傅青俯身凑了上去，两人的目光相触又分离。

他深吸了一口烟，同谢颜说：“下次去我家里吃，爷惦记着你。”

谢颜点了点头，很认真地考虑过后才回答：“在进剧组前，肯定要去看看傅爷爷的。”

傅青莫名地想，谢颜真是个乖崽。

不过这话不能说出口，说出口乖崽也不乖了。

抽完一根烟，傅青也要回去了，他同谢颜道别。

谢颜站起身，看着傅青走出去，笑着挥了挥手，果真是很乖的样子：“傅哥，晚安。”

兴许是因为喝醉了，那晚谢颜睡得很好。

第二天，他睡到天光大亮，起床后赶去那天试镜的地方去找孙怀君。

他们约好了今天要谈剧本和商量学游泳的事。

孙怀君到得比谢颜早，可有很多事要忙，耽搁了大半个小时才有空见谢颜，推开门的时候，身后还跟着个人。

孙怀君向来直接，也不多做铺垫，便对谢颜说：“你没有经纪公司，身边没人，剧组这边找了个助理，平时能照顾你。”

谢颜觉得自己不需要助理，他从小到大，不需要任何人帮忙，也将生活上的一切事宜都处理得很好。

孙怀君坐在他面前，牛饮似的灌了半杯黑咖啡：“你别拒绝。接下来你要学游泳，再过段时间就要进剧组，行程很赶，有个人照顾你也是怕出意外。我也不是说非得对你多好，你现在就是这部戏的主角，出了意外，戏拍不起来。”

那人凑上来，同谢颜介绍自己：“谢哥，我叫刘成光，您叫我小刘就成了。”

谢颜抿了口果汁，看了刘成光一眼，不紧不慢地说：“叫我的名字就行了。”

孙怀君没空耽误时间，问谢颜：“这几天你看完剧本了吗？”

谢颜点了点头，他早就将剧本翻来覆去看了好几遍了，不过因为看了几遍都有新的想法，暂时没往剧本上写东西，而是先记在了笔记本上。

《白鲸》是一个很简单的故事。陆逢春遇到了这头虎鲸，虎鲸是群居动物，而这一头却不同，陆逢春没明白缘由，却在长久的接触中与它成了朋友。那是陆逢春最快乐的时光。可海岛边来了一头虎鲸的消息很快传了出去，有人说会有捕鲸船来捉住它。

原来这头虎鲸本来就是海洋馆被迫放生的，它被捉住时的年纪很小，与母亲分离，没有经过教导，在海洋馆生了病，自此以后与别的虎鲸的声波频率不同，再也不能交流了。所以虽然它被放生，可由于年幼时的经历，也没办法再回归虎鲸群里。

那些人已经找到了村子，他们付的也许不是一大笔钱，可已经足够叫村民动心了。陆逢春知道这个消息后，半夜开船准备带虎鲸离开这个海岛，路途中遇到了暴风雨，陆逢春的船险些被掀翻，虎鲸推着船却被另一艘路过的渔船的螺旋桨划伤，永远沉入海底。

白鲸是鲸群里的异类。可那头孤独的、活泼的、不能沟通的虎鲸也是，陆逢春也是。

孙怀君是个急性子，拍戏却很慢：“剧本要细看，慢慢来，不着急。”

那些细微处的感情转折，都是导演和演员，一点点磨出来的。

这部戏有剧烈冲突矛盾的只有一处，便是虎鲸的死。而关于陆逢春被人所排斥，孤独求生，都仅仅是通过些微的日常，一点点构建出来的。

陆逢春死于沉默，最后却因为找到另一个孤独的朋友“死而复生”。

孙怀君又谈到游泳，他早就想好这件事了：“你还要学游泳。这个倒很着急，不仅要会，还要游得流畅漂亮。我给你请了个游泳教练，场地就租不起了，所以你去我家里学就行了。”

孙怀君的太太是一家服饰公司的老板，资产颇丰，这么些年都支持着孙怀君的导演事业。孙太太的别墅是新购置的，主要是为了孩子，不仅有后花园，甚至连泳池都有，很适合长时间练习。

谈完后，孙怀君直接开车把谢颜带回去了，非常心大地放他和助理、教练在自己家中。家里还有个帮佣的阿姨。

教练大约三十岁，很阳光开朗的长相，个头比谢颜矮一点，身材很好，腹肌和人鱼线分明。

他先自我介绍说叫曹旻，目光落在谢颜身上，很友善地问："小谢怕水吗？"

谢颜皱了皱眉，抬眼看着曹旻："不怕水，叫我名字。"

其实这样叫也没什么问题，可对于谢颜来说，"小谢"这个称呼是很亲近的，他不轻易让别人这样唤自己。

曹旻一愣，挠了挠头，又很无奈似的笑起来："不好意思，是我的错。"

他的目光落在谢颜那半截没在水里的小腿上，又掩饰性地移开。

学游泳说简单又不简单，可说难也难不到哪里去。谢颜从小在福利院长大，没有学游泳的机会，可他并不怕水，在曹旻的指导下，很快就能踩水了。

曹旻教得很用心，即便是谢颜这样的成年男人，也托着对方的上半身一刻不离。

刘成光虽说是助理，可早就待不住了，和孙宅的保姆聊上了，总想多了解些孙怀君的事，比对谢颜殷勤多了。

游泳是很费力的事，特别对于初学者而言，谢颜练了一个上午才休息，曹旻和他搭话："我教过很多人游泳，可像你学得这么快还这么努力的真是少见。"

谢颜懒得敷衍，连眼都没抬，擦干头发上的水，和傅青发了条微信。他从前不太聊微信，可现在每天都会和傅青说几句，但是话不多。

傅青问他游泳学得怎么样了。

谢颜很不含蓄地说自己练得很好。

此时正是午休，周巡出完差回来，新拿了一块地，公司上上下下忙成一团。傅青才开完会，忙中偷闲吃了碗饭，顺道问问小朋友的消息。

傅青看过《白鲸》剧组和导演的资料，至少从前都是很正派的人，没出过事。莫复拿这些资料给他的时候还开玩笑，说要不要把谢颜的底细也一起查了。

他拒绝了。

查导演和剧组，是因为担心小朋友出事，可这么去查谢颜的事，就太不尊重人了。

因为这个理由，莫复笑得差点从沙发靠背跌过去，问傅青怎么对一个才认识没多久的小朋友这么惦记。

傅青认真想了片刻，他对老街的小孩都很宽容，可也都是放养，平日里没事连电话都不多打一个，难得有这么记挂着的。

大概因为小谢是老街打着灯笼也寻不到的乖崽。不过，这话他没和莫复说。

傅青原先想问谢颜累不累，想想又算了，谢颜的性子太硬，很不服输，无论累不累都会说不累。

于是他便吩咐谢颜一天不要练得太久，到了第二天太过疲累，反而会耽误训练。

谢颜撑着头，看到傅青的消息一笑，又回了一句：“是真的不累，就是教练很讨厌。”

这话他是当普通的聊天打出来的，可等发出去他才一怔，简直就像是小孩子告状。他不自觉地咬了咬内唇，犹豫了一下，还是撤回了。

太孩子气了，他长到这么大，还没和人告过状。

哪怕是只有半天相处，谢颜也是真的讨厌曹旻。他虽然脾气坏，但其实并不怎么抱怨。因为他有自己的底线，别人没碰到，他懒得计较，也懒得搭理。

就像是现在对曹旻。

而手机另一边的傅青，刚看到谢颜发了句抱怨，又立刻撤回，几乎能想象得到谢颜懊恼又后悔的模样。

应当如同撒娇的小猫咪似的。

傅青有点想改备注了，还是忍住了。

虽然谢颜说很讨厌游泳教练，可傅青倒没有多担心，他只怕谢颜年纪小，落入剧组的陷阱，不过只是一个游泳教练，谢颜是不会吃亏的。

两个人又聊了一会儿，定下了去看傅爷爷的时间。

休息过后，谢颜又沉入水中憋气。谢颜闭着眼，没看到岸上的曹旻正目不转睛地盯着自己。

# 第三章

DISANZHANG

## 进组

曹旻的性格幽默风趣，又会看人眼色，几天下来，除了谢颜，别人都还挺喜欢他的。

他很会说话，都捧着对方，和刘成光也能聊几句话了，打听似的问：“谢颜是哪个剧组的？他长得这么好看，我以前怎么没在电视上见过他？”

刘成光闻言嘲讽地一笑。他自视甚高，本来是想去当经纪人的，可惜摸不到门路，好不容易才经人介绍，还是给谢颜当助理。谢颜又不是会安抚人的脾气，他心里不忿，只觉得屈才，说话也不太好听：“孙导要拍部电影。至于谢颜，他就一新人，以前好像是群演，不知道孙导从哪个犄角旮旯里把人捞出来的。”

两个人在花园里抽着烟，烟雾缭绕，模糊了刘成光的脸色，曹旻不太看得清，他接了一句嘴：“谢颜他看来是名气不大，脾气可真是……”

刘成光也许是不满很久了，也不能和其他人抱怨，好不容易有人提出来，他忍不住发泄：“可不是。他一群演，就长得好看点，以前从来没正经拍过戏，也不知道孙导怎么想的，反正这部戏能不能拍成还不一定。就算是拍成了，他连个公司都没有，谁管他啊。这脾气和伺候祖宗似的。”

曹旻似乎想要笑的，眼角抽了一下，克制着没笑出来，顺着刘成光的话安抚：“是啊，我也觉得，长得好看有什么用，没有名气没有后台，谁管得了他？”

两个人又聊了一会儿，刘成光抽了三四根烟，发泄够了，也不回去看着谢颜，反而重新找了个角落坐下来，又去打电话了。

曹旻回泳池的时候，谢颜已经又跳进水里了。

游泳学起来很快，但这部戏的要求很高，不仅要学会，还要游得漂亮流畅，所以耗费的时间多了些。

曹旻站在泳池边，水花翻涌，溅落在四周。

从第一天开始，他就知道谢颜不喜欢自己。可即使不喜欢，谢颜也没有和任何人说过，没有要求导演辞退自己，证明谢颜没什么话语权。

曹旻在网上查过，没有谢颜这个人。而刘成光的话又侧面印证了这个结论，谢颜确实连个小明星都算不上。

那就没什么问题了。

曹旻想，就如同往常他教的那些学生一样，没必要害怕什么。

曹旻这个人经常会占学员的小便宜，但他表面上做得规规矩矩，和课程中心的管理层关系又很好，所以别人也拿他没办法。

他看到谢颜长得好看，于是心里有些蠢蠢欲动。

原本曹旻是不想对谢颜下手的，毕竟是个明星，闹大了就难看了。但他现在了解清楚谢颜就是只纸老虎，其实没什么本事，就忍不了了。

想到这里，他朝谢颜那边喊了句话。

谢颜从水里钻出来，略长的头发扎了个小辫子垂在脑后，沾了满脸的水，略带丝茫然，浸入眼眸的光都变得柔软，很单纯天真似的。

曹旻居高临下地看着谢颜："谢颜，你有个动作不对，我下来教你。"

谢颜抹了把脸，点了点头。

曹旻也跳到水里，却没下手，先语言上指点，又总说谢颜做得不对。

谢颜从水底浮上来，紧皱着眉，喘了一大口气。

曹旻将干毛巾递过去，朝谢颜走了过去，忽地笑了，凑在他耳边说："别着急，教练教你。"

教游泳难免有肢体上的接触，谢颜知道曹旻之前都很规矩，没动手脚，这次也没有在意。

直到两人都沉入水底，谢颜感觉自己的腰窝被人很轻地捏了一下。

在这个动作里，那里本不应该被触碰到。

谢颜没打断曹旻的动作，而是不声不响地朝泳池边游了过去。

而曹旻见谢颜没什么反应，更加大胆起来，手指向下滑，直到快要触碰到谢颜没被泳衣包裹到的大腿。

此时谢颜已经碰到池壁了，他没再犹豫，翻过身，一只手利落地按住曹旻的脖子，再把曹旻的脑袋往池壁上砸，这一下没用多大力，只是为了制住曹旻。

曹旻被突然袭击得晕头转向，甚至还没想明白，整个人就撞到池壁上，眼前已经黑了。

谢颜没停下来，立刻用空出的另一只手给了曹旻一拳，因为游泳太费力，力道没有以往大，却也足够让曹旻痛叫出声了。

他揪着曹旻的后颈，将其拉到自己眼前，以往漂亮的脸上已经满是凶狠，厉声说："你在摸什么？"

曹旻呛着水，还没反应过来，被打得靠本能磕磕巴巴地回答："我什么……什么都没做！"

谢颜笑了笑，只是这笑里没什么温度："行，我让你想起来你刚刚摸了什么。"

曹旻被吓破了胆。他做这种事这么久，也不是没被人发现过，可他每天去健身房，一身腱子肉不是假的，至少从力气上也能压倒大多数男人了，不仅不会吃亏，还可以反过来诬陷学员对他使用暴力。

可这点健身房练出来的东西在谢颜面前不堪一击。

谢颜没和曹旻多话，先爬上了池边，又准备把曹旻往池边拎。可曹旻再怎么说也是个大男人，反抗起来也没办法。

曹旻知道自己打不过对方，准备朝另一边游，谢颜却又跳了下来，摁着曹旻。

曹旻虽然是游泳教练，但在这种情况下又惊又惧，也憋不了气。他拼命挣扎，偏过头看到谢颜的眼神，冷得没有一丝光。

谢颜松了些力道，问他：“你上不上去？”

曹旻被吓破了胆，连滚带爬地上了泳池，想要逃走都跑不动。

谢颜上来后，向前走了几步，没费什么劲地把曹旻踹倒，踩着他的腰问：“这儿，现在记起来了吗？”

曹旻怕被他打死，不敢再狡辩，瑟瑟发抖：“我错了我错了，我不敢了！”

谢颜“唔”了一声：“你说不敢就行了？”

这边的动静闹得实在太大，连在外头的刘成光都以为出了什么事连忙跑了进来。

“怎么了，出什么事了？”

谢颜朝角落里的曹旻看了一眼：“你问他。”

谢颜已经把曹旻教训一轮了，而且问出了那家训练中心的电话号码，正打电话过去要求面谈。

其实原本这种事，他打过了就算了，反正日后也不会有交集。可这次不同，曹旻是个游泳中心教练，不仅教自己，以后还会教很多人，会有那些没有什么能力保护自己的人碰到曹旻。他是不爱多管闲事，可有脏东西撞到他面前，他也不会视而不见。

这么长的时间，已经足够刘成光将这件事问清楚了。虽然曹旻忍不住对自己美化，但具体是什么事还是模糊不了的。刘成光咬着牙，对谢颜说：“你都把人打成这样了，教训过了，有必要闹到训练中心去吗？到时候孙导还嫌你事多。”

刘成光害怕了，他是助理，却从头到尾没关注过谢颜，现在出了事闹大了，他怕兜不住。

谢颜面色冷淡，点了根烟：“这事儿我现在碰上了，我肯定要让他再也当不成教练，害不了人的。”

他的目光阴沉沉的，刘成光打了个哆嗦。

谢颜换好衣服，拎着曹旻和非要跟过去的刘成光上了车。训练中心离这里有小半个市区的距离，车子开得慢慢悠悠，黄昏时才到了那里。

训练中心的经理是个笑面虎，开始只说是曹旻对不住谢颜，有什么事要什么补偿都好说。

谢颜不要什么补偿，就一个要求，开除曹旻，把他犯下的错记到档案里。

这么一来，再没有任何训练中心敢聘请这么一个有前科的教练，曹旻在这条路上算是走到了头。

经理和曹旻关系好，最主要是曹旻给的抽成高、接的单子多，他舍不得放过这棵摇钱树，笑眯眯地劝谢颜："您以后也是要当明星的人，何必抓着这么点小事不放。咱们也不要撕破脸，和平解决最好，您说要多少钱，我肯定让小曹赔给您，给您赔礼道歉都行。"

谢颜没说话，他收到一条微信，是傅青发的，问他今天练习得怎么样了。

他抬头看了看外头的天，已经是往常休息的时候了。

谢颜想了片刻，敲上去一行字："今天下午没练，现在不在孙导演的家，在训练中心总部。"

"怎么了？"

谢颜说："那个教练动手动脚。"

傅青立刻找他要地址。

谢颜知道傅青应该要过来，把定位发过去了。可他心里不想傅哥同这些人纠缠，有点恶心。

经理看谢颜半天没说话，以为谢颜已经想好了，不再追究这件事，连一旁的刘成光都松了口气，却见谢颜再没有耐心，直接说："行，那我报警。他当了这么久教练，应该也不止我一个受害者，让警察查好了。"

没人猜到他会说要报警。

因为谢颜要拍戏，要当演员，以后会成为明星。

谁也没想到他会这么做。

傅青到的时候，谢颜已经和训练中心谈好了。经理还是舍不得摇钱树，可真要闹到派出所，到时候老板知道了，连他自己都要倒霉。为了一个曹旻，实在不是划算的事，他当着谢颜的面开除了曹旻，将这件事记进了档案。

经理也通知了作为实际雇主的孙怀君。

曹旻还想恳求，却被训练中心的经理立刻赶了出来。他一身狼狈地站在那儿，看着谢颜从里面走出来，眼神恶毒又懦弱。

刘成光离谢颜远远的，他怕曹旻发疯连累到自己。

谢颜走过去，他本来就比曹旻长得高，又扬着下巴，低头看着对方，显得盛气凌人，语气似乎还有些疑惑："怎么，不服气还要讨打？"

只是他还没来得及有动作，身后忽然传来一个声音，是傅青的。

他说："小谢，过来。"

听到傅青喊他，谢颜就不想和曹旻计较，浪费力气了。

傅青是开车过来的，他站在车灯前，朝谢颜这边走过来，瞥了一眼曹旻问："是他吗？"

谢颜得稍稍仰起脑袋，对傅青点点头。

傅青看到他湿漉漉的头发一绺一绺贴在额头上，大约是因为现在外头的气温太低，离开泳池这么久还没干。

外面正在吹着风。

傅青没多想，径直脱了外套，递给谢颜。

谢颜没接："我不冷。"

傅青直接把外套罩在谢颜的头上，继续朝前走："头发没干，别感冒了，还要训练。"

衣服都到了头上，也不好再拒绝了，谢颜跟在傅青的身后，低声"哦"了一下。

谢颜一米八几的个子，脑袋罩了件黑色外套，像个小朋友似的被裹得严严实实。他又很新奇地伸出手，去摸头顶上外套的布料，模样有点好笑。

傅青看着身前谢颜的影子，活动了一下手腕。

谢颜一看傅青的动作，就知道傅青是要做什么，他犹豫了一下，不知该不该阻止。

傅青偏过头，对谢颜笑了笑："我有数。"

其实傅青挺久没动过手了。他年少的时候有点浑，那时候好像把这辈子的架都打光了，后来年纪渐长，他脾气平和了许多，不再像年少那样轻易动手了。

可不包括现在。

谢颜虽然一直认定傅青是“大哥”，可这是头一回看他真的出手。其实也只是几个拳脚，可谢颜总觉得，傅青能单手把曹旻从地上拎起来。

大哥不愧是大哥。

傅青说有数就是真的有数，他只给曹旻一个教训，没啥事儿。

谢颜顶着傅青的外套，又戴着口罩，只露出两只眼睛，正准备同傅青说话，手机却突然响起来了。

孙怀君刚得知消息就打来电话，他问：“谢颜你有没有事？”

谢颜惜字如金：“没。”

孙怀君脾气火暴，开始对着电话骂游泳教练不是个东西，又扯到刘成光实在不负责任，也不知道怎么当助理的，还要谢颜亲自抓人，最后又很得意地夸谢颜：“你不愧是我看中的人，直接当场把他抓了，还强迫他被开除，档案上还记上一笔，以后就不能再祸害别人了。”

顿了顿，他又说：“那个教练这么骚扰你，他们训练中心那么有钱，怎么能不赔偿点精神损失费。唉，你真是年纪小，不懂事，该敲一笔的，咱们剧组正缺钱。”

孙怀君的语气甚至十分遗憾。

谢颜：“……”

幸好孙怀君话多事也多，又念叨了一会儿，就去忙工作的事了。

虽然谢颜已经学会了游泳，可还是要再找个教练，孙怀君向谢颜保证这次一定会找个口碑好的，不会再出现上次的情况了。

傅青在旁边都听笑了，他打开车门，让谢颜进去，问：“小谢是发现了就直接把人带到这里了吗？”

谢颜老老实实地系安全带，老老实实地回答：“没有，先教训了一顿。不过没打脸，打了就太明显了，虽然不理亏，但到时候不太好谈条件。”

傅青早知道谢颜的脾气，听到解释也不意外，夸了一句：“还挺熟练。是以前遇到过吗？”

谢颜把傅青的外套摘下来，里层已经被头发上的水微微浸湿了，他规规矩矩地把衣服放在自己的膝盖上。

“今天去看傅爷爷吧。”谢颜想了片刻又回答，“遇见过。”

傅青没再多问，谢颜也没再多答。

谢颜第一次遇到这种事是十一岁。

那时候他才被人退养，不仅和福利院的小孩子关系差，工作人员也嫌他麻烦，不过就算不讨人喜欢，也没人敢欺负他。后来来了个六十岁的老爷爷，福利院里的小孩都喜欢他，因为他会用自己的工资买糖果或者小蛋糕发给他们。他对谢颜特别友善，混浊的目光总是落在谢颜过分消瘦的身体上，可惜谢颜不喜欢糖果，厌恶这种目光，从来没接受过他的赠予。

直到有一次自由活动的时间，谢颜一个人到偏僻的阴凉地方躲太阳，听到一个废弃的小屋子里传来哭闹声。他本来以为是福利院的小孩子之间互相欺负，还继续躺在原地，可后来那声音太惨太胆怯，中间又夹杂着老头的声音。

谢颜从破旧的窗户里隐约看到令人作呕的场景。

他对那个小女孩没什么印象，只隐约记得她很胆小，遇到自己都会瑟瑟发抖。

再怎么样，也不过是一个八岁大的小女孩。

这里离前院太远了，来不及回去叫人了。谢颜从隔壁屋子抽了条板凳腿，直接敲碎了窗玻璃。

那是谢颜的人生里打过的最艰难的一场架。老头是老了，却也是一个成年男人，谢颜还未长大。

这件事闹到了院长面前，又在老头那里搜出一堆相关证据。院长虽然不仁慈友善，但好歹是个正派的人，将老头扭送到了派出所，又将唯一一个受害者送去了别的福利院。

谢颜忘性很大，打过的人转脸就忘了，只是依旧记得那时候小女孩的哭声。他很少想自己以外的事，却希望那个小女孩已经忘了这件事。

所以遇到这种事，谢颜下手格外狠，处理起来也很绝。就像这次，曹旻是游泳教练，会利用这一层身份接触很多人，他就一定要对方失去工作，而且不能轻易再当游泳教练。

兴许是因为想着事情，车又开得太平稳，里头太暖和，谢颜靠在座椅上，慢慢地睡了过去。

这里离老街挺远的，车开了大约一个半小时才到。傅青熄了火，等了会儿，谢颜还没有醒，他就先下车买了菜。

傅爷爷敲着拐杖问道：“阿青，小谢人呢？你不是要带他回来玩吗？”

傅青将菜拎到厨房回道：“他累了，在车上睡觉。待会儿做好饭再叫他。”

谢颜睡了两个多小时才醒。他醒过来的时候很迷茫，打开车门，下来就是傅家的院子。门没关，他推门进去就见到傅爷爷在里院的门口坐着，迷迷糊糊地打了个招呼。

傅爷爷的精神一如既往:“小谢醒啦！来陪我聊会儿天，阿青饭还没做好。”

谢颜觉得有点丢脸，来人家家里吃饭自己却在车上睡了一个小时。

傅青从厨房里走出来，托盘里放了两碗熬好的鸡汤，谢颜和傅爷爷一人一碗：“先喝点汤，吃饭得再等一会儿。”

鸡汤已经晾了一会儿，是温热的。谢颜的指尖贴着碗，热量从那里源源不断地涌入他的身体，心想傅青真是在外打架，在内烧饭的新时代高标准的大哥了。

新时代高标准的大哥傅青烧了一桌子菜，傅爷爷和谢颜聊得开心，开了瓶酒，给谢颜也倒了一盏，却被傅青接过去了，说：“小谢不太能喝酒。”

谢颜拉了拉傅青的衣服，轻声说：“有点冷，我也想喝酒。”

可那杯酒已经被傅青喝了一半，谢颜只好拿了傅青的酒杯，又倒了大半杯。

傅爷爷不知道他们俩的小动作，继续问：“小谢是哪里人？”

谢颜抿了口酒，很辣，又很暖和。他怔了一下：“我是……不知道。我是在福利院长大的。”

傅青的筷子顿了一下，傅爷爷人老成精，表情未动，似乎只是听到很寻常的话，迅速转换话题。

傅爷爷有点喝上了头，回忆起了从前："老街以前虽然偏，在济安市边缘，可也是周围最富裕的一条街了。那时候咱们有厂子，一开火就是钱。"

谢颜撑着头听着，余光瞥了傅青一眼，他替傅爷爷又夹了菜。

"后来，厂子没了，老街一下子就颓了，不过现在这样也好。"

傅爷爷没说为什么，叹了口气："老街老了，人往高处走也是应当的。"

谢颜隐约能听到傅爷爷刻意压低的最后一句话："阿青做得没错。"

吃完饭已经很晚了，本来傅青要送谢颜回家，可他临时有件事，实在没办法，只好打电话给周玉。

周玉今天被他哥关在家里念叨了一天，接到傅青的电话喜出望外，没想到却是送谢颜回家。

不过他很听傅青的话，比对自己亲哥还尊敬，拿着车钥匙颠颠地过来了。

谢颜同傅爷爷告别，先一步推开大门，有些疑惑地问："老街从前是什么样子？"

傅青说："老街就是老街，我小时候还挺热闹的。"

谢颜走到门前，歪着脑袋，原本看着槐树枝的目光移到了傅青身上，眉眼稍弯，笑了一下，问："那傅哥从小时候起就是老街一霸吗？"

他的鼻尖被冻得通红，嗓音里有些许的鼻音。他平常时候好看得太过锋利，此时却有种柔软的可爱。

傅青知道他在调侃自己，无所谓地点了头，又忽然添了句："我回去拿点东西，你别急着走。"

再回来的时候，傅青拿着条藏青色围巾递给谢颜。

像谢颜这样的酷哥从小到大都是不戴围巾的，天冷任它冷，反正不戴这种显人臃肿的东西。

不过是傅青递上来的，还是要给点面子的。谢颜接过围巾，随意缠了几圈，差点勒着自己的脖子。

傅青走近了些，替他稍微松开。

围巾暖和又厚实，遮住了谢颜的小半张脸，他问："这条围巾是傅哥买的吗？”

周玉已经从远处走过来了，傅青仔仔细细地看了谢颜一眼，这条藏青色的围巾和小谢很般配，也许是因为他的脸好，所以什么都般配。

傅青说：“不是买的，是我妈织的。”

谢颜低低地“哦”了一声，很认真地说：“那我会好好保管，下次还给你。”

他知道傅青的父母都去世了，家里只有傅爷爷和傅青两个人了。

周玉终于走到了，他心里十分委屈，想着自己也是这片响当当的“大哥”了，还要给人当开车小弟。

傅青叮嘱谢颜：“到家了给我发信息。”

周玉更恨了。

谢颜坐上车，望着窗外的傅青，犹豫了片刻，还是说：“那傅哥也要注意安全。”

傅青有点不明白，不过依旧点了点头。

其实谢颜以为傅青是要出去打架，原本跃跃欲试想要跟上去搭把手，可想着傅青肯定不会同意，最后挣扎了半天，就憋出了这句话。

有了上次的经历，周玉心里想的并不重要，嘴上已经变成了“谢哥”。

谢颜想自己可能没周玉的年纪大，却默认了这个称呼。

车子在路上开得飞快，谢颜才喝了酒，车内又开了暖气，他坐在后座，有些嫌热，脱了外套，却没摘围巾，伸手打开窗户透风。

后视镜映着谢颜的半张脸，周玉偷偷摸摸地瞅了一眼，长得确实是好看又体面，看起来脾气那么冷淡，对着傅哥的时候却会笑着讲话，难怪没认识多久傅哥就对谢颜这么好。

他怎么就不能少说点话，长一张好看的脸！

前者，他做不到；后者，他也没做到。所以，他是必然不能阻止他们之间迅速发展了。

周玉想通了后，又想方设法地同谢颜打听他们俩之间的事。

谢颜知道傅青和周玉的关系是真好，本着爱屋及乌的道理，他很有耐心地容忍了周玉的多嘴和聒噪，甚至还认真地回答了几个问题。

周玉是在老街长大的，老街的一切也该是清楚的。

谢颜捏了捏自己脖子上的围巾，忽然问："傅哥的父母，是什么时候去世的？"

周玉的话一下子就顿住了，他的嘴张大了僵在那儿，好一会儿才合上，打着哈哈："这……挺久的事了，我那时候年纪小，不太记得清了。"

谢颜低眉敛目，没再问，也没再说话。

周玉想了一会儿，还是慎重地叮嘱了句："不是有什么不能说的，而是傅哥不太愿意提父母的事，谢哥你最好也别在傅哥面前说。"

一般不愿意提及去世父母的，要么是讨厌，要么是伤心。可傅青把围巾递给自己的时候，很自然而然地提到了他的母亲，那就不可能是因为讨厌了。

既然是伤心事，谢颜就不想多问了。

他不想让傅哥伤心。

周玉虽然看起来吊儿郎当，可做事还是很妥当的，把车子开进小区，甚至想要送到楼上，生怕这老单元楼里进了坏人出点意外。

谢颜拒绝了，他披了外套，晃晃悠悠地走到了楼梯口，给傅青发了个信息，傅青好半天没回。

真的是有事。

谢颜摘下围巾，上面已经浸了层薄汗，是刚刚在车上热的。

出租屋虽然小，可谢颜怕麻烦，还是装了个洗衣机。不过他怕把这条手织围巾被洗坏了，自己打了盆冷水，在夜晚独自洗围巾。

谢颜想起来方才傅青是怎么替自己戴好围巾的了。

温度挺低的，又是用冷水，本该很冷的，可谢颜一抬头，镜子里自己的脸比刚刚还要红。

有病吧。

谢颜骂了自己一句，又忍不住笑了。

他把围巾洗完晾好，就半靠在床上边看剧本边等傅青的消息。

大概到了凌晨两点，傅青那边才回的消息。

他说：“刚刚有点事没看到，小谢睡了吗？”

傅青知道谢颜的作息，也许是因为多年福利院的生活，谢颜完全不像当代青年：早起早睡，还会去楼下跑圈，特别健康。

可今天谢颜没有睡。

傅青没收到微信，却接到个电话。

这是谢颜第一次给傅青打电话，他们往常有什么事好像都是在微信上一来一回解决了，没有打电话的必要。

傅青接起了电话，听见谢颜问他：“傅哥，你到家了吗？”

他才上了车，太晚了，回不了老街，和司机说去公寓歇一晚后，又对电话说：“还没，才做完事，准备回去。”

谢颜听到他的声音和往常差不多，气息也没什么变化，料想即使打了架，应该也没出大事，才放松地躺回床上，丢开剧本：“嗯，那就没事了，傅哥晚安。”

傅青笑了一声：“我知道，你也早点睡，小谢晚安。”

正在开车的司机有些惊讶，他跟了傅青好几年，算得上了解傅青的脾性，对方一贯沉默，很少这样笑，几乎未曾见过。

刘成光经历了上次的事情后，生怕一个做不好谢颜就把自己揍一顿，基本上每天来孙宅打个卡就不见人影了。

谢颜没和孙怀君提刘成光，主要是剩下来学游泳的时间不多，刘成光只要不往他面前凑，他没多少心思放在对方的身上，再换人也嫌麻烦。而游泳教练要再过几天才能来，谢颜便一个人在孙家后面的泳池学游泳。

他学东西一贯很拼，又没有人在身边提醒监督，几乎是从早游到晚，中午休息一会儿，和傅青聊几句，别的时间都泡在水里。

这样游的强度大，很耗费力气，谢颜仗着年纪轻体力好，就这么游了两天，直到第三天早晨下水，才感觉有点腿软。他也没把这当一回事，照样按以往的节奏游起来了。不过才到第二圈，他就感觉自己的腿忽然抽了一下。

很疼，疼到骨头里了，可这些谢颜都能忍耐，比疼更严重的是腿使不上力了。

谢颜能感觉到自己在往水下沉。

往日里温暖的池水好像都变得冰冷，往谢颜的口鼻里钻，连意识似乎都变得模糊。

谢颜瞥了一眼泳池边，一个人也没有。

傅青收到谢颜消息的时候已经是下午三点了，那时他才刚开完一个会，下一个在十五分钟后，他不怎么和别人聊天，所以谢颜的消息自然变成了微信里的置顶消息。

谢颜问："傅哥，你能不能来孙家接我一下？"

怎么了？

谢颜是那种出了事也不会告诉别人的倔脾气，除非是自己兜不住的大事。

傅青皱着眉让秘书把接下来的会议往后推，又拿了车钥匙，边往下走边问："我现在就过去，你怎么了？"

那边的人沉默了一会儿，才十分含蓄地回答："没什么大事，就是刚刚游泳不小心腿抽筋，现在站不起来了。"

至于运动量过大，周围没人，谢颜战略性地省略了这些条件，就当作不存在了。

傅青到的时候，是保姆给他开的门。

保姆是个老太太，手脚利索，做事勤快，为人也善良，听闻傅青是谢颜的哥哥，很后怕似的和他说："我刚才去后头收拾东西的时候看到谢颜在泳池旁边坐着，多问了一句，才知道他腿抽筋，动不了。泳池那儿只有他一个人，幸好没出什么大事。我已经通知先生太太了，问谢颜找人来接他了吗，他想了好一会儿才说找好了。"老太太顿了顿，"这事太险了，要是他真一个人在后面出了事，才二十岁的小伙子。"

傅青沉着脸，一路没说话，直到走到了后院，才远远看到个人。

谢颜坐在泳池旁边的矮凳上，他披了条浴巾，手指间夹了根烟，似乎与寻常没什么不同，只有很仔细才能看出左腿的僵硬古怪。

傅青没再走近，而是先对身旁的保姆说：“阿姨，请你端杯热水过来。”

谢颜听到外面的动静，偏头看到傅青朝自己走了过来，就是脸色不大好，正皱着眉，额头上的疤痕清晰可见。

很凶的样子。

谢颜虽然没被吓到，但气势先弱了，嘴唇稍抿，不自觉地掐灭了烟头。

他是自己从泳池里爬上来的，也是因为运气好，抽筋的时候正好快要靠岸了，抓住了池壁上的扶手，上身力气又足够大，才勉强把自己拉上来了。可上来了又动不了，腿也疼得厉害，他想了半天，没想好接下来要怎么办。

刚刚老太太要他给家里人打电话的时候，他立刻就想到了傅青，却又犹豫了一下。其实以往也不是没遇到过这种情况，受了伤，暂时动不了他就不动，在原地歇到能自己走回去为止。

他没多少人际交往的经验，也模糊地觉得，才认识没多久的人，这样叫人过来接自己好像不太好。

可是一旦想到了傅青可以来接他，他好像就不能容忍自己走回去的这个选择了。

谢颜一贯做决定都很果断，这一次也不例外，遵从了自己的心意，好像没想过会被拒绝。

现在傅青来了。

谢颜见他脸色不好，自己不打自招，先掩饰性地解释起来：“我游泳时不小心腿抽筋了，现在好像动不了了。阿姨让我打电话叫人来接，我就找你了。”

傅青一怔，他知道谢颜是福利院出身，无父无母，可能因为性格缘故，长到这么大也无亲无友，所以只能打电话给自己，还想了好久。

他的心骤然软了一下，不过很快又硬了。

对小孩子是不能心软的，这次任由谢颜避重就轻，想必下次他还会再犯。

傅青蹲在谢颜面前，直视谢颜的眼睛，琥珀色的瞳孔不如往常的平静，他故意轻描淡写地问：“是这样吗？”

谢颜没经历过这样的逼问，有些心虚地移开目光，却又说不出谎话。

傅青从旁边的柜子里拿出干毛巾，走到谢颜的身后，一点一点地替他把头发上的水擦干。

谢颜只觉得头皮发麻，浑身上下的命脉都被人把握在手心里了。

他看不到傅青的动作，只听到声音："方才那个阿姨都和我说了，但我要你亲口和我讲，你错在哪里，为什么腿抽筋，还差点溺水。"

谢颜讲不出话来。他坐在矮凳上，左腿估计还疼着，敞在一边。

从傅青的角度能看到谢颜紧紧咬住的嘴唇，隐约发青。

对于谢颜这样的性格来说，示弱已经很难了，更何况是当着别人的面认错，傅青又不太忍心了——小朋友本来就受了伤，难受着，再被自己这么硬逼着认错，太委屈了，没必要。

谢颜听到傅青似乎是叹了口气，说："算了。"然后毛巾被放到了一边，脚步声渐渐远去。

谢颜却没有因此而放松，他忽地有些茫然，想问"算了"是什么意思。

可他不会问出口。

傅青从储物柜里把谢颜的衣服都拿出来了，走回谢颜的面前，想要叫他别咬嘴唇了，咬破了又要添新伤。

傅青把衣服搁在自己的膝盖上："穿衣服，去医院看看。"

谢颜现在瘸了条腿，好像全身上下都不灵便了，折腾了好半天，像个小孩子似的由傅青给他穿好了衣服。

傅青转身蹲下，偏头对谢颜笑了笑："上来。"

谢颜怔了怔，雪白的耳朵尖立刻红了，不过藏在头发里，除了他自己，谁也不知道。

傅青见他不为所动，说："不要我背，你自己单脚蹦去？"

谢颜迈不过心里的坎。

他迈不过去，傅青就没再多说，动手帮他迈过去了。要是没受伤的谢颜可能还有挣扎的余地，可现在这种状况就是毫无还手之力了。

谢颜被傅青背到背上，脸颊滚烫，手脚僵硬，怎么摆都觉得别扭。

傅青背着谢颜，一步一步向外走，他走路很稳，背很宽厚，一点也不颠簸。谢颜的脑袋没和傅青的后背接触，都能隐约听到对方心脏的跳动声，沉稳坚实，很能令人安心。

谢颜渐渐放松下来，放任自己伏在傅青的背上，耳朵贴着他左边肩膀，两人连心跳的节奏好似都同步了。

谢颜想，傅哥比他高，比他大十二岁，本就应该背得动自己的。

他没被人背过，也没被人这么温柔地对待过。平时傅青叫他小朋友，其实他也没多大感觉，毕竟只是一个称呼，直到现在才发觉自己好像真的被傅青当作小朋友对待了。

又哄着又背着。

谢颜到了背上，就像只收了爪牙的小老虎，连说话都变软了。他挣扎了片刻，才对着傅青的耳朵说："对不起，刚刚我没说真话。抽筋不是因为不小心，这几天没人看着，我游得太多了，又累又没力气。"

这才是真话。抽筋的确是意外，可大半是由于谢颜自己导致的。而差点溺水则是他胆子太大，天不怕地不怕，以为什么都没关系，也没叫刘成光陪在身边。

傅青开始想硬逼着谢颜承认，给对方一个教训，可等小朋友真的自己承认了，他也没怎么教训，连语气都很轻："我以为你挺乖的，没想到心里这么没数。过度疲劳，周围连个人都没有，这是不把自己的命放在心上吗？"

谢颜还没听到后面的话就已经怔住了，因为他从小到大都没得到过"乖"这个评价。

抽烟、打架、骂人、脾气暴，哪一样都和乖沾不上边。

可原来自己在傅哥心里很乖吗？

傅青不知道谢颜在想什么，只觉得谢颜脾气太倔，虽然没什么不好，可对方有时候胆子又太大，不能保护好自己，于是他忍不住多说了两句，是教训的语气。

谢颜很乖地听了，临上车前忽然说："其实腿抽筋沉进水里的时候，我还是害怕的。以后不会了，我不会拿自己的命开玩笑的。"

傅青想，这话说的，就像是哄自己别教训他一样。

他看了一眼半躺在后座的谢颜，点了下头："你心里明白就好。"

别墅区不远处就有一家口碑很好的私立医院，寻常人不知道，傅青却挺清楚，因为这个别墅区是他亲自开发的。

进了医院不用傅青再背，医务人员直接准备了轮椅，将谢颜推进了诊室。这种小毛病医生看起来很快，前后十分钟就开好了药油，又叮嘱了几句最近不能用这条腿，要好好休息，最好在上药的时候再按摩一下，甚至十分贴心地当场教学。

傅青不仅学了怎么按摩，还因为担心谢颜的骨头出问题，多问了几句。

刚出了医院，孙怀君的电话就打进来了。他很欣赏谢颜，看谢颜样样都好，虽然这次的意外里也有谢颜自己的原因，可大部分锅都在刘成光身上。

他把刘成光大骂了一顿："让他来给你做助理，他什么都不干，连你都不看着，自己私下联系别的公司，想拿《白鲸》做跳板到别家小公司当经纪人，还敢说到时候把你也给签进去，肯定火，什么个玩意儿？我把他辞了，助理也得看人品，我找朋友给你介绍个好点的。"

孙怀君脾气暴，肯定不只是把人辞了，最起码接下来的一段时间，刘成光在业内都混不下去了。

骂完了刘成光，他又喜出望外地和谢颜介绍起了新戏的情况："对了，男二也敲定了，找了个当红小生，长得还过得去，演技也还成，最主要是不要钱，还有热度。"

虽然孙怀君不指望这戏能拿多少票房，但能少赔点就少赔点，至少能把好友的钱保本，剩下来自己的钱贴进去也无所谓。

不过这都和谢颜的关系不大，来了谁，该怎么演还是怎么演。

最后孙怀君放了谢颜几天假，让他好好休息，顺便等教练过来。

挂断了电话，傅青也正好将车开回了谢颜的家。上楼梯的路不太好走，傅青还是将谢颜背上去的，这么多次下来，谢颜也早已没了挣扎。

傅青推开门，将药油放在桌子上，低头说："先洗澡再擦药吧。"

谢颜单脚蹦进卧室拿毛巾，他个子高，这么跳起来有些滑稽的可爱。

等又跳出来，他听到傅青问："洗澡可能不太方便，要不要帮忙？"

谢颜说："不，不了吧……"

谢颜一个人进卫生间洗澡了。

淋浴器是太阳能的，这几天是阴天，水不太热，谢颜放了会儿凉水，左腿半蜷着靠在墙上。卫生间逼仄又狭小，谢颜平时一个人在里面都嫌窄，他心里模模糊糊地想，若是再添一个傅青，两个人可能得脸贴着脸，肉贴着肉挤在一起。

傅青听到卫生间里的水声，对里面说：“小谢，我拿你的钥匙去买饭了。”

水声太大，谢颜正在洗头发，没听清楚就应了。

傅青点开手机，在还在营业的店里找了一家口碑还算不错的点了三菜一汤，等的时间有点久。

他拿着饭回去的时候，谢颜已经洗完澡了，半蜷着身体坐在窗户旁，屋内没有点灯，外面的月亮倒是很圆很亮。

可能是才洗完，谢颜浑身上下都沾满了水汽，眉眼都是湿漉漉的，在月光下是很柔软的模样。

傅青不自觉地笑了笑：“你这里没厨房，做不了饭。我下去买了点，过来吃饭。”

谢颜单脚蹦跶着去客厅吃饭。他平时冷冷淡淡的，可吃饭的时候很不同。也许因为是在福利院长大的，从小就要抢饭吃，他吃饭很快，但吃得很香，有点像小孩子的吃相，让人看着也忍不住会多吃点。

吃完了饭就该推药油了。

谢颜尝试挣扎：“其实我自己也可以推，不用傅哥也行。”

可傅青觉得不行。

如果是平常，谢颜还能多挣扎一会儿，可今天不同，谢颜有点理亏，这挣扎就显得名不正言不顺。

谢颜被迫老老实实地趴在床上，露出小腿。

傅青将药油倒在手上，按照医生教的手法一点一点推拿。他的手大且粗糙，用力推药油的时候，谢颜能感受到很明显的摩擦，怎么都不能放松。

傅青察觉到了，问：“嗯？是不是力气太大了？”

谢颜知道不是力道的问题，是他自己放松不下来，于是掩耳盗铃般地将被子往自己的脑袋上一蒙，恶声恶气地说：“力气不大，傅哥早点推完，我想睡了。”

他说完这句话自己都觉得自己不讲理。

可傅青不和他计较，知道小朋友脸皮薄，不再多问，放轻力道推完了。

他洗完手回来，谢颜还是蒙着头的，声音隔着被子传来：“傅哥对不起，我刚刚语气不好。”

福利院小霸王这辈子没道过几次歉，更何况是这样的理由。

“不用的。”傅青顿了顿，隔着被子摸了一下谢颜的脑袋，“小朋友受了伤，脾气坏一点也很正常，没有关系。”

谢颜露在外的脚趾缩了一下，没有说话。

接下来的几天，谢颜躺在家里休息养伤，看看剧本。他本来就不是什么重伤，恢复起来很快，加上新教练人很不错，技术也好，又练了小半个月游泳，孙怀君总算打电话给谢颜，让他来拍定妆照。

由于剧组很穷很节省，到了拍定妆照的地方，连个单人化妆间都没有，所有演员都待在一个大屋子里排着等化妆师。

因为谢颜要染头发，化妆师人数又少，打好染发剂后就将他先放置在一边，先替别人化妆了。

谢颜怕吵闹，一个人待在角落里看剧本。

直到一个人自动自发地凑过来，走到谢颜面前说：“咦，你又来这里当群演吗？”

谢颜抬起头，皱了皱眉，好半天才认出来他是上一回遇到的那个刑侦剧的男主角杨寻。

杨寻也是才来，他出道这么久，一直有单独的化妆间，没受过这种罪，在没排到化妆师前只想图个清静，才找了个偏僻的角落，没料到遇到谢颜。

杨寻很得意地扬起眉毛：“我们俩还是有缘分的，你看你不要我给你介绍工作，来当群演又碰上了。我是这部戏的男二，孙导很看重我的，你好好演，我再给你推荐别的工作。”

谢颜看到是他，又一脸冷漠地看剧本了。

其实两个人也没仇，就是杨寻不服气，总想找回场子。

孙怀君从摄影师那里过来，远远地就看到谢颜和杨寻在说话，走近了对谢颜介绍："这就是我和你说的男二号杨寻。你们原来认识啊，这样合作起来也更轻松些。"

杨寻，就是那个不要片酬，不用白不用，还有热度可以蹭的偶像小生。

一般上升期的演员很少有愿意不拿报酬，把半年时间耗费在一部大概率可能扑街的文艺片上的。首先是这种片子拍起来吃力不讨好，不像有些粗制滥造的电视剧不用费劲就能两个月刷一部，既有高片酬，粉丝还喜欢；再来就是业内风云变幻，一段时间不出来刷存在感，不出新的电视剧或电影，就被观众粉丝忘了。

可杨寻不同，他是个富二代，自带资源，不缺钱，就来追逐梦想了。

杨寻从小就喜欢孙怀君的纪录片，后来他长大了些，到了能明白事理的时候，孙怀君开始拍文艺片，他喜欢极了，反反复复地看。他哥还经常笑话他，明明活得像个"沙雕"，看文艺片哭起来的样子就更可笑了。杨寻进演艺界，一方面是真的喜欢拍戏，另一方面则是想要和自己喜欢的导演合作，满足自己小时候的梦想。这个梦想全家人都知道。

笑话归笑话，可亲哥还是亲哥。他哥知道孙怀君在为了《白鲸》筹款的时候，多次表示可以全额投资，不会做出任何干扰，拍出来还会花钱宣传，只要让杨寻当男主角。

可孙怀君的脾气硬，就是这样优厚的条件也没答应，亲自去片场看了杨寻的表演后给退了。拒绝的理由也很直接，直说杨寻的外形条件不符合男主角的形象，演技还要多磨炼。

杨寻他哥气得差点让《白鲸》永远拍不出来。

杨寻为了心爱的导演，先把自己亲哥劝好了，让他哥别再蹚浑水，又委委屈屈地找上孙怀君，说自己不要片酬，看这片有没有合适的角色，他都能演。

孙怀君对影片的质量要求高，却也不是真的不能通融，更何况杨寻的条件不差，人又挺通情达理，还不要片酬，不用白不用。

他又和杨寻介绍谢颜：“这是《白鲸》的男主角，咱们这部戏挑大梁的，你们接下来可要好好配合啊。”

杨寻的笑容立刻僵住，保持着一张微笑的假脸和孙怀君打招呼，等谢颜和孙怀君都走了，才扭过头问小助理：“孙……孙导刚刚是说谢颜是男主演吗？”

小助理尽职尽责地替杨寻擦了擦冷汗：“是啊，杨哥，你没听错。他是男主演，你是男二。”

杨寻身心俱疲，想了一会儿，虚弱地说：“这三十年河东三十年河西，打脸是不是来得太快了点？”

小助理兢兢业业地安慰杨寻：“杨哥没关系的。虽然谢哥长得比你好看，演得比你好，现在是男主演，可是他没咱们老大有钱！咱们有背景的，怕什么！”

杨寻总觉得这话有些古怪：“我寻思着你这是在安慰我吗？”

想了一会儿，他又点点头，很赞同似的说：“也是，他这么穷，不可能一夜暴富比我哥还有钱。”

拼土豪程度，他是不可能比得过我的。

想到这里，杨寻又找回了优越感，放下心来。

# 第四章

DISIZHANG

## 男一号

拍完定妆照后，一切都挺顺利。孙怀君要求高，大部分都要实景拍摄。他已经选好了地址，在海边的一个小镇，不算热门景点，人比较少，对拍摄有利。日期也定下了，准备带着整个团队一起飞过去。谢颜和杨寻正好也在这个城市，所以顺便把他们俩也打包带走。

谢颜在家里整理行李，他没什么好收拾的，就几套夏秋换洗的衣服和一个钱包，里面装着几百块零钱和身份证，别的好像就没了。

他一贯走得很干脆利落。

傅青发过来一条微信，问："东西都收拾好了吗？"

"嗯。"

然后，他又很认真地把东西清点了一遍。

他等了一会儿，傅青还是没有再发消息过来。

谢颜莫名其妙地有些失落，因为他知道傅青明天有事，不能来送自己。

手机振了起来，是傅青的电话。

谢颜飞快地接了起来，听见傅青笑着说："回得那么快，是糊弄吗？收拾行李不能糊弄的。"

谢颜平白遭受误会，干巴巴地说没有。

傅青没再提这个，真拿谢颜当小朋友似的叮嘱了好多句在外地该注意的事。

要是别人说，谢颜可能早就烦了，可对面是傅青，他就听得很认真，都记着，偶尔也应两声，可傅青觉得他并没有真的听进去。

“算了，”傅青顿了一下，“明天当面和你说。”

自从谢颜上次差点溺水后，谢颜的乖崽程度就在傅青这里大打折扣。他原先认为谢颜从小一个人长大，虽然脾气坏点，但肯定很懂得照顾自己。可现在看来，全凭运气好，老天照顾。谢颜自己不长心眼，比老街上那些天不怕地不怕的狗崽子胆子还要大，他们去打架、游泳还知道成群结队，真有个好歹旁边还有人帮自己。

谢颜太独立了，傅青想，既然把他当弟弟，难免要多费点心。

谢颜不自觉地睁大了眼，听傅青继续说：“你是明天中午的飞机，我见完人正好去送你。”

“机场再见。”

谢颜挂断电话，愣了好一会儿，又把行李箱打开，清点了一遍行李。他忽然站起身，打开衣柜，将那条单独挂在一边的藏青色围巾拿出来。

那边是夏天，连冬装都用不上，何况是围巾。

可现在的济安是冬天，也许明天会很冷。

谢颜寻了个理由说服自己,心安理得地将围巾放在了行李箱上,倒头睡着了。

第二天谢颜去得很早，剧组人员还没到。而杨寻是当红小生，机场这种地方不敢多待，肯定会卡着点来。

机场空旷，空调也不暖和，谢颜戴着口罩、围巾，只露出一双狭长漂亮的桃花眼，无聊地看着电子版剧本。

剧组的人陆陆续续也来了，孙怀君拒绝妻子给他开后门订的头等舱，和剧组人员同甘共苦坐经济舱，可谓是省钱楷模了。

因为这趟飞机大多都是剧组里的人，大家都很放松地聊着天，热闹得很。杨寻一个人在 VIP 等候室十分寂寞，想要去凑凑热闹，小助理却拿着鸡毛当令箭，不许他出去，怕被人认出来惹出乱子。

他努力说服小助理，让对方别拿自己亲哥的话当圣旨，拦着自己去普通候机室：“你看那里全是我们剧组的，没有外人，我又戴着墨镜、口罩、鸭舌帽，不会被发现的！”

小助理毕竟和他还是一条心，心软地放他出去了。

离登机的时间越来越近，谢颜有些着急了，每当有人进来，他都忍不住抬头看是不是傅青。

傅青赶在最后十分钟到的。

谢颜一抬头，看到傅青穿西装打领带，和以往大不相同，不过还没来得及问他是去做什么了，就被塞了一袋子的常备药。

这么冷的天，傅青的额头上却有汗，应该是赶得很急。

谢颜将自己的行李托付给旁边的工作人员，和傅青走到大理石柱后头，递了张纸巾过去。

傅青朝他笑笑，问：“昨天说的你都记得吗？”

谢颜摘了口罩，说：“记得。”

又怕傅青再说昨天的叮嘱，他便先发制人，压低声音重复：“一个人不能乱跑，生病了要告诉剧组，不能随便打架，对不对？”

他心想，这真和叮嘱十岁小孩没什么区别。

傅青想了一会儿：“其实说那么多，就是想提醒你保护好自己，一个人在外别硬撑。”

他看着谢颜，眼前的人并不是个小孩子，可他总不自觉把对方当作要照顾的对象。也许是因为第一次见谢颜，对方就很小孩子脾气地淋着雨，和老天爷较着劲，雨水落到眼里，却怎么也不服输。

总叫人很不忍心。

傅青很少会产生这种情绪。他对老街的小孩都很好，可大多是因为责任，像周玉这么亲近的，也是放养着，不会像这样照顾。

真是很奇怪又很柔软的感情。

他看着谢颜缠成一团，永远也戴不好的围巾，动手理好了：“到了就发信息给我。最近我有点忙，可能不能立刻回你。”

周玉在大理石柱另一面听得牙酸。他平日里不学无术地混日子，今天有重要的事，他被他亲哥周真拉过来当苦力，又自告奋勇地替傅青开车。

他开始还愤愤不平，后来越听越沮丧，觉得他傅哥可真是喜新厌旧的代表人物，这差别待遇，太明显了，令人落泪。又想到他傅哥本来就对自己这么凶，要有了新弟弟，自己可能就要成棵小白菜了。

谢颜听到广播的声音，抬头看着傅青琥珀色的眼瞳说："要登机了。傅哥再见。"

要和傅哥分开很久，也许下次见面就是过年了。

很舍不得似的。

或许是因为没有家，所以也不会对什么地方产生留恋。上次因为那个经纪公司的事从长大的城市离开，也并未难过。

可现在好像不同了，原来认识了一个很好的人会变成这样，会对一个原来不认识的地方产生兴趣，甚至对这座城市都温柔眷恋起来。

谢颜以前很讨厌这种黏黏糊糊的优柔寡断，现在又觉得也没什么不好。

孙导把他们俩的告别从头看到尾，一句话没说，和副导演说："走吧。"

剧组一群人上了飞机，杨寻因为爱热闹，和周围的人都聊得来，加上整个经济舱差不多都是剧组的人，便十分嚣张地把头等舱的座位让给了孙怀君，自己跑到经济舱快乐了。

杨寻看到谢颜正在摘围巾，凑过去很得意地说："像我这样真正的酷哥，从来都不畏严寒，什么时候都不会戴围巾影响形象的。"

不凑巧的是，真正的酷哥刚说完这句话就打了个喷嚏，得到谢颜的一个冷漠的白眼后，委委屈屈地爬回自己的位置，被小助理冷酷无情地灌了一大杯热水。

杨寻自讨没趣，摸了摸鼻子，准备高冷起来，再也不找谢颜聊天了。他兴冲冲地拍了张自拍想要发微博说新戏的事，又觉得不妥，还没问孙怀君的意思，毕竟每个剧组的宣传习惯都不同，不是都乐意让演员提前放出消息的。

孙怀君倒不介意，他让杨寻进组，已经想到了这种情况，便很随和地对杨寻说："要不你带上谢颜，露个脸就行了。"

杨寻对心爱的导演一秒钟屈服，立刻忘记了自己刚刚的话，说："好的！"

他折腾了一会儿，下了飞机立刻迫不及待地发了出去——

【新戏新开始！大家想我了吗？搭档在思考人生，让我偷偷拍一张……】

配图是两张才拍的照片：一张是挤眉弄眼，接近于表情包的自拍；另一张是用偷窥角度拍的谢颜。

杨寻自己有空的时候也玩摄影，自拍虽然“沙雕”，可拍谢颜却拍得很有镜头感。

照片里的谢颜正偏头看着舷窗外，镜头只捕捉到他的小半张脸。他侧脸的轮廓很好，高鼻薄唇，眉眼低垂，隐约露出带着些许水光的黑色瞳仁，动人极了。

杨寻是当红小生，不过几分钟，微博下面就刷出了几千条留言，其中大部分是粉丝的“无脑舔颜”，有些在问新戏的情况，还有的则被谢颜的长相折服。

【小羊冲呀！！！】

【我们小羊接新戏了吗？为什么没有官宣啊？】

【小羊是不是熬夜打游戏了，怎么有黑眼圈？但是没关系，妈妈自带滤镜！】

【小羊的表情包和小哥哥的颜在一起对比可真惨烈，对不起，请允许我爬墙三十秒舔舔。】

【旁边的小哥哥不仅很有颜还有点盐。】

【啊啊啊啊啊，一分钟，我要知道这个小哥哥所有的资料！】

……

由于杨寻本身的性格随和中带着“沙雕”，所以粉随正主，杨寻的粉丝“小白羊”也比较“沙雕”。虽然粉丝混杂，各有各的想法，但总体而言，大家心态都很佛系，专注自家。虽然在热热闹闹的评论区也有几条不太和谐的评论，比如这个新人演员是不是蹭自家的热度，但都被压下去了，上不了热评。

杨寻一贯喜欢和粉丝交流互动，美滋滋地回复了几条对着表情包都能夸自己盛世美颜的评论。又想起自己心爱的导演，心爱的《白鲸》，咬着牙，忍辱负重地挑了一条关于谢颜的回复。

【嘿嘿嘿，小哥哥不是盐，是害羞啦！他超甜的 [ 偷笑 ][ 偷笑 ][ 偷笑 ]】

后来谢颜成名后，这条评论的截图流传许久，被作为谢颜和杨寻“暗中交易”的证据。

否则杨寻怎么能讲出谢颜害羞、不盐、超甜这种谢颜粉自带百万层滤镜都夸不出来的假话。

傅青回去后又开了个会，听完季度报告后已经是晚上十点。散会后大多数人都走了，只留下来几个人，其中两个是傅青的左右手，一个是周玉的亲哥周真，还有一个是许小红。

莫复正好有事找过来，一推门就看见周玉蹲在墙角，旁边站着面色阴沉、恨铁不成钢的周真，许小红在同傅青说话，有话也憋回去了。

他转脸就吊儿郎当地笑了起来：“听说你今天去送你家小演员了。他要去外地拍戏，你还舍不得吗？要我说，你不如自己投资，拉个班子，也不用分隔两地了。”

傅青抬头看他，微皱着眉：“别这么开小朋友的玩笑。”

莫复走过去，拨开原本在他身前的许小红：“怎么，小朋友这么宝贝，连玩笑都开不得？”

许小红脾气好，也不介意，挠了挠头，走到周玉那边去了。许小红虽然叫许小红，却不是个姑娘，他个头和傅青差不多，也是在老街长大的，自小就憨厚老实，有时候会被人欺负。他上头有三个哥哥，许妈怀他的时候，心心念念养个闺女，都提前把名字定了，就叫小红。可惜那年腊月生产的时候许妈难产去世，生下来的还是个男孩子。许爸和他几个哥哥商议了一下，为了许妈的遗愿，还是把许小红的名字定下了。

周真在一旁听得清清楚楚，嘀咕了一句：“哪个小朋友？”

周玉八卦又爱表现自己，赶紧和他哥说：“我知道我知道！”

周真瞥了一眼傅青那边，踹了周玉一脚：“不会小点声！来，说。”

许小红也凑过去了。

周玉神神秘秘地说：“那个小朋友应该是谢颜，傅哥带他回过老街，我见过几次，傅哥对他那可真是……”

周真皱着眉：“你怎么讲得这么猥琐。有没有实际点的，那个谢颜人怎么样？”

周玉想起第一次见面的场景，很想大骂谢颜，但话临到嘴边还是㞞了：“人挺冷淡的，不过应该不坏吧，最主要是，长得好看。”

他一个男的，都不得不夸一句是真的好看。

这年头，交朋友都是要看脸的。

他们三个虽说是压低了声音，可统共就这么大的房间，再低也能听得清，何况他们还越来越放肆。傅青没看那边，就咳了一下，三个人立刻沉默地滚出了办公室。

莫复见他们三个人都出去了，门也合严实了，才敛了敛笑：“你上次托我去查的事，找不到马脚，可我找出了点别的。”

傅青前段时间就感觉公司出了内鬼，这内鬼藏得很深，对这个公司、老街都了如指掌，傅青不愿打草惊蛇，就托了莫复去查。

公司和老街是分不开的。老街自古就是一条穷街，再往前数几十年，穷得快要饿死人的时候，傅爷爷号召全街的人筹款办了个厂子。傅爷爷是第一任厂长，这个厂子把老街盘活了，那时候靠着厂子，老街家家都有活可做，有饭可吃。傅爷爷从那个位置上退下来，傅青的父亲就顶上去了，可那时这样老旧的工厂已经不行了，厂子的效益越来越差，渐渐养不活老街这么多的人，傅青的父亲担子很重，他担着整个老街的命。为了多赚钱，他冒险接了危险的化工产品加工的活，没敢告诉整个老街，找了几个相熟的工人在晚上偷偷摸摸开火。结果因为技术原因发生了爆炸，傅青的父母，还有那几个工人全死在里头，其中有一个就是许小红的大哥。

因为发生了安全事故，厂子也不能再办了，所有人都失业了。老街的人一辈子都在这个厂子里，他们没走出去过，也没办法再接触外面的世界，他们被困死在里头了。

老街不再有厂子了，可傅青得背起父亲的罪过，想办法让所有人活下去。

傅青自出生起就一直被当作父亲的接班人，下一任的厂长。所有人都围绕着他，就连老街里的大人都教导小孩子要听傅青的话。享受优待，便该承担责任，不管傅青想或不想，他好像就是因此而出生。

傅青那时候才十七岁。老一辈的人指望不上，只能他们这一辈养家糊口。

路不能越走越死。

傅青带着一群年轻力壮的青年去工地干活。开始是搬砖，光卖体力，后来傅青边做边和老师傅学，便开始自己承包工程。他们独立做完第二个工程的时候正好碰上经济危机，老板的资金链断裂，原本想要直接跑路，被傅青带人拦下来，将那块建好了的地当作报酬抵押给了傅青。

然后便是房地产大涨，傅青为老街赚回了第一桶金，就如同当年的傅爷爷一样，又救回了老街。他成立了现在的公司，趁着房地产的东风，越做越大。

和当年的厂子一样，现在的公司也和老街密不可分，很多一块在老街长大，从老街走出来的人都有股份。

所以内鬼也格外难抓。

傅青看着莫复，脸上没什么表情：“说。”

莫复和傅青是从搬砖那会儿就认识的多年好友，虽然傅青没明说，但老街的内情他知道得也挺清楚的。他顿了一下，说：“许三回来了，你说许小红知不知道这事？”

傅青闭了闭眼：“他知不知道都无关紧要。”

当年明面上都说许三是自己离家出走的，只有少数几个人才知道，许三是被傅青赶出去的。他对老街的人很好、很照顾，可也不能事事容忍。

许三要是想明白了，那回家也未尝不可。

兴许是因为忙了这些天，傅青觉得有些疲惫，忽然就想起小谢了。小朋友就很乖，连自己送的围巾都惦记在心里。

可惜乖崽正在千里之外。

剧组一行人落地后直奔租好的房子，因为要在这里待很久，孙导算了笔账，觉得住酒店划不来，就提前租好了离片场不远的几个院子，又请了做饭的阿姨，能省一大笔钱。

谢颜作为主演，分到一间带卫生间的主卧，已经算是条件非常不错的了。他收拾好东西，看了会儿剧本，睡得很早。

第二天一大早，《白鲸》正式开拍。

故事是从陆逢春失声展开的。因为早早地失去父母，陆逢春不得不出海捕鱼，维持生计。不凑巧的是，正好遇到暴雨，陆逢春驾驶的又是艘旧船，出了点故障，他不得不顶着大雨维修，好不容易才安全靠岸，第二天就发了高烧。

杨寻扮演的是陆逢春的发小裴小舟，他是第一个发现陆逢春生病的人，可是由于大雨，他第三天才来，陆逢春已经被烧没了声音，只救回了一条命。

裴小舟还是个未经世事的小孩子，自责地趴在陆逢春的床边哭泣，反而要叫陆逢春安慰他。

病好了后，陆逢春推开窗，外面阳光很好，他嘴唇微动，问："今天没有下雨吗？"

可他忘了，自己已经说不出话了。

陆逢春人生的两次转折都是因为暴雨，一次是失去了父母，一次是失去了声音。

谢颜穿着白T恤，脸上化着惨白的妆容，嘴唇一点颜色都无，显得格外瘦。他撑着头，呆愣愣地望着窗外，层层叠叠的晨光落在他的身上，在镜头里似乎都成了一团光。孙怀君总算满意，喊了一声："停，过了！"

就这么一段戏，孙怀君拍了半个多月，可以说是一帧一帧地磨出来的。

谢颜听到孙怀君的声音，怔了一下，立刻收敛了表情，恢复成寻常的冷淡，朝场外走去。

拍了这么久，谢颜重拍的次数比杨寻要多得多。他是主角，孙怀君对他的要求本来就更高，还有一点就是谢颜从来没拍过戏，他虽然很有镜头感，可几乎一点不会走位，全靠孙怀君现场教，速度就慢下来了。

不过有一点，谢颜只要对着镜头，基本能立刻入戏，对于感情的把握极为细腻，就像他真的是那个在小渔村长大，无父无母，又刚刚失去声音的陆逢春。

谢颜还是没有助理，他知道今天已经没有自己的戏份了，一个人走到镜子前面卸妆，又拿冷水泼了脸。

他叹了口气，抬头看着镜子，湿漉漉的指尖按住镜子里自己的喉咙，又忽然惊醒，转身就走。

谢颜是不会叹气的。

想这些也没用。

谢颜走到一边，看孙怀君继续拍杨寻的戏份。

杨寻虽然是当红小生，可演技的确还不错，演的每一条都不会敷衍，尽了自己的全力。

不拍戏的时候，谢颜就看杨寻今早给自己发的文件，是杨寻亲自整理的走位经验。考虑到谢颜是个新人，杨寻特意写得很详细认真，一点也不藏私。

不过杨寻要面子，虚情假意地说是自己以前看的资料，让谢颜不用太感激自己。

可是里面举的例子，全是杨寻自己演过的戏。

谢颜想了片刻，发了个谢谢。

杨寻拍完戏才看到谢颜的回复，与自己想象中的感恩戴德、痛哭流涕不同，竟然只有一个冷漠的“谢谢”。

他回了个“。”还不解气，义愤填膺地和小助理说：“谢颜这人太过分了！我这么认真努力地替他整理走位的经验，他就在微信上冷漠无情地回复我一句‘谢谢’就行了吗？”

小助理很冷静地提醒他：“杨哥，你自己不是说就是转发一下资料吗？谢哥都不知道。”

杨寻说：“我当时那么发，你怎么不拦住我啊？”

话音刚落，他就看到旁边递过来一张纸，上面写着：“谢谢。”

杨寻一抬眼就看到谢颜点了点头，又转身走了。

“这……这就是当面道谢？”

《白鲸》的拍摄计划分为两部分，一部分是没有虎鲸相关的剧情用实景拍摄，而有虎鲸的那部分则在摄影棚里合成。

现在就处于实景拍摄阶段，谢颜在海边小镇与世隔绝地拍了快两个月。

他最近对于镜头和走位越发熟练，孙怀君拍的速度也越发快了，已经将陆逢春受到村里人的排斥和与裴小舟渐行渐远的戏份拍完了。

谢颜有很多在海水里的戏份，这种戏十分难拍，还有许多近镜头大特写，孙怀君又是纪录片导演出身，对美的追求很高，镜头有一点瑕疵都要反复重拍，有时候谢颜要一整天都裸身泡在水里。

杨寻看得瞠目结舌，偷偷打电话跟亲哥说幸好自己没当男主角，否则他都拍不下来。

拍完今天的戏份时已经是黄昏了。天边堆满了粉色积云，太阳一半沉入海平面之下，似乎将这片海域都染成橙黄。海面平静极了，无风无浪，连只海鸥都少见。

看样子快要下暴雨了。

谢颜从海里爬上来，拿了件浴袍披上，坐在不远处的台阶上擦头发，他浑身都是湿的。他没有助理，以往场务还能照顾他，现在都忙着收拾器材搬回去，没空顾及他。

他感觉有些口干，不自觉地抿了抿唇，能尝到苦涩的咸味。

很熟悉的味道。

不远处的手机振了一下，谢颜没有看。他今天拍了一整天，在海水里待久了，体力流失得厉害，上岸后眼前发晕，看近处都有些模糊。

终于有工作人员注意到了谢颜，笑着问："要不要帮忙？"

谢颜往后退了两步，他很想喝水，却还是没有说话，摇了摇头。

工作人员又问了两句，谢颜都没回答。

过了一会儿，谢颜感觉体力恢复了些，进面包车里换好衣服，出来时天将暗未暗，周围的一切都灰蒙蒙的。他独自在原地站了一会儿，才总算回过神，和副导演挥了挥手，就一个人先回院子了。

副导演对他笑了一下，一扭脸就对孙怀君说："谢颜这个样子，不太对吧。"

他早就注意到谢颜的不对劲了，琢磨了好多天也没提，今天终于忍不住了。

孙怀君还在指挥他们搬器材，闻言也没在意："谢颜？他不是好着嘛，最近拍得也好，我还没见过像他这么有天赋的。"

副导演拍了一下孙怀君的肩膀："咱们俩谁跟谁，你糊弄我？你看不出来谢颜太入戏，出不来了？"

孙怀君拍戏的强度很大，他没有等待演员调整好状态这一说，一个镜头，一个场景拍不好就会一直磨，直到拍好为止。

谢颜演戏是用完全浸入戏中人物的法子，他才开始当演员，天赋很好，入戏快，出戏却慢。前期拍戏的时候，只要一说"cut"，谢颜似乎就能恢复成自己平时的模样，可现在想来，可能是根本没出戏，强行让自己又演了一层，所以在下一次拍摄的时候又能迅速入戏。

这种过度入戏的情况对拍戏的确很有好处，可对演员的心理，甚至是生理都会造成一定程度的伤害。副导演觉得不能这样下去，得有个人指导着谢颜出戏，孙怀君是导演，经验也丰富，正适合现在的情况。

孙怀君拉着他坐下来，给副导演递了根烟，自己也抽起来了："我知道谢颜一直没出戏。才开拍那会儿，他一直要重拍，强行压着自己无时无刻不入戏。现在入戏久了，可能一时是脱不开，不过我不打算插手。"

副导演连烟都抽不下去，瞪了孙怀君一眼："那你就为了拍戏快，任由谢颜这样？"

孙怀君笑笑："不会的，谢颜脾气倔着呢，他心态好，你看他入戏这么久，除了不说话，别人都看不出来。我觉得他能撑到戏拍完的时候。"

他的话顿了顿："这戏的结局是重生，不是毁灭，出戏还是容易的，不会出什么大事。我就想顺其自然，谢颜保持现在的状态就很好，要是能自己掌握好入戏出戏也行。"

副导演叹了口气，朝孙怀君比了个大拇指："还是你狠。"

谢颜回去后没有吃饭，先是看了会儿明天要拍的戏，心里默念了一遍台词，对着镜子演到一半，忽然听到外面雨点敲击窗户玻璃的声音。

他偏过头，看到外面黑云滚滚，下暴雨了。天空压得很低，远处的天空与海平面似乎交融在了一起。

谢颜的呼吸不自觉地急促起来，就如同《白鲸》里的陆逢春一样，好像开始害怕起了这种暴雨天。

其实谢颜知道自己的状态不太对。

最近他总是独处，拍完自己的戏就离开，不会再在旁边揣摩别人的走位和状态。他很久没说话了，和身边的所有人几乎都割裂开，甚至有时候连傅青的消息都不太回复。不过因为他本来就和大多数人不熟悉，所以没几个人能感觉得出来。

外界的一切似乎都与自己隔了层膜，周围人群越热闹，他就越有种被拉下去的沉坠感。

谢颜很清楚这不是自己，是陆逢春。

他喜欢独处不是因为害怕与人相处，而是讨厌麻烦。他不太说话不是因为无能为力，而是因为没有能和自己交谈的人。如果是傅青的话，他就很愿意说话。

谢颜才开始察觉到就想要调整，又舍不得这种状态，想要脱离也很难。

就很烦。

谢颜不想再听雨声，塞上耳机，想要拿手机放音乐，看到微信提醒才想起来没给傅青回消息。

他播放最吵闹的音乐，切回和傅青的聊天窗口停了好一会儿，才断断续续地打下一句话：“今天拍戏推迟了点，刚刚没看到消息。”

傅青那边回得很快：“那今天拍得怎么样？”

谢颜躺在床上，半蜷着身体，用枕头捂着耳朵，还是阻止不了外面暴雨的声音，发泄似的回了句：“下雨好烦。”

傅青觉得有些不对劲，随手拨了一个电话过去，却立刻被挂断。他皱着眉，又拨了一个过去，还是不接。谢颜却发了条消息过来，说自己很累了，不想讲电话。

很牵强的理由。

其实他们俩一般都用微信聊几句，很少会打电话。加上傅青最近工作上的事很多，谢颜也成天拍戏，其实连聊天都不多。

傅青不再拨电话过去，而是轻描淡写地问：“那能不能讲讲今天拍的戏？”

谢颜松了口气，像往常那样聊起天来。

和傅青聊天的时候，谢颜渐渐忘了外面下着的暴雨。

最后一条是傅青发过来的语音。

“别怕，小谢晚安。梦里不会有雨的。”

谢颜心都软了。他反复听了好多遍，比任何音乐都好用。

入睡前，谢颜想，追梦也许就是这样，快乐是真的，痛苦也是。可没什么好后悔的，因为他喜欢演戏，很喜欢。

果然，这一夜谢颜的梦里无风无雨。

第二日依旧是暴雨天，孙怀君见实在拍不了外景，便给剧组放了个假。谢颜没出门，一直躺在床上看剧本。

直到他收到一条来自傅青的新语音：

“虽然是租的房子，也该提醒剧组注意安全，不能随便让外人进来。”

谢颜听到这里，能很明显感觉到自己的心脏怦怦乱跳，他从未这么紧张过。

“小谢，替我开一下门。”

谢颜心脏跳得飞快，比方才还要快。他跳下床，连鞋都没来得及穿，光着脚直接冲到门前，可真到开门的时候反倒犹豫了一下，然后又坚定地打开门。

傅青站在外头，身上被雨水淋湿了大半，T 恤紧贴着身体。他的左手不费劲地拎着个小行李箱，旁边还有把滴着水的黑伞。

他看到谢颜，笑了一下，牙齿很白：“最近忙完了，过来看你。”

说得很轻描淡写，实际却不是。这边下了暴雨，航班全都取消了。傅青连夜从济安坐飞机降落在邻省，又转坐火车，中途改乘汽车一路颠簸才到这里。

他一夜没睡，现在倒还是很精神。

谢颜的眼睛亮了一下。他站在门前，难得有些局促，张了张嘴，想要同傅青讲话。可也许是因为太久没有说过话了，也许是因为紧张，声带并不服从他的安排，发不出声音来。

他只好点点头，走到一边，让傅青进来。

傅青的眼神暗了暗，他能看得出来谢颜的状态不太好，没什么生气。以往小朋友也不爱说话，即使是头一回见面，小朋友二十岁生日那天，也是很不服输的，不像现在。不过他心里明白，表面上却恍若未知一般。

他身量高且身体结实，身上才淋了雨，沾满了新鲜的水汽，一走进屋子里关上门，里面似乎充满了他的气息。

谢颜在这个屋子待了两个月，从未觉得狭小，直到傅青一来，才感到逼仄。他的心跳一直没有恢复平静，径直走到浴室里给傅青放洗澡水。

傅青洗澡比寻常时候都要快，穿好带过来的衣服便推门走出来了。

外头下着暴雨，并没有光亮，里头只点了盏昏暗的床头灯，照亮周围的一小片地方，一切都是影影绰绰的，似乎蒙着层雾气。

济安早已经是冬天，平日里穿得厚实，不大看得出胖瘦。可这个海边小镇不同，一年四季都是盛夏，此时温度还很高，连穿得都少。

谢颜正立在灯下，身上穿着薄 T 恤和七分裤。灯光流动一般从他的头顶倾泻而下，将漂亮的眉眼都染了层金，他的下巴比从前尖了些。兴许是衣服太旧的缘故，领口开得很大，露出大片雪白的皮肤，后背的两扇蝴蝶骨轮廓清晰，形状漂亮。

傅青走到他的面前，轻轻笑了笑："瘦了好多。"

谢颜抬头，似乎还有些疑惑，眼底含着一抹橙黄的光。

傅青没等他说话，只是顿了顿，又说："拍戏这么拼，是不是压力很大？"

谢颜呼吸一顿，似乎有些心虚，摇了摇头。

他也不知道为什么要心虚。无论努不努力，压力大不大，或者能不能出戏，其实都是他自己的事。

可他会因为傅青的到来而开心，所以自然也会因为傅青的询问而紧张。

谢颜没发觉，从傅青进来的那一刻开始，他就不再用"陆逢春"的角度去看待问题，也不再因为与别人接触而紧张敏感。

傅青知道他可能抵触这个话题，现在也不好多问，不能解决问题，反倒只能让小朋友紧张，便轻描淡写地略过这个话题，接着问："厨房在哪里，我给你做个饭。太瘦了，这样连打架都没力气。"

外面下着大雨，请的做饭阿姨也有事没来，剧组的人都躲在各自的屋子里不出来，吃自己的存粮。谢颜却没有囤零食的习惯，从早晨饿到现在。

院子很大，住了有小半个剧组的人。厨房在最东面，离谢颜的屋子很远，要横穿过院子。傅青个子高，撑着黑伞，却偏斜得很厉害，几乎全罩在谢颜头上。谢颜不是那种要人这样照顾的脾性，又说不出话，只好固执地伸长手去捉傅青握着伞柄的手，想要将伞摆在两人头顶正中间。

雨下得太大，地面又湿又滑，傅青担心争执间让谢颜滑倒就没躲避，任由谢颜动作。

谢颜在碰到傅青的手那一瞬间怔住了。他的手在男性中并不算小，可和傅青的完全比不了，甚至连对方握成拳头的手都很难抓住。

他们俩僵持了一会儿。傅青的手背落满了雨水，本来是冰冷的，可随着时间推移，却慢慢滚烫起来。

谢颜很难得地认㞞，不紧不慢地缩回了自己的手，也不道谢。

傅青跟他解释："雨是从你那个方向吹过来的。"他并不觉得谢颜任性，反倒认为他这样闹起来多了些生气。

谢颜镇定自若地点点头。

傅青一低头，就能看到谢颜的脸，有些红。他想起方才的事，谢颜的手并不软，手指细且长，能清楚地感觉到谢颜分明的骨节，一根一根地陷在自己的手背上。

小朋友怎么这么瘦？

接下来的这段路，谢颜都很安静了，落后傅青半步，不紧不慢地跟在后头。

直到路上碰上了副导演。

副导演跑出来买烟，回来的时候凑巧撞上了往厨房走的谢颜和傅青。

傅青是生面孔，他没见过，便问："谢颜，这是谁？"

话一出口，副导演就反应过来，谢颜是不会说话的，正打算重新问傅青，却听到嘈杂的雨声里传来两句话：

"我哥。"

"他哥。"

几乎是同一时间说出来的。

一句是陌生人傅青说的，另一句是谢颜说的。谢颜两个月没开嗓子，现在说话的声音很低，还有些哑。

副导演愣了一下，很快又笑了：“是家里人来看你啊，那很好啊，你好好招待人家。”

傅青也笑了一下，俯身对着谢颜低声说了一句：“真是乖崽。”

副导演和谢颜兄弟两个道别，回自己房间前顺便路过孙怀君的屋子，走进去说：“老孙，你这次可能要失算了，谢颜他哥来了，好像帮他出戏了，刚刚他还和我说话来着。”

孙怀君问：“是不是个子很高，头发很短，长得很凶？”

副导演点头，问：“哎，你连谢颜的哥哥都认识？”

孙怀君抽了根烟：“认识，认识。”

此时谢颜和傅青已经走到厨房了，傅青收了伞，立在门口，走进去打开冰箱，开始想要准备什么菜。

谢颜看着傅青忙碌的背影。他不是傻，或许一开始还没明白，可到了现在怎么也能猜得出来傅青是为什么而来的。

他一直陷在戏里，一直扮演着陆逢春，明知这种状态不对，也未认真挣扎过，甚至有些放任，直至泥足深陷。

傅青是过来拉自己上来的。

他没有说：“你不是陆逢春。”

而是用一举一动告诉自己：“你是谢颜。”

傅青将厨房里的食材清点了一遍，又问谢颜想吃什么菜。

谢颜不挑食，不过还是认真地想了好一会儿，说了两道菜，然后凑过去说：“有什么我能帮忙的吗？”

傅青原本没打算让小朋友帮忙，顺手拍了碟黄瓜给他，让他吃着玩。

谢颜吃了半碟子，才放下筷子，义正词严地说：“我不吃白食。”

傅青笑笑，倒很纵容他，说：“挺有志气，那就帮我择点韭菜。”

择菜并不是什么难做或者需要技术的活，就是需要耐心。谢颜坐着小板凳，菜篮放在身前，一脸严肃。

他做事一贯很认真，可惜对厨房里的事了解太少，连韭菜都择不好。

傅青没管他，把那篮子韭菜当作哄谢颜的玩具。

方才谢颜已经说了第一句话，接下来就很容易开口了。进剧组后，他们在微信上聊得不多，谢颜只知道傅青最近很忙，就问：“傅哥在忙什么？”

傅青切菜的手顿了顿，他想了片刻，不紧不慢地说：“老街出了内鬼，要抓出来。”

谢颜愣了一下。他以为傅青是老街街霸，虽然街霸具体要做什么他也不知道，但出了内鬼这种事肯定要很重视，抓出来也不会轻易放过，也不知道会不会出事。

这种街道内部的事，里面瞒得严严实实，警察一般也不知道。可现在离过年也不过就一个月了，谢颜想起看过的那些新闻，每到过年前夕，就是扫黄打非的关键时期。

想到这里，谢颜连韭菜都择不下去了，拿纸巾擦了一下手，转过身去拽站在水池边的傅青的衣角，直到对方也转过头，两人的目光相对，确定傅青会很认真地听自己接下来的话，才诚恳地说：“快年底了，傅哥做事一定要小心，注意安全。”

谢颜没想到自己还有劝别人不要打架的时候。

傅青其实没太明白这话的意思，不过他被谢颜拽衣角的模样逗笑了：“没关系，不会有什么危险的，就是个内鬼，出不了什么大事。”

谢颜还想要再说些什么，犹豫了片刻，却松开了手。

他从前很讨厌别人干涉自己的决定，无论是福利院的工作人员，还是那个经纪人。他觉得可以对自己所做的决定负责，不需要别人的自以为好心，可没料到有一天自己也会想要改变别人的决定。

就像现在，他想劝阻傅青不要当“街霸大哥”了，很危险的。

可那是傅青自己的事。

谢颜挣扎犹豫了好久，也没说出口。他以前从没有这些苦恼，现在在意一个人苦恼就来了，却并不觉得烦。

大概是因为傅哥对他很好，所以他也想抱着同样的好对待傅哥。

既然不能改变对方的决定，那就做自己力所能及的事。

比如傅青在老街拿东西好像不给钱。

虽然“大哥”都是这样的，傅哥肯定也会给对方提供便利，但谢颜想来想去还是觉得这样不太好，想着回去过年的时候，就顺便把傅哥在老街欠的账结了。

谢颜手上还有四万多块，是拍《白鲸》的一半片酬。

拍戏的这两个月都是包吃包住，除了买烟和交话费，也没有别的花销了。

谢颜以前虽然穷，也没钱，却从来没因为钱的事发过愁，反正能干一天活就能养活自己一天。可现在不行了，他有些发愁，也不知道这四万多块够不够给傅哥结账。

傅青看着谢颜在那出神，说：“累了就去歇一会儿。”

谢颜回过神，摇了摇头。

傅青没再问。他将切好的鸡块放进沸水里焯了一会儿，直到鸡肉泛白，关了灶火，单手端起锅倒掉水，才发现旁边没有能装得下鸡块的大碗。

他手上拿着锅，不太方便，偏头说：“小谢，替我拿个大点的碗。”

谢颜答应了一声，往周围看了一圈。小碗都摆在柜台上，大碗却放在最高的柜子上面。

傅青看到他踮着脚，伸手去拿柜子上的碗。

也许是为了防潮，柜子做得太高，连谢颜都够不着，还往上跳了一下，T恤又不够长，露出一小截腰。

傅青是无意间看了一眼，他转过头，等着谢颜将碗递过来，将鸡块倒进去，他不再说话。

饭做到一半，外面的雨没停，却传来一阵脚步声。

杨寻好不容易从自己的屋子爬到厨房，他昨天忽然想要吃甜食，派小助理去市里买自己喜欢的蛋糕。小助理还没回来，傍晚就下了暴雨，作为一个好老板，杨寻十分善解人意地发微信让小助理订了间房待到雨停。结果今天杨寻就饿掉了半条命。他平时喜欢偷吃零食，为了控制体重，屋子里一点零食都不存。早晨放纵地睡到十一点，美滋滋地起床后发现做饭阿姨没来，连饭都没得吃。他挣扎了很久，饥肠辘辘，终于要出门觅食了。但他又不会做饭，只好寄希望于厨房里还剩熟食能让他苟延残喘，没有料到谢颜和一个陌生人正在厨房做饭。

傅青和杨寻打了个招呼，自我介绍后又添了一句："小谢和我提过你。"

杨寻来了兴致，问："他怎么说我的？"

他已经对谢颜心服口服，还挺有好感的。毕竟对方长得好，演得好，拍戏还那么拼，杨寻自认比不过对方。不过谢颜平常都冷冷淡淡，连句话都不和他说。

傅青笑笑："他说剧组里有个叫杨寻的人挺好的。"

这不是谢颜的原话。他的脾气别扭，不可能轻易说出这样的话，但他和傅青提到过杨寻，说对方为自己整理过笔记，傅青能听得出他话里的意思。

杨寻开心了一会儿，得意地朝谢颜挑挑眉，看到已经做好了的几道菜，咽了咽口水，十分卑微地恳求："能分我一点吃的吗？"

当红小生，卑微在线讨饭。

太卑微了，不说傅青，就连谢颜这样的铁石心肠都拒绝不了。

杨寻得到许可，美滋滋地坐下来，眼睛就一直盯着剩下来的半碟拍黄瓜了。

谢颜看着杨寻的模样，起身拿了一双筷子，将拍黄瓜递过来，提醒了一句："这是我刚刚吃过的。"

杨寻饿得眼前发晕，哪里顾得上这些，两口就扒完了。

傅青一边炒菜，一边问杨寻："这么饿吗？已经做好几道菜了，要不你和小谢先吃吧。"

杨寻虽然"沙雕"，但基本的礼貌还是懂的，忙说："不用了不用了，我垫了垫肚子，现在好多了，傅哥做好了我们再一起吃。"

谢颜听到杨寻对傅青的称呼怔了怔，虽然也听周玉叫过，知道这个称谓并不是他一个人的，可也应该是很亲密的，可现在又有别人这样叫了。

可方才傅青只叫了杨寻的名字。

谢颜记得很清楚，那天第一次遇到傅青，知道自己的名字后，傅青就叫他小谢了。

是不一样的。

杨寻吃完了拍黄瓜，有些不太好意思，人家哥俩好不容易见面聚餐，自己因为饿得半死，非要进来掺和一脚，于是难得主动找事做，对身旁的谢颜提议：“我们去看看傅哥有什么要帮忙的吧！”

谢颜正想得魂游天外，被杨寻叫醒时还有些迷茫，听对方又重复一遍才模模糊糊地反应过来。

他沉迷于刚才的逻辑还没清醒，很认真地对杨寻说：“你是客人，我去帮傅哥，你不用帮忙。”

这是要用自己的行动证明亲疏有别。

然后过去洗菜的时候被冷水彻底浇清醒了，回忆起刚刚自己的所思所想、所作所为，藏在头发里的耳朵尖红了一半，给自己做了个诚恳的评价——

真是有病。

杨寻一脸疑惑地想谢颜怎么一下子这么客气。他想了好半天，才寻了个合理的理由，原来冷酷无情的谢颜在自己哥哥面前也要装乖崽，逃脱不了人际关系，比如现在就要忍辱负重伺候自己这个客人。

他感觉自己现在十分尊贵，在谢颜面前从未如此尊贵过。

于是尊贵的客人杨寻在得到许可后把傅青做好的菜都拍了一遍，正好收到了自家亲哥的消息。

他哥问：“饿死了没？”

杨寻回他：“你是我亲哥吗？怎么老是骂我死不死的？”

他越说越兴奋，翻到刚刚拍的照片，一股脑都发过去：“今天谢颜哥哥来看他了，人又好，还给他做饭，做得可真好。”

说到这里，杨寻感到一阵悲凉，想起小时候自己和亲哥两个人在乡下外婆家待着的时候，亲哥天天拿泡面糊弄自己，面都是他跑腿买的不说，还要给亲哥带烟，不带连泡面都没得吃。

杨寻深刻批判起了亲哥：“你看看你，只知道赚钱，从来都不和我培养兄弟感情，给我做个饭什么的！”

他哥发了个省略号过来，后面还跟着一句话：“行，反正我只会庸俗地赚钱，没有感情。所以你这个月的零花钱没了，在外面风餐露宿，感受人间真善美带来的快乐就行了。”

杨寻声嘶力竭地喊他哥把零花钱还给他。他虽然是偶像小生，按理说赚钱很快，但由于他严格挑选剧本，往往出演的剧片酬都不会很高，现在为了《白鲸》更是零片酬出演，这几个月都没有收入。他又爱玩闹，手头存不住钱，基本都是靠亲哥赞助自己的零花钱过活。

而他冷酷无情的亲哥此时正打电话给小镇上的一家餐馆：“不用送了，外卖费也不用退。”

他又对助理说：“你去查查，谢颜是谁？小寻最近总提起他。”

杨寻在演艺界好几年却还是这么傻白甜是有理由的。他亲哥为他保驾护航，对杨寻图谋不轨的人都会毫无痕迹地消失在杨寻的视野里，所以杨寻虽然一直听说业内乱糟糟的，却从来没撞见过，傻出了自己的风采。

杨寻由于零花钱没了的颓废在傅青做好菜开饭的那一刻消失殆尽。

傅青做饭很好吃，杨寻感动得差点落泪，自发地发微博替谢颜引流。他现在吃人嘴软，所以给谢颜增加热度这种事做起来也比往常上心得多。

他戳了戳谢颜：“再给你拍一张比心的照片。”

谢颜头都没抬一下就拒绝了。

杨寻苦口婆心地劝：“我知道你演戏拼，长得好，觉得自己肯定能有戏拍，对不对？我才进圈子的时候也有个清高的梦，就孤独演戏，从来不招惹热度，等待导演发掘我。但现实很残酷，没有热度，没人知道我，根本不会有人找我拍戏。我哥知道我的想法后，把我捶了一顿，说总不可能我以后拍的每一部戏都要他投资吧。所以我才想通了，你看，现在我才能做男主角，有这么多戏可以拍。”

他说完了自己悲伤的过去，又开始继续引诱谢颜：“所以就比个心，让别人喜欢你，以后就有戏拍，这样还不好吗？！”

谢颜意志坚定，不为所动。

傅青在旁边听着，忽然插了一句：“我觉得杨寻说得对。”

于是谢颜动摇了。

其实傅青只是想看谢颜比心的模样。他看过很多人比心的照片，从来都没有兴趣，可一想到是谢颜比心，就忽然觉得有意思了。

杨寻总算和谢颜比心成功，兴致勃勃地发了一条微博——

【今天下暴雨，剧组里做饭的阿姨没来，饿得半死不活，幸好谢小哥哥做饭救我一条狗命！】

配图是傅青做的几道家常菜，虽然品相没有外面卖的好看，但也是色香味俱全，看起来就让人很有食欲。还有两张分别是杨寻和谢颜的比心，正好凑成一颗完整的心，而图中的谢颜十分冷淡，连一丝敷衍的笑都没有。

这段时间杨寻闭关演戏，除了自己的微博，一点消息都没有。而这些微博里，还有不少和谢颜相关，所以杨寻的粉丝们都对谢颜很熟悉了，大多数也有些好感。

傅青没问杨寻要照片，而是自己下了微博，注册了一个号，再点进杨寻的账号。

【比心也这么盐……】

【小羊也太幸福了吧！还有小哥哥给做饭！】

【小羊都饿瘦了，妈妈落泪 QAQ】

【长得这么好看又会做饭的谢小哥哥是哪里来的天使下凡！】

【我，一个莫得感情的谢小哥哥的厨艺吹。】

热评里还有一条是有人给谢颜的那张照片 P 了个【莫挨老子 .JPG】的表情包。

傅青皱了皱眉，觉得照片里的谢颜很乖，和这句话很不相配。

于是，顺着那人发的表情包制作网址，傅青很快 P 了一张新的【乖崽比心 .JPG】发上去。

下面纷纷评论：

【姐妹，你的滤镜太厚了吧。】

【并不乖崽，明明是超凶！】

傅青想，明明很乖啊，是真的乖，也是真的可爱。

他默默地翻遍了杨寻的微博，把和谢颜有关的照片都存了下来。

杨寻对自己发的这条微博造成的效果很满意，给谢颜大声朗读赞美他的评论。

谢颜冷静地问："饭怎么成我做的了？"

不知不觉中，杨寻已经在微博上给谢颜安上了无数个虚假人设。

譬如：害羞、可爱、甜、不盐、特别有耐心，还有现在的厨艺高超。

方才杨寻发微博的时候没怎么过脑子，一心想帮谢颜吸粉，现在一想不太对，说话的音量越来越小："我不是故意的，以后要是暴露了，你就往我身上甩锅就行了……"

看杨寻这么自责，谢颜难得地说了句没关系，他也不在意这些。

吃完饭，三个人一起整理好厨房，各自回了自己的房间。

因为孙怀君非常节约，院子里没有空房间，傅青便暂住在谢颜的房间里。

傅青是打完电话，临时决定过来的，轻装简行，什么都没带，也没别的娱乐手段，就和谢颜一起看剧本。

才开始谢颜还有点不太习惯身边有人，可傅青很安静，谢颜也就渐渐投入进去了。

他看剧本的时候很认真，还会代入角色本身，读到尽兴的时候会不自觉地尝试演起来。

那时候谢颜就不再是谢颜了，好像换了个人。

这样的小谢比剧本对傅青有吸引力得多。

直到翻到新的一幕，陆逢春被全村人排斥，和裴小舟也闹翻了，他独自在夜灯下写下的日记。这个海边的小渔村里的年轻人好像从出生就注定了会继承父母的产业，长大后就去出海捕鱼，连认真读书的都很少，何况是像陆逢春这样的。

他不再继续写那些鼓励自己的话，不再写自己喜欢的诗，而是冷静又残酷地陈述了自己最近遭遇的现实。

日记的最后一句话是——

“人生没有真正的乐趣。”

谢颜也用笔写下那句话，手指很用力，几乎要划破纸背，写完的一瞬却像脱力一般扔开笔，伏在桌上，肩胛微微颤抖。

这是他演戏时的状态。

傅青屏住呼吸，弯腰捡起笔，没有说话，直到谢颜抬起头，才拍了对方的肩膀一下，说：“天快黑了，要煮点面条吃吗？”

谢颜半合的眼轻轻眨了眨，又“嗯”了一声。

煮面条是很快的事，傅青没让谢颜跟去厨房，而是独自去煮完了带回来给谢颜吃。

吃完面条，就该洗澡睡觉了。

这让谢颜终于感觉陷入困境。

他的屋子里摆了张双人床，他一个人睡不算挤，可两个人，特别还是两个人高马大的男人，估计很悬。

而且谢颜从有记忆起就没和别人睡过一张床。虽然福利院的床铺紧张，但人人都怕他，生怕和他睡一张床动不动就挨一顿打，工作人员也怕出事，所以从小到大，谢颜都享受了独自睡一张床的特别优待。

要不自己打地铺吧？

谢颜脑袋里产生这个念头，趁着傅青还在卫生间里没有出来，从衣柜里拿出干净的备用被褥。

傅青洗完澡出来的时候，地铺刚铺好了一半。

他走过去问：“是给我铺的吗？”

谢颜仰头望着傅青，他穿着宽松的T恤，衣摆没有扎进短裤里，从下能看到很明显的八块腹肌。

谢颜移开目光：“我睡地上。”

傅青按住谢颜的手：“要睡也该是我睡。”

两人就这样僵持了一会儿。谢颜一贯是倔强脾气，从没有退让的时候，就这样看着傅青，抿了抿唇，将地铺打了个卷。

他发现自己面对傅哥真的很容易做出以前从不会做下的决定，比如此时，他就没脾气地说："谁都不要睡地上，一起睡床。"

# 第五章

DIWUZHANG

## 出戏

谢颜洗完澡出来，看到傅青坐在床头看手机。他的头发依旧很短，青茬贴着头皮长了一层，手机屏幕的光映在他的脸上。

很帅。

谢颜长到这么大，没见过比他傅哥还帅还男人的人。

准确来说，他没觉得几个人帅过。

傅青听到响动，放下手机，朝谢颜笑了笑，他笑起来的时候连眼角的那道疤痕都显得柔和起来，问：“你要睡哪边？”

谢颜停在床边，有些不明白。

他才洗完澡，头发也没吹，连水都没太擦干，湿漉漉地贴着脸颊，疑惑地看着傅青。

有水滴顺着他的脸颊滑到下巴，最后落到了床沿上。

傅青问：“就是小谢你要睡床外边还是床里边？”

谢颜将头发往后捋了捋，露出整张脸的轮廓，他的下巴尖尖的，看起来瘦极了，想了片刻才说：“我睡里面吧。”

他想的是这张双人床不算大，两个人睡也许会很拥挤。如果睡在外面，手脚还能往外伸，不至于太不舒服。

谢颜从床尾上床，小心地越过傅青横在床边的腿，爬到里面去了。

傅青没说话，起身去卫生间拿了一条干毛巾，像是哄不听话的小朋友似的对谢颜招了招手：“头发不擦干就睡，以后会头疼。”

谢颜干巴巴地“哦”了一声，打算接过毛巾自己擦却没有机会，被傅青叫到床边，背过身，乖乖地坐在那儿，难得有一丝拘谨。

傅青拿起毛巾，一点一点地帮谢颜擦头发。也许是才洗完澡的缘故，谢颜浑身上下沾满了湿润的水汽，还带着沐浴露的水果香气。

擦到一半，周玉发了条微信过来，替他亲哥来跑一趟腿，要个文件。傅青的右手拿着毛巾，左手去拿手机。他的左手不太灵便，平日里看不出来，直到现在误触到照片里，将那张【乖崽比心 .JPG】发了出去。

周玉看到这张照片的时候整个人都傻了，过了几秒才反应过来，发了满屏幕的问号。

傅青撤回了那条消息。

周玉连发了几百个问号，傅青都没再理他，只好又发了条语音，撕心裂肺地喊：“傅哥你被盗号了吗？！怎么会发那样……”

这条语音太过惨烈，又到这里戛然而止，连谢颜都忍不住回头。

傅青面色丝毫未变，镇定自若地按掉周玉的语音，对谢颜说：“没什么。”

他又打了两个字发过去：“闭嘴。”

谢颜就像个乖崽一样转过头，不再问了。

另一边，周玉沉痛地和他亲哥说：“傅哥疯了，勿念。”

周真问：“怎么了？”

周玉懊恼极了，刚刚只顾着震惊，却忘记截图了，只好大致地形容了一下那张图片：“就是一张谢颜的照片，上面用粉红带闪的大字写着‘乖崽比心’。谢颜二十岁了！二十岁了！他不是个七八岁的小崽子啊！”

周真沉默了一会儿：“也许，也许……”

“别打扰傅哥了，你去问许小红要。”

擦完了头发已经不早了，而且不知道明天雨会不会停，要不要拍戏，索性早些关灯睡觉。

谢颜躺平身体，能很明显地感觉到身边多了个热源。他没和别人睡过一张床，还有点紧张。

傅青睡得很靠外，留了很大一块地方。

他的呼吸很轻，很缓慢，可周围一片寂静，谢颜听得清清楚楚，甚至能感觉到他心脏跳动的频率。

兴许是因为下了一整天的暴雨，空气潮湿闷热，又或许是因为身边躺了一个人，还不习惯，谢颜觉得又热又躁，喉咙发干，无论怎么暗示都睡不着，还要强行按捺住想要左右翻身的冲动。

傅青能感觉到谢颜的呼吸一直很乱，他朝床内翻身，正对着谢颜的后背。

他问："小谢睡了吗？"

谢颜的后背僵硬了一下，他装得很认真，却没料到这么轻易就被拆穿，又闷得心烦，便含糊地应了声。

傅青半睁着眼，目光落在谢颜身上。小朋友确实生得好看，才二十岁，年轻活泼，脾气很倔，有点小毛病，却比他见过的其他年轻人都要可爱。

谢颜的可爱是从骨子里透出来的。

年轻人都会犯错，且很固执，不撞南墙不死心。傅青见得多了，自己也一头撞过，一般不多去管束他们，撞得疼了就知道回头了。

可这事轮到谢颜身上，傅青却不愿意了。

因为撞得头破血流后，即使年轻人恢复得再快，也会留下伤疤，日后会疼。

他不想让谢颜的身上留下这样的伤疤。

小谢就该骄傲地仰着头，天不怕地不怕，对世上的一切都无所畏惧。

真是私心作祟。

周围一片寂静，谢颜的呼吸比方才还急促些，但不过片刻就恢复了。

傅青问他："小谢很喜欢演戏吗？"

谢颜知道傅青要谈他入戏后不说话的那件事了，他从小到大做过很多出格的事，都没放在心上过，此时却莫名有些紧张。

傅青的语调很轻松，就像是寻常聊天："喜欢演戏就去演，想要做什么就去做，这样就很好。可问题是，小谢总是觉得身体上的伤害不重要。”

屋内很暗，傅青借着些微的光，能隐约看到谢颜漂亮的后背轻轻抖了抖，像小猫似的。

傅青不紧不慢地继续说：“像是游泳那次，明明可以少训练些，或者找别人陪着你，你嫌麻烦，又讨厌那个助理，所以都没做。而这次，小谢一开始是可以自己走出来的，是你不想出来，对不对？”

他的语气很平静，并没有责备，只是在叙述事实：“可你想做得更好，就连自己都顾不上了。”

谢颜咬了咬牙：“是。”

他从小就寡言冷淡，没人看得透他，更何况是将他的所思所想全都指出来。

原来傅哥什么都知道，只是不说出来罢了。

傅青说：“那你想没想过，如果真的溺水会怎么样，也许会死，也许不会，但大脑缺氧，以后连台词都记不下来，你要怎么办？如果你这次入戏真的走不出来，困在这个角色里，连话都说不出来，以后要怎么继续生活？”

有一瞬间，谢颜恍惚地以为傅青会把自己骂一顿。

可傅青没有，只是抬起手，轻轻碰了一下他的脑袋。

与硬脾气相反，谢颜的头发很软，傅青掌心触碰到的地方有些痒，却又摸了摸，像是安慰小朋友似的。

他说：“我知道你不是故意的。小谢太骄傲了，所以连自己的身体和安全都不放在心上。”

谢颜感觉自己的心脏被忽地攥紧。

傅青说得太轻了。谢颜喜欢演戏，拼尽全力去做，又厌恶被任何人折辱。尊严和梦想都很重要，而他又一无所有，所以肉体上的伤害和痛苦就好像不值一提了。

谢颜不仅是骄傲，更是近乎傲慢地对待自己的身体了，并且依靠本能做了许多年。也不是不会疼，而是疼了许多年，不在意很长时间了，所以就渐渐成为常态了。

傅青知道年轻人固执，谢颜的性格尤甚，几句话想要打动他很难，所以给他举了个例子。

傅青说：“我二十岁的时候也这样，觉得全世界的事都很要紧。有次因为不必要的打架伤了左手，也没去及时治疗，到现在都不太灵便。”

傅青已经三十二岁了，发生在二十岁时，以为此生都不会再提的往事，都可以心平气和地拿出来教导谢颜了。

谢颜在听到那句“不太灵便”的时候，连呼吸都顿了一下。傅青给谢颜的印象一直是无坚不摧的，好像什么都不能打倒他。

可他不仅受过伤，甚至到现在左手都不太灵便。

谢颜忽然翻过身，他很难过。如果是自己受了伤，他只会想报复回去，可傅青的手成了这样，他却很难过。过了这么久，即使再打断那个人的左手也没什么用了。

谢颜伸出手，轻轻地握住傅青的左手腕。傅青的手一如既往的坚实、有力，虽然隐藏着无可挽回的缺陷，他也能感受到血管下面脉搏的跳动。

傅青放松地任由小朋友握住自己的手：“这事不值得后悔，却总有遗憾。”他顿了顿，目光与谢颜相对，“追梦是很好，可希望小谢珍重自己，别留遗憾。”

这话温柔得过分，连谢颜都不自觉地放松了紧皱的眉。

他原先不把自己的身体放在心上是环境所逼，还有一点没人在意的缘故。在良好家庭里长大的小孩子，怕痛怕苦都是很正常的，因为有人疼有人爱。虽然谢颜从前没有这些，却也并不渴求。直到傅青此时此刻很认真地告诉他，他的安全是很重要的，谢颜感觉自己那颗轻易不能被接近的心脏被人抚摸了一下，又酸又涩，缩成了一团。

即使他一时不能改变本能，却也郑重地对傅青点了点头。

傅青知道以谢颜的性格，不会敷衍自己，以后肯定会放在心上，不再那么肆无忌惮，便笑了笑，又摸了一下谢颜的后脑勺：“你知道就好，小谢晚安。”

谢颜却没能乖到底，忽生反骨，抬起头，很倔强地问：“那我要是不知道呢？”

傅青用右手拍了一下谢颜的脑袋，没怎么用力：“你要是不听劝，下次还这样，我就直接教训你了，你以为还会和颜悦色地继续和你聊天？”

他不想让谢颜撞墙就一定不会让其撞，不会头破血流，不会无法挽回，连伤疤都不想让谢颜有。

谢颜的眼睛反倒变得亮晶晶的，他松开傅青的手，快速地翻了个身，也小声地说：“傅哥晚安。”

他以为自己会一夜难眠，其实很快就睡着了。

谢颜知道以后自己不会再出不了戏了。

因为他想起傅青的那一瞬间，就好像从陆逢春变回自己，又回到了人世间。

暴雨下了两天，傅青也在这里待了两天。外面下着雨，哪里也不能去，两个人就待在屋子里，大多时候也不聊天，谢颜看剧本，傅青就看着谢颜。

第三天早晨出了大太阳，傅青也该走了。

谢颜请了两个小时的假送他到小镇外的车站，路上买了些特产水果。

车子快开了。

谢颜的心情有点低落。

傅青将行李放下，反手抱了抱谢颜。他的手臂很长，动作很轻，连谢颜这么高的个子都能像抱个小朋友似的轻而易举地搂进怀里，语气像是在哄人：“过年就能再见了。”

谢颜点点头，有点期待过年。

还有三十四天就能再见到傅哥。

送完傅青，谢颜走回了片场，现在正在拍杨寻的单人戏。今早没有给谢颜安排戏份，他就坐在不远处看杨寻怎么演戏。不过这个地方视野不太好，经常被遮挡，谢颜就坐到了孙怀君的旁边。

这些日子他们已经很熟悉了。孙怀君的脾气是不小，在片场经常发脾气，才开始拍戏的时候，连谢颜都基本是拍一场被骂几次。可他人也没坏心，骂人是因为演员拍不出他心里想要的感觉，后来谢颜对走位和镜头的把握熟练了，就没怎么被骂过了。所以就显得杨寻格外可怜，到现在拍一天还要被骂半天。

杨寻从出道到现在都是拍偶像剧的，科班出身的演技就够用了，在一众“小鲜肉”里还很出众，可在《白鲸》的片场演的角色要么情绪浮于表面，要么就过分刻意。孙怀君一场一场地重拍，给杨寻讲戏，才把杨寻的演技调教出来了。不过这里面也有杨寻性格好的缘故，被骂了也不放在心上，倒是很虚心受教。不像孙怀君听到熟人和自己抱怨的那样，有些当红演员拍戏一个流泪的镜头只要没笑出来就算过，片酬还要以小时计。

拍到一半，场务过来说好像有杨寻的粉丝来探班。杨寻一贯很宠粉，这次也不知道粉丝是怎么找到这荒郊野岭的。他可怜巴巴地看着导演，孙怀君看他拍戏认真，在这两个多月里也没提要回去，难得心软，把中场休息的时间延长，任由杨寻陪粉丝去了。

孙怀君看了一遍上午拍好的镜头，坐到谢颜旁边，抽了根烟，和他聊了起来：“送走你哥了？”

谢颜很久没抽烟了，现在却也点了一根，朝孙怀君点了点头。

孙怀君没多问傅青的事，抖了抖烟灰，严肃刻板的脸笑了一下：“谢颜，你想过拍完这部戏你要做什么吗？”

谢颜偏过头，吐了口烟圈。他抽得很慢，手指细长，骨节分明，有一双很好看的手，甚至连抽烟的姿态都漂亮。

孙怀君的目光紧紧围绕着谢颜。电影导演一定要对美敏锐，他第一眼就看中谢颜，就是因为谢颜可以称得上“美”这个字。

谢颜没多加思考：“想继续演戏。”

孙怀君叹了口气，和谢颜讲起了现实：“你是个戏疯子，现在很少有人想当个演员，而不是明星了。”

他顿了顿，语气多了些沧桑：“如今是资本的时代，什么都要看钱，看热度，我看不上，但也不能说这样不好，毕竟投资人也是要赚钱的。但这确实让不赚钱的电影变少了。我从筹拍《白鲸》到正式开拍，花了七八年才筹集够资金，这还是靠着我妻子投资了一大半。不需要钱、不需要热度的电影变得艰难，更何况也不是为爱而拍的电影都好，有些人拍的东西就是垃圾。”

《白鲸》的片场有一种特别的安静，几乎剧组里每一个重要角色都和孙怀君合作多次了，他们做的每一件事都很严谨，为的是让这部片子更好。

孙怀君看向谢颜："而这些片子里，适合你演的也不会多。你太好看了，现在还锋芒毕露，就像是光源一般，别人很难压得住你，有些导演也很难拍得好你。更多制作精良的电影都是用资本砸出来的。所以，你要是想演更多的好片子、出彩的角色，我还是建议你进业内好好发展自己，当你有更多的商业上的价值，也会有更多的机会。"

他这话说得十分真心实意，完全是因为惜才："杨寻是个好孩子，你也是，希望你们以后能演出更多的好角色。"

谢颜怔了怔，他从前也不是没想过进经纪公司的事，一来他上一次在经纪公司的经历不太好，第二便是他不愿意受约束管辖。

可那时他也没这样清晰地感受到演戏的快乐。

如果他不能签进公司，再像以前那样碰运气，也不知道什么时候才能等到下一部电影。

谢颜认真地想了一遍："等拍完《白鲸》，我再去找。"

孙怀君也不多说，谢颜心里有数，不过他还是提醒："签公司的时候也要注意，小公司好进，可乱七八糟的事情多，要进就进大公司，哪怕待遇不行，可环境好，没有那些事找上门。"

他随口念了几个公司，又像是忽然想起了什么："对了，我认识辉达的总监，你要是想去，我就介绍你过去。他们公司总部就在济安，你过年回去的时候就能去。"

辉达是业界非常成熟的演艺公司，他们公司不仅有几个招牌的大明星，最主要是资源很好，和各个品牌商、制作公司都有良好的合作关系。不过也有不好的地方，就是每年签的新人太多，竞争非常激烈。而且为了减少支出成本，签的都是短约，条款也都很苛刻，并且如果做不出成绩，到了时间不会续约，没有下一次机会。

谢颜挺相信孙怀君的，他说："谢谢孙导。"

话音刚落，杨寻的小助理就找了过来，他看着谢颜，有点着急："谢哥，杨哥的粉丝过来了，她们知道您也在这儿，就想也见见您，您能不能去一趟？”

就是去救个场，毕竟杨寻在微博上说两个人是好朋友的牛皮都吹出去了，现在连见一面都不行，有些说不过去。

谢颜的表情还是冷冷淡淡的，继续抽了口烟。小助理都以为谢颜会拒绝了，没料到下一刻他就摁灭了烟头，抬了抬下巴，说：“带我去。”

因为这个海边小镇的确比较偏僻，没什么人来，加上《白鲸》也不是什么大项目，不招惹记者，片场的管理不太严，也没怎么和人群隔绝，就连杨寻接待粉丝都是场务临时给搭了两张桌子。

几个女孩子见到偶像都很兴奋，对杨寻很是关心，围着他问东问西，又觉得小羊瘦了黑了憔悴了。粉丝随杨寻，一样戏多。

谢颜到的时候，为首的那个二十多岁的女孩子正在把礼物拆开送给杨寻，是一个等身抱枕，正面印着杨寻的照片，背面写着“小羊瘦了，妈妈落泪”。

谢颜偏过头，没忍住笑出声。

杨寻陷入呆滞，他以前也经常收到这样的礼物，虽然有点尴尬，但还是很开心地收下了。可是被谢颜看到，尴尬等级直线上升，他红了脸，笑嘻嘻地把谢颜拉过来，说：“谢小哥哥看到我有这么多礼物别难过，她们说也带了你的礼物。”又对着粉丝们招呼，“来来来，小哥哥害羞了，拆给他看。”

围着的几个女孩子都笑得说不出话，她们知道杨寻和谢颜的关系很好，也的确带了些礼物过来，但没有对杨寻的用心。直到站在最外面的女孩走过来，她有点害羞，手上拿着一个抱枕，印着的是谢颜比心那张照片的Q版图片，画得很生动形象，一眼就能看得出来是谢颜，上面还有一个粉红的飞吻，对话框里写了四个字“乖崽比心[心][心][心]”。

那个女孩将头发往后拂了拂，满含期待地说：“我是你的粉丝，看到微博上说小白羊要组团看杨哥就想也过来看看你，这个是我自己画的，做得有点着急，谢哥能喜欢就好了。”

谢颜冷静地接过来，尝试着对那个女孩子笑了一下：“谢谢。”

这回轮到杨寻嘲笑谢颜了，他对着粉丝大笑：“哈哈哈哈哈哈哈，乖崽比心！我们谢哥真的十分乖崽啦！”又转过头对着谢颜说，“虽然这次只来了一个你的粉丝，但是没关系，你现在是主角，等电影拍完上映肯定有很多粉丝，到时候肯定有更多抱枕的。”

小助理拼命暗示杨寻别再说下去了，《白鲸》的消息到现在都没正式宣布，连电影名字都很少有人知道，更何况是主演。

可杨寻说这话的时候是真的没想那么多。

旁边几个女孩子的脸色变了一下，她们一直以为杨寻是这部戏的主角，而以前从来没出现过的谢颜是配角，可没想到近乎素人的谢颜才是主角。

说实话，粉丝的心理落差很大，甚至连对谢颜的好感都削了一大半。

有一个女孩直接黑了脸。

因为这次来的粉丝不多，又太久没有出去举办活动，这次见面才格外久。送完了礼物，又合拍了许多照片，粉丝依依不舍地和杨寻告别。

一走出片场，她们免不了说起了刚才的事。

“谢颜就是个素人，怎么会压我们小羊的番位？”

“我觉得小羊肯定是被欺负了。”

大家都议论纷纷，为首的那个女孩子明显是“粉头”，也是这次牵线搭桥的主要人物，说：“刚刚大家也看到了，小羊是真的很喜欢谢颜，也不像是被迫帮谢颜宣传，大家尊重他的个人喜好就好了。”

可有个女孩子还是不服气，大声叫嚷着：“我就知道那个谢颜肯定不是什么好东西，从一开始就是蹭我们哥哥的热度，现在还抢我们哥哥的戏。”

另一个人制止她：“筱筱，你别这样想，我们喜欢爱护小羊就好了。”

那个叫筱筱的女孩子不再说话了，而是捏紧了手机。

拍完了戏，谢颜拿着今天粉丝送的抱枕回了租住的院子。

洗完澡，谢颜走出来看到抱枕放在椅子上，孤孤单单的，就单手把抱枕捞起来，想放到柜子里，却又急着给傅青发消息，想问傅青到没到家，就顺手把抱枕放到床上了。

他明明是想点语音的，却不小心误触到视频上，还没来得及挂断，对面已经接起来了。

谢颜的手一顿，往床后靠了靠，问："傅哥到家了吗？"

谢颜的手机是几年前的款式，相机的像素很低，隔着屏幕看过去模模糊糊的，像是蒙了层雾，即使是这样都遮不住眼角透着的薄红，大约因为皮肤太白，又才洗完澡。

傅青"嗯"了一声，忽然问："你背后是什么？"

谢颜回头看了一眼，耳朵尖红了红，有点尴尬："一个抱枕，今天粉丝来探班送的。"

傅青看到过这张图，就在他发的那张乖崽比心的表情包下面，有人发了Q版。

他又点进那个ID的主页，置顶变成了今天和谢颜见面的照片和那张Q版图片的原图，说是开放授权，所有喜欢谢颜的姐妹都可以自由打印。

傅青保存了原图，又将视频里的抱枕截图，准备去做个一样的。

倒是真的挺可爱的。

这世上除了谢颜的粉丝和傅青，大概很难有人能从谢颜这个人身上看出可爱来。

谢颜不太想提抱枕的事了，哪怕今天面对粉丝的时候很镇定，没有丝毫笑场，可脸皮却会在傅青面前自动变薄，和平时的酷哥谢颜完全不同。他岔开话题，又讲起了今天孙怀君对他说的话。

傅青很同意孙怀君的建议，谢颜想在这条路上走下去，一个人单打独斗很困难，必须要找一家经纪公司。

不过这个经纪公司也不能随便找。

他和谢颜聊了一会儿，挂断后就去找了莫复，问对方辉达怎么样。

莫复回答得很快，毕竟是业界大公司，业内都知道。

"辉达公司内部氛围还不错，资源也还好，就是竞争挺激烈的。"

莫复回答完辉达的事，又问："怎么，小谢要签这家公司？你把人家当小朋友那么护着，我还以为你要自己给他开个工作室玩呢。"

傅青心中一动，却很快遏制住：“他一个年轻人，自己的路当然要自己走，只要没有那些乱七八糟的事打扰他就行了。”

而在这个深夜，一条挂谢颜的长微博出现在了杨寻的超话，里面还有张照片，是孙怀君和谢颜一起抽烟。

那条长微博的第一张图着重描述了谢颜是一个名不见经传的新人，在搜索引擎上根本找不到任何作品，第一次出演电影就是主角，还是当红顶级演员杨寻作陪，能有这么大能耐的背后是自带投资还是有人力捧，这其中的猫腻自然不言而喻。

然后便是将杨寻这两个多月来发的和谢颜有关的微博逐条分解，一个字一个字地分析。主要说杨寻人好心善，被资本逼着让谢颜“吸血”“蹭热度”。而谢颜则一直很冷淡，连个笑脸都没有。

最后附上了谢颜的几张照片，甚至刻意地用修图软件丑化，只有那张谢颜同孙导一起抽烟聊天的照片没做修改，被作为谢颜是个满身恶习和电影导演有猫腻的证据被完整上传了。

挂人的博主很明显手法非常熟练，用的是新买来的小号，没有丝毫私人信息。编排长微博也有经验，其中穿插着表情包，擅长曲解杨寻原博的含义，还“艾特”了杨寻家的大粉，最后还有大量的转发抽奖的奖品。喊出来的口号也很响亮：“保护我方小羊，拒绝恶臭资本！”

这样即使路人看了，也会对靠着潜规则或者资本上位的谢颜产生嫌恶。

如果粉丝里带头的人理智，他们就温和有礼，但如果从一开始就是一条歧路，那他们也会不自觉被带歪。

这个长微博带来的影响发酵得很快。杨寻本来就是当红明星，最近两个月不见踪影，营销号正愁编不着料，就碰上了这么个大新闻，又是新电影，又是资本压迫，很快就编了一个又一个料，等过了一夜，遍地都是营销号和杨寻粉丝的狂欢了。

超话管理人早晨起来处理那条长微博的时候已经来不及了。

杨寻当天有和谢颜的对手戏，他很要面子，虽然演技比不上谢颜，可也要尽最大的努力，不能露怯，一整个上午都忙着看剧本对戏，寻找感觉，手机摸都没摸一下，直到经纪人的电话打过来了。

杨寻的经纪人叫谷风林，带出过几个获奖演员，手腕强硬，很有本事，是硬生生被杨寻亲哥开出的天价报酬打动才成为杨寻的经纪人，为他保驾护航的。

她很沉稳地叮嘱了一句：“网上有关谢颜的事闹开了，你不要回应，任由他们闹，等热度下去就行了。”

杨寻灌了口水，含糊地应了一声，挂断电话后立刻就打开微博搜索谢颜的名字，看到了那条长微博，飞快地看完后差点气到砸了手机。

杨寻还是抓得住这个长微博的中心思想的，就是自己昨天不小心漏出去的那句话。

下面的热评全是对谢颜的辱骂。

小助理心惊胆战地看着杨寻打开备忘录开始打字，小心地走过去劝他：“杨哥，你不是答应林姐不回应了吗？”

杨寻一扭头，眼睛都气红了，凶神恶煞：“不回应？任由他们骂谢颜？我都想骂回去。”

小助理心里嘀咕了一句，可那都是你心爱的“小白羊”们啊！

杨寻的手速从未如此之快过，他转发了那条造谣谢颜的长微博，将备忘录上写下的话截屏附上。

关于我——杨寻、谢颜、电影《白鲸》只想说以下几点。

第一，我从小就很喜欢孙怀君导演，能够出演他的电影一直都是我进入演艺界的梦想，如今梦想成真我真的十分开心。

第二，谢颜的演技很好，长得很好，性格很好，各方面都非常出色，出演这部电影的主角当之无愧，剧组里无论是谁都心服口服，为什么要往他的头上泼污水？

第三，谢颜是我的好朋友，请尊重我，也尊重我的朋友。每个人都有自己的想法，喜欢我并不代表也要喜欢我所喜欢的人和事物，可至少请别伤害诋毁他。

就这样，谢谢喜欢。不过我真的很遗憾有你这样的粉丝，你昨天来探班的时候应该很清楚我和谢颜的关系真的很好。

他的微博一发，粉群就更沸腾了。

去探班的也都是大粉，此时纷纷站出来说明了昨天的真实情况，虽然有些激进的粉丝还是不肯认错，可大多数粉丝开始道歉了。

杨寻关了手机，觉得很对不起谢颜，他不小心说的一句话，却给谢颜带来了这么多伤害，想到这个他就堵心，跑到谢颜面前道歉。

谢颜正在看剧本，闻言抬起头："嗯？"

他连微博都没下载，更不知道网上的消息了，杨寻又着急，还是小助理三言两语将这件事说清楚了。

谢颜快速地浏览了一遍那条微博，脸色都没变一下，依旧平静冷淡："没关系，不是你的错，不用道歉。"

杨寻以为谢颜是刻意嘲讽自己，垂着脑袋，可怜巴巴的模样，很恳切地继续道歉："你别这么说，你骂我吧，我是猪头，都是我乱说话，说漏了你是男主角，他们才这样的。"

这模样太傻了，连谢颜都忍不住笑了笑，他轻轻说："我本来就是男主角，你又没说错。这么多人骂我了，里面有你吗？"

杨寻愣住了。

谢颜看着他，很认真地说："不要为你没做错的事道歉。对了，下午有我们俩的对手戏，你要是感觉现在拍不了那就去找孙导换时间。"

杨寻瞪大了眼："你别看不起人，我不用换时间！"他说完就像条被气成圆球的河豚似的回自己的位置看剧本去了。

小助理小声地感叹："谢哥可真酷啊！"

或许是因为中午被刺激了一下，下午杨寻的状态前所未有地好，几乎没有NG。

拍完了戏，谢颜在回去的路上接到了傅青的电话。

傅青比以往多问了些话，谢颜猜到了是为什么，问：“傅哥也看到了网上的那些话了吗？”

这是条小路，平常就没几个人经过，周围一片安静，树影倒映在曲折的路径上，随着微风轻轻晃动。

傅青对他说了几句话。

谢颜的脚步慢了下来，他踩着自己的影子前进，漫不经心地同傅青说着真心话：“我也看到了，没什么感觉。如果有人当面这么骂我，那我肯定要打他一顿出气。可隔着屏幕，我没有看到那个人，无论说什么对我来说都是不存在的。”

谢颜是真的没把那些人的那些话放在心上。

从小到大都是这样，有人骂他是刺头，有人骂他不识好歹，有人诅咒他不得好死，有人说他不该存在在这世界上，什么样的话都有。但他一直很清楚自己是怎样的人，做了怎样的事，他知道自己没有错，所以别人的话对他产生不了影响。

这话说起来容易，做起来却很难，可谢颜的意志太坚定了，他没对任何人说过这样的话，却一直沿着自己要走的路前进。

傅青听出他真的没受影响，又问他：“你是不是没打算告诉我这事？应该要告诉我的。”

谢颜的旧手机终于装上了微博，他一边回忆着昨天签下的ID，因为感觉到傅青可能被这件事影响了心情，一边甚至开了个玩笑：“没什么好说的。难道像小孩子一样在外面被骂了回家找家长吗？”

谢颜找到了那个ID，置顶是他抽烟那张照片，附了一句话——“哥哥真帅。”

谢颜笑了笑。

电话那头很久没有说话，谢颜“喂”了一声，听到傅青的声音传过来：“可我是你哥，觉得你受欺负了，你不应该告诉我吗？”

谢颜觉得心里暖暖的。

不在意的人说千万句对谢颜来说也没半点影响，可傅青的一句话就让谢颜感觉自己被保护了。

他想，怪不得那些打不过他的人都喜欢找大人帮忙，因为背后有人真的很爽啊！

于是，谢颜将手机拿近，他稍稍放轻了嗓音，带着些少年人特有的软腻：“我知道了，哥哥。”

那句“哥哥”叫得傅青愣了好几分钟。

挂断电话后，傅青开始找莫复帮忙处理那些言论。谢颜不在意那些话，傅青却不会让网友们继续说。不在意并不是别人能伤害谢颜的理由，他们都该付出代价。

而另一边，杨寻先是打电话找谷风林帮忙删除掉那些营销号瞎编的料，可谷风林气他非要蹚这浑水，敷衍过去了。

杨寻没法子，只好找自己的亲哥杨瑞帮忙：“哥，你帮我把那些营销号编的乱七八糟的料都删了。”

杨瑞知道弟弟心软，又愧疚这件事因他而起，直接找公关准备解决掉这件事，却发现那些营销号早就删得干干净净，连一些原来骂得狠的私人博主都安静下来了。

有人压下去了。

“筱羊一生一世”看到自己的小号收到了要求她道歉的律师函。

这条长微博带来的风波只存活了大半天。除了杨寻回应的那条微博，别的新闻或是微博都被删得一干二净，至少在公共社交平台没留下痕迹。

又过了大半个月，转眼就快要过年了。

大约是临近过年的缘故，剧组里总有些闹哄哄的，不如以往安静。这是剧组在这儿待的最后一天，今天拍完，谢颜也该回济安了。一切一如往常，谢颜起床后跑了两圈步，然后去片场拍戏。

原本预定在过年前要拍的戏已经拍得差不多了，现在剩下一个很重要的镜头。

这是一个长镜头，光是准备工作就要花费大半个下午，并且只有每天傍晚日落的一个多小时可以拍摄。

虎鲸死后，陆逢春把自己关在家里一个多月，终于决定出一趟门，去村上的集市。自从失去声音后，他已经很久没去过那里。那是傍晚，出海捕鱼的人都已回家，有些人满载而归便同收货的商人谈价钱，有些人一无所获，也在聊天吃饭买卖东西。

这些人陆逢春都很熟悉。

周围熙熙攘攘，热热闹闹，他从每个人身边走过，同每个人挥手告别，有些人注意到了，有些人没有，但他是在同自己的过去道别。

这个长镜头很难，涉及的场景纷繁复杂，每个演员都要全神贯注，一个差错就能毁掉全剧组一个下午的努力。即使已经拍了十多天，各项工作都很熟练，中途也难免出现意外。

孙怀君把这个长镜头当作全片的重头戏，不允许有一丝一毫的瑕疵，今天又喊了两次 cut，太阳快要落山了，今天只剩最后一次重拍的机会了。

傅青是这个时候到的。他前几天知道谢颜今天要结束拍摄，虽然年底很忙，但还是抽空过来了。

因为这个镜头非常重要，非剧组的工作人员不能靠近，只能远远地站在外面。而这出戏也没人采访，傅青找了个视野开阔的地方，旁边还站了几个人。

是杨寻的哥哥。

杨瑞似乎有些惊讶，仔仔细细地看了傅青两眼，但很快收拾好了表情：“你好，傅先生。”

傅青点了点头。

在济安做房地产相关生意这块的，对傅青是无人不知无人不晓。他是建筑工人出身，异军突起，却比原来的房地产商做得都要大。不过真说对傅青熟识的却没有几个，大多是商务上的会谈，私下的聚会傅青很少去。

杨瑞问：“我弟在这里拍戏，快过年了要接他回家。傅先生呢？”

傅青的目光远远地落在正在拍戏的谢颜身上，他说：“我也是，接小朋友回家。”

杨瑞怔了怔，顺着他的目光看过去，忽然又想起了之前的事。

竟然是傅青。

最后一次的拍摄顺利地进行到陆逢春在集市遇到的最后一个人，裴小舟。他不再只是挥手，而是很认真地同裴小舟说了句再见，即使发不出声音。

然后，陆逢春一个人走到了港口。他穿了一件洗得发黄的白 T 恤，高且瘦，影子被拉得很长。海风从远处吹来，掀起陆逢春的头发，他跳了下去，连溅起的水花都是橙黄的，很温暖的样子。

周围安静极了，每个人呼吸都是轻的。

傅青清楚地看到陆逢春慢慢沉没在海水里了。

不知过了多久，他从海水里钻出来，仰着头，望着天，眼角的眼泪同海水融在了一起，夕阳的最后一丝余晖笼罩住了他。

这是傅青第一次看到谢颜正式拍戏。他从前也见过谢颜边看剧本边演，却从没有这样的感觉。

光在追逐谢颜，此时的谢颜比光更耀眼。

镜头于此处戛然而止。

当孙怀君让摄影师关掉机器，说这一幕拍完了的时候，剧组里的大多数人还难以置信。

谢颜眨了眨眼，海水从他的睫毛上落了下来，他扭头看着远方的海平面，在海水里待了一会儿。

直到杨寻也因为太过激动，连蹦带跳地下了水，抱住谢颜，大声说："我们总算拍完这场戏了，你演得可真好，我都看呆了。"谢颜还没出戏，戏里的陆逢春与戏外的谢颜差别太大，他有些茫然无措，却掩饰得很好，含含糊糊地应了杨寻一声。

杨寻看到杨瑞，激动地先谢颜一步爬上岸。

周围的人都很激动，忙着收拾器材，开始讨论起过年的事。谢颜双手撑在木板上，打算凭借臂力爬上来。也许是憋气太久，他感觉有些不舒服，连力气都比往常小得多，尝试了两回都没能上来，就倚着柱子，想要休息一下。

直到有人拍了他的肩膀一下。

谢颜仰起头，看到眼前伸来一双手，他的眼前模模糊糊的，却准确地抓住了那只手。

双脚落地的那一刻，他看到了傅青的脸。

傅青说：“小谢，我来接你回去了。”

谢颜赤着脚，浑身上下湿漉漉的，海水顺着他的头发往眼里流，他歪着脑袋，将头发拧成一股，脸颊又被太阳晒得红红的，有点呆，却是很可爱的模样。

他很乖地“哦”了一声。

傅青的事情多，订了当晚回程的票，黎明到的济安。

谢颜原本想要约傅青吃饭的，可还没来得及说出口，傅青的电话就响起来了，他便不再说了。

谢颜回到租住的小屋子，四处都落满了灰，他已经三个多月没回来了。

他将屋子打扫了一遍，洗了个澡，原本想要很奢侈地叫个外卖，想了一会儿还是自己下去买东西吃。

楼上楼下都已经空了，外面却很热闹，四处都是人，大家都买了很多东西，连超市结账的队伍都排得很长。

谢颜买了几包方便面和几根火腿肠，还有速冻饺子，算好这些差不多能撑到年后。

大约是过年的缘故，谢颜联系了辉达的人，却要年后才有消息。

对以前的谢颜来说，过年没什么意义。小时候福利院会给他们发几颗糖，可谢颜不喜欢吃，长大了就一个人生活，过年就当放假。

可现在不同了，谢颜有点讨厌过年了，大家都很忙，连傅青都没有空。

腊月二十九的早晨，谢颜很难得地在床上躺到九点钟，没有跑步，起来后泡了碗面，火腿肠都懒得加，然后接到个电话。

谢颜听到傅青笑了笑，说：“小谢，我在楼下，接你来我家过年。”

谢颜大概只花了半秒钟想明白这是什么意思，就立刻答应了下来。

没有推托，也没有拒绝，因为他知道傅青对自己说的每一句话都是真心的，而他也真心想去。

傅青到楼上的时候，谢颜才吃完最后一口泡面，屋子里弥漫的全是泡面的味道。

傅青皱了皱眉：“你回来后不会一直就吃这个吧？”

谢颜开完门便急着回去收拾碗筷，想要早点同傅青一起去老街，闻言一怔，偏过头解释：“没有，也吃了别的。”

傅青脱了鞋，走进门，看了一圈周围。

这不是他第一次来谢颜家，却是看得最仔细的一次。这间屋子虽然小，但也没有乱糟糟的，最起码在单身青年里绝对算得上干净了，可就是冷冷清清的，不像是有人住在里面。

他走到谢颜身边，随手打开一旁的小冰箱，里面摆放着各式各样的速冻饺子，又问：“别的就是这个？”

谢颜就不说话了，继续沉默地洗碗，溅起来的水落在傅青的手背上，很冰。像这种老旧的单元楼，大多装的都是太阳能热水器，冬天日照少，连洗澡都不太够用，平时的生活用水更用不了热的。

傅青接过谢颜手里的碗筷，说：“我来洗，你去收拾东西，待会儿就走。”

谢颜的东西很少，整理起来也快，傅青刚关上水龙头，谢颜就已经背着包走到厨房门口等他了。

路上到处是车，到处是人，入目之处都是喜庆的大红。幸好时候还早，道路还不太堵，可开车去老街也比以往多花了大半个小时。

老街的街道很窄，路也多年没修整过，车不好开进去，就停在外面，步行进去。街上的店铺大多都没关门，傅青走到一半，忽然像是想起了什么，对谢颜说：“等一下，我去买点东西。”

那是一个衣服铺子，很小的一个店面，外面还支着摊子，很拥挤，只能侧身走进去。傅青让谢颜待在外头，自己一个人进去了。

外面吹着冷风，谢颜的半边脸都裹在围巾里面，只露出一双眼睛，很暖和的模样。

可他不想这么暖和，稍稍松开围巾，又将耳朵露出来，隐约能听见里面说话的声音。

店老板好像问了句要买给谁。

谢颜听到傅青说："买给家里的小朋友的，快过年了，也该穿新衣服。"

原来是给小孩买新衣服。

谢颜怔了怔，觉得有点冷，又重新把围巾裹紧了。

不过片刻，傅青就从里面走出来了，手上多了个黑袋子，看不清里面装了什么。

谢颜没问，两个人一路沉默地走回家。路上傅青又要了两份卤菜，谢颜注意到傅青还是没有付钱。

看来还是在年底前把傅哥的账结掉好了。

谢颜默不作声地想。

与往常不同，傅家今天来了很多人，大多数和傅青是同一个辈分，基本上都在公司里做事。谢颜不认识这些人，他也不是那种喜欢和陌生人交流的性格，傅青要忙着外面的事，又要担心他一个人待得不开心，就单独把他叫到后边的小屋子，让周玉来陪谢颜。

周玉和谢颜还算认识，主要是他脸皮厚，话多，和谁都能聊到一起去。他进了屋子先打了个招呼，看到沙发上放了个大包裹，还是傅青刚才拎进来的，就有点好奇地问："谢哥，傅哥这是买的什么？"

谢颜看了一眼："买给小孩子的新衣服。"

周玉纳闷："傅哥去哪儿送小孩子新衣服啊，往年都没见他买过。"

周玉话音刚落，傅青就端着托盘走进来了，托盘里摆着两碗骨头汤，还有各种糕点零食，他对着谢颜叮嘱："外面人多，吃饭可能要很晚，你先垫垫肚子。"

谢颜脱了外套，坐在沙发上，歪着脑袋对傅青点点头。

周玉藏不住事，着急地问："谢哥说你给小孩子买了套新衣服，给谁买的？我怎么不知道？"

谢颜拿汤的动作顿在那儿。

傅青一怔，朝谢颜那边看过去，似乎是笑了一下，又似乎没有，轻描淡写地问："刚刚在外面听到了？"

谢颜半合着眼，看似十分冷静地继续舀汤喝，只是睫毛轻轻颤抖，在眼下落下一片青灰色的阴影，很自欺欺人的可爱模样。

傅青拆开袋子，里面装了一件外套，码数很大，一看就不是给小孩子穿的，他把外套往谢颜面前递了递："我家里除了你，还有别的小朋友吗？"

原来是他的。

谢颜抬起眼，不自在地接过衣服，大红色的，比窗外挂的红灯笼还要鲜艳，亮得闪眼。

酷哥从来不穿这种颜色的衣服。

不过这件事由不得谢颜做主，毕竟已经买回来了。

傅青在这件事上非常封建大家长作风，自有一套审美："过年穿红的喜庆，小朋友就该穿红的。"

谢颜捏着衣角，没什么意见，反正他知道自己穿什么都好看。

周玉从头听到尾，舰着脸上去说："傅哥，我也是小朋友啊，怎么不给我买件新衣服？"

傅青将衣服收回去，都没看他一眼，反问了句："你还小吗？"

周玉的狗腿只收获到了寂寞，他自己一个人躲在角落，阴阳怪气地嘀咕："哼，我也没比人家大多少，怎么就不算小朋友？怎么当兄弟不是日久情深，还有喜新厌旧的道理？"

不过这话没人听见，否则年还没过，可能他就要先挨两顿打。

傅青没待一会儿就出去招待客人了，屋里就剩谢颜和周玉两个。

谢颜喝完汤，看了一眼窗外的天色，忽然说："我出去一下。"

周玉原本还懒洋洋地躺在沙发上挺尸，听了这话立刻问道："有什么事吗？我陪你一起去。"

谢颜拒绝了，周玉也没多问。虽然傅青吩咐他照顾谢颜，可谢颜又不真是一个小孩，没必要看得那么紧。

谢颜一个人走出院子，他没来过老街几次，可记性不错，虽然老街的地形比较复杂，可他还是能记得清，从众多小巷中找到那家傅青光顾次数最多的卤菜店。

他站在柜台前，对里面的老板娘说：“我替傅哥再来买两斤牛肉。”

老板娘笑眯眯地看着他：“两斤牛肉吗？我切好了给你带回去。今天是二十九，傅哥很忙吧。”

谢颜点了下头，很安静地待在原处，等到接过牛肉的时候才装作不经意地问：“多少钱？”

老板娘拍了下手：“傅哥的账都记着的，年底一块清，现在要什么钱。”

谢颜忽地抬头：“多少钱，我现在就把账结清。”

谢颜最终没能结清这笔账。去年的账已经结清了，今年又才开始，没记多少钱。

谢颜很快另想了个法子，说要提前付钱，等傅青来这里买东西直接扣账上的钱就可以了。

可惜这个提议也被立刻否决。最后老板娘被谢颜缠得没法子，只好说要打电话让傅青把他领回家去。

谢颜一愣，立刻就算了。

老板娘笑着把牛肉塞进他的手里：“你这个小哥怎么回事？想要帮傅哥付账，你先告诉他，让他来和我说，以后都让你付。”

只这一家店，就让谢颜身心俱疲，但他不轻言放弃，又找了两家店，都是同样的说法，软硬不吃，连钱都送不出去。

谢颜表面上拎着两斤牛肉、一袋柑橘、两斤雪梨满载而归，实际上一无所获。

傅家热热闹闹，一群人在院子里打牌吃酒，厨房里却空荡荡的，只有傅青一个人在做菜。

这是傅家的传统，从傅爷爷那辈流传下来的。每年腊月二十九，除夕夜前一天，厂长都会在自家做东，亲自下厨招待厂子里同辈的骨干，傅家男人是祖传的好手艺。后来没了厂子，到现在开公司，这个习惯却没丢。

谢颜看傅青一个人，连里屋也不想去了，拎着东西直接进了厨房。那些锅灶上的事他只能越帮越忙，便坐在小板凳上剥橘子吃。

他拿了一个白瓷碟子，剥了好几个橘子放在上头，橘络都除得干干净净，却一个都没吃。

傅青炒完一个菜，谢颜就端着碟子过来，往他那边推了推。

傅青掰开一个橘子，还没吃，问谢颜："怎么了，不太开心？"

谢颜在剩下来的那一半橘子上也掰了一瓣往嘴里塞，很酸，能酸倒牙，他却面无表情地咽下去，面不改色地撒谎："因为吃到了很酸的橘子。"

他边说话，边将傅青手上那瓣还没来得及吃的拿过来也塞进嘴里了，露出一嘴尖利的小白牙。

傅青摇了摇头，看来不是不太开心，是很不开心，还有点生气。

不过在他眼皮底下也出不了什么大事，傅青没多问，毕竟小朋友也得有自己的隐私。况且谢颜虽然脾气坏，但只要不是什么大事，来得快去得也快，兴许自己吃一会儿橘子就好了。

果然，到了晚上吃饭的时候，谢颜吃橘子吃到胃酸，但已经不再想中午发生的事了。

他想要替傅青结账的主要原因是担心这些欠债会成为傅青的罪状，无论是谁，只要还掉了就不必再担心了，没什么好不开心的。

就是有点丢脸，没有理由地和店老板纠缠了那么久，还差点把傅哥叫过来了。

谢颜决定最起码半年不要再经过那几家店了。

这次聚餐算是另一种形式的庆功宴，谢颜酒量不好，又天生不喜欢和陌生人交流，傅青不太想让谢颜上桌子陪酒，就和宠小孩似的对待他，让他提前吃了点饭菜去屋里待着了。晚饭很热闹，气氛很好，谢颜出来看过几次，傅青都在喝酒。

这场酒喝了几个小时。

傅青酒量很好，结束的时候还看不出醉意，他将最后一位客人送出门，甚至还想要将饭桌收拾好才去休息。

傅爷爷隔着半个院子，中气十足地骂了他一顿：“忙了一天不去躺着，这些东西放一晚上出不了事。”

傅青就将手上的东西撂下了，他一个人从开始喝到结束，有点晕，还算能够忍耐。

他去洗了个澡，打开浴室的门，却看到谢颜坐在椅子上，桌上还有个白瓷碗，里头盛着水，微微泛着淡黄，下面摆着许多切好的梨片。

谢颜偏头看他，皱着眉：“我看网上说的喝点梨水可以解酒，今天正好买了梨就顺手做了。”

他把那碗梨水往傅青那边推了推，微微抿唇，声音很轻：“要不要喝一点？”

傅青的呼吸比以往沉重些，他坐在谢颜身边，将梨水端起来才瞧清楚里面的梨片切得歪七扭八，表面也坑坑洼洼，看来削皮也很艰辛。

兴许是真的有几分醉意，傅青莫名其妙地想，以后还是不要让谢颜进厨房了，要是切到手就不值当了。

毕竟是一双那样漂亮的手。

他端起碗将一碗梨水连带梨片都吃完了，垂眼对谢颜笑笑：“嗯，小谢真乖。”又叮嘱了句，“桌子别收，早点去睡，明天该过年了。”

谢颜点点头，却没离开。

傅青确实累了，他躺回床上，片刻就睡着了。

这很难得。也许是年轻时的经历，傅青很难在屋子里有别人的情况下入睡。不过因为擅长忍耐，这件事至今还没人发现。

谢颜看着傅青入睡，正想要关灯，目光却不由自主地落在他身上。他的眉头是皱着的，连额角的疤痕都显得突兀狰狞。

连睡着了也不开心吗？

谢颜想要抚平他的眉间。

不过只是想想罢了，看了一会儿后，谢颜关了灯，轻轻地说：“要做个好梦。”

那个夜里傅青的确做了个梦，梦里有梨子的清甜味。

第二天，傅青起床的时候，傅爷爷和谢颜正围着桌子剪纸玩。

傅爷爷的双手枯瘦而灵巧，眼睛虽然看不见，可一双剪刀使得很好，沿着纸边，用手指丈量一下尺寸后就能剪出规整漂亮的窗花来，都不是很复杂的花纹，却能叫人看得目不转睛。

他光自己剪还不过瘾，没有意思，又叫谢颜拿了个小剪刀来，要教谢颜剪窗花。

谢颜很会演戏，长得很好看，可手工上就是个连削皮切果子都做不好的人。不过他想哄傅爷爷开心，他剪得很艰难，也出不了什么成果，剪了半天还是一堆碎纸。

剪刀的尖头在谢颜笨拙的手指间左戳右戳，傅青怕他戳破自己的手，走过去说：“爷，小谢就是一个小孩，别剪着手了。”

傅爷爷有点生气地撂下剪子，说：“家里总得有个人会剪，你又没空学。我要是死了，就该小谢剪了。”他眼睛看不见，却还是朝谢颜那边偏过头，“对不对？”

谢颜不会说什么好听话，朝傅青摇了摇头，很坚定地说：“对。”

傅爷爷才笑了：“人人都说阿青乖、好，可这是没看到小谢，他才是真的乖。”

谢颜被夸得耳朵尖都红了。

傅青也点点头，不管他们俩小孩了。

今天是年三十，连老街都冷清了下来，所有人都在急着做年夜饭，这事除了傅青，谁都帮不上忙。谢颜在傅爷爷的指挥下煮了点糨糊，把家里的对联和窗花都贴好了。

年夜饭吃得很早，菜做得不算太多。谢颜坐在傅青对面，拿筷子把每一道菜都尝了，陪傅爷爷喝了点酒。傅青昨天喝了太多，今天连酒都没碰。谢颜从小在福利院长大，没有像这样一家人似的围着桌子吃过年夜饭，吃饭前还偷偷摸摸拿手机查过对老人的祝酒词，很认真地背下来了。

吃完饭，就到了给压岁钱的时候了。以往傅家就两个人，傅青三十多岁，给压岁钱也不合适。可今年不同，多了个谢颜，才二十岁，无论是傅爷爷还是傅青都比他大太多岁数，把他当小朋友看。

谢颜吃饱了饭，就自己坐在那里。

傅青朝他招招手，说：“过来。”

谢颜不明所以，放下杯子，走到傅青面前，问：“怎么了？”

他看到傅青拿出一个红灿灿的红包，双手递过来，说：“小谢新年快乐，新的一年，平安健康，开心幸福。”

谢颜怔了怔：“过了年我都二十一岁了……”

傅青笑笑，揉了他的脑袋一下：“二十一岁怎么了，永远比我小十二岁。”

谢颜“哦”了一声，将红包紧紧捏在手里，大约是太过用力的缘故，掌心都沁出汗水了。他以往看到这些仪式性质的事都觉得很没有意义，甚至不屑一顾，现在却为此欢喜。

他没有收到压岁红包的经验，想了片刻，才稍稍仰头：“谢谢哥哥。”

他说这话时声音很小，喝了酒，嗓音不复从前的清朗，说“哥哥”这两个字时格外多了丝软和甜。

傅青有些疑惑，谢颜都二十一岁了，人类二十一岁已经是青年了，可小谢怎么比孩子还可爱？

他顿了顿，才说：“现在不要拆，今晚睡觉的时候记得放在枕头下面压岁。”

傅爷爷听到这话，酒也不喝了，朝这边嚷嚷起来：“小谢你过来，爷爷也有压岁钱给你，我比阿青的岁数大，该拿我的压岁。”

可兴许是年纪大了，傅爷爷找了半天都没能找到自己提前准备的红包，但现在已经吃完了饭，索性将傅青一个人留下来收拾桌子，将谢颜带进自己的屋子里找红包去了。

傅爷爷翻了好一会儿，才在抽屉的角落找到一个盒子，直接往谢颜的怀里塞。

谢颜打开盒盖，里面是一块翠绿的翡翠，雕刻成了弥勒佛的模样，水头很好，在灯光下熠熠生辉。

傅爷爷很得意地解释："这是我在阿青出生的时候做的，和阿青那个是一对儿。可惜他不争气，这块翡翠一直没主，在我的抽屉里待到现在。"

即使谢颜对这些珠宝的价格再不清楚，也能看得出这块翡翠价值不菲。

可惜傅爷爷没给他推拒的机会："在一块吃了年夜饭就是一家人了，早晨不是还说过以后要学着剪窗花给家里贴，到晚上就不认账了？"

谢颜说不出辩驳的话，硬是没能再还给傅爷爷。

他迷迷糊糊地以为，这本该是属于傅哥的亲兄弟的，可傅爷爷再没有别的孙子孙女出世，后来傅青也没有别的带回家一起过年的亲近兄弟，所以傅爷爷才把这块翡翠送给了自己。

太珍贵了，以谢颜浅薄的人情世故经验来看，都知道不应该收。

可他本能地很想要。

谢颜拿起盒子，指尖在碰到翡翠表面的时候颤抖了一下，很冰。

他轻轻点头："谢谢傅爷爷。"

傅青没在意他们爷俩在里头干什么，他收拾完桌子，看到谢颜穿了件灰色的卫衣，双手搁在脑袋下面，半躺在沙发上，半合着眼，目光若有似无，对着电视机上的春节联欢晚会发呆。

应该是觉得无聊了。

傅青心里微微一动，朝谢颜那边走了过去，拍了小朋友的脑袋一下："走，带你出去玩。"

谢颜的眼睛一下子亮了起来，从沙发上站起来，披上外套就想出门。

傅青看了他一眼："去换上新衣服，过不了一会儿就要十二点了。我出去买点东西，过会儿回来接你。"

谢颜点点头，走进里屋，翻出那件红外套，比今晚收到的压岁红包的颜色还要鲜艳，但他还是穿上了身，对着镜子照了一下。

谢颜对着镜子打量了片刻，又将围巾拿出来在脖子上围了两圈，总觉得缺了点什么，最后将塞在枕头底下的盒子拿出来，把翡翠挂在了脖子上。

翡翠是冷的，贴在皮肤上很冰，谢颜还没来得及将它焐热，傅青就已经回来了。

傅青手上多了个袋子，看到谢颜的模样时顿了顿，又朝他招招手：“小谢，过来。”

老街的夜晚很安静，各家都关闭了铺面，在家中守岁。路灯也少，有一半都坏了不亮了，连脚下的路都看不大清楚。谢颜又对老街的路况不熟，傅青怕他跌跤，右手拎着袋子，左手拉着他的手腕，领着他往前走。

谢颜一直惦记着傅青的左手有伤，乖乖地跟在半步后，一点力气也不让傅青出。

从老街街尾出来，周围就越发冷清了，不再有路灯，反而长满了高树，只能借着微弱的月光赶路。四周很安静，谢颜能听到傅青的呼吸声，因为离得太近，就像是在自己的耳边。

傅青轻松地拽着小朋友的手腕：“你不问去哪里吗？”

谢颜还在数着傅青的呼吸，闻言便问：“要去哪儿？”

傅青笑了笑：“去老街的旧厂房。”

自从傅青的父亲犯下大错后，老街的厂子就被迫关停了。这里的地段不好，没有开发价值，那块地方就一直荒废着，没人管没人拆。不过因为出过事故，老街里的人也不会无故往这里来。

老街离旧厂房也不近，谢颜和傅青两个人脚程快，也花费了二十来分钟。

旧厂房已经废弃十多年了，不过因为当年用料实在，虽然看起来破烂不堪，但实际还很坚固，看起来还能撑很久。

傅青也很久没来过了，不过他几乎是在这里长大的，对老厂房的记忆刻进了骨子里，可能到死也忘不掉。他领着谢颜从中间绕过去，看到厂房后面的那条河。

小河地势低，河堤上的路多年没人走过，已经堆满了杂草枯枝，要费一番劲儿才能下来。

两人到了河边，傅青才将手上的袋子放下来，边拆边对谢颜说：“这里是市区外。”

谢颜不明白是什么意思。

傅青把袋子里的东西拿出来，放在谢颜面前：“所以可以放烟火。小谢，你放过烟花吗？”

谢颜一怔，摇了摇头。

他没放过，但看过。那时他还在福利院，那里的节日过得很简单，一般就是过节的晚上多加个菜，每个孩子多发几颗糖就行了。但如果碰到上级领导来检查探望就不同了，工作人员会挑选他们认为最听话的孩子，在外面摆上一桌好菜陪领导吃完饭，别的孩子都锁在后头的屋子里。谢颜是个刺头，被工作人员单独锁在一个屋子里。他不记得那天是什么节日了，却还能想起那时候他被关在最里面，忽然听到外头的欢呼声，原来是放了烟火，大朵大朵地在空中绽放，很好看，那也是他头一回在现实里看到烟火。

后来他长大了，离开福利院，有一次心血来潮，忽然想放烟花，但周围都没得卖，原来市区早就禁止燃放烟花爆竹了。

傅青在杂货铺买了一整袋，因为老街在市区边缘，几乎脱离了市区的辖治，偶尔有些小孩子放着玩也管不着。

谢颜有点好奇，傅青拿了几个：“我先放几个给你看。”

他是用火柴点的，这些烟花个头小，放起来声音不大，花样做得却很精致。

谢颜是个二十一岁的小朋友，立刻被引起了兴趣，一个人拿着火柴盒，在河岸边放烟火放得不亦乐乎。

傅青坐在不远处垂眼看着谢颜。

四周太暗，只有谢颜的身上聚满了光，有烟火的，也有他自己的。

烟花这种东西玩起来很快，不多一会儿，谢颜已经放完所有的烟花，傅青问他：“开心吗？”

谢颜的额头上还有汗水，就是因为刚刚玩得太开心了，他很要面子，和刚刚疯玩的样子完全不同，不过还是笑着同傅青点头。

虽然烟火放完了，傅青却没打算现在就带谢颜回去。原本带他出来前是这么打算的，可后来傅青又改变了主意。

两个人收拾好放完烟火的残局，傅青领着谢颜去了旧工厂里。

济安不算北方，可冬日的夜晚也冷得厉害，旧厂房虽然破，可好歹有几面墙可以挡风。

傅青出来的时候顺便带了两瓶烧酒，他打开瓶盖，将其中的一瓶递给谢颜。

谢颜接过来，他不太能喝酒，就抿了一小口，劲很大，辣得从喉咙烧进胃里，便立刻皱紧了眉，很厌恶的模样。

喜怒哀乐全摆在脸上，怪不得那天不怎么开心。

傅青忽然问："我今天去买烟花的时候，有人告诉我，你要替我结账，对不对？"

他还记得店老板和自己形容："真是一个顶漂亮的小哥，知道傅哥你把账结了，就站在这儿非要把明年的账先垫付了，从他给的钱里扣。"

"这哪行啊。我拒绝了好多次，就说不行，他也不走。最后没办法了，我就说打电话让你来他才走。"

"哎哟，走的时候他脸都红透了，脸皮太薄。"

傅青乍一听这件事，一时间也没什么想法。就是想着谢颜脸皮薄，脾气大，那样的性格能在这儿纠缠这么久真是挺不容易的，恐怕和人打两架都比干这事轻松。

转念又一想，恐怕自己在谢颜心里，就真的是个吃白食的街霸。

最后走在回家的路上才慢慢反应过来，这是小朋友在护着自己。谢颜才拿多少片酬，在家里也就吃泡面和速冻饺子，钱还要留着给自己结账。

太可爱了，招人心疼。

谢颜却听得如同遭遇了晴天霹雳，只觉得自己在今年的最后一天，最后一小时，丢光了一整年的脸，甚至还要透支下一年的。

此时他的脸立刻从白到红，和烧红了的嘴唇一个颜色。

傅青笑了笑，重复了一遍，又问："对不对？"

谢颜佯装冷静，抽出根烟，划了火柴，因为手抖，好几次没点上火。好不容易点着了，他先深吸了一口，吐了口烟圈，企图用烟雾遮住自己滚烫发红的脸，又装模作样地点点头，一句话都不说。

傅青一贯不刨根究底，很会照顾小朋友的面子问题，此时却步步紧逼，接着说："我知道这是小谢的心意，可为什么呢？"

谢颜现在暴躁得想要和傅青打一架。

不过可惜他身上穿着傅青给买的衣服，围着傅青母亲给织的围巾，戴着傅青爷爷给送的项链，实在是硬气不起来。

他破罐子破摔，眼睛一闭，也不看傅青："傅哥是街霸，现在又快过年了，外面查得严，我以为你欠了老街那些店铺的钱，就想先还掉，少一点证据。"

谢颜的声音抖了抖："我知道自己想错了。"忽然就有点丧气，想做的事没有做成，这么丢脸还被告状到傅哥这里，最后还要被逼重述心路历程。

谢颜头一回感觉自己的灵魂受到重创。

傅青一把将谢颜拽到自己的身边，声音含笑，很温柔地说："我很开心，因为小谢是第一个想要这么保护我的人。"

这话倒是真的。

傅青活到这么大，小时候一直被教导着要守着老街的厂子、老街的人，他需要比同龄人更懂事更成熟。后来甚至还未长大，他就扛起了这条街。

他做一切事，保护所有人。别人会尊敬他，关心他，畏惧他，可也许是因为他太过强大，永远都不会被打倒，所以也从未有人想要保护他。

傅青也从未觉得自己需要被保护。

直到今天，他才知道原来被人保护的感觉是这样，无法言喻，却在那一瞬间连心都会变得柔软。

谢颜倒也不是真的生气，就是觉得丢脸，可听了傅青的话，又觉得没什么了。毕竟傅青也不是拿自己开玩笑，他是觉得开心，因为自己是第一个保护对方的人。

这么一想，谢颜甚至还有点得意，不过面上肯定不能表现出来。

他的情绪来得快去得也快，转眼就安安静静地坐在傅青旁边当个乖崽。

其实傅青原本是想要告诉谢颜实情的，可小朋友脾气太暴，又要面子，方才刚哄好了，要是真知道又惹了这么大一个误会，更觉得丢脸，可能要从年初记到年末，总之大年初一是别想哄好了。

傅青不再提这件事，他看谢颜抽烟，自己也想抽了，可方才点了太多烟火，火柴都用尽了，谢颜用的是最后一根。

只有谢颜的烟头上的火了。

若是往常，傅青可能就不抽了，可抽烟的欲望忽然烧起来，将理智都烧尽了，他说了句：“借个火。”便朝谢颜那边凑过去。

谢颜偏过头，还没反应过来，微微皱着眉，很不明所以的样子。

傅青比他的个头高，上身也更长，他俯下身，嘴里衔着烟，要往谢颜的烟头上点。

谢颜仅仅怔了怔，便很乖顺地仰起头，刻意将烟头抬高，方便傅青点火。

他的围巾早已散开，外套的拉链开了一半，露出灰色的卫衣，衣领又低，能隐约瞧见清瘦的脖颈，还有一抹隐藏起的翠意。

烟头相交的那一刻是他们离得最近的时候，从傅青的角度能完完全全看到谢颜脸上每一个细微的地方。

傅青点完烟便迅速和谢颜分开，他压低嗓音说：“以前有这样点过烟吗？”

谢颜摇了下头。

他的脾气很坏，没有朋友，手机上存储的号码都是由于某些必要的事才要发消息的联系对象。

之前没有这样关系足够亲密到能够这样点烟的人。

可傅青是个例外。

而此时已经过了十二点了，傅青领着谢颜趁着夜色回家。傅爷爷坐在沙发上还没睡，听到两个人进门的声音刻意咳嗽了一下。

傅青推着谢颜进里屋早点洗漱，谢颜进去之前隐约听到傅爷爷骂了一句：“三十三岁了还这么闹腾，一点大人样子都没有。”

后面就再也听不着了。

傅青还没来得及回话，傅爷爷又接上一句：“不过也是，好不容易遇到有缘分，能谈得上话，知道护着你的人。”

傅青有些无奈地摇头。

傅爷爷不和他争执，回了自己的屋子。

傅青在原处站了好一会儿。

或许爷爷说得没错，他们真的很有缘分，认识还不到几个月，却比老街里相处三十年的朋友还能明白对方。

# 第六章

DILIUZHANG

## 过年

过完年也没什么事可做，谢颜就一直留在傅青的家里，有空就和傅爷爷学着剪窗花。他没有天赋，不过很勤奋，脑子又不笨，虽然还是剪得不太好，可也算是有模有样了。

傅爷爷见人就说自己后继有人了。

不过初七那天就剪了一会儿，谢颜有事出门，他和辉达的经纪人约在总部见面。

傅青开车送谢颜过去，临走前傅爷爷叫住了谢颜，叮嘱他：“你年纪还小，要是遇到了难事，就问问阿青，他能帮得上你。”

谢颜应了声。

上了车，谢颜绑好安全带，偏头看向窗外，就听傅青问他：“紧不紧张？”

谢颜说：“不紧张，没什么好紧张的。”

也许是觉得这样回答有些敷衍，谢颜想了片刻，又解释了几句：“这已经是我能选择的最好的一家公司了，孙导也帮我看好了合同，没有问题。一切都准备好了，已经是盖棺论定的事，就没必要紧张了。”

其实不盖棺论定他也不会紧张，因为没有用处。

傅青揉了他的脑袋一下：“小谢倒是看得开。”

自从一起过完年后，两人要比以往亲密些，从前傅青是不怎么揉谢颜脑袋的。

虽说傅青把谢颜当小朋友，可到底知道他是成年人，有些行为举止需要注意，可过完年后，有些若有似无的隔膜都消失了。

大概是在一起过了年，看了烟火，就是一家人了。

谢颜下车，走进辉达总部的大厅。

辉达是经纪公司，必须要管理严格，注意旗下艺人的隐私安全，坐电梯都需要有提前预约。

他走到前台，轻轻敲了一下桌子：“我是谢颜，预约在下午两点，找王祝唯。”

前台小姐抬起头，她在这里干了一年，来来往往见过不知多少明星，但在看到谢颜的那一瞬间还是心跳加速，愣了一下，才礼貌地回复：“请您稍等，我帮您查一下。”

查询到信息后，前台小姐为他打开电梯，看着他的背影消失后立刻回到自己的位置，使劲戳自己的小姐妹。

“我们公司新来了一个没见过的小哥，没化妆没打光没滤镜，素颜都好帅好帅好帅！他今天好像约了和经纪人见面，等他出道你肯定为他神魂颠倒。”

谢颜到了约好的812号房间，敲了敲门，里面回了声：“进来。”

里面坐着一个男人，个子不高，戴了副眼镜，脸上挂着笑，对谢颜说：“谢颜你好，我们今天是来签合同的，你要是没意见，我以后就是你的经纪人王祝唯了。”

说完，他就将合同推到谢颜面前。

这份合同是辉达的总监拟订的，孙怀君也看过，挑不出毛病，可谢颜还是从第一页，一项条款一项条款地重看。

而王祝唯则一直打量着谢颜。

王祝唯本来手底下有两个人，都不算红，一个实在是看不到希望，解约当辉达的舞蹈老师，另一个还在慢慢熬。虽然他去年年底又签了个人，可辉达的总监看他手上还是只有两个人，就把谢颜签到他的名下。

这个新人确实长得很好，真人比照片还好看，又演过好电影，演技应该也不错，应该很有潜力的。可王祝唯并不想带他，还是总监硬生生地塞过来的。

原因在于他去年年底签的那个秦昊成。那也不过是个十八线小明星，长得也还好，不过肯定比不上谢颜，但签约的时候，秦昊成直接说背后有人，等着花钱捧他，来王祝唯手下就是看上他手底下没多少人，否则害怕自己带了的资源被王祝唯拿去捧了别人。

这件事上不了台面，也没办法和总监细说，王祝唯只好把谢颜签下来，但最多也只能放养，否则秦昊成那边合作不下去。

王祝唯想得很清楚，这个行业，长相、演技、能力这些说到底都无关紧要，能让人真正红起来的就两样，运气和金钱。可运气太虚无缥缈，谁都不能说肯定能抓住。像谢颜条件这么好，一定能红吗？不一定。可秦昊成不同，他背后一定是有钱支撑着的，所以舍弃前途未卜的谢颜对他来说是很正确的选择。

他心里是这么想的，可面子上还是要过得去的，又很亲切地问："你的意向是演戏，我以后会注意这方面的资源。"

谢颜一字不落地看完整个合同，朝王祝唯点点头，签下了自己的名字。

王祝唯问了问他最近的情况，表面上用的是商量的语气，可实际上已经决定好了："你还要在孙导那里拍几个月的戏，这个合约是你自己签的，公司分不到账，也不能给你安排工作。所以在你还在拍《白鲸》的这个阶段，是肯定没有基础工资的，助理也安排不了。不过你要是真的嫌缺人，我也可以给你找，但工资得你自己出。"

谢颜没提出异议："我不用助理。"

他看得出王祝唯的敷衍，不过不大放在心上。他进公司就是想拍戏，辉达这样的大公司资源很多，虽然大多是些不起眼的角色，可他不在意。而他的片酬又和王祝唯的工资挂钩，想必王祝唯也不会刻意不让他拍戏，这就没什么好担心的了。

不过谢颜想了片刻，还是说："如果有什么戏，打电话给我就行了。"

再多也没什么好聊的了。

谢颜打算离开的时候，办公室的门忽然被人推开，走进来一个身影。

那人大约不到一米八，很瘦，脸上化了浓妆，可还是能看得出气色不太好，一进门就紧紧盯着谢颜，阴阳怪气地问："你就是谢颜？"

王祝唯一愣，又立刻介绍起来："这是秦昊成，也是我带的艺人，比你早来一个月。"

谢颜说了句："你好。"

秦昊成哼了一声，没理他。从王祝唯说要签谢颜的那天起，秦昊成就把谢颜当作以后要吃自己资源的人，今天见面后就更不对付了。

原因无他，谢颜长得太好了。

王祝唯想要打圆场，又添了一句："昊成比你早来一个月，年纪比你大，算是你的师兄，要不你叫一声哥也行。"

谢颜面色冷淡，瞥了秦昊成一眼，走到门前才漫不经心地说："别挡着我的路。"

谢颜个子高，气势又凶，秦昊成不自觉地退了一步，谢颜直接推门出去，还能听到里面王祝唯的说话声："小祖宗，我都喊你祖宗了，能不能别生气了。"

秦昊成骂人的话他就听不见了。

谢颜就很烦。

不过烦也没用，合约已经签了，现在又不能反悔。谢颜并不在意别人对他什么看法，更进一步说是使手段下绊子都可以，只要不涉及他的底线。

他的底线很简单，演戏、尊严，现在还多了一样，傅青。

无论王祝唯那边怎么样，也已经签了三年的约，谢颜就没多想那件事了。

兴许是因为《白鲸》已经拖了七八年了，资金又不充裕，孙怀君想早一点拍完好安心，初十就在群里说自己先带着剧组里的人去了，而演员可以再推迟几天过去。

离开的那天，傅青送谢颜到机场，叮嘱他说："好好照顾自己。"

谢颜有点舍不得离开了。

他长到这么大，头一回这样过个年，又新奇又欢喜，像是做了个梦。

傅青看出来了，他知道谢颜不会说出口，就笑着说：“等我有空就去看你。”

谢颜咬了下嘴唇，没笑，但眼里满是开心，同傅青摆了摆手。

剧组里的人几乎都来齐了，连杨寻到得都比谢颜早。过了个年，杨寻明显胖了一圈，才被孙怀君骂了一顿，估计接下来一周要先迅速减个肥。

杨寻垂头丧气的，见谢颜来了都没什么精神，打量了他一圈后反倒更加难过：“为什么我胖了，你没胖？”

谢颜没理他。

杨寻坐在他旁边刷微博，忽然举起手机问：“评论里说前几天有个人注册了个叫‘谢颜’的账户，上面什么都没有，不知道是真是假，应该是假的吧，我让他们别被骗了。”

谢颜偏头看了眼他的评论，点点头：“那是我。”

“啊？”

杨寻一下子精神了，和谢颜相处这么久，自认对他很了解了。谢颜不是那种自命清高的人，装作不在意外界的评论，他是真的满心只有演戏，除此之外没别的兴趣，所以突然注册微博就很奇怪。

谢颜没什么好瞒着杨寻的：“经纪人要求的，我签辉达了。”

杨寻点点头：“辉达好像还不错，我那时候还想去来着，后来我哥不放心，怕我在外面野，直接搞了个工作室挂在他名下了。”

不过既然谢颜有了微博，杨寻就开始撺掇谢颜在上面放自拍，他的理由听起来挺有理有据：“你看就一个账号摆在那里，谁知道真假啊，你的粉丝都急得过来问我了。而且好好经营微博有好处的，比如到选角色的时候两个人条件差不多，肯定选粉丝多的那个！”

谢颜被他的歪理说得头疼，原本想要随手拍一张凑数，忽然想起来手机里有另一张照片。

傅青帮他拍的。除夕夜，他穿着红外套在河堤边放烟花，旁边是烟花在燃烧，他很难得地笑得开心。

他拍不出比那张更好的照片。

谢颜从相册里找到那张照片，发到微博上，文案只有两个字——过年。

杨寻摩拳擦掌，第一时间转发——“谢·村花·颜”。

其实他刚刚说的那个理由是真的。他们俩在同一个剧组这么久，杨寻把谢颜当自己朋友，又很佩服他。谢颜这么会演戏，不应该被埋没，所以杨寻有时候是刻意给谢颜带人气和热度，他乐意。

直到发出那张照片，粉丝才确定了那个账号真的是谢颜的。

【我们家哥哥终于开微博了，不再是只能在小羊的微博里才能捕捉到他的踪影，妈妈落泪。】

【笑得真开心啊，傻孩子放烟花。】

【小谢哥哥的审美突飞猛落，从酷哥变村花……】

【村花怎么了！谢哥即使是村花，也是里面最靓的那朵！】

【靓是真的，土也是真的。】

【今年的屏保安排上了！！！】

两边大多数的评论都是讨论谢颜的颜值。

而杨寻的评论区也非常和谐，“舔颜”嘛，人类的本质需求罢了。

杨寻的人气虽然旺，可粉丝大多也是因为杨寻的作品被吸引的，不会轻易离开。加上谢颜目前又没有作品，因为他长得好看关注的只是少部分的“颜粉”。

《白鲸》在海边的实景戏的部分就快要拍完了，接下来就要回济安的摄影棚拍。

可这大半个月，傅青都没有来过。

谢颜算了一下时间，就算傅青没有空，最多再过半个月，他就可以回去见到对方了，也无所谓来不来了。可谢颜拍完自己的戏份，沿着那条小路走回去的时候，还是忍不住想，即使只有半个月，如果傅哥能来就更好了。

他允许自己在心里默默承认，有点想念傅哥了。

今天还有最后一场戏。

这场戏也很重要，是主角陆逢春与好友的诀别。两个从小一起长大的朋友，终于走到这一步，没有什么仇恨和误会，仅仅是命运和际遇不同。

导演和摄影在一旁讨论着，今天拍摄的剧情该选用什么样的镜头表现。

剧组人员正在做最后的检查，谢颜和杨寻两人也没浪费时间，不像一般的电视剧拍摄，演员都是候场等自己的戏份，他们俩正按照剧本对戏。

场记喊了声："开始！"

大海上风平浪静，万里无云，这样的好天气，陆逢春同好友在旧船上见面。

这艘船换了几次主人，布满了伤疤，那些都是时间留下的印记。小的时候，陆逢春和好友在上面玩耍，还曾在木板上刻下对方的名字，约定要做一辈子的好朋友。

而现在即使从刻下的姓名旁经过，他们都视而不见，纸片上的寥寥数语，已经足够他们道别了。

孙怀君的片子总是这样，感情太过隐晦，太收着了，观众若是不能全情投入，便会觉得无聊，察觉不出感情波动。

这么一段短暂的剧情，连擦肩而过的镜头，也要反复重拍。更重要的是，孙怀君也不说哪个好，让演员根据光线变化，选择合适的角度，所以拍他的戏最磨人。

杨寻算得上能吃苦的，导演一遍一遍地喊重来，在烈日下暴晒就算了，精神上真的受折磨。

谢颜明显感觉到了杨寻的崩溃，先叫了一次暂停，说要整理情绪。

摄影说："有必要吗？之前拍的你也都说好，还继续拍？我看小杨都要疯了。"

孙怀君佁然不动，一副不被说服的样子："今天有雷雨，天气变化大，光线也不同。具体挑哪一段，要看后面的剪辑。但多拍几段总没错，废片也比没片强。"

导演的话果然没错，从上午拍到下午，天气晴转多云，转瞬间又大雨倾盆了。

两人浑身都被雨水打湿。

杨寻明显不耐烦了，加上导演让他们代入人物来决定此时的表演。

压抑到了极致，他终于忍不住，用手推了一下谢颜，他不觉得自己有什么地方对不起陆逢春。

陆逢春怔了怔，很快便反应过来是对戏。

他偏过头看向发小，雨水滴在他的眼睛里，如眼泪一般滑出眼眶，他没有愤怒，也没有失望，而是告别。

孙怀君小声地说了句：“好！”

本来这场戏到此为止，没料到猝不及防被推了一下的谢颜没多大问题，倒是杨寻没站住，船舷又太矮，身体一歪，就要往海里倒下去。

谢颜眼疾手快，拉住杨寻的胳膊。

他是打架多年练出来的身手，本来拽个杨寻也是家常便饭，但下过雨的甲板太滑了。

杨寻是拽过来了，但谢颜控制不住自己的身体，向另一边倒去。

为了追求真实性，船上的道具都是按照现实中的场景布置的。

谢颜感觉到小臂一凉，紧接着就是疼，却只是狠狠咬了一下嘴唇，骂了一句。

割绳子的刀就摆在一边，谁也没想到，一场两个人的文戏也能出意外。

鲜红的血一滴一滴地落在甲板上，似乎连原来甲板上的坑坑洼洼都填满了。

血腥气蔓延开来，杨寻方才如梦初醒，却还是愣在原处，手都在不自觉发抖，不知所措。

剧组人员已经都围上来了。

谢颜面色一如往常地冷淡，嘴唇却微微泛白，他镇定地说：“没事。”

谢颜被紧急送进了县医院，他手臂上的伤口不深，可是太长，受伤过后还剧烈运动，血止不住，医生建议还是缝合起来比较好愈合。

他坐在椅子上，清洗完伤口，打了麻醉，缝了十二针，其间一声不吭，安静极了。

缝完后，医生夸了句：“小伙子硬气。”

谢颜没说话，其实下嘴唇已经咬破了。他也是肉体凡胎，也怕疼，不过是很擅长忍耐，不叫人轻易察觉罢了。

孙怀君、副导演，还有剧组的几个人在外面等着。谢颜一个人走出来，看起来没什么大碍，他倚着门框，眉眼低垂，声音很轻：“我有点困，想先睡一觉。”

剧组里的人和谢颜相处了好几个月，对他的性格也算很了解了，谢颜若是说困了累了，一定是到了快撑不下去的程度。

副导演赶紧下楼去问护士，幸好县里的人也不多，医院的病房不紧张，立刻安排了一间单人病房。

兴许是因为失血过多，又打了麻醉，左边的手臂疼到麻木，没多大感觉，谢颜只感觉很疲惫，提不起精神，连眼睛都不太睁得开。

他拒绝了别人的陪护，一个人躺在病床上，不一会儿就睡着了。其实睡觉前谢颜想和傅青说一声，可是手机还在杨寻那里，只好作罢。

这一觉睡得很不安稳，麻醉剂的效果渐渐过去，又疼得厉害，谢颜半睡半醒地躺了好久，再睁开眼的时候就看到杨寻坐在自己的床边，双眼哭得通红，默默流泪。

谢颜问他：“你哭什么？”

杨寻抹了抹眼泪，一边说话一边抽泣：“都是我不好，要不是我自己没用，脚底打滑，也不会这样。你是为了拉我……”

杨寻越说越伤心，越说越难过，后面的话哽咽得说不出来，只好讲：“你、你别管我，你好好休息，我自己出去。”

谢颜被他哭得头疼，从床上坐起来，拉住杨寻，又抽了几张纸巾递给他。他半合着眼，语调很漫不经心，实际上他现在大脑一片空白，很难进行思考，想到什么就说什么：“上次就和你说了，别为没做错的事道歉。”

杨寻还是觉得很对不住谢颜，哭哭啼啼：“可都是因为我……”

谢颜打断他的话：“拍戏的时候，什么意外都有可能，你也是想拍好戏，对不对？”

杨寻更自责了：“当时要是我掉到海里也没大事，大家都在，我顶多呛口水，你就不会受伤了。”

谢颜觉得有些头晕，用右手撑着脑袋，说了句他在头脑清醒的时候可能不会说出口的话：“那是下暴雨的海上，万一出了意外怎么办？我们是朋友，我当然会帮你。”

杨寻哭得超大声：“不，我们不是朋友了。从今天开始，你就是我亲哥，比我亲哥还亲！”

谢颜看着他，有些无奈：“行吧……”

推门而入的小助理愣在原处三秒钟才尴尬地走进来。

小助理对谢颜说：“这件事被传到网上去了，现在周围的记者都过来了，说要采访您，谢哥，您要不要接受？”

杨寻是顶级明星，在拍摄配角戏份的时候，不小心让主角受伤了，周围的记者闻风而动，都想要拿到第一手新闻，特别是关于谢颜的。

谢颜站起身，稍稍拉开窗帘，医院门口还停着好多辆面包车，有摄像头在闪着光。

刚刚对杨寻说的话已经用光了谢颜全部的耐心，他浑身上下还是不舒服，只想要安静地独处，那些记者只能让他觉得很烦，他摇摇头：“不接受，让他们都走。”

这其实是个在大众面前刷存在感的好机会，只要和记者卖卖惨，就能收获很多好感，谢颜却不要，在艺人里算得上是任性了。

小助理答应了一声，说是知道了，准备出门的时候被谢颜叫住，让小助理把杨寻也一起拎出去，他只想一个人待着。

谢颜还是昏昏沉沉的，脑子不太清醒，旁边柜子上的手机振了一下。

是王祝唯打进来的。

谢颜随手接了，就听王祝唯着急地说：“你怎么样？我听说你的事了，现在很多记者去了，你赶紧接受采访。知道怎么说吗？要是不知道，我给你讲讲怎么回答问题……”

王祝唯还是在微博上看到这个消息的。他虽然不打算培养谢颜，可利用这件事蹭一拨热度，至少能接几个广告，赚一笔也是好的。

谢颜没等王祝唯说完就拒绝了：“没必要。”

一方面的确是他身体不舒服，烦，只想安静地躺平，不想再对着记者编假话；另一方面他也不愿意用自己受伤的事博关注。

王祝唯还想要说些什么，谢颜直接挂断了电话。

他翻了一下，在过去的几个小时，已经有不少记者找到了这个电话号码，通信记录上有无数条未接电话，还有很多消息说想要约他的采访。

谢颜越看越压不住火，他知道自己现在情绪不对头，打算关机图个清静。

关机之前，他看了一眼微信，傅青并没有发来消息。谢颜想毕竟傅哥最近很忙，应该是不知道这件事，可还是发了一句话过去。

“傅哥，别听网上瞎传，我没什么大事，别太担心，我关机睡了。”关机之后除了睡觉，也确实没什么别的事好做。

傅青是第二天清晨到的。

他走进狭小的病房，不大的床上鼓出一大块，里头藏了个谢颜，缩手缩脚地睡着，只有左边胳膊是放在被子外面的，上面缠着绷带，显得手腕格外细，皮肤白得能清晰地看到淡青色的筋脉。

他们俩一起睡过两个晚上，谢颜睡觉时都不怎么老实，喜欢翻来覆去，到处打滚，今天却睡得规规矩矩。

傅青走到谢颜的床头，忍不住伸手去碰他。

小谢受了伤，躺在病床上，身边没有一个人照顾他，即使是睡在被子里，脸还是惨白的，手也是冰的。

傅青的心脏抽痛了两下，他听说这件事之后，很难回忆起来这一路是怎么过来的了，直到看到谢颜的这一刻才有了实感。

也许是因为动作大了些，谢颜睡得迷迷糊糊，却好像感觉到了熟悉的气息，说出的话像梦呓：“傅哥有空来看我了吗？”

那语气很可爱，似乎是渴求了很久。

傅青深深地喘了口气，俯下身，轻轻地说：“对不起，现在我有空了，来陪小谢。”

这一夜谢颜睡得不太安稳。

他的觉不多，下午又睡得够久了，困意完全是因为失血过多的眩晕感带来的。

第二天谢颜醒得很早，他的意识还模糊不清，又无事可做，就安静地躺在床上，过了会儿才打开手机，傅哥还是没回消息过来。

谢颜的手指戳了键盘两下，又有些无力，把刚才敲的几个字都删了。

他也说不清楚刚刚是什么感觉，兴许傅哥最近真的太忙了。

过了片刻，谢颜还是拿起手机，重新打开微信界面："昨天我不小心划伤了手臂，今天已经没事了，傅哥别担心，先忙自己的事。"

消息发出去的一瞬间，房间里的另一处同时传来收到微信的滴答声。

也许是因为周围太安静了，所以这一声格外响。

谢颜怔了怔，掀开被子下床，循着声音找过去，绕了一圈，才在卫生间的水池台面上看到一部黑色的手机。

是傅青的。

谢颜的心跳加快了一下，犹豫了一下，还是按亮手机屏幕，上面显示刚刚有人发了一条微信，备注是"乖崽"。

他不自觉地笑了一下，又微微抿唇，把手机带出卫生间，放到床头柜上，又躺回床上了。

大约过了半个小时，门口传来动静，谢颜正在用右手玩手机，扭头看过去，傅青正推开门，右手拎着饭盒，从外面走进来。

傅青朝他笑笑，将手里的饭盒放在桌子上，顺便解释了一句："我早晨到的时候你还在睡觉，也无事可做，就出去买了点猪肝，在旁边借了厨房煮了点粥。"

他顿了顿，又问："你应该不讨厌吃内脏吧？"

语气都很稀松平常，似乎一夜之间从千里之外赶来也没什么大不了，原先谢颜想问的问题都再问不出口。

傅哥是怎么知道的？

傅哥是什么时候来的？

傅哥怎么来得这么快？

这些都不必问，因为傅青已经在他面前了。

谢颜咬了下嘴唇，昨天心里积攒的阴郁全都散开了，朝傅青笑了笑，轻声说："不讨厌。"

他平常性子冷淡，不怎么笑，或者连笑都带着丝锋利，现在却连眉眼都软了，眼底含着水光，很可爱的模样。

谢颜准备下床洗漱，连漱口水都是傅青提前装好的，他没拒绝，目光落在镜子里的傅青身上，很小声地嘟囔了一句："又不是残废了。"

傅青装作没听见小朋友的抱怨。

洗漱完后，傅青也没问究竟是怎么回事，而是先给谢颜盛了一碗猪肝瘦肉粥。猪肝被处理得很好，一点腥味也没有。

谢颜不挑嘴，没什么讨厌到吃不下去的东西，更何况是傅青亲自煮的，可他原本不怎么喜欢猪肝的味道，只是没料到味道却很好。

傅青打开手机看到不久之前发来的微信，抬头看着谢颜，小朋友正安安静静地喝着粥，他便存心逗对方："小谢这么口是心非，昨天我来的时候，你还在问'傅哥有空来陪我了吗'，睡一觉就忘得一干二净了，发微信说别担心，让我先忙自己的事。"

谢颜喝粥的动作一顿，顿时有些尴尬，红着耳朵尖："我记不清了，那时候还在做梦。"

原来自己还说过那样的话吗？谢颜咬了一下勺子，想，这也太傻了吧，果然失血使人降智。

傅青笑了笑，反问谢颜："梦里就不算数吗？"其实他想问的是，说出那样的话，是做了什么梦？不过他没问出口。

吃完一顿热腾腾的早饭，谢颜的脸色好了很多，精神也好起来了，不像昨天恹恹的。

傅青在附近订好了房子，他想带着谢颜回去养病。

谢颜听了，拉开帘子看了一下，又立刻合起来，皱了皱眉："外面有记者，现在还没走，我不想接受采访，恐怕不太好出去。”

不过这些已经不怎么能影响到谢颜的心情了，他现在快活极了，别的事都不放在心上，朝傅青笑笑：“没关系，反正今天下午还要换药，等到那时候也许他们就走了，现在他们也进不来。”

傅青眼神沉了沉，不过还是对谢颜说：“嗯，那就再等等。”

他也是从网上知道这个消息的，现在各大新闻头条都是孙怀君新戏拍摄中出现意外，为救杨寻，主角意外受伤，哪一家都想要先采访到谢颜这个当事人。

谢颜想得挺好，可惜从前不在业内，也不了解记者对新闻头条的渴求。

傅青出去打热水的时候，有一个人正在问护士谢颜的情况。他打听得鬼鬼祟祟，编了许多鬼话，护士也没听出来，直接把谢颜的病房号告诉了对方。

不过傅青注意到那个男人的手上盖着件厚夹克，里面鼓鼓囊囊，隐约能看得出来是一个相机的轮廓。

傅青放下水瓶，轻而易举地抓住那人，他的力气极大，普通人根本反抗不了。那人毫无还手之力，就这么一路被拎到角落。

他掀开男人手上的外套，里面藏了个相机，果然是个记者。

傅青按了一下相机的镜头，问：“这个多少钱？”

傅青几乎比记者高出了一个多头，头发极短，眼角有疤，气势太凶了，一看就不好惹，记者吓得往后缩了好几步才停下来，却强装镇定，色厉内荏：“关你屁事！”

傅青拎着他的肩膀，往墙壁上一按，几乎是单臂将他提起来了，又缓慢地重复了一遍：“相机多少钱？”

那个记者感觉到肩膀一疼，脚都差点离地，立刻就怂了。他是当娱记的，寻常明星都怕得罪他们，一般都是捧着的，从来没遇到过这样的人，他害怕这次真的会被打，哆哆嗦嗦地说出了个数字。

傅青松开那个记者的肩膀，从他口袋里掏出手机，逼着记者解锁后转了刚才他说的数字。

记者还在呆愣着，不知道发生了什么事，傅青就用手机从他手中换过相机，直接砸在地上，摔得七零八落。

记者直接吓傻在原地，腿抖了抖，没敢动。

傅青瞥了他一眼，很平淡地说：“你出去后告诉所有现在还在外面等着的记者，来一个砸一个。”

他砸相机的时候也是这样的，现在看着记者也是同样的目光，似乎两者并没有什么不同，上一刻可以砸碎相机，下一刻也可以将其打一顿。

记者被吓怕了，连外套都没拿，准备直接跑路，却被身后的傅青叫住。

他听见对方说：“把你的垃圾清理干净再走。”

记者在傅青的目光下哆哆嗦嗦，被迫将摔坏了的相机扔进垃圾桶，等走出医院才骂骂咧咧：“什么玩意儿，没照片就不能写吗？我就要把谢颜写成个呆瓜，也许热度更大。”

他还没来得及动笔，主编的微信就发过来了：“谢颜的事别蹲了，快回来吧。”

记者不太明白，问：“您这是什么意思？”

主编意有所指：“上头也没说不让写这事，就是说不能打扰伤员养病。也不只是咱们家，别家应该都要回来了。你自己琢磨这意思呗。”

记者看了一圈周围，果然蹲了这么长时间的同行都收拾东西准备走了。他骂了一句。

他连报道都不能随心所欲地写了。

傅青打完水，没和谢颜提刚才发生的事，而是问：“昨天是怎么了？”

谢颜稍稍皱眉，撑着脑袋，望向傅青：“其实也没什么大事。就是拍戏的时候，杨寻不小心滑了一下，没有站稳，差点掉进海里，我把他拽回来……结果我自己没站稳，被旁边的道具划了一下。”

说起来，谢颜还觉得挺丢脸的，拉一个人而已，自己也能站不住。主要是天气太差，杨寻又没经历过这些，不仅不能安分被救，还手舞足蹈，差点拉着谢颜一起落水。

大约是最近活得太平和了，要是换作以前在福利院的时候，他早不知道多挨多少次拳头了。

傅青问：“杨寻二十多岁了，个头也不矮，怎么连站都站不稳？”

谢颜漫不经心地回答："他是个小少爷，被人保护惯了，有点傻，那时候手脚都不知道怎么动了。"

傅青垂眼看着谢颜包扎得严严实实的伤口，叹了口气："那我倒希望你也傻点。"

谢颜一怔，忽然明白了傅青话里的意思。

因为傻便有人保护，所以傅哥希望自己也被人保护，傻一点也不要紧。

谢颜很认真地想，他不傻，不需要人保护，因为他可以保护自己，也有力量保护别人。

不过这话他不会对傅青说，偶尔也不是不能在傅哥面前示弱。

谢颜仰头望着站在窗户边的傅青，问："傅哥昨天连夜赶过来，要不要睡一下？"

傅青想了片刻，点了下头。

他已经处理完了记者的事，现在又没有别的事可做，休息一下，待会儿也可以更有精神照顾谢颜。

谢颜准备起身，把床让给傅青。他只是伤了手臂，过了一夜也不怎么疼了，现在除了左手不太能用力，完全是活蹦乱跳，和平常没什么差别。

傅青却把谢颜按在原处："你就靠在这儿休息，我在旁边躺着就行了。"

他没提在椅子上休息，因为谢颜肯定不愿意，倒不如一开始就提出折中的建议。

谢颜同意了，往外挪了好多位置，可医院的病床就那么点大，两个男人躺在上面很是拥挤。

傅青脱了鞋袜，轻轻掀开被子，侧身睡在了谢颜的身边。

谢颜装模作样地看着手机，翻阅着根本不感兴趣的新闻。

直到傅青的呼吸渐渐平缓悠长，谢颜确定对方是真的睡着了，才轻轻动了动腿，可病床狭窄，没料到靠得更近，直接碰到了傅青的脑袋。

傅青的头发短而硬，仿佛要刺破轻薄的布料，扎在谢颜的大腿上。

更痒了。

谢颜咬了下嘴唇，不敢动了，过了好半天，才动作更轻地挪开，生怕惊醒了睡梦里的傅青。

其实让谢颜对什么忍耐是很难的，一般都是为了自己，从没有这么对过别的人。

让谢颜倒回半年前，自己都觉得不大可能。

谢颜笑了笑，想，可他现在还挺心甘情愿的，他是真把傅青当自己哥了。

所以从来不说疼的他也会示弱，从来无法与人共处的他也会忍耐，只是希望对方能休息得更好。

傅青这一觉睡到了下午，醒过来没多久，护士就过来换伤口的纱布了。

伤口处缝了十二针，又是昨天才缝的，今天看起来难免有些狰狞。

那个护士四五十岁，换纱布的时候还有些感叹："这么漂亮的手，留下伤疤就太可惜了。"

谢颜看到傅青的眉头越发拧紧，连眼角的疤痕都皱起来了。

他用右手拉了拉傅青的袖子，轻声说："不会留疤的，我不是瘢痕体质。"

为了表示自己说的是实话，他还举了个从前的例子。

谢颜在自己的脸上比画了一下，从眼角到下巴，几乎横贯了整张脸："那时候我都十四五岁了，打架的时候被玻璃划的，他们都说会留疤，可结痂之后就好了，现在也看不出来。"

傅青的脸色依旧是阴郁的，谢颜几乎没怎么看到过这样的傅青，以为他不相信，还让傅青走近些看："真的没有留疤。"

护士换完药，已经出去忙别的事情了。

傅青俯身，凑到谢颜的身边，能清楚地看到他脸颊上细小的绒毛。傅青说话的声音很轻，也很缓慢："十四五岁，被玻璃划伤了整张脸，幸好现在没有留疤。小谢，你讲这些是想叫我心疼你吗？"

谢颜怔了怔，下意识地离傅青远了些："没有的……"

现在说起从前在福利院的日子，好像是过得挺惨的，可谢颜倒不觉得。即便是打架，也是保护自己的必要手段，所以就没受过委屈，甚至提起这些往事都不会往自己很可怜的那方面想。

傅青似乎没听到他的辩驳，接着说："不过我确实很心疼你。这次是我错了，让你又受了次伤，以后不会了。一个在我家里吃过年夜饭、叫我哥哥的小朋友，我还是护得住的。"

谢颜不知道该怎么说了。

他觉得自己现在的心情可能和陆逢春第一次得到虎鲸回应的时候有些像，但并不准确。

就是，在那一瞬间能听到心底开花的声音。

谢颜换完药，再次走到窗户边，楼下医院的门口空荡荡的，已经看不到记者了。他转头对傅青说："傅哥，我们可以走了，记者都不在了。"

离开医院前，谢颜给孙怀君打了个电话，说是傅青来了，订好了房子，他去那边住几天休养。

孙怀君倒是很好说话，毕竟他虽然节省，但也不是什么魔鬼，没让谢颜带伤拍戏，还说可以把谢颜的戏挪到后面。

只是最后，他用一言难尽的语气说："你们俩注意点，别太张扬。"

谢颜一头问号，要注意什么？张扬什么了？怎么，在剧组受伤了还不允许朋友来探望吗？

从病房里出来后，傅青去办出院的手续，谢颜就待在楼下等他。

住院部人来人往，有一对夫妻，一个抱着孩子，一个推着老人的轮椅，在办理住院手续的地方排队。男人拿着票据和护士交谈，小孩差不多三岁大，哭得很厉害，女人正在哄着他，老人自己坐在轮椅上，被人挤来挤去，从开着的大门那滑出来。照顾病人是很费力的事，一时错开眼就可能出事，轮椅停的位置不大好，不小心向阶梯栽下去。

谢颜站在门边，将轮椅拉上来，又推回夫妻俩的身边，那两人连连感谢，他点了下头，又走得更远了些。

过了片刻，谢颜才感觉到左边胳膊有点疼，并不像被划伤时的锐痛，是很缓慢的疼痛。

大概是方才拉扯到了，不过谢颜没当回事。

傅青下来的时候，看到谢颜站在原处，戴了口罩，露出一双漂亮的桃花眼，朝自己挥了挥手。

虽然这里只是个小县城，但到底靠海，平常周围也有些游客，房子也多。傅青找了间短期租赁的屋子，两室一厅，厨房用具一应俱全，很适合生活。

谢颜是伤员，傅青先把他安排到屋子里休息，叮嘱了几句就出去做饭了。

没什么事可做，挺无聊的。

这几天谢颜大多时间都在拿手机看剧本，不过实在是看得太多了，想了片刻又打开微博。他的手机太旧，性能很差，差点被微博卡死机，好半天才反应过来，账号上的粉丝数量翻了倍，还有几万条留言。

谢颜点进自己唯一一条微博，大多数热评早已变成了询问他现在的身体状况，或是他受伤时的情形到底怎样。

他唯一一个关注人就是杨寻，杨寻已经将这件事的前因后果说得很清楚了，谢颜没再提，而是另发了条微博。

“没事，勿念。”

杨寻作为一个明星，只要不拍戏其他时间简直就像是住在微博，对于各家八卦都很感兴趣，有时候甚至想开小号下场，不过总是被小助理制止，主要原因是怕他太蠢被网友发现。

所以，一看到谢颜发了新微博，他就立刻发微信过来，主要是对谢颜的谆谆教导，该怎么用这次的事情炒热度，不炒白不炒，在目前的业界艺人有热度就有资源，这才是真理。不过，杨寻还是有些疑惑：“这次的风向倒还挺正常的，以前就算是这种板上钉钉的事，也总是有些媒体喜欢唱反调博眼球，搞什么深度揭秘。是不是你的经纪人帮你找人公关了？”

谢颜的手在手机屏幕上顿了顿，打开另一个界面搜了自己的名字。那些新闻大多才出不久，没有谢颜的照片，仅有些文字描述，都是客观讲述这次意外在于剧组的准备不足，没有刻意炒作男主角谢颜和男配角杨寻之间的矛盾。

他觉得有些奇怪，虽然不了解业界的规矩，可从杨寻话里话外的意思，能听出大概这些人很不好对付。而他甚至都没让那些人采访，更谈不上公关。

谢颜也没多想，又觉得有点热，脱掉长袖衬衣，才看到雪白的袖子上沾了点红。

是血。

他皱了皱眉，看到白纱布上染红了一小片，看了一眼外面的天，已经快黑了，不太想再跑一趟医院，就躺进被子里了。

傅青饭做到一半，又担心谢颜无聊，走进来看了一眼，小朋友早就钻进被子里睡着了。

平时谢颜没这么喜欢睡觉。

他想也许是受了伤，失血过多，谢颜这几天才格外嗜睡。

直到他做好了饭，又走进屋子，谢颜还在睡。

傅青轻轻叫了两句，谢颜还不太清醒，用右臂遮住眼睛，半晌才爬起身，仰头看着傅青，头发都翘起来了，睡眼惺忪地问："是吃饭了吗？"他睡得迷迷糊糊，浑身上下没什么力气，左手臂传来一阵阵钝痛。

外面天色已暗，屋里又没有开灯，周围一点光亮都没有，谢颜只能看清身前有一个高大的人影，却也是模模糊糊的，看不清楚面容。

忽然，那个影子朝谢颜靠近，他知道那是傅青，没有躲开，而是歪着脑袋等待着，额头猝不及防地被一只粗糙宽厚的大手贴住。

他听到傅青叹了口气："小谢，你知道自己发烧了吗？"

谢颜怔了怔。他身体很好，不大生病，现在也只感觉自己没精神，没往发烧那方面想。

傅青打开灯："起来，我带你去医院。"

谢颜不太想去医院，天太晚了，又要折腾很久。他想了想，拽住傅青的手："我现在不想去，可以明天再去吗？"

他平常的嗓音很清朗，是好听的少年音，似乎只有生病或者喝醉酒的时候才会像现在这样，很软，很可爱，叫人难以拒绝。

甚至可以说，就像是小孩子在撒娇。

傅青微微动摇了，又摇了摇头，打消那个念头。到底三十来岁了，他不会轻易就被小朋友的撒娇所打动。

他说："至少要知道因为什么发烧。"

谢颜只好和盘托出，举起自己的左手给傅青看："今天出院的时候，有个老人的轮椅快倒了，我扶了一下，牵扯到伤口了。"

傅青看到纱布上有一块暗红，皱紧了眉："所以你躲得那么远，是怕被我发现吗？"他顿了顿又说，"你自己都看到了，就打算这样吗？"

谢颜只穿了一件单薄的T恤，低着头，半垂着眼眸，小半边脸上还有红印："没有，今天太晚了，我就想明天再去。"

傅青问："为什么明天去？是怕麻烦，还是不喜欢去医院？"

谢颜摇了摇头。他应该只是发了低烧，仅仅是没什么力气，没有太难受。

并不是这些原因。

他自己倒是不怕麻烦，就是想到傅青昨天晚上都在赶路，就今天早上睡了一会儿。如果要去医院看病可能要折腾到很晚，傅青又休息不好，不如等到明天再去。

傅青看着谢颜的脸，心口莫名一动，忽然问："是因为再去一趟医院回来会太晚了，你觉得会影响我休息吗？"

谢颜怔了怔，不由得揪紧了被单。

他被戳破了心意，这心意又无法明说，有点尴尬，便只好沉默。

方才点亮了灯，谢颜虽然很会装作无事发生的模样，可现在眉眼明明是皱着的，却又强迫自己恢复面无表情的样子，别扭极了。

傅青透过凌乱的散发，看到谢颜藏起来的耳朵尖是通红的，很肯定地说："我猜是这样。"

他顿了顿："小谢上次答应过，会珍重自己的身体，不会再因为怕麻烦这样的理由而不去医院，对不对？"

谢颜人生中难得有如此绝望的时刻。

他对傅青的话置若罔闻，镇定自若地掀开被子下床，赤脚落地，并不看傅青，而是直冲冲地朝衣柜的方向走去。

简直就像是落荒而逃。

谢颜穿衣服的时候有些着急，连不小心碰到左臂的伤口都不管不顾，套上干净衬衫后，看了一眼窗外，干巴巴地说：“我穿好衣服了，快点去医院吧。”

傅青笑了一下，又拿了件外套：“晚上会起风，你还在发烧，多添件衣服。”

走在去医院的路上，谢颜忍不住想自己的所作所为，究竟在挣扎些什么。

医院里值班的医生是昨天替谢颜缝针的那个，他看到是谢颜，也没有多惊讶，仔细地问了情况，将绷带拆开，伤口果然有点开裂，不过问题不大，又重新上了药，对傅青叮嘱：“伤口状况不算太糟糕，不过不能再用力了。至于发烧，可能是失血过多，免疫力下降，问题不大，吃点消炎药就可以了。”

这位医生的年纪挺大，很喜欢和家属聊天，又提到了昨天的事：“你是他哥哥吗？他昨天一个人来，也没个人陪着，就这么清创缝针，怪可怜的。就算再忙，亲人受伤了还是要好好照顾啊。”

谢颜皱了皱眉，想要同医生辩驳，却被傅青打断，他点了下头：“我有点事，晚上才过来的，麻烦您了。”

走出医院的时候已经快晚上十点了，小县城的基建也不太好，路灯时亮时暗，傅青让谢颜跟在自己的后面。

谢颜的个子很高，平时在路上就像是鹤立鸡群，可傅青比他还高半个头，身材更比不了。

现在夜色正浓，周围一片昏暗，他站在傅青的身后，完全被笼罩住了，像是好好地被保护了起来。

谢颜只顾盯着傅青的后背，连脚下的路都忘了看，不小心踩到一个空的易拉罐，猝不及防之下险些跌跤。

傅青在前面扶住了他，等谢颜站好了，又叹了口气，似乎很无可奈何，拽住了他的右手：“不能再摔跤了，小心左边胳膊。”

谢颜发着低烧，呼吸是热的，身体却是冰的。他皮肤的温度很低，傅青的掌心滚烫，他与傅青接触的手腕那处的皮肤烧起来。

他听傅青笑着说：“现在像不像是带着小朋友回家？对了，左边胳膊还疼吗？”

海风有些凉，左臂还有隐隐的钝痛，谢颜想了片刻，抿了抿唇，低声说：“有点疼。”

他的话音刚落，手机就响了起来，屏幕上显示是王祝唯。

王祝唯打通电话，清了清嗓子，是一贯的和善语气：“谢颜啊，我昨天说错了。这事呢，你冷处理就行了，不要接那些访谈，如果有记者找你，你就直接让他们和我谈。”

谢颜挑了挑眉，王祝唯的态度变化实在有些大。

王祝唯听那边没有说话，又耐心地劝谢颜，像是很为他着想：“你是想要专心演戏的，不应该碰这些事，到时候成天被媒体盯着，怎么能拍得出好片子？”

这话说得他自己都不会相信。他昨天还一心一意想拿这件事炒作，至少让谢颜炒出热度，而且谢颜是为了保护杨寻才受伤，操作空间很大，还能和杨寻绑定，趁着风头接一些高价广告就能大赚一笔，提成都能拿不少，但很消耗信誉热度。

秦昊成得知了王祝唯的打算，大闹了一场。他不能允许谢颜有热度，连炒出来的都不行，王祝唯必须全心全意地把精力放在他身上。秦昊成背后的资方给他投资的优质偶像剧也快要开拍了，原作是热门大 IP（知识产权），导演也导过好几部这样的片子，评分在及格线上下晃悠，可收视率都很好，捧红了好几个小生小花。

秦昊成拿着剧本让王祝唯自己选：“你可以现在去捧谢颜，无所谓。我也可以换个经纪人，只要还在辉达，很好操作。”

比起谢颜这样只能一次性竭泽而渔的热度，当然还是培养秦昊成这样的摇钱树更加划算。

王祝唯不打算和秦昊成闹掰，甚至想要将谢颜那边的热度引到秦昊成的身上。不过作为经纪人，他总觉得有些不对劲，凭他对媒体方面的了解，舆论不应该像现在这样统一。

可看了谢颜从前的经历后，王祝唯也大概了解他是什么样一个人了，也不可能有资源。加上秦昊成那边闹腾得厉害，王祝唯也没多查。

谢颜低着头，嘴唇贴在手机边，冷冷淡淡地应了一声。

王祝唯还不知足：“对了，你这次救了杨寻，那边总要有点表示吧，要不你把杨寻约出来，我们吃个饭吧。”

若不是这件事闹出来，王祝唯还不知道杨寻竟然在这部电影里给谢颜做配角，而且杨寻在微博上和谢颜互动频繁，很明显在给谢颜带热度，但这对于王祝唯来说就是浪费。如果能借机结交杨寻，将热度引给秦昊成那就再好不过了。

谢颜眉眼低垂，很平常地拒绝了：“约不了。”

他的手机音质很差，傅青站在他的旁边，能隐隐约约听到对面传来的杂音，似乎是在大声地争吵些什么。

谢颜的脚步停了下来，踢了几粒小石子，听经纪人说完了，还是那句：“约不了，挂了。”

傅青问：“怎么了，他惹你生气了？”

谢颜没有生气，只是不耐烦罢了：“经纪人要我约杨寻出来，一起见面，应该是想让秦昊成和杨寻搭上关系。我不愿意。”

傅青才记起他年后刚签的那家公司：“经纪人？他不应该照顾你吗？至少也该请个助理，你受伤了他都不过来吗？”

如果谢颜还和以前一样是一个人，现在这样也还说得过去。可他已经签了公司，再这样放养就有问题了。

谢颜想了片刻，漫不经心地说：“他手上还签了一个新人，应该主要是培养他，所以不看重我这边。”

这已经不仅仅是不看重，而是不闻不问了。

他的小谢受了伤，一个人去看医生缝针，一个人对付记者，连个照顾的人都没有。且事后经纪人还算计着谢颜和他的朋友，想要从他受过的伤、流过的血上给自己讨好处。

傅青忽然想起那次他让莫复给他查辉达的时候，莫复说过的话了。莫复说，还以为他会给谢颜开个工作室玩。

那时候傅青不过拿这话当个玩笑，现在想想，似乎也不是不可以。

如果他给谢颜开个工作室，可以请最好的经纪人打理事业；有几个助理随时听候差遣，不会像这次这样落单，让小谢亲自去保护杨寻。而他也可以任由小谢挑选喜欢的角色剧本投资，任何琐事都不会再打扰到小谢，小谢只要做自己喜欢的事就好了。

于是，傅青问：“现在的经纪人太不负责任了，要不要换一家公司？”

谢颜闻言一怔，抬头看着傅青，对方是很认真地在问自己，他也很认真地想了一下，说：“没必要，现在也不算太坏。王祝唯那边虽然不太在意我，可我演戏他是有提成的，在辉达能接到的戏很多，秦昊成一个人拍不完。”

他又添了一句，仰头对着傅青笑了笑，脸颊被海风吹红了：“总不能事事如意，傅哥别担心，我知道该怎么做。”

傅青的心软了一下。

谢颜的脾气的确不太好，又过分倔强倨傲，外人以为他是个争强好胜的人，其实不是的。谢颜心里很清楚自己要做什么，他对于底线是绝不会妥协的，不会受外界的影响，除此之外的事都很能将就。不是忍气吞声，而是真的不放在心上，因为觉得不重要，没必要在意，即使为此生了气不开心，一会儿也就想开了。

天真、通透、坚韧。

傅青把那个玩笑似的想法又放下了，轻轻拍了一下谢颜的脑袋：“不受委屈就行。”

走回租住的屋子已经晚上十一点了，饭菜都冷了，傅青热了一下，两人简单地吃了晚饭，就该休息了。

谢颜在厨房里找到保鲜膜，将自己受伤的左臂严严实实地裹了好几层，才转身往浴室走去。

他开了热水，小心地避开伤口，洗发露都在头发上揉开了，突然隐约听到有人在敲玻璃，顶着满头泡沫打开门，才发现是傅青站在门外，正皱着眉看着自己的手臂，解释了一下：“两天没洗头了，左手用保鲜膜裹好了，不会沾到热水。”

傅青却没离开，右手撑着门，稍一用力就推开了。他卷起袖子，拿了个盆，走到淋浴头下面，盛了盆热水，对谢颜招了招手：“过来，我给你洗，你别动胳膊了。”

谢颜自我感觉很好，和没受伤差不多，可在傅青眼里，好像和残疾差不多了。

他的皮肤很白，才蒸了热气，染了层薄红，还呆呆地仰着头，没太反应过来，就那样看着傅青。

傅青用大拇指的指腹擦净谢颜眼角边的泡沫，他的皮肤粗糙，即便动作再温柔，谢颜还是感觉皮肤微微刺痛，不自觉地眨了眨眼。

他的眼里盛满了光和傅青。

酷哥是不会轻易被人碰到脑袋的。

就像谢颜，从小到大都是个刺头，当然没人能碰到他的脑袋，也没让别人给自己洗过头发，现在正正经经地坐在板凳上，任由傅青的手在自己的头发上揉捏。

他刚开始觉得有点痒，须得费力克制着不让自己躲避。可是傅青的动作很轻，一边揉一边问他："这样的力气大吗？"

谢颜摇了摇头，泡沫也胡乱地飘散开来。

傅青蹲在他面前，探头看着谢颜的脸，用干净的手背擦了擦谢颜嘴唇上的泡沫。不过只擦到一半，谢颜就躲开了，自己用手背抹了一下。

傅青想，小谢浑身上下，除了脾气，好像处处都是软的。头发很软，沾了水的脸颊很软，是很软的乖崽，老街的弟弟中，没有任何一个有他十分之一乖。

也不对。

傅青又想，其实就连脾气也是软的，至少对自己是这样。

他没帮人洗过头，这也是第一次，难免会有小差错。每次不小心被碰到耳朵内侧的时候，谢颜的身体就会轻轻缩一下，耳朵那块颤得很厉害。

谢颜被戳了几次，直接用手捂住耳朵了。

傅青忍不住问："耳朵进水了吗？"

谢颜却不明所以，很直白地说："没有，就是碰到的时候会很痒。"

傅青觉得有些可惜，小谢抖着耳朵的模样还是很可爱的。

谢颜是中短发，洗起来很快。不过洗头能代劳，洗澡却不能。

傅青叮嘱了谢颜几句："不要用淋浴，接点水，慢慢擦就行了。"

从浴室出来后，傅青原本是打算去洗个澡就睡觉的，电话却忽然打进来了。

傅青接通了电话，顺手从谢颜的口袋里拿了根烟，走到了屋外的阳台。

是与工作有关的事，处理完，傅青就挂断了电话，又继续抽完了那根烟。转身透过玻璃窗，恰好看到谢颜推开门，从浴室里走出来。

谢颜只披了一条宽大的浴巾，他个子太高，浴巾就显得不太够用，只能勉强遮到小腿。谢颜很瘦，却并不是皮包骨的样子，骨骼上覆了一层薄薄的肌肉，整个身体的线条流畅，修长漂亮。

他才洗完澡，浑身上下都是湿漉漉的，头发还在向下滴水，就揪住浴巾的一角往脑袋上揉，这下就不太能遮住了。

傅青能清楚地看到谢颜腰胯间有一颗小痣，烙在雪白的皮肤上，是很突兀的点缀。

谢颜以为傅青出门了，直到傅青的声音自阳台上传过来，他说："小谢。"

谢颜一怔，偏头朝那边看过去，手一松，浴巾落回了原处，他立在原地："我以为，以为傅哥回去了。"

他那样解释着，头发上的水滴正顺着脖颈往下流。

谢颜走到床边，掀开被子，躺了进去，才缓慢地将浴巾抽了出来。

傅青从阳台出来，一直低着头，没有看谢颜，仅仅在走过房门时瞥了一眼，目光很快移开。他站在门槛前，背着身，停了几秒钟，忽然说："小谢晚安，早点睡。"

"晚安。"

傅青回去后洗了个冷水澡，又想喝酒，却没有买。

他对待谢颜是不同的。

从一开始就不一样，和所有人不同。就像傅爷爷所说，谢颜二十岁的那天，明明有很多种办法可以帮助暴躁又难过的小谢，可傅青偏偏把他领回了家，还给他过了个生日，当真像对待亲人一样。

自从上次在杨寻那里收了图后，傅青就关注了几个谢颜的粉丝，有的时候会刷刷微博，看他们有没有画与谢颜相关的图片。这次的事情也是在微博上看到的，傅青得知这个消息，几乎没有多想，立刻就从济安赶过来了。他的心绪不宁，连工作都无法继续，一定要来亲自看着自己的小朋友。

是因为谢颜很可怜吗？

不是，谢颜很坚强，很会忍耐，他不需要别人的怜惜，也不会觉得自己可怜。

是傅青自己舍不得罢了。

他舍不得这样一个小朋友独自一人。

傅青的前半辈子活得匆匆忙忙，总是担着责任，做着必须要做的事，头一回凭借本能对一个比自己小这么多岁的小朋友担上责任是很新奇的体验。

这种喜欢又与对待一般的兄弟有所不同，仿佛他们是亲兄弟。

那一夜谢颜倒是睡得很好，他发着烧，又来回跑了几趟，精神不振，但接下来的几天就全闲下来，好好养胳膊上的伤口了。

谢颜闲得无事可做，只好看电影学别人的表演方式和表达情感的方法，傅青也陪着他看电影。

傅青在这里待了一个星期，谢颜的手臂快要拆线的时候，公司那边的事积压得太多，他必须要回去处理了。

结果傅青回去当天晚上，周玉就风尘仆仆地赶过来，对着谢颜说：“那个，谢哥，傅哥叫我来陪你，主要是看着不长眼的，我还能挡挡。”

谢颜：“……”

果然这就是“街霸”的保护方式。

周玉想起临走之前傅青对自己的一番叮嘱还心有余悸，什么时候吃药，什么时候拆线，都列好了时间。最主要的是，傅青还告诉他，别说公司相关的事，谢颜以为傅青是老街一霸，并以此为职业。

周玉莫名其妙地想，也许这就是现代社会不为人知的“社交潜规则”。

不过反正他㞞，肯定是守口如瓶。

周玉陪着谢颜了，他说自己是临时助理，其实比较像来玩的，顶多是在谢颜去拆线的时候帮了点忙，别的时候谢颜都用不上他。谢颜拍戏，周玉就在旁边看着，他很擅长和人打交道，不到十天剧组内外都熟悉了，四处和人称兄道弟，连孙怀君都对他高看一眼。

实景戏正式拍完的那天，孙怀君难得大方一次，请全剧组的工作人员去县城里的酒店吃饭。

辛苦了这么久才能凑一顿好饭，剧组的人吃得都很热闹。孙怀君和副导演、几个主要的演员坐了一桌，也没要包间，因为孙怀君舍不得钱。

喝了点酒后，聊天的内容也开始肆无忌惮起来。不过桌子上的人都相处几个月了，彼此之间都很熟悉，孙怀君讲话也没什么遮拦，很得意地说："拍电影之前，我想过很多人，该找谁当男主角。想来想去，看得上的都请不起，请得起的又看不上，幸亏找来了谢颜。"

他转过头，问："难不成以前遇到谢颜的人眼睛都瞎了不成，只找他演尸体？太浪费了。"

谢颜已经被灌了几杯酒，有点晕，用手背抵着额头才勉强支撑起来，听到自己的名字后慢了好几拍才反应过来，朝孙怀君的方向看过去，慢吞吞地说："以前也签过经纪公司，老板说想要交个朋友……"

谢颜平常冷冷淡淡，除了演戏的时候，话都不多说一句，更何况是这些事。孙怀君来了兴致，又问："然后怎么了？"

周围的人都很有兴趣，只听谢颜漫不经心地说："教训了一顿，走了。"

孙导大喝："打得好，小谢好样的！这种东西就该打！有钱了不起啊！"

孙怀君明显醉了七八成，看热闹不嫌事大，继续问："那你就去演尸体了？你长得这么好，刷脸都值了。"

谢颜怔了怔，想起来那个男五号的角色，确实是因为自己的脸得来的。那个人物在剧本中的设定嚣张又好看，还染了一头绿发，平常人的脸配不起这个设定，所以这个角色才轮得上毫无演戏经验的谢颜。

可最后也没有演成。

谢颜的意识有些模糊，却能清楚地记得那一日发生的每一件事："有个男配的角色，但那个副导演想和我交朋友，我不想和他交友，也教训了他一顿。"

周围忽然寂静。剧组的人只知道谢颜脾气不好，却没料到能到这个地步。

杨寻听得一惊一乍，偷偷地对小助理说："太硬核了，不愧是谢哥。"

小助理倒是有些忧愁："杨哥，你一天到晚和谢哥交朋友，不怕被打啊？"

杨寻皱着眉："这性质怎么能一样？再说我们现在是朋友吗？谢哥是我亲哥！"

兴许是"交朋友"这个话题引起了众人的兴趣，大家又开始说起了行业里的乱象，不再将注意力放在谢颜的身上。

过了片刻，谢颜才低低地添了一句，声音很轻，似乎还笑了一下，连眼底都含着水光："那天是我二十岁生日，下着大雨，在咖啡店遇到了傅哥。"

那都是从前的事，谢颜从小到大，遇到过很多坏人坏事，不过是遇到一个忘一个，不会放在心上。就像即使那个老板再站到他的面前，谢颜都不能再辨认出那老板的面容来。

可是那一次不同。从早晨喝的豆浆，遇到的美妆助理，还有那个副导演，相遇的咖啡店，最后的公交站，谢颜都记得清清楚楚，仿若昨日。

大概是因为遇到了傅青，那一天便很值得纪念了。

他说那话的嗓音太轻，只有坐在身侧的人很仔细听才能听到。

周玉听得心尖都不由得一颤。

怎么说，这话说得太软太甜，都不像是谢颜能讲得出来的了。

不同于以往短暂的几次见面，这次周玉在谢颜身边切实地待了几天，算是把从前的印象都推翻了。

漂亮、有点冷淡、话不多，因为时时都会被傅青照顾，总让周玉觉得谢颜有些若有似无的娇气。

在傅青身边的谢颜是这样的。

可直到真的相处起来，周玉才发觉谢颜和自己想象的不大相同。

极其冷淡，话很少，脾气不怎么好，皱着眉时不说话都很嚣张，只要站在镜头下就像是光源，所有人的目光都会不由自主地落在他的身上。

不过演戏的时候他也是真的能够吃苦，光是周玉来的这十几天，就有两天的夜戏，几乎都是在水下拍到凌晨三四点。

总之周玉对谢颜心服口服。

吃完饭散场后，在场的人大多都是坐剧组的车回去。周玉来了后就租了辆车，开车同谢颜两个人单独回去。

海风很凉，谢颜原本喝得半醉，现在被吹得清醒了几分，坐上车便撑着脑袋，看着窗外掠过的夜景。

周玉正专心致志地开着车，忽然听到谢颜同自己说话：“周玉，能帮我个忙吗？”

他的手一抖：“谢哥有什么要我帮忙的吗？”

从周玉这几日的观察来看，他以为谢颜这样的性格，这辈子都不会有求人帮忙的时候。他慌慌张张地想，这该是多难办的事。

谢颜想了片刻，才说：“你知道吧，傅哥在老街都是先拿东西记账，到年底一起结清。”

周玉不明所以，点了下头。

谢颜偏着头，半垂着眼，他的睫毛很长，在眼下落下一片阴影，鼻尖是染着酒色的红，很漂亮的模样，只可惜眉头紧皱。

他难得犹豫了几分钟，才说出来接下来的话：“我一直很受傅哥照顾，就想替他把这些账结清，或者提前付钱扣账也行。可老街铺子的店老板不愿意接受，让我自己和傅哥谈。”

谢颜的话到这里顿了一下，他不知道周玉已经听得头皮发麻，继续说：“你在老街长大，和那些店老板应该很熟，能不能劝他们接受我的钱？”

周玉险些打歪方向盘。

他心里憋着傅青的秘密，真的快要爆炸了，这都是怎么回事啊？这整条老街都是傅哥的，年底清账也是从那些人的分红上清，怎么可能是傅哥真的付钱？可这话不能说出口，他磕磕巴巴地说：“谢哥，你让我、让我想想啊……”

谢颜是个潇潇洒洒，从来做事都光明磊落的酷哥，可这事不太光彩，还得瞒着藏着，便朝周玉看过去，眉眼里还含着酒气，却依旧锋利：“这事你别告诉傅哥。”

周玉连连摇头："肯定不会的，你放心。"

最主要是，哪敢啊！

在海边小镇的这些天，周玉曾有幸见识过谢颜真正的身手。

那天谢颜才从医院拆完线，顺道去超市买东西，路上遇到一对中年夫妇和老太太抓着一个二十多岁的女孩往面包车上塞。

那个女孩一直在喊救命，可老太太在一旁解释说是家务事，女孩因为不想结婚离家出走，搞得家里一团糟，虽然不想结婚，可至少也要把她带回家处理残局。

因为是家务事，路人也不想掺和进去，怕惹麻烦。

他们从超市里出来的时候，那个女孩都快要被强行拖拽到面包车上去了。周玉还没反应过来，谢颜想都没想就把东西撂在地上，走上前一脚把那个中年男人直接踹开了，将女孩拉了出来。可没料到面包车里还藏着两个年轻力壮的男人，下来就直接动手了。

谢颜将那个女孩推给周玉，以一对三也丝毫不落下风，直接让周玉报警。

警察到的时候，那几个人想要开车逃跑，还是谢颜把驾驶座的人制住了，将人拖了下来。

在警察的询问下，那个女孩才哭哭啼啼地说自己根本不认识那几个人，她是本地人，单独出门看个电影就莫名其妙被这几个人盯上了，说自己是他们离家出走的女儿。

警方顺藤摸瓜，打击了一个贩卖人口的犯罪集团，当然这都和谢颜、周玉没有关系了。

周玉主要是震惊，因为那两个年轻人动起手来就看得出来和普通的小混混完全不同，是真的凶神恶煞，他觉得自己都招架不住。

谢颜的身手都这样了，还用得着他保护吗？

周玉琢磨着谢颜都打不过的人，自己估计更没戏。傅哥叫他过来的意思应该不是让自己护着谢颜，而是能在关键时刻挡刀。

估计只有傅哥才能压制得住这样的谢颜。

当天晚上回去，周玉想起谢颜说的两次经历，又想起谢颜的身手，真心实意地劝傅青：“傅哥，你那个事还是别瞒着谢哥，我有点怕你们俩打起来。”

周玉本身是个大嘴巴，让他保密对他来说实在是太困难了，但真要和别人说他又没有胆子，最后思来想去，只好和自己的亲哥一诉衷肠。

他发信息告诉周真：“哥，我搞到了两个大秘密，你想知道吗？”

周真回了个“？”。

周玉矜持了一下：“是傅哥和谢颜的。”

周真那边一直显示对方正在输入，可过了很久才发出消息：“这个秘密你自己独享吧，别大嘴巴，小心你的狗命。”

周玉没料到他哥也这么㞞：“哥！我的亲哥！别走，我们继续聊！”

结果他只收到一个冷漠无情的红色叹号和一句提示：周真开启了好友验证，你还不是他（她）的好友。

无论如何，第二天清晨，周玉盛着满肚子的秘密，和谢颜搭乘早班飞机回了济安，剧组放了两天假，谢颜在家整理之后的剧本。

《白鲸》是一个非常完整的故事，但之前拍摄的剧情并不是连贯的，和虎鲸有关的剧情都被切割出来了，直到现在回摄影棚，请来制作特效的工作室才能继续拍摄。

这些戏份几乎都是谢颜的独角戏，一整个剧组围绕着他一个人转。

特效拍摄很考验演员的演技，因为是对着绿幕演戏，而与之交流的虎鲸不过是一个布娃娃罢了。如果演员自身都不能沉入角色，不能相信剧情，拍出来就很容易让观众看出破绽，觉得虚假。

谢颜演得很好，他是天生的体验派，入戏很深，无论是实景还是特效拍摄，对他的影响都不大。当他开始演戏的时候，整个人就变成了陆逢春。即使剧情是切割出的一部分，可也是与虎鲸有关的剧情线，感情变化不是突如其来的跳跃，而是一步一步发展，有完整的逻辑。

他拍戏的时候全场都是寂静的，因为感情充沛，极富感染力。一般来说，像这种绿幕的戏份在实拍现场看起来都会很可笑，毕竟是对着一个没有反应，造型滑稽的玩偶或哭或笑。剧组里的人将谢颜从早到晚的戏份都看下来，明知是假，还是难免受触动。

在摄影棚拍与虎鲸相关的戏份至多一个半月，更多的是后期制作。谢颜已经拍了大半个月了，他基本一进片场就能入戏，不过对出戏的处理还是有问题。但只要出了片场，同傅青聊聊天，基本就能调节过来。

因为要省钱的缘故，孙怀君把时间压得很紧，有时候一天要拍上十几个小时，剧组里所有人都是连轴转。

今天是拍他和虎鲸在海里畅游的剧情，谢颜在水里泡了一整天，直到孙怀君说今天的戏份拍完了，周围的摄像机都停止运行他才从池子里出来。

他浑身上下都湿透了，白 T 恤和黑色短裤往下滴着水，赤脚站着的地方不一会儿就多了一小摊积水。

谢颜弯下腰，在水池边拧了一把头发上的水，接过周玉递来的毛巾擦了擦，又披了条浴巾，在一边的小隔间里换了身衣服，长卫衣，黑色牛仔裤，一边还摆着口罩。

他脸上还化着妆，是防水的，不过谢颜已经能够很熟练地卸妆了。

周玉就在外面等谢颜。回了济安后，他还待在谢颜身边，主要是因为没什么事可做，他就是闲不住的性格，孩子脾气，在公司上班就和要命似的。傅青也知道他这个性格，平时周真如果太约束他，还会劝几句，所以周玉才逍遥到现在。不过从本质上来说，在公司上班和看着谢颜都一样，都是为傅青做事，周玉甚至还觉得现在的工作更重要些。

很多人可以为傅哥赚钱，真要办事的却只有那么几个。

防水的妆卸起来比较慢，剧组里其他人都走得差不多了，摄影棚里空荡荡的，连轻飘飘的喘息声都会被无限放大。

谢颜正对着镜子卸妆，忽然听到外面传来一阵脚步声。

脚步声越来越近，忽然，突兀地传来一句话。

是副导演在说：“老孙，才开始你还想着请国外的工作室，现在这家咱们就请不起了。”

孙怀君叹了口气，“咔嗒”一声，似乎是点了下打火机。

负责制作特效的工作室已经是国内的顶尖水平了，可和国外顶级的特效制作还是有一定差距的，孙怀君对电影的要求极高，不是说现在的不好，而是知道能有更好的水平，他心里就痒痒，总是不甘心。这部片是七八年前筹备的，那时候特效的水平没现在好，成本也不高，孙怀君攒了这么些年钱，没料到特效的制作是越加精进，可费用也是水涨船高，制作特效的每一帧每一秒都是在烧钱。

谢颜不是在背后听人墙脚的性格，却不由得停下了手上的动作。

孙怀君抽了几口烟：“那能怎么办？都拍到现在了，走一步看一步，片子先拍出来，特效……特效再筹钱，总有办法。”

副导演的声音低沉，发愁地说：“拍出来就算是完成咱们哥俩的心愿了。可特效弄不出来，片子也没办法上映。”

后来声音便越来越远，不太能听得见了。

谢颜怔了怔，又继续卸妆了。

他从小就很喜欢看电影，明明是最讨厌热闹的性格，却在每个周末下午放电影的时候提前占最好的位置。小孩子都坐不住，周围闹哄哄的，可谢颜却满心都沉浸在剧情里。

瑰丽的、颓靡的、沮丧的、绝望的、痛苦的或是幸福的。千百种人，千百种选择，也就有了千百种人生。他并不羡慕，只觉得有趣。这是谢颜无趣的生活中难得的闪光点。

直到后来，谢颜第一次接触到镜头和剧本，才明白原来自己不仅是喜欢，还想要体验，将这段演绎记录下来，呈现给别人。在拍《白鲸》之前，他还不是这么明确地明白，拍电影不是一个人，是剧组里每一个人都在努力的结果。

谢颜卸完妆，拿冷水洗了把脸，径直朝外面走过去，果然孙怀君和副导演两个人在拐角处的窗口那儿吞云吐雾，对着彼此的苦脸抽烟。

孙怀君一抬头，看到是谢颜，问：“你还没走吗？”

谢颜也靠着墙，半蹲下来，从口袋里拿出根烟，点了火，轻声说：“刚刚你们说的话，我听到了。”

孙怀君老脸一红，虽然他平常总是喊穷，抠门得要命，可真让别人知道境况窘迫，还是挺不好意思的：“缺钱怎么了，缺钱也缺不了你一口饭。你别多想，好好拍戏就行了。”

周玉才走过来，就听到谢颜说：“剩下的五万块不用给我了。”

副导演急了：“你拍了这么久，片酬总共就十万，你那五万我们还不缺。”

谢颜抖了抖烟灰，摁灭了烟头。他站起身，不紧不慢地戴上口罩，说：“五万块，至少是剧组几天的盒饭钱。不饿到我，也不能饿到别人。”

他只做自己能做到的事，便问心无愧了。

周玉急急忙忙地跟上来，对方才听到消息还很惊讶，问：“谢哥，你不要片酬怎么生活啊？”

谢颜的脸上戴着口罩，周玉看不到他的表情，只听他说：“我花不了多少钱。”

周玉兢兢业业地开着辆破车，将谢颜送回了家。他一路上都在想，要是自己是谢颜，费了这么大的力气，拍完了一部电影，结果最后因为资金不够，可能就上映不了了，可能就要爆炸了。

而且谢颜拍了这么久，天天这么辛苦，片酬就十万块钱，还不够自己买块表的。就这样，谢颜还想着给傅哥结账，约等于倾家荡产地付出了。

周玉很快把小报告打到傅青那儿了：“傅哥，和你说件事。谢哥拍的那个电影，今天听到导演说没钱了，可能上映不了。”

傅青回他：“嗯。”

第二天，傅青去片场接谢颜回老街吃饭。

他到的时候，剧组乱糟糟的，机器都收起来了，似乎因为最后一个镜头没拍好，又要重来。孙怀君和谢颜站在一起，看着方才的录像，似乎在讨论着什么，周围的剧组工作人员正急着让机器就位，没人注意到片场多出了一个人。

傅青记得周玉说过，自己在谢颜身边，就像是变了个人，脾性大不相同。

傅青没将这句话太放在心上，在他看来，小谢的性格很可爱，不论在哪儿都是。

可这次傅青没有叫住谢颜，而是藏在人群里，仔仔细细地观察了起来。

果然能寻出许多不同。

比如现在，他同别人说话的时候很冷淡，并不是生气或者没有耐心，就是性格上的冷淡，不在意别人，没什么表情，说话也很少，不到必要的时候就不会开口。

可是他和自己在一起的时候是不一样的，会有很多小动作。不高兴的时候会轻轻皱着眉，回答起来有很多话，开心的时候会笑，连眼底都含着光。

兴许是看得久了，谢颜注意到了有人正在看着自己。他一抬头，隔着许多人，许多机器，却一眼便看到傅青，仿佛别的人、别的事都成了背景，在他眼里并不存在。

谢颜的头发湿漉漉的，贴在脸颊上，他怔了一下，将那些乱糟糟的头发理到耳后，抿了抿唇，朝傅青微微笑了一下。

一切都像是有迹可循。

傅青也朝他笑了笑。

最后那一场戏拍得很顺利。

其实那一幕拍完后，孙怀君都觉得很满意了，所以才让剧组的人收工。还是谢颜从水池里上来后去找他，指出方才自己有一个镜头情感有很细微的偏差，他仔细看了几遍，觉得确实如此，才又重拍了一遍。

谢颜冲了个澡，很快换上了自己的衣服，还是长款纯灰卫衣，黑色牛仔裤，头发就急急忙忙地用毛巾擦得半干，蓬松地堆在脑袋上，幸好他的脸好看得惊人，头发才不像一堆杂草，反而像是特意做的造型，又嚣张又张扬。

一旁的化妆助理看着谢颜这么随意，很羡慕地说：“唉，脸好就是这样，连衣服都不用穿好的，套个麻袋都能走 T 台。”

谢颜难得地多看了一眼镜子里的自己。

周玉见傅青来了，和他打了个招呼，就自觉地开着小破车去逍遥快活了。

谢颜三两步走到傅青身边，略仰着头，眼睛里浸透了水，还是湿漉漉的。

傅青替他理了理蓬松的头发，里面的发根还是湿的，随手把卫衣帽子盖到谢颜的脑袋上，叮嘱了一句：“别着凉了。”

谢颜点了下头，又戴上了口罩。

两人走到停车场，谢颜打开车门，坐到副驾驶的位置，习惯性地打开半边窗户，单手撑在上头。

是有点任性的小孩子的模样。

傅青踩下油门，驶往老街的方向，问：“小谢喜欢拍戏吗？”

谢颜的声音隔着一层口罩传出来，有些模糊：“喜欢。”他顿了一下，又重复了一遍，“很喜欢。”

今天傅青看到谢颜同别人说话总是很简明，他的话很少，又厌烦拖拉，不会多说一句。可是傅青发现他同自己说话时就很不同，他有的时候会刻意多说几句，像是在表示他的回答真的很认真，并不是敷衍。

虽然谢颜已经很可爱了，可傅青又发现了一处他的可爱。

傅青问：“这部戏快要拍完了，拍戏时什么感觉？”

谢颜撑着下巴，看向窗外。路边的风景飞驰而过，他半垂着眼，路灯昏黄的光落在了谢颜的脸上，显得难得的宁静温柔。

他想了片刻：“拍戏的时候就像是变成了另一个人，体验另一种人生，很短暂，但很有趣。”

谢颜拍完戏从水池出来后才洗完澡，身上的水汽飘散在风里，还有很淡的沐浴露的味道，若有似无，总是往傅青的鼻子里钻。

傅青犹豫了一下，打开另一边的窗户，才能继续冷静理智地问：“那拍完了呢？会想要给别人看吗？”

谢颜歪着脑袋：“会想的。一个剧本，一个导演，许多个演员拍出一部戏，演出这段人生，当然想要被更多人看到的。”说到这里，谢颜似乎又想起什么不太愉快的事，揭开口罩，拿出一根烟，不过又放回去了，“而且拍戏是要花钱的，得给别人看才能赚回来。否则孙导可能要疯了。”

他很少开玩笑，只这一句话便将傅青逗笑了。

傅青轻声说：“对小谢来说，一部戏也是一段完整的人生。”

这话说得很轻描淡写，却让谢颜回忆起了曾经向傅青保证过不再过度入戏，他偏过头，朝傅青解释：“傅哥别担心，我现在已经能克制住自己，在拍完后就出戏了。”

即使会被影响到，也不至于会影响到自己的生活了。

谢颜在对待自己的人生上态度自信到近乎嚣张了，他朝傅青一笑，露出洁白的小尖牙：“虽然那些剧本里的人生都很有趣，可我不会羡慕或者憧憬别人的人生，因为我已经活出最好的样子了。”

他是谢颜这件事永远都不会变。

驶离市区后，周围的路灯渐渐稀少，有些路段一盏路灯都无，月亮却很明亮。可无论是什么光，遇到谢颜都会变得顺服，成为他的陪衬。

傅青希望无论以后如何，谢颜都能保持此刻的天真、热忱和骄傲，且永不褪色。

他笑了笑，很肯定地说：“小谢所有的希望都会成真。”

第二天，傅青约莫复谈怎么给《白鲸》投资的事。

莫复听了他的话，满脑子的问号：“也就是说，你家小朋友拍的电影中途没钱了。还是个一看就没什么票房的文艺电影，你不忍心小朋友几个月的努力作废就想填这个坑。还不能用自己的名义，要借个别的壳子去投资。”

他将整件事梳理一遍，越想越不解：“不是，你做好事不留名，当冤大头啊？”

傅青瞥了他一眼：“用我的名义太显眼了，对小谢不太好。”

这话说得很认真，莫复听笑了：“那时候你让小谢去签辉达不是还一本正经地说什么这是年轻人自己的事，现在怎么就着急投资了？这不也是年轻人该经历的挫折？”

傅青看着他：“别叫他‘小谢’。”

莫复愣了愣。

只听傅青继续说：“只有我能这么叫他。”

莫复服了，真的服了。

莫复虽然嘴上不靠谱，可是办事还是很牢靠，特别是涉及熟悉的产业，很快就给傅青拟了个稳妥的方案，能够快速地救活《白鲸》剧组。

解决这个问题后，莫复又和傅青说了几句许三的事，准备离开的时候，却忽然听到傅青说了一句话。

他说：“我后悔了。”

莫复一时没反应过来，转身回来问：“后悔什么？”

傅青垂着眼，笑了笑：“后悔没有给小谢开个工作室，让他去了辉达。”

莫复瞪大了眼，盯着傅青看了半天：“你说笑的吧。”

就莫复和傅青快十年的交情，遇到的大风大浪那么多，傅青都没说过一句后悔。

就因为这事后悔？

五天后，孙怀君就接到了一份非常优厚的投资意向书，其中不仅涉及几千万的保底资金，甚至还可以根据日后的拍摄情况再增加投资。而且投资人保证不参与电影拍摄的任何一个过程，花销全由导演控制，分成也只分除去全部成本外的利润。

简直就像是天上掉下来的馅饼。

可是孙怀君忍住了，没舔。

原因很简单，因为那边给出的投资理由说投资人是谢颜的影迷，不忍心看到谢颜的第一部电影夭折才追加投资。

孙怀君在业内风风雨雨这么多年，这种借口听得多了。剧组的确是缺钱，孙怀君很着急，可也没到要卖了谢颜去还钱的地步。

那边听说孙怀君要继续考虑，竟然没有翻脸，反倒是好声好气地说可以慢慢考虑，但最好快一点，毕竟电影拍摄还在烧钱。

这事愁得孙怀君那晚一夜没睡，第二天连电影都没拍，直接给全剧组放了个假，和副导演一起单独找了谢颜谈话。

孙怀君将这件事原原本本地和谢颜复述了一遍。

谢颜听完后一如往常地平静，想了片刻，问：“那边有提出附加条件吗？签约后钱直接一笔到账吗？”

孙怀君没料到谢颜能够这么冷静，又和投资方打了个电话，得到肯定的回复：“只要是签了约，钱立刻到账。”

谢颜点点头，说：“签。”

孙怀君还是有些犹豫：“不是，谢颜，我感觉他这个影迷的名头……”

简直明明白白就是个借口，因为谢颜之前根本没有拍过电影，唯一出镜过的角色就是各种尸体。

谢颜皱了皱眉，思路清晰，嗓音冷淡：“他想要投资，条件已经写在纸上，那就接受。至于不在纸上的，谁也不能强迫我做。”

至今没有人能用那样的手段和谢颜达成交易。

因为谢颜无所畏惧，他的底线就在那儿，谁也打破不了。谁如果想要用强迫的手段，他就会动拳头。

那个投资人表面上没有多余的条件，别的意图也只是他们暗中揣测的，可至少能拿钱让《白鲸》剧组渡过陷入窘境的危机。

能做好一件事便做好一件事，谢颜现在只想好好拍完这部电影，至于别的事，等真的到了眼前再说。

不过谢颜想到以后的事，提醒了一句：“不过接受投资后，如果我不想和投资人有牵扯，可能会牵连剧组。”

这件事需要提前说明，因为谢颜并不会因为任何人或是任何事出卖自己的尊严。

他追梦是作为谢颜去追，而谢颜都没有了尊严，就不再是谢颜了。

副导演连连点头：“你说的这是什么话，剧组接受的钱，我们剧组担着，以后他要是真敢来，我们哥俩先帮你把他赶走！”

孙怀君立刻和那边联络上了，约定好了签订合同的时间，甚至美滋滋地和副导演讨论起来这一大笔钱该怎么烧才好。

谢颜对这些话题提不了意见，在一旁看手机。孙怀君无意看到他的表情竟然很一言难尽，探头瞥了一眼手机上的内容。

那是杨寻发来的微信，完整地回答了谢颜提出的问题——如何感谢做出了巨大贡献的忠实影迷？

一、找出自己曾经拍过的最经典的角色的剧照，然后将限定签名版寄给对方，一定要是绝版。别人都在呼天抢地地蹲二手，而自己轻松拥有！让影迷油然而生一种尊贵感！

二、将自己新拍摄的未公开角色的剧照和周边打包寄给对方，一定要是未发售的，这样影迷就可以提前别人很多步拥有你的新周边，不仅尊贵，还能感受到你对他的谢意和重视！

三、亲自写一封感谢信寄给对方，一定要感情真挚，语言流畅，最好不要代写，如果被发现肯定很伤害影迷的感情。

回答完这些问题后，杨寻还问了一句："谢哥问这个做什么？"

谢颜后悔问杨寻这个问题了，真的后悔了。

孙怀君拍了谢颜的肩膀一下："妙啊！就照着这个做，堵住他们的嘴，看那边还能有什么话说！"

谢颜最经典的角色大概就是在《八王乱》里出演的八具尸体，因为演得太好，才一眼被王宁看中，推荐给了孙怀君。于是，孙怀君打通了老友的电话，特意让王宁找人给谢颜做出八具尸体的剧照。

然后，孙怀君又现场截出几张谢颜在《白鲸》里最好看的镜头，加紧赶制出了几张剧照，打印出来。

最后，谢颜颇为痛苦地在这几张令人一言难尽的剧照上签上姓名。

他还得写一封信。

不过这个对谢颜来说难度太高，孙怀君不得不放弃，只好变成写一张明信片就可以了。

谢颜想了大半天，才写下一句话："祝你观影开心。"

孙怀君在去签订合约的时候，带上了这三份礼物，很郑重地说一定要送到他们老板的手上。

投资的事连莫复都没有出面，而是委托了别人去做，所以礼物也是辗转了好几次，莫复才拿到手。

他抽空去了傅青那边一趟，朝傅青眨了眨眼："那边送给你的礼物，专门交代说是赠给投资人的，很重要。不会是为了感谢‘影迷’的特别投资，专门拍的泳衣写真吧？”

傅青皱着眉，拆开礼物盒，里面放了厚厚一沓的剧照，有十多张，八张是不同的尸体特写，死状千奇百怪，甚至有些十分血腥。还有几张是《白鲸》里的剧照，这些倒是都很漂亮，其中有一张是陆逢春刚从海边游上岸，脱了上衣，赤裸着后背坐在港口尝试抽烟。

镜头对准了他的背影。

他低着头抽烟的模样只能拍到抬起的右手，和黑夜里隐约闪烁的火光。咳嗽的时候后背会微微弓起，像是绷紧的弦，似乎只要轻轻一碰就会断开。

傅青的指尖落在了剧照上。

他后背的皮肤很白，又瘦，骨架纤细，骨骼上覆了一层薄薄的皮肉，上面流淌着月光。背后的肩胛骨清晰可见，像蝴蝶似的展翅欲飞。

少年的天真里混杂着欲望，漂亮得惊人，也性感得惊人。

傅青只看了两眼，就将这张剧照翻过来放到了一边。

莫复还在翻那几张尸体的剧照，没注意到傅青的动作，他看乐了：“这都是什么玩意儿啊？送礼物就送这个，这哪个老板能看着这玩意儿投资得下去？”

傅青从他手里将剧照接过来，用肯定的语气说：“很可爱，很值。”

莫复摆了摆手，很无所谓：“你的钱，你觉得值就值，我没意见。”

傅青又仔仔细细地看了这几张剧照许多眼。

过了片刻，他对莫复说：“还有件事。”

第二天，拍完了上午的戏份，到了吃午饭的时间。剧组里的午饭都是统一配送的，人人平等，大家都一样。吃午饭是休息时间，大多三五成群，和相熟的人在一起聊天。以前谢颜都是一个人吃饭，现在身边多了个周玉，即使不聊天，也能逗个趣。

周玉自觉作为谢颜的助理，要好好履行作为助理的职责，现在喜欢上了在网络上激情冲浪，收集各种明星的八卦，说给谢颜听。

谢颜也不打断，听得十分冷漠。

忽然，摄影棚外走进来一个送花小哥，捧着一大束红玫瑰，几乎将脸都遮住了。

大家停下筷子，议论纷纷，应该是有人订了玫瑰花，在这个时候送过来，不过都在猜测是谁的对象出手这么大方。

场务凑过去问了一句，送花小哥摘下帽子，艰难地捧着花，问：“请问这里谁是谢颜？”

听到这个名字，片场在一瞬间变得寂静下来。

谢颜吃饭的动作一顿，却还是没有停下。

倒是周玉立刻撂下筷子，气冲冲地朝送花小哥那边走过去。哪个狗胆包天的玩意儿敢在他眼皮子底下做这种事！

周玉站到送花小哥的面前，问：“这是谁送来的？”

他在老街周围的大哥名头也不是白混的，沉着脸的样子颇为吓人，送花小哥被吓得一哆嗦，磕磕绊绊地说：“留名是一个影迷……”

周玉触电似的弹开，连连摆手，朝后面喊：“谢哥，你的花，快来拿！”

剧组里别人可能不清楚，但周玉对幕后投资人可是一清二楚，那个影迷肯定就是傅青。

傅哥送来的花，他不敢接。

周围所有人的目光都聚集到了谢颜的身上，且饱含探究的意味。

谢颜咽下最后一口饭，放下碗筷，又擦了擦嘴，才起身向这边走过来。

他对送花小哥说：“我不收，再送回去。”

“这花，不、不能退回去。”

送花小哥本来个子就不高，又怂，心里想着这不是剧组吗，怎么一个比一个吓人？

周玉在一边打圆场：“谢哥，这就是影迷送的花，你不喜欢也用不着拒绝，显得多看不起人似的。”

谢颜也知道为难送花小哥没用，不喜欢不想要也不必牵连无关的人，便单手将那束花接过来。

那是一捧巨大的玫瑰花束，每一朵玫瑰都经过精心挑选，是半开半合、含羞带怯的情态，丝绸质地的花瓣上还沾着露水，一滴一滴地来回滚落。

他低着头，看见花束里放了一个防水的透明信封，捡出来才发现是一张支票，上面写了个数字。

是 1000 万。

他皱着好看的眉眼，脸色阴郁，又冷淡又暴躁，手上的力道越发大了起来。

孙怀君从里面喜气洋洋地走出来，他方才在和投资方那边谈话，知道对方又追加了 1000 万投资，正要出来和副导演说这个喜讯。

谢颜对这束花没有丝毫的怜惜，单手拿着，三两步走到孙怀君的面前，将那张支票递到他的面前。

孙怀君愣了愣，才接了过去。

旁边眼尖的人早就看到那是张支票，而且是 1000 万。

剧组里消息灵通一点的人都知道突然来了一笔投资，而且对电影的拍摄没有任何要求，还在纷纷猜测究竟是为了什么。

现在不用猜了，理由显而易见。

惹不起惹不起。

因为忽然多了这么一大笔投资，孙怀君临时要开一个会，午休时间延长。

谢颜不在意别人的想法，只觉得烦躁，随手将那束花放在桌台上，一个人朝角落里走去了。

他点了根烟，没抽两口，就收到了傅青发的信息。

是一如往常的询问。

谢颜忽然很想同傅青说说话。

他从前心情不好的时候会看电影、睡觉，现在不高兴就很想见傅青。他很冲动地拨了傅青的电话，却在接通后不知道该说些什么。

傅青听着他的呼吸声，过了好久才问："小谢怎么了？"

谢颜咬了下嘴唇："刚才有人送了束玫瑰给我。"他觉得现在自己就像是小学生告状，这是自己从前最讨厌的那种行为。

傅青怔了怔，再也坐不住，站起身走到床边："那，是谁送的？"

谢颜吐了个烟圈："他说是我的影迷。"

那束玫瑰是傅青送的，但他表面还是装作一无所知："小谢不喜欢吗？"

谢颜的回答几乎是不假思索："不喜欢。"

傅青叹了口气。

也许是因为在这方面有太多不好的经历，谢颜似乎总是很讨厌别人带着目的接近自己，哪怕是真的想和自己做朋友。

可傅青是真的想对他好，把他当成自己的亲弟弟一样疼。

傅青不想让小谢感到为难，想要先慢慢地、悄无声息地对谢颜好，等到谢颜更加习惯自己是他哥哥，再把这次投资的事告诉他。

许是这辈子第一次想对一个人这么好，所以再珍惜郑重都不为过。

再等等吧。

傅青对电话那边的谢颜说："那束玫瑰就像是那次探班的时候，那个女孩也送了你抱枕，不过是喜欢你。"

谢颜说："是这样吗？"

傅青倚在窗前，轻声说："是啊，因为我们小谢很值得被人喜欢。有影迷喜欢是再正常不过的事了。"

挂断电话后，谢颜又恢复平常了。

他不在意别人的喜欢，可傅青说他很值得被人喜欢。这是不一样的。

谢颜听到外面孙怀君在说快要准备开拍的声音，便走了过去，准备去补个妆。

孙怀君叫住了他，将一张纸递给了他，说："谢颜，刚刚我和编剧讨论了一下，准备多加个镜头。"

他虽然不为土豪折腰，可这次的投资方不仅土豪，还爽快，毫无要求，真是万年难得一见，孙怀君收了那么多钱，还是很心怀感激的。

添加的这个镜头也很简单，就是陆逢春失去了声音，村子里的人也开始排斥他，连邻居的婚礼都不愿意邀请他。那家人的女儿出嫁后，人群散去，都去了男方的家中，陆逢春走过去，捡到了一束玫瑰捧花。

热闹都是别人的，可他却有玫瑰。

孙怀君将这个剧情简单复述给了谢颜，又想起了什么，表情一言难尽："这个投资人很有钱，虽然诱惑很大，但是我相信你的意志坚定，不会受这些身外之物的诱惑的！"

谢颜不太明白，什么诱惑，这束玫瑰吗？

这个镜头基本上可以算得上是特供给投资人的，所以孙怀君让化妆师重新给谢颜换了个妆容。

前面的镜头都可以再补拍，谢颜只要出演有他的镜头的部分就可以了。

谢颜难得不太能入戏。

这是个突然插入的片段，和目前的剧情是割裂开的，逻辑上也不通顺。

最重要的是，谢颜不喜欢这束玫瑰，就无法拍出那种被玫瑰打动的感情。

重拍了几次后，谢颜难得地喊停，在旁边休息了一会儿。思索片刻后，他打算将这束玫瑰想象成傅哥送给自己的。这样一来，似乎也没有那么难以接受了。

镜头对准了谢颜。他抱着那捧玫瑰，微微低着头，半合着眼，皮肤雪白，眼角特意抹了些薄红，嘴唇的颜色比玫瑰还要更动人。再漂亮热烈的玫瑰，也比不过他的一笑。

这件事发生在大庭广众之下，剧组里的人虽然都不坏，可人多嘴杂，藏不住秘密。这件事被渐渐传了出去，而且传得越来越离谱。

半个月后，《白鲸》正式杀青。

剧组不久前才拿了一大笔投资，孙怀君难得大方起来，找了摄影棚旁边不远处的一家高档酒店吃杀青宴。

《白鲸》拍得很不容易，孙怀君和副导演两个人筹备了好久，现在终于拍完了，后续特效也有了指望，两兄弟险些泪洒酒桌，最后还是酒酣耳热，把筹备拍戏途中的种种挫折模糊遮掩过去了，在开心的日子只说些开心事。

谢颜是主演，难免要喝酒。他是不太会喝酒，又不会接受别人的强迫，可现在很愿意喝，因为待在剧组的这几个月，谢颜过得舒服又开心。

周玉却吃不下酒菜，在旁边急得冒火。刚刚兄弟给他发消息，说是那边有事儿，向他求助，他作为大哥当然义不容辞，应亲自上阵。可这边在喝酒，他肩负着要平安将谢颜送回家的重任，又走不开。

还是谢颜无意间看到周玉连板凳都坐不住，问了一句。

周玉实在是着急，坦白说了那边的情况。

谢颜抿了口酒，朝他摆了摆手：“走吧，我还能回不去？”

周玉就等这句话了，拿上车钥匙就溜了。不过到底还惦记着傅青的吩咐，在路上给傅青发了条信息，说是谢颜在吃杀青宴，喝了不少酒，自己有事先跑了。

傅青正在开晚间会议，手机处于屏蔽状态，只对谢颜一个人有特殊的设置，周玉没有这个待遇。直到开完会他才看到这条信息，索性把剩下的工作都推到夜里再做，先去接谢颜了。

酒席未散，摄影师吵着要给剧组全体人员拍合照，现场乱成一团，谢颜没空看手机，直到感觉有些头晕，推开包厢的门，想去洗手间一趟，却忽然看到墙上靠了个人。

他一抬眼，视线有些模糊，又多看了两眼：“傅哥怎么来了？”

傅青走到他的面前，解释了一句：“周玉有事回去了，我来接你回家。”

谢颜怔了怔，其实他刚刚听到周玉那样说，还暗自猜测过是不是傅青需要帮手，这才那么着急赶着周玉回去。可现在傅青来接自己，很明显不是了。

大约是为了掩饰心虚，谢颜哑着嗓子嘟囔：“就这么点路，还能丢了吗？”

傅青笑了笑：“有点怕，毕竟是个喝醉了酒的小朋友。”

谢颜就不说话了，现在有点想吐。

他径直走到走廊尽头的洗手间的隔间里，傅青在外面站着等他，听到两个人低声说话的声音。

“你知道谢颜吗？”

另一个人说：“就是在隔壁吃饭的那个剧组里的谢颜吗？长得倒是真好看。”

“就是他。”那人的语气十分刻薄，“听说送他玫瑰的时候里面还夹着支票。”

另一个人感叹了一句：“可真值钱啊。”

那人嗤笑了一声："可真是又浪漫又实惠，面子里子都有了。不就是长得好看……"

他这句话还没有说完，就直接被人攥着领口拎起来，撂到一旁的墙壁上了。

傅青个子很高，右臂力气又极大，这样拎着个偏瘦的成年男人完全不费力。

那人拼命挣扎，脚也落不了地，尖叫着抬起头才能看到傅青的长相。对方头发剃得极短，只剩一层青茬，眉头紧皱，面色阴沉，显得眼角的长疤格外狰狞。

傅青将另外一个人推了进去，反锁上隔间和洗手池之间的门，低着头，一字一句地问："你刚才说什么了？"

那人吓破了胆子，甚至没反应过来傅青忽然动手的缘由："我说什么了？"

傅青一言不发，一边用单手制住那人，一边问："刚才说什么了？"

那人觉得难受，止不住地开骂："去你的，不就是谢颜吗？做了不敢让人……"

他的话没有说完，傅青见他依旧不肯说，手又收紧了点。

谢颜感觉头昏昏沉沉的，又吐不出来，外面的话听得模糊，傅青的动静太大，他直起身，从隔间里出来，没管在一边瑟瑟发抖的另一个人，直接去拍通往洗手池那边的门。

他知道傅青的脾气好，一般不会动手，可一旦真的动手就是要伤筋动骨的。

可傅青没有开门，低声数着拍子。

谢颜硬生生地将那扇门踹开了。那扇门不太结实，只是块象征意义大于实际作用的薄板。他冲了进去，一抬眼，能看到傅青的半边脸，轮廓深刻，眼神阴鸷，狠戾得惊人。

傅青的余光瞥到了谢颜，手上的动作不自觉一松。那人挣扎出来，有气无力地坐在地上，发出剧烈的咳嗽声。

而另一个人也冲了出来，甚至连地上的人都没管，直接跑了。

谢颜没管他们，而是走到了傅青的身边。

他的耳朵和脸颊都是红的，眉眼微微下垂，轻声说："平常遇到这种事，本来应该是我自己动手的。"

傅青怔了怔，没料到谢颜会说这句话。

谢颜顿了一下，接着说："可我今天喝醉了，没有力气，谢谢傅哥帮了我。"

他不会说，别打了，打错了，会出事，有不好的影响这些叫人难过的丧气话。

因为傅哥是在帮他出头。

谢颜不是傻子，隐约知道外面在传什么。

傅青知道谢颜在担心什么，就是怕他出事。他笑了一下，那是很勉强又冷硬的笑。

谢颜用另一边水池洗了把脸，说："我去导演那边说一声，我们回家吧。"

回去的时候，那条走廊似乎格外长。

傅青轻声问："那天送了玫瑰，还有别的什么吗？"

谢颜垂着眼，漫不经心地说："除了玫瑰，里面还夹着一张1000万的支票，是给剧组的投资。"

那一瞬间，傅青的呼吸都停止了。

其实从那人的话里都能猜到，可直到从谢颜的口中说出来，他还是不太确信。

他的确送了玫瑰，却并没有支票。

谢颜很烦那件事，却不愿意叫傅青也烦，轻描淡写地解释："就是给剧组的投资，放都放了，也没什么。"

怎么会没什么？

送一束玫瑰是表达欣赏之情，是影迷的喜爱。可里面还夹了一张支票，即使是给剧组的投资，也会叫人议论纷纷。

今天只听到这么一回，还有更多的人在更多的地方说着更难听的话。

傅青活了三十几年了，对别人的话看得很开，也不在意背后被议论些什么，可他们侮辱谩骂的是才二十几岁的小朋友。

那便不行了。

谢颜回去后和孙怀君告别的时候，傅青去找酒店经理，将谢颜踹坏了的那扇门赔了，然后下楼走到停车场，打开车门，等到谢颜坐上了副驾驶的位置。

夜风很凉，两边的窗户都是开着的，傅青一路上都没有说话。他点了根烟，没抽，就夹在左手的食指与中指间，指节一下一下地磕在方向盘上，很响。

白酒的后劲很大，谢颜方才是勉强自己清醒过来，现在又昏昏沉沉，醉了七八分，不太睁得开眼了，半合着的目光却一直落在傅青的身上。

忽然，谢颜朝驾驶座那边挪了挪，轻轻拽住傅青的袖子。

傅青偏头看着他。

大约是醉了的缘故，谢颜的眼角透着红玫瑰似的颜色，不浅，他的手腕却很细，很白，透过薄薄的皮肤青筋清晰可见，抓住傅青时的动作也很轻。

他软着嗓音说："别敲左手了，会疼。"

傅青不自觉地看向左手臂，那里有一处有时候连自己都记不清的伤疤。

可谢颜会记得，即使醉得迷迷糊糊也不会忘。

傅青将车停在一边。

谢颜脑子不太清醒，一点事情都要想很久，再组织语言才能说出口。

他拽着傅青的袖子，保持这个姿势好一会儿，才继续说："不用在意无聊的人说的无聊的话。我不会难过，真的不会。"

他说到这里顿了一下，停了片刻。

谢颜甚至没考虑过傅青会把这些谣言当真的可能，只觉得傅青会因为那些话而不高兴。

他继续说："那些人无论说什么都不会让我在意。但如果傅哥因此不开心了，我才会难过。"

傅青知道谢颜是真的醉了，他清醒的时候是不会说出"难过"这样对他而言近乎软弱的话的。

他准备哄一哄喝醉了的小谢，没料到谢颜却直起身，半边身体都靠在他身上，用力抓住了他的左手，仰着头，眼里含满了水光。

"傅哥可以别让我难过吗？"

这句话让傅青的心脏都皱缩成了一团。

世上怎么会有这样的乖崽？

谢颜是这样的，什么都很能分得清，不会让别人影响到自己。

傅青说："我知道的。"

但他的确做了错事。

# 第七章

DIQIZHANG

## 世上怎么会有这样的乖崽

傅青在附近的酒吧里等莫复，他坐在那儿，点了一杯烈酒，一直看着手机屏幕，连莫复来了他都没瞥一眼，开口就问："支票你放的？"

莫复愣了一下，过了会儿才反应过来，很得意地说："是我放的，你才知道？"他顿了顿，看了一眼傅青的脸色，似乎有些不对劲，才试着解释，"你不是觉得辉达对谢颜不好？虽然你是为了谢颜投资的《白鲸》，可除了剧组里的那几个人也没人知道。可支票的事传出去，让他们知道谢颜背后有人，以后最起码不敢苛待谢颜了。"

这件事是他运作的，傅青的钱也是先转给他，再由他转出去，玫瑰也是傅青托他送的，他想要做起来很容易。

傅青将剩下的半杯酒一饮而尽。

莫复是很传统的花花公子，见一个爱一个，和业内人在一起也从不顾及，对待那些人都是一个态度，不谈感情。

被他哄着的那些人也都挺开心的。

傅青很了解莫复，知道他没有坏心。

但他的火从查到这件事是莫复做的开始一直烧到现在都没停下，开始是火莫复自作主张，后来是火自己用谢颜影迷的名头投资电影。

其实那没什么必要，只不过是无处安放的私心罢了。

对于别人来说，为了朋友投资几千万不求回报已经足够好了，即使有些微的坏处，也无关紧要。

可傅青不这样认为。好事是不应该给谢颜带来伤害的。从前是，现在更甚。

他将手机反扣在桌面上，轻轻说："别自作主张。"

莫复刚刚还越解释越得意，觉得自己做得很好，听到这句话才反应过来，拉开椅子坐到傅青旁边，说："不是，你这真翻脸了？"

傅青没理他，又拿起手机，刷新了一下微博页面，点开一条营销号编黑料的微博，下面果然都是对谢颜的冷嘲热讽，与那些业内人在暗地里说的不同，这些都摆在了明面上。许多人，许多张嘴，堵都堵不上。

傅青半垂着眼："我是真想好好保护他。"

他拿着手机在莫复眼前晃了一下，停了片刻："小谢看到这些也许不会难过，可我会。"

对待一个小朋友应该是保护，珍惜。闹成这样的局面，的确是有人多嘴，甚至刻意放黑料。可到底是他先昏了头，失了分寸。

莫复是头一回见傅青这样。那时候许三带着老街里的人在背后捅了傅青一刀，被一直维护的老街里的人背叛，傅青好像都没什么感觉，依旧有条不紊地解决事情，最后还是留了情面，只叫他们永远别回来了。

傅青很可靠，很有责任，似乎天生就是为了老街而生的，尽心照顾着所有人，可有人生有人死，信服或是背叛，没人能引起他过多的情绪波动。

直到莫复知道有谢颜这么个人。

莫复看了那些微博，差不多也知道怎么了。他也点了杯酒，说："你别急啊，我的错，我收拾，等我找人把他们的号全封了……"

傅青面无表情地看着手机屏幕，没有说话。

天光微亮，谢颜因为口渴醒来，他赤脚走下床，开了瓶矿泉水，一口喝完了，又摸黑爬上床，不小心把手机从床头柜上弄掉了。

谢颜俯身捡起手机，看了一眼时间，却正好看到微博的推送。

正好和他有关。

谢颜皱着眉，打开锁屏，一点开微博，手机就被卡死，好不容易点进去，就是各种 @ 和私信谩骂。

他看了几条就明白过来，是业内的那些传言闹到了网上。

谢颜半靠在床上，搜自己名字的第一条，就是昨晚十一点一个营销号发的深扒谢颜的黑料博文。

里面的内容无非是炒作蹭热度，带资进组之类的。

谢颜抿了抿唇，又点开下面的评论，热评基本都是吃瓜或者对他黑料的补充，只有一条不同。

【我是剧组的化妆师，真是佩服这些颠倒黑白的，我们谢颜这么好的小哥哥被人喜欢不是很正常的事？】

谢颜点开她的主页，里面有她的自拍照。谢颜还记得她，总是在给自己化妆的时候说很羡慕嫉妒他的皮肤好。

他想了想，又点开杨寻的微博。

凌晨三点，杨寻半醉半醒的时候，仅凭本能发了一条微博并且置顶了。

【有关谢哥的事上次已经解释得很清楚了，建议臆想我是屈辱的、被逼迫或者是金钱收买写下那些话的人查一下百度百科，我亲哥是杨安置业的老板，而我的工作室是我哥给我开的。】

评论里是大型脱粉现场，连粉丝都控不住热评。

其实谢颜这时候没必要表态，发微博回应反而更令人浮想联翩，可看到杨寻、那个化妆师，还有那些女孩子顶着带有自己名字的 ID，彻夜不眠，一句一句地和那些明显是嘲讽的话认真辩驳的时候，谢颜忽然就觉得这并不是无所谓的事了。

他写了条微博：

【无论说什么都是没有的事。别和他们吵架，浪费时间，不如睡觉。】

太“刚”了。

谢颜又没什么粉，这条微博很快就被吃瓜路人黑占领，只有为数不多的粉丝还坚守着阵地，说没有实锤之前不会相信，哥哥不会做出这样的事。

发完这条微博，谢颜难得地想到了王祝唯，给他也发了条信息，看怎么处理。他昨晚喝多了酒，现在仍不太清醒，头有点疼，下床又喝了一杯冷水，又躺回床上睡着了。

他长到这么大，被很多人明里暗里骂过，这也不是什么新鲜事。他不会为了这种事生气，一是无所谓，二是气也气不过来。

直到现在，周围人的反应告诉他，也许自己是应该难过生气的。

可谢颜难过不起来，睡着的时候反而心情很好。因为有傅青，有杨寻，有那个化妆师，还有很多陌生的小姑娘在护着自己。

怎么说，即使是谢颜这样的酷哥，被别人很用心地保护起来，感觉也很不错。

谢颜睡前模模糊糊地想，还是希望傅哥别看到那些谣言，那些小女孩也能听劝早点去睡觉。

他又睡了一觉，起来时已经是下午了，王祝唯那边杳无音信，还是没有回他。倒是杨寻发了无数个表情包还有“哈哈哈哈哈哈哈哈”，让他去看微博。

昨晚发的那条微博下面的热评已经全都变成了一个 ID“@xieyan5566”。

谢颜点进那个人的主页。

系统头像，关注只有“1”，微博数量也是“1”，但是一条长微博。

第一句话是“在这次事件中所有造谣者都会被追究法律责任”，然后“艾特”了很多在这次事件中浑水摸鱼的大 V，其中很多是秦昊成买的水军。

我是这次《白鲸》剧组的投资方，不过我就是个粉丝。

开始注意到谢颜就是因为不久前播放的《八王乱》，我无意中注意到这么多具尸体都是同一个人扮演的，对这演员很好奇。

后来知道《白鲸》剧组缺少资金后，以影迷的身份投资了 6000 万。

下面还附有两张转账记录的照片。

导演知道我是谢颜的粉丝后，为我准备了三份礼物。我很喜欢，为了感谢礼物，又为剧组投资了 1000 万。

配图是几张《八王乱》的尸体剧照，还有《白鲸》的剧照。

送玫瑰是因为觉得玫瑰和他太相衬了，只有那样浓烈的颜色才配得上他。

这次是一张高清的图片，就是那张陆逢春裸着后背抽烟的剧照。

的确，只有玫瑰才能衬得起这样的谢颜。

支票是因为听说他不受公司重视，所以才夹在玫瑰里的。但很抱歉，因此给谢颜带来了伤害。

那位投资方粉丝的最后一句话是——

他属于电影，不属于我。

就像是谢颜在那张明信片上写的“祝你观影开心”，这条长微博从头到尾的每一句话都有证据证实，接受投资委托的机构都证实这的确就是这次的投资方，孙怀君也将当初和《八王乱》的编剧王宁交流的微信截图放出，证明谢颜真的是因为演了那八具尸体被看重推荐过来的，这完整的逻辑链连最严格的吃瓜路人都挑不出问题。

这条微博已经发出四个小时了，风向再次逆转。从一开始有理有据的考证过后，接下来的评论就是哈哈哈和羡慕嫉妒了。

【年度绝美情谊。】

【八张尸体剧照，这是什么傻……欲言又止，算了，大佬喜欢就行了。】

【演尸体因为长得太好看演技太好被挑中当男主演，生活比电影更戏剧化啊。】

【什么是真爱粉,这才是真爱粉。花钱买周边拿麻袋装代言都不算什么了。】

【慕了,酸了,大佬是真的大佬,随手追星就花几千万,我是柠檬精罢了……】

谢颜完完整整地看了两遍这条微博,心里想,也许傅哥说得没错,这个投资方只是像那些微博上的女孩子一样喜欢自己罢了。

于是他转发评论了这条微博:

【谢谢喜欢,不用抱歉,没有受到伤害。】

而从此之后,谢颜的尸体剧照做成的表情包风靡一时,上面还配了一句话:

"转发这个谢颜,你也能获得土豪粉丝的七千万投资。"

而自始至终,"xieyan5566"的简介里只有一句话:

你追逐光,我追逐你。

谢颜的七千万粉丝梗在网上流行了很长一段时间,吸引了很多路人粉。

他长得的确很好,可没有作品,甚至连自拍都很少,路人粉连颜都看不到,留不长久。

一时的喧嚣过后,谢颜的微博又恢复了平静。

拍完《白鲸》后,谢颜在家歇了小半个月。他的精力很好,可连续这么久全情投入拍完一部电影后,他还是觉得有些疲惫。

虽然每天他都让自己出戏,可结束后还是需要更多的时间完全脱离陆逢春的状态。

半个月后,王祝唯给谢颜打了个电话,上一次和谢颜联系还是在他洗清谣言后。王祝唯的道歉姗姗来迟,说是在外地的荒山野岭陪秦昊成拍戏,没有信号,直到两天后才知道的消息。王祝唯还明里暗里示意谢颜去要那个投资方粉丝的联系方式,既然是影迷,当然有进一步发展的可能。

谢颜没理会他。

这次王祝唯倒是真带了个剧本过来了,他和善地同谢颜介绍:"这个《入鞘》是咱们辉达自制的剧,年度大戏,剧本、导演、服道化没有一样不精良。去年夏天就拍好了,在制作后期。本来今年夏天就要播了,可是出了点意外,演男主角年轻时的演员因为某些原因不能再出现在荧幕上，所以得换人重拍。这剧是好资源，本来都被抢破了头，但因为马上就要上映了，很着急要找人，所以我才给你拿到了。”

他的话说到这里，停顿了一下：“谢颜你要不要试试？”

谢颜想了片刻，虽然很想演戏，但并不信任王祝唯，没有立刻答应，而是说：“你把剧本发过来。”

王祝唯立刻发了完整的剧本和男主角严初之年轻时戏份的cut（画面）。

谢颜翻开剧本，大略地看了一遍剧情梗概。王祝唯这次的确没骗他，单从剧本的角度来谈，《入鞘》的确很好。

《入鞘》是一部群像剧，讲述了大宁启元年间，一群有志之士推翻当朝昏君的故事。故事人物众多，但很特别的是，《入鞘》的主要视角是从两个复仇者出发的，两人的戏份相差无几，同为男主角，年轻的叫作宁宰元，年长的叫作严初之。而年轻时的严初之就是谢颜要扮演的角色。

严初之出身于江湖，他自幼是个孤儿，被青梧派掌门人收养，成为门下大弟子，又和掌门人的独生女定亲，二十岁的年纪，武功高强，行侠仗义，加上面容英俊潇洒，是难得的翩翩佳公子。

在一次出门历练之后，严初之孤身回到青梧派，却发现满门被灭。他寻寻觅觅查了大半年，才知道这场灾祸只不过是因为皇帝看上了青梧派的祖传宝剑，想要纳入私库罢了。

严初之在习武上很有天赋，可以他一人，无论武功再出神入化，也敌不过千军万马，更何况是被高手团团保护的皇帝。

他去了南疆，改头换面，从此变成了读书人，入了官场。

故事是从严初之四十岁时开始的，此时离他决意复仇已经有二十年了。他已经沦为皇帝的走狗，在这二十年间做尽恶事。而宁宰元则是皇帝的侄子，当年的皇位本该传给宁宰元的父亲，是皇帝先一步杀了宁宰元满门，才夺到了皇位。侥幸逃脱的宁宰元长大后，也是为了复仇归来。不同的是，他是皇族后人，可以打着夺回皇位的名头，而皇帝暴虐无道，天下民不聊生，想要推翻他的有识之士不在少数。

严初之奉命捉拿宁宰元一众匪徒，他表面上对宁宰元赶尽杀绝，实际上却在考量宁宰元的能力，每次都让其命悬一线，绝处逢生。

最后宁宰元攻入皇城，皇帝身边的高手也纷纷逃命，严初之一剑杀了皇帝，在大殿内的龙椅上自尽，结束了自己的一生。

严初之年轻时的戏份都是在回忆里出现的。二十岁前的意气风发，行侠仗义，再到青梧派灭门后的绝望痛苦，最后是决心复仇的改头换面。

这个人物很有趣。即使是不纯粹的反派，也是很难在电视剧里成为主角的。谢颜熬夜读了一遍剧本，第二天中午回了王祝唯的消息，说很愿意接这部戏。

王祝唯收到谢颜的信息后松了口气，将重拍的时间告诉了谢颜，倒是秦昊成看到了他的样子，在一边阴阳怪气地说："你就这么高兴谢颜接了？"

王祝唯转头瞪了秦昊成一眼："我还不是为了你，他不接你接？"

其实在十多天前，扮演严初之年轻时的演员负面新闻一爆料出来后，王祝唯就已经为秦昊成争取到了这部戏。可没料到五天后一部大热的综艺续集向秦昊成发出了邀请，为了急着进综艺，《入鞘》就没办法拍摄了，所以王祝唯才想到了谢颜。

秦昊成还是不愿意，即使是他不要的资源，也不想给谢颜。

可没办法，他上一次买水军黑谢颜捅了大娄子，王祝唯给他收拾的烂摊子，现在把柄握在经纪人手上，没有以前那样的底气，不愿意也没有办法。

不过秦昊成还是想，总有下一次的机会，再整谢颜。

因为时间很赶，谢颜答应的三天后，就要去摄影棚了。

这部戏拍的时候是花了大价钱搭了完整的摄影棚，可拍摄完后早拆了，而且演员都有各自的行程，没有对戏的人，谢颜就一个人对着绿幕拍戏。

谢颜是第一次拍古装戏，对头套和衣服都有些不适应，加上严初之的剧情跳跃频繁，谢颜不太入戏，第一天拍得很慢，导演那边又着急上火，想着早点拍完去做后期，骂了谢颜几句。

不过谢颜适应后就很快入戏了，几乎之后的每一幕都是一遍过，甚至还让导演重拍了白天拍过了，但他觉得不太好的戏份。

那天拍到了凌晨两点多，导演收工的时候对谢颜说：“难怪孙导一眼就看中你当他的男主角了，的确是个天才。拍这个角色，不算埋没你。”

谢颜点了点头。

和现代剧比，古装剧化妆卸妆的过程都麻烦得多。化妆师还没走，替谢颜卸了妆，又摘了头套，戏服脱到一半，谢颜收到一条信息。

是傅青的。

他问：“拍好了吗？我在摄影棚外面等你。”

谢颜连戏服都顾不上换，拜托化妆师去找场务让傅青进来。

傅青在外面等了两个小时，看到人陆陆续续地从摄影棚里出来才给谢颜发了信息。

剧组里的人已经走得差不多了，化妆室的灯大多熄灭了，除了谢颜身边的那一盏。

傅青推门进去的时候，谢颜已经将戏服脱完了，上身只穿了一件白 T 恤，正伸手去拿外套。他看到谢颜的锁骨处落了一块翡翠玉石，在昏暗的灯下闪着翠色的光。

冬天的时候穿得厚实，那块翡翠吊坠一直藏在衣服里，傅青从未发现过。

谢颜抬眼，发现傅青正看着自己脖子上的那个吊坠。

他有点不好意思，手里捏着那块翡翠弥勒佛，朝傅青解释：“这是过年的时候傅爷爷给我的。他说和你的是一对，我就收了。”

这句话的意思是，如果不是，他就不会想要了。

傅青怔了怔，目光凝在那块翡翠上，忽然笑了，从自己的衣服里也揪出一块吊坠，红绳的颜色已经褪得差不多了。他将吊坠摘下递到谢颜面前，掌心上放着一块雕刻很好的慈悲相菩萨。

他轻声说：“这是我出生的时候爷爷给我戴上的，有两块，我这块已经戴了三十多年了。”

谢颜伸手碰上了那块吊坠。

其实在真正看到这块吊坠之前，谢颜还没有脖子上的吊坠和傅青的是一对的实感，只是在想象里是。

一般的翡翠总是很冰，这块却不同，是温热的，上头还留着傅青的体温。

谢颜不自觉地缩了缩手，将自己的那块也摆到了傅青的掌心。

傅青笑了笑，说："是一对。观音菩萨和弥勒佛。"

谢颜小心翼翼地将吊坠挂回自己的胸前，披上外套，和傅青一起走出摄影棚。

已经是凌晨三点钟了，外面一个人也没有，只有偶尔传来的几声狗吠。

大约是方才提起了那块翡翠吊坠，又是夜深人静，容易冲动，谢颜说出了自己惦念已久的话："拍《白鲸》的片酬是十万，拍《入鞘》的片酬也是十万，我现在每个月还有五千块的工资，很够用了。"

傅青有些疑惑地看着他。

谢颜的声音放轻了些，很直白地说："我攒了快二十万了。一直想要给傅哥买礼物，想了很久，可是没有送过别人礼物，不知道送什么好，所以就想问问傅哥想要什么，收到什么样的礼物才会开心。"

他从小没有收到过礼物，也没有送过别人，对人情往来很不熟悉，所以一直没想到要送什么。现在很直白地问出来也是实在没有办法了。

其实前段时间谢颜还是对帮傅青付账的事没有死心，因为那是最实用的法子。可是周玉那边哪敢答应，推托了好几次，他才不再指望。

傅青看到谢颜红着的耳朵尖，刻意问："为什么要送礼物？是因为小谢要报答我吗？"

谢颜低着头，将脚前的石头踢了出去，过了好半天才说："不是。"

他不喜欢欠人情，如果亏欠了对方，一定会还回来。可傅青是不同的，他的好是不用报答的。

谢颜顿了顿，似乎有些难以启齿，但为了让傅青说出想要的礼物，他还是勉强自己说出了真心话："我就是想让傅哥高兴一下。"

与报答无关，那是对外人的。而对傅青，谢颜仅仅是希望对方能在收到礼物的那一瞬间开心罢了。

现在是凌晨三点，月亮很圆，高高地挂在天边，周围空无一人，太过寂静无声。

傅青怔了片刻，才低声问："小谢问，什么礼物能让我开心？"

对于傅青而言，这个世界上不能得到的东西太少了，而与此相对的是，他极低的物欲。

收到礼物也会开心，因为是对方珍贵的心意。

谢颜稍稍仰头，还没来得及问，就听傅青笑了笑，说："小谢不是一直很想帮我付账吗？这个礼物就很好，我很喜欢。"

谢颜有些怀疑，他不是会被糊弄的人，问："上一次，傅哥不是不愿意答应吗？"

傅青跟他解释："上一次你才接到一个工作，就十万块，很不稳定，怎么能收得下去？现在不同了，小谢签了新公司，有新工作，拍了新电视剧，以后一定会很顺利。"

他的眉眼舒展开来，瞳孔是琥珀色的，含着温柔的光："帮我结了账，以后就是小谢赚钱养我了。"

谢颜点了点头："好，以后就是我养活傅哥了。"

他没说会结多久的账，只觉得这件事值得做一辈子。

车子停在不远处的停车场，等坐上了车，谢颜系好安全带，忽然问："傅哥第一句话说的是什么？我没听清。"

傅青偏头看着窗外，语调平静："开了个玩笑。"

谢颜缓慢地舒了口气，抿了抿唇。

他感觉有点热，又责怪天气，今年升温太快，让人猝不及防。谢颜迎着风想，也不知道什么时候才会结束。

傅青先把谢颜送回了租的房子，回老街已经快清晨六点，而八点就该去公司了。

他躺了一会儿，想到昨天夜里要送自己礼物的谢颜，又不太能睡得着，索性起来做早饭。

傅爷爷倒是三十年如一日，每天都是七点准时起床。他听到外头的动静，走到厨房，问："你昨晚去接小谢，几点才回来的？"

傅青正在淘米，稍微关小了水龙头，才听清楚爷爷的话："他要熬夜拍戏，我清晨五点多回来的，做个饭就去做事。"

傅爷爷骂了他一句："你三十三岁了，还以为自己二十三岁，也敢一夜不睡觉？"

傅青笑了笑："睡不着。对了，爷，你把那块翡翠吊坠给小谢了？"

傅爷爷很理直气壮："我自己的东西，给人怎么了？"

傅青摇了摇头："给就给了。"

那两块翡翠吊坠是傅奶奶带过来的嫁妆，本来是一整块原石，水头和颜色都好。后来傅奶奶去世之前，傅妈妈正好怀着傅青，就说将那块翡翠送给肚子里的小孩，不拘男女，让傅爷爷特意找老匠人打成一对，以后有了第二个孩子，再将另一个给小孩，再不然给对象也行，还能传家。

傅青眼看着还不太想找对象，又难得遇上个志同道合，能说上话的小朋友，傅爷爷就索性把翡翠给了，拿谢颜当家里人。

傅青看着自己胸前的翡翠吊坠，不太能忍得住，和爷爷说："昨天晚上，小谢说要送我礼物。"

傅爷爷说："你和我这个老头子炫耀什么？"

傅青想起当时谢颜的样子，只觉得可爱："他就说要养着我。"

从十八岁以来，傅青养活了这条老街的人。到三十三岁这年，头一回有个人希望能养着他。更多的话，更多的细节，傅青就不再说了。

傅爷爷哼了一声："你越活越回去了，还要人家小孩养你吗？"

他是挺喜欢谢颜的，乖、可爱、招人喜欢。

不过片刻后，傅爷爷忽然叹了口气，像是了却了一件未了的大事："阿青，我和你说实话，在看到小谢之前，我有时候都在想，你和所有人都不亲近是因为从前的事。"

傅青十六岁的时候，参加过一次物理竞赛，获得了国家一等奖，可以直接保送到千里之外的南山大学。他学习一直很好，可是他的父亲傅伦没打算让他考大学，早就说等他高中毕业后就去厂里接手帮忙。

老师打电话来家里恭喜傅青被录取的时候，傅伦才知道这件事。他不许傅青离开老街去读书。

傅伦脾气暴，下手狠，险些打断了傅青的右手，让他这辈子都别拿笔。

他质问傅青："你长这么大岁数活到狗肚子里了？就顾着自己逃出去逍遥快活，老街上的人呢，你不管他们死活了？"

傅青跪了三天，最后还是留下来，和老师推掉了那个保送。他并不是屈服，只是想通了。

那时候厂子的效益已经很不好了，人心惶惶，人人都疑心厂子撑不下去，老街散了，谁都吃不上饭了。

而傅青姓傅，老街上谁都能走，他却不能，即使只是想要出去看看也是不被允许的。

不过他对傅伦说，他是最后一个。

傅爷爷那时候还以为傅青和傅伦赌气，直到后来傅青撑起老街的时候才明白过来并不是那样的。

傅青的意思是，该是他背的责任他背，因为他已经活在这里，可不会有下一个了。他甚至不会和别人过分亲近，独自一人承担着养活老街的责任。

直到那个雨夜，傅青领着谢颜进门，傅爷爷看不见，可是能听到傅青的声音。他知道，傅青与俗世的缘分来了。

或许最大的原因是谢颜不是老街的人，他不知道傅青背负着什么，经历了什么，本能地与傅青交好，傅青才会不自觉地和他接近。

傅爷爷很少提从前的事了，他知道老街的确是亏欠傅青的，如果不是这样的重担，傅青不至于从少年起就活得那样艰难困苦。别的少年十七八岁最大的痛苦不过是心爱的女孩不喜欢自己，而傅青已经用命在为整条街拼活路了。所以他越加沉默、寡言、内敛，也无所求。

傅爷爷不由得说："这么多年，是辛苦你了。"

傅青将淘好的米放进锅里，笑了笑，语气很平常："没什么，我应该做的。"

幸好现在不同了，傅爷爷想。

严初之年轻时的戏份本来就不多，谢颜又在加班加点拍摄，很快就杀青了。

四十岁的严初之坐在龙椅上，手里握着从前的佩剑明月，等到宁宰元突破大殿的门，问他为什么在背地里帮着自己的时候才说道：“我做的一切，不过是为了复仇罢了。”

严初之只说了这句话，就用明月剑自刎了。

他回忆起自己年轻时候曾对师妹说过的一句话：“侠之大者，为国为民。即使做不了大侠，也该心存正气，除恶扶善，才不枉费学了这么多年功夫。”

可他终究没有做到。他复仇了，却也把自己变得人不人鬼不鬼，只怕死了也只能去无间地狱了。

回忆里的严初之是谢颜的最后一个镜头。

导演激动地喊了“cut”，全剧组的工作人员都在欢呼，这么快拍完，加上谢颜一边拍，后期就在一边做，总算是能赶上预定的播出时间。

谢颜怔了怔，放松下来，鬓角沁出些许汗意。

现在已经是初夏了，济安的夏天来势汹汹，气温很高。谢颜穿着古装戏服，戴着厚重的发套，热得像是在火炉上烤。

旁边一个二十多岁的女孩子赶紧走上前，给他递冰水，又扇风，小心地说：“谢哥，我刚刚问了，化妆室那边没人，要不就先脱了戏服？”

女孩叫张小风，是公司出钱给谢颜请的助理，到底是拍公司的自制剧，给的片酬也不算多，辉达就给谢颜别的方面待遇提高了些。

谢颜习惯有事自己做，可《入鞘》的拍摄行程实在很紧，张小风处理那些杂事又很细心，省了谢颜许多事。周玉也正式下岗。

张小风兴奋地在谢颜耳边叽叽喳喳：“谢哥，公司这么看重这部戏，你又拍得这么好，等这戏播出来，你一定红了！”

谢颜脱了戏服，脸上的妆还没卸，他热得厉害，半垂着眼，语调依旧冷淡：“或许吧。”

过去谢颜从来不会想红不红的事，只要有戏可拍就好了。可自从他帮傅青结了账，想法就有点不同了。以前谢颜只要养活自己一个人，现在他还想养傅爷爷，想养傅青。

钱就变得很重要了。

如果能红，就更容易赚钱了。

《入鞘》的预告早就放出去了，关注这部剧的都在猜要怎么处理严初之年轻时的角色，是直接删除，还是另请人重拍？到了公布具体放映日期的那天，官博终于发微博感谢谢颜，感谢他临时顶替，持续高强度地补拍。

官博专门为每个重要角色都剪了一分钟左右的人物小样，严初之的视频是最后放出来的。

以戏份而言，《入鞘》有两个主角，都很重要，缺一不可。可严初之的人物形象却是最复杂的那个，从二十岁时的翩翩少侠到四十岁时的复仇权臣，而完成这一转化的是年轻时的严初之。

谢颜这个角色戏份不多，却极为重要。

严初之的人物小样出来后，谢颜出镜不过几秒钟就吊足了观众的胃口。

秦昊成发了条微博，说是恭喜师弟的新戏开播，还说这部戏的历程艰难，才开始补拍找了自己，可是因为行程冲突，才忍痛推拒，推荐了谢颜，没想到效果这么好。这条微博最后还 @ 了谢颜。

可惜谢颜没理他。

这部《入鞘》是辉达准备了几年的年度大戏，虽然拍摄途中历经波折，但能够上映，肯定是花了全部的力气去推。

随着《入鞘》的开播，话题热度和收视率不断上升，几位主要演员的话题热度都在急剧攀升，而谢颜仅仅扮演了年轻时的严初之，热度也不输给其他几个人。

大约是和现在的严初之对比太过强烈，谢颜扮演的严初之年轻时的每一个镜头都令人难忘。

不仅是因为演技，另一个原因就是，谢颜长得太好看了。

他是那种再挑剔的人都只能说长相不符合自己的审美，而不能违心说不好看的长相。

秦昊成已经看出来了，《入鞘》这部戏后，谢颜是必然要大火的。而他拍的那期野外求生的综艺则因为完全暴露了他的本质，不仅没有吸粉，反倒招来了许多综艺粉的嘲讽。

他后悔了，不该推掉《入鞘》，可这件事又不能重来。

但秦昊成再也没有精力针对谢颜了。

因为网上曝光了一个十分钟左右的视频和一套组图，是秦昊成在同一个人亲吻。上升期出现这种新闻，足够让秦昊成流失不少粉丝。

虽然视频和图片很快被公关了，可网友的吃瓜之心根本压抑不住，图片早已传开了，删都删不完。

《入鞘》大爆后，辉达对谢颜也很上心，给他安排了个综艺。

谢颜开完会，从办公室出来，走到拐角的地方却突然被一个声音叫住。

是秦昊成。

谢颜很久没见过秦昊成了，以前秦昊成总是很光鲜，现在却连胡子也没刮，衣服也是皱的，大概穿了好几天了。

秦昊成冲上来抓住他的手腕，问："是你找人做的吧。"

谢颜皱了皱眉，很轻易就掰开秦昊成的手指，问："什么？"

秦昊成冷笑："你装什么，我的事不是你找人在网上爆料的？不就是为了报复我上次在网上做的事？"

他曾逼着自己看过那个爆料，时间太巧了，最早的一组图片就是在他抹黑谢颜后的几天。也许对方是嫌这些照片不够有说服力，又跟了很久，甚至拍下了一个完整的十分钟长的视频。

他太狼狈了，谢颜听到这个消息都觉得揍他没意思。

谢颜按住秦昊成："我没做过。"

张小风拎着包走过来，看了眼里头的情景，吓了一跳，连忙拽住谢颜的胳膊："谢哥，别冲动，怎么了？"

谢颜不太耐烦，松开秦昊成，转过身："走吧。"

他听到秦昊成的声音从背后传来："你会比我的下场好吗？不会的，我等着。"

# 第八章

D I B A Z H A N G

## 热度

从公司出来，谢颜同张小风确定了接下来几天的行程之后就坐公交车去老街了。

他今天一整天都很忙，晚上和杨寻有约，上午又在公司开会，拿了综艺的流程剧本，本来应该回家看综艺剧本的。可傅青打电话问他要不要来吃饭，他没多想，就把综艺剧本推到夜里再看，搭车来老街了。

入夏许久，傅家门前种的那两棵槐树枝繁叶茂，遮住了大片大片的阳光，傅青就在那里等他。

谢颜戴着口罩，摘了半边，朝傅青笑了笑。他推门进来，傅爷爷却不在，去别人家吃酒去了。

他到得很早，傅青还没开始做饭，问：“小谢想吃什么？”

傅家是老宅子，厨房里没有空调，天气太热，谢颜看着傅青额头上的汗水，想了片刻才说：“吃冷面和凉菜。”

冷面是要配牛肉汤的，傅青拿锅炖了牛肉，谢颜也不走，就站在厨房门前喝冰汽水，看着傅青。

傅青动作熟练地切着配菜，问：“最近很忙吗？”

谢颜想了一下行程：“也不是很忙。最近有一个综艺要拍，就是星娱台的那个《我们今天要去哪儿》。”

傅青对他笑笑：“小谢真红了，连这个综艺都来请你了。”

谢颜有些疑惑：“傅哥也看综艺吗？”

傅青从前对综艺没什么兴趣，也不知道什么综艺火。可是谢颜的粉丝都期望他能进《我们今天要去哪儿》，这个综艺出了名的硬核，每一期都是常驻嘉宾和受邀嘉宾在野外求生一星期，基本没有任何外界的帮助，没有剧本，纯靠自力更生，非常真实，所以也特别有话题，很捧人。有两个常驻嘉宾本来只是十八线小明星，因为这个综艺大火，现在很有人气。秦昊成当初就是为了这个节目推了《入鞘》，却因为七天连续跟拍，绷不住脾气，连人设都崩了，没赚到热度，反而惹来一堆嘲讽。

傅青点点头：“别的不看，有小谢的肯定要看。”

他话一顿，又说：“上次去买卤菜的时候，有人问我，电视上的那个人是不是你？”

谢颜怔了怔，捏紧了汽水瓶。

傅青将配菜放入锅中：“我说是我们家小谢。她就说，下次等你来了，一定要送你几斤卤牛肉，演得太可怜了，她都抹眼泪了。”

谢颜又灌了口汽水，不知道该说什么。

虽然在网上别人也都夸他演得好，可隔着屏幕，即使再怎么夸，他也没多大感觉。可这话要是从认识的人口中听到，他就有点尴尬了。

傅青放好水，盖上锅盖，语调有五六分认真：“过一会儿小谢带着这句话，去找老板娘多要点凉菜，还不用付钱。”

谢颜很要面子，做不出这样骗吃骗喝的事，哪怕知道傅青是开玩笑，他都没接话，稍稍抬着头，也不看傅青：“傅哥去买吧，我不要去。”

傅青朝他笑笑：“怎么不去？”

谢颜知道傅青是在拿自己开玩笑，要是别人，他就不理会了，可这个人偏偏是傅哥，又没有办法。他抿了抿唇，拽住了傅青的手腕：“不去，在《入鞘》播出后半年内我都不去那儿买卤菜了。”

因为才拿过冰汽水，他的手指很冰，指腹柔软，拉住傅青时又略贴近了身体，傅青能闻到他的身上沾着汽水清爽的甜味。

厨房开着火，热浪扑面，傅青好笑地说：“好，以后都我去买。”

一个小时后，两个人吃完冷面。傅青收拾完碗筷，走进客厅，谢颜正坐在沙发上剥了一颗椰子味的糖果塞进嘴里。

他不太喜欢吃甜的，糖果很少碰，每次只有这种椰子味的糖会多吃一点。

谢颜在福利院生活，没吃过多少零食水果，填饱肚子就很不错了。后来长大了，谢颜又不追求口腹之欲，天天泡面、速食水饺，偶尔点一次外卖都能算作加餐，也不可能特意买零食吃。

后来他每次来傅家的时候，傅青就端一个装满各种小零食的盘子给他自己吃着玩，等他走后，傅青会记下来他哪样东西吃得多一点，下次换零食装的时候还会加上那一样，有时候会买好整袋让他带回去吃。

谢颜以为都是在老街的杂货铺买的，是自己付的账，也就不会推拒了。

其实不是，是傅青让人在外面搜罗的。

不过这些事不必叫谢颜知道。傅青只是觉得小朋友小时候过得很难，就算是现在长大了，也忍不住想让小谢尝尝喜欢的东西，开心一点也好。

傅青坐到谢颜身边，打开电视，转到星娱台，正在放《入鞘》的重播。

昨天那集有年轻时的严初之出镜，只是还没放到。谢颜看别人的表演都还行，不过一看到剧情可能要放到自己的了，就想要转台了。

傅青将遥控器按在手掌下：“马上快放到严初之的回忆了，先别换台。”

谢颜动作一顿，瞥了一眼电视，干巴巴地解释：“其实就是，这一段剧情我没拍好。傅哥要不别看了吧。”

演的时候很投入，可要是就这么看着傅哥看自己演的戏，谢颜就不太坐得住。

这种行为一点都不酷哥，谢颜觉得自己有点㞞。

傅青看了一眼谢颜，反驳他：“昨天看了，我觉得演得挺好的。我也是小谢的影迷。”

谢颜的耳朵尖都红了，偏过头，不再看电视，也不再看傅青，自顾自剥了颗糖，糖纸发出细碎清脆的响声，都快要压过电视剧里人物说话的声音了。

傅青见谢颜确实害羞了，也没打算真的为难小朋友，站起身说："那就先不看了，我去洗点樱桃。"

谢颜看到傅青走了，也没必要再换台了。

那款椰子味糖果的味道是清甜的，可也比樱桃的味道要重很多。

他不再吃糖，而是站起身去柜台上拿矿泉水喝，看到一边的桌面上摆了两本杂志。

一本是六月新刊，封面人物是宁宰元的扮演者箫骁，而谢颜拍了内页，这是他作为演员拍的第一本杂志。

另一本的书页泛黄发旧，谢颜有些好奇，翻了几页，里面有一张自己的照片，是一年多前当模特时候拍的。这也就是本三流杂志，里面大多都是广告，发行量也很少，谢颜都不知道傅青是从哪里买到的。

傅青端着洗好的樱桃走进来，看到谢颜拿着那本杂志。

谢颜听到背后的动静，转过身，犹豫了一下，问："傅哥买的？"

傅青愣了一下，点了点头。

《入鞘》播出后，谢颜的人气突然变高，以往的旧照都被翻出来了。不仅是那八张尸体的照片，更久远的，连做模特时候的照片都有。不过价格也是水涨船高，还供不应求。

傅青接过那本旧杂志，翻到有谢颜的那一页。

上面的谢颜才十九岁，才成年不久，很少年气。虽然应该是摄影师要求的，可谢颜的眉头皱得太紧，眉目之间锋利而冷淡，看起来比现在的脾气更坏。

因为有这本杂志，才让傅青看到这样一个没见过的谢颜。

谢颜见傅青的目光长久地落在自己的照片上，片刻后说："我就在这里，傅哥还用得着看杂志吗？"

这句话有点像是在抱怨了。

傅青放下杂志，半垂着眼，琥珀色的眼瞳里满是温柔，笑着说："我是小谢的粉丝，当然要买你拍过照片的每一本杂志了。"

谢颜没料到他会说这句话，像是开玩笑，却又很认真地说了两遍，那便不是了。

他的声音很低，又轻："我以为傅哥是说着玩的。"

傅青看着他："小谢在我眼前发着光，现在就能看到。可在镜头里的光是不一样的。"他的话顿了一下，停了片刻才继续，"我也想要看到。"

谢颜的心跳漏了一拍。

他想，傅哥也太会讲话了。

谢颜的心本来是很硬的，硬到从不会被那些冷言冷语伤害，可在傅青面前，好像又总是变得很柔软。他不知道该说些什么，只好点了点头，坐到沙发上吃樱桃。

傅青表面上在看着电视屏幕，眼角余光却全落在谢颜身上。

谢颜是一小口一小口地将樱桃吃完的，留下干干净净的核儿，只剩上面的一点果肉，连着樱桃把，再放到一边，这是很可爱的吃法。

其实谢颜是在思考别的事。

吃完大半碟樱桃后，谢颜总算想明白了。

他对傅青说："傅哥以后不用买杂志了，都有样刊的，让张小风拿给我就行了，外面卖的没有这个快。剧照我也可以找剧方工作室要，还有别的周边也是。"

傅青没太反应过来。

说着说着，谢颜彻底放松下来，又觉得没什么好挣扎的了，朝傅青笑了一下："如果傅哥有空的话，也可以来片场看我拍杂志、拍电影，或者别的都可以，我会提前和导演说好的。"

他想好了，孙怀君送的三份礼物的确让那个影迷很开心的话，那这些也应该可以让傅哥开心的。

谢颜舔了一下嘴唇，问："这个礼物，傅哥会开心吗？"

只是别的人得到这些礼物需要花七千万，对于傅青而言，只要一句话就行了。

因为傅青是他心中与他关系最好的那个人。

下午四点，谢颜坐上了回市区的公交车，傅青有事，不能送他，两人就在车站说了再见。

公交车上的人很少，没有空调，但开着窗户，有风吹进来，也不算太热。谢颜依旧戴着口罩，坐在靠后的位置，偏头看着窗外。几站过后，车上的人多了起来。有两个女孩走上车，坐到最后一排，总是忍不住向前瞥，还在悄悄说着话。

她们自以为动作很隐蔽，可是谢颜对别人的目光非常敏感，一直知道她们俩的小动作。

直到谢颜下车的时候，那两个女孩也急急忙忙地跟下车，不远不近地跟在后头。

谢颜停下脚步，转头看着她们，眉头稍皱。

她们知道自己的行为被谢颜发现了，才鼓起勇气，小声说了句话："请问您是谢颜谢老师吗？我们觉得您长得很像……"

谢颜用左手摘下口罩，露出原本被遮起来的大半张脸，点了下头："不用叫我老师。"

他的语调冷淡而平静，没听出有多少不耐烦。

那两个女孩太惊喜了，大着胆子问："我们是您的粉丝，可不可以拍一张合影？不能也没关系，我们就是问问……"

不过说到底也只是一张照片罢了。

谢颜点了点头，站到她们俩中间，抬眼看着镜头，依旧没有笑。

拍完照片，她们俩大概知道谢颜的性格真的就是这样，临走前忍不住说："公司怎么不给谢哥配一辆车？连助理都不跟着。乘坐公共交通工具有点不太好。谢哥已经红了，要是被纠缠怎么办？"

谢颜其实没什么自己红了的实感，生活方式也一直没有改变。

拍照片花了十多分钟，已经快到和杨寻约定的时间了，谢颜是跑着去约好的地点的。

拍《白鲸》的那段时间，杨寻的曝光不够，热度下降很多。拍完后，经纪人赶紧让他参加了几个大热的综艺，现在陆陆续续都放出来，又天天占领热搜了。加上最近又有一部爱情电影要上映，跑了很多个路演，杨寻忙得要命，每天要么在跑活动，要么在跑活动的路上，根本没空休息。

不过这也是拍《白鲸》的代价，杨寻认了，不敢对着他亲哥和经纪人抱怨，只敢在深更半夜找谢颜诉苦。

但是跑完了这一系列繁忙的活动，杨寻终于能回济安休息了。在家里躺了一天后，杨寻做的第一件事就是找谢颜出来见面。

推开包间的门，杨寻已经先点了几道甜点，小助理依旧兢兢业业地跟在杨寻身边，看到谢颜进来才打了个招呼，出去了。

杨寻最近跑了太多活动，瘦了很多，才被允许这样放肆大胆地吃甜点。他见了谢颜，嘴都停不下来，含含糊糊地说："谢哥，你来啦！"

谢颜怕他被噎住，倒了杯白开水递给他。

杨寻狼吞虎咽完，才松了口气，说："唔，谢哥最近演严初之很红啊！我跑路演的时候还有粉丝问我和你是不是好朋友，能不能让你在微博上多放点自拍来着。"

说到这里，杨寻把椅子拽到谢颜身边，拿起手机，拍了好几张照片，美滋滋地看了一会儿，选出最满意的几张正准备发微博。

发之前他又刷新了一下首页，发现刚刚有人发过和谢颜相关的微博，就是那两个女孩拍的照片。

【啊啊啊啊啊，在公交车上遇到一个戴口罩的小哥，左看右看都很像谢哥！下车后才发现真的就是我哥！我哥太好看了，为了让大家知道他有多好看，我和我闺蜜忍痛关了滤镜，他这个人！整个人！自带美颜滤镜！给你们看！】

为了证明真实性，那个女孩都没给自己打码，虽然她也长得挺漂亮的，可在同一张照片里，和谢颜比还是像在不同的次元。

太真实了。所以杨寻每次和谢颜合照都是把自己往"沙雕"方向拍。

杨寻折腾了一会儿，像是忽然想起了什么，从背后的包里拿出一沓资料，问：“对了，谢哥下周就要上《我们今天要去哪儿》吧。”

他把手上的东西往谢颜面前一递：“这是我以前准备上《我们今天要去哪儿》的时候，林姐给我找的资料，可惜我用不上了，就给你带过来了。”

杨寻是当红“小鲜肉”，节目组当然邀请过他，经纪人说是考虑一下档期，其实都准备答应下来了。可杨瑞那边不同意，说是杨寻四体不勤、五谷不分，上这档节目怕是人设会崩得一塌糊涂。杨寻特别期待上这个节目，开始气得要命，后来想想，觉得他哥可能是怕自己出事，毕竟是在野外。他看着节目做得有趣，可自己又没有经验，说不定就出事了。他哥不放心也很正常，杨寻觉得没必要因为这件事让全家都担心一周，就十分宽宏大量地原谅了他哥。

话虽是这么说，可杨寻一直好好地保存着这些资料，现在送给谢颜，也算是有用武之地了。

杨寻是做了好事就急着邀功的人，殷勤地给谢颜翻资料，没注意到手边就是水杯，不小心用胳膊肘戳到了。谢颜眼疾手快地拿起资料，水淋到了他的身上，打湿T恤的下摆和小半条裤子。

杨寻苦着脸，给小助理打了个电话，让他照着谢颜的身形买一套衣服带进来。

谢颜说：“没必要。”

杨寻急急忙忙地说：“可不行，要是你就这样出去被拍到了，明天的头条就是‘小鲜肉杨寻、谢颜深夜相聚，匆忙离开，大尺度湿身照片点击就看’。”

谢颜垂着眼，很冷静地说：“要是真被拍到了，就不是湿身而是直接换衣了。”

杨寻一想觉得这个头条更可怕，又打电话让小助理别买了，不过肯定是不能就这么出去的。

杨寻十分卑微地将功补过，拿着资料手动给谢颜被打湿了的衣服扇风。

因为谢颜用力扯着下摆，领口逐渐被拉大，里面的翡翠吊坠不自觉地滑了出来，落在胸前。

杨寻抬头，正好看到那抹翠意。

他有些疑惑：“以前没见谢哥戴过。”

谢颜一怔，将那块坠子握住，稍稍往杨寻眼前递了递：“是别人送的。”

杨寻仔细打量了几眼，看出谢颜很珍惜这块翡翠吊坠，他又是富二代，从小见惯了珠宝，夸起来天花乱坠：“这块翡翠水头很好，颜色绿得通透，是块很好的料子，雕得也好……”

谢颜笑了笑，有点少年的得意：“傅哥送的。”

杨寻想要和谢颜比哥了，他堂堂富二代，还没有个土豪哥吗？！

但考虑到这份感情的真挚，杨寻压下了炫耀的欲望，仔细介绍起节目来：“这个节目有四个常驻主持，四个受邀嘉宾，这四个常驻主持的信息林姐都搜集得很仔细，毕竟是要相处七天，得了解对方的性格才行。林姐做的这些才是经纪人该做的，不是我说，谢哥你那个经纪人怎么回事，特别不靠谱，就上次那个事，一点公关都没做，还是人家粉丝出面。”

杨寻还在唠唠叨叨：“那个粉丝太真爱了，我真的感动到差点落泪，比我哥还好，我让我哥给《白鲸》投资，他都不乐意……”

可谢颜的注意力再也没放在杨寻身上了。

他在想，傅爷爷和傅青。

杨寻的时间也不多，吃完饭，衣服晾干后，谢颜同他告别，带着《我们今天要去哪儿》的资料坐车回家。

谢颜冲了个澡，半倚在床头，将资料摊开，实际却很心不在焉，半晌都没翻到下一页。

他仰头望着床边的壁灯，往日里平常的光现在却亮得刺眼，不能直视。

谢颜微微闭眼，按灭了那盏灯，屋内一片黑暗，很寂静，只有心脏跳动的声音。

他站起身下床，开了灯后，去浴室洗了一把冷水脸，呼吸总算平缓下来，又躺回床上，打起精神开始看《我们今天要去哪儿》的资料。

公司给的资料比较简单，只是介绍了一下这个节目的流程、时间之类必须遵守的硬性规定。

而杨寻给的那一份明显就丰富得多了，详细地记录了对《我们今天要去哪儿》的分析报告。节目已经播出六季了，第一季前半段还只能勉强算是不温不火，但制作水准一直很高，在第一季结尾爆发，收视率破 4%。之后的几季收视率节节攀高，最后稳定在高点。除了收视率极高，收视人群也很广，不只是在业内红，除了普通的追星女孩，大众讨论度也高。因为求生环境虽然一般，不太艰苦，但市面上没有同类综艺，节目组基本也没有剧本，还算是比较硬核。最主要是，这个节目很捧人，和一般拿剧本做游戏不同。一周的生存游戏，一天十六个小时的跟拍，即使是扮演出来的人设，也很难真的保持下来。

杨寻的经纪人就给他做了几个人设来吸粉，基本都是比较贴合杨寻本来的性格，突出了可爱有趣的部分，就算是做不太好也不会崩盘。

节目中有四位常驻主持，每期还会请四到六位嘉宾，分成几组，在特定的地点进行野外求生，最后以开始时定下的目标完成度宣布哪组获胜。

谢颜记下了这些，翻到下一页。

四个常驻主持里有三个都是男性，一个叫汪远，是在主持行业打拼二十年的老前辈，主持功底深厚，无论什么样的场面都能把控，为了上这个节目，先在健身房锻炼了两个月，看了很多相关节目和书籍，非常敬业。另外两个男性，一个是多年老演员陈陌，还有一个是选秀出身的小歌手徐华意，都不温不火，没参加这档节目前都是默默无闻。

还有一个主持人，是一个才十九岁的女孩。资料上说了，其实一开始节目组考虑到多方面因素，是选了一个当红男明星，给节目带人气的。可这个男明星大多时间都在拍戏，本身也吃不了野外求生的苦，第一期没拍完就跑路了。幸好这个消息还没对外公布，所以才临时抓了一个人，就是那个十八线的女主持。

她叫阮安宁。

谢颜翻到阮安宁的那一页，在看到照片的那一刻怔了怔。

阮安宁的个头很小，算不上大美人，但模样清秀，对着镜头笑的时候有两个小酒窝，非常可爱。

谢颜对平常的人、平常的事，都不太记得清楚，因为没有必要。可阮安宁不同。他觉得有点眼熟，却一时回忆不起来，这个人究竟是谁。

资料的第一页写着阮安宁入行后的作品和经历。她出来工作得早，因为嘴皮子灵活，长得又可爱，无意间接触到主持这个行业，做得很不错。虽然学历不高，但是靠着丰富的资历，去了星娱的一个下属台，将一个十八线的节目做得很红火。后来进《我们今天要去哪儿》也是靠毛遂自荐，说是四个男人有些单调乏味，不如让自己也去，可以调节气氛。台里开始没答应，不敢将重任放在她一个小姑娘身上，直到那个男明星跑路，一时又找不到合适的人选，才想起了阮安宁，可是据说签的合同条款十分苛刻。

谢颜边看边想，杨寻的经纪人的确是做了许多年了，消息灵通，连这种内幕都能打听到。

他翻到下一页，一般上面都会写着常驻主持的性格和一些习惯，这样相处方便，杨寻也不会触雷导致被主持人针对。这种节目，主持人带节奏没有别的容易，可态度对比之下，很容易让观众浮想联翩。

那三个男主持都还不错，没多少要注意的。可阮安宁的资料上有些不同，经纪人注明了说最好不要和她同一组，因为阮安宁疑似很讨厌和男明星接触。

谢颜的目光落在“疑似”两个字上，似乎是想起了什么，又上网搜索了阮安宁别的照片，一张一张地对比，终于回忆起她是谁了。

她长得和小时候很不同，可眉眼处还有几分相似。谢颜想了一会儿，放下资料，不再看了。

具体的拍摄时间是在一周后。王祝唯联系了谢颜好几次，现在秦昊成出事，公司和他解约了。王祝唯手上只剩谢颜和另一个没什么潜力的小歌手，而谢颜这段时间正好赶上《入鞘》大火，虽然热度赶不上流量，但至少不再是默默无闻，真爱粉不多，路人粉却不少。加上他的优势实在太大，长得太好，演技又突出，忽然运气来了，只要不出什么岔子，肯定是会大红的。

王祝唯现在的心思全放在谢颜身上，亲自送他进的拍摄地点。

节目组集合的地点在一个山脚下。谢颜到的时候，除了四个常驻主持，四个邀请嘉宾也来了两个。大约十分钟后，最后一个嘉宾也来了。

谢颜从化妆室出来，第一眼看到的就是在不远处站着的阮安宁。她很活泼地同这次来的一个女嘉宾开玩笑，逗得人家喜笑颜开。

几位常驻主持负责活跃气氛，大家纷纷自我介绍起来。

这次来了四个嘉宾，除了谢颜，还有一对年轻夫妻和一个中年男人。

那个中年男人长得很正派，笑着同谢颜握手："谢颜是吧，最近拍的《入鞘》里你演得很好啊，现在正是你们年轻演员发展的好时机啊，呵呵，抓紧把我们这些老头子的位置顶下去。"

他叫王仲道，在电视剧圈很出名，常演生活剧主角，收视率很高。可谢颜不太看电视剧，大多时间都看电影，其实对王仲道不怎么熟悉。

不过谢颜很厌烦这个人，从他和自己握手的那一刻起。

因为王仲道握手的方式太用力也太亲密了。谢颜察觉到后，低头笑了一下，似乎是为了配合王仲道才偏了一下身体，实际是为了遮住大半个摄像头。又更用力地握住了王仲道的虎口，他力气太大，逼着对方面色一变，不得已地放开了自己的手。

谢颜挑起嘴角，无所谓地笑了笑。

另一对夫妻又活泼又开放，丈夫叫吴云，是一个新晋导演，拍悬疑片出身，曾多次获得独立电影的奖项。妻子是个混血模特，叫作丽贝卡，身材高挑，模样漂亮，虽然是在国外长大，普通话却讲得很好。

谢颜和每一个人打过招呼，最后一个是阮安宁。

他从阮安宁身前走过，背对着摄像头，同她虚握了一下手，说："你好，我是谢颜。"

阮安宁没有抬头看他，只是轻轻说了一句："你好，我是阮安宁。"

彼此介绍完后，导演从幕后走出来，说出这次求生的地点，就是这座山的山顶。这次求生的场所不算太出格，但是要求比较严格，不能携带除了手机和剧组赠送的旅行包外的任何物品。上山后，如果出现影响到行动的病症就要立刻退出，转为观看席。在场的八个人将分为三组，吴云、丽贝卡夫妻绑定，剩下来的人要抽签决定在哪一组。每天的任务是采集浆果，捕获猎物，七天后剩余的食物最多的一组获胜。获胜后将以那一队的名义将888888元捐献给附近的一个山村小学，用作营养午餐费用。

不过在上山之前，首先要确定分组。

也不知是什么样的运气，抽出来后，谢颜、阮安宁、徐华意正好一组。剩下来的两组分别是汪远、王仲道和吴云夫妇、陈陌。

阮安宁听到这个结果，似乎愣了一下，不过很快就又像平常那样笑了起来，脸颊上露出两个小酒窝，很可爱的模样："接下来的七天，麻烦谢哥多照顾了。"

谢颜点了一下头。他知道阮安宁依旧没有看自己，一眼都没有。

徐华意从节目组那里拿好三人的旅行包，发给谢颜和阮安宁。

徐华意朝谢颜笑了笑，压低声音说："你别害怕，节目组不会太为难我们的。"

谢颜怔了一下，他走在徐华意身边，摇了摇头。

阮安宁似乎没有听到他们之间的对话，一个人走到前面了。

这座山虽然不算高，可爬到山顶的时候已经是下午了。

他们的旅行包里背着帐篷、被子、火柴和几件衣服，其他的一无所有。

徐华意在山顶转了一圈，决定安营扎寨。他和阮安宁已经有过好几年的经验，扎帐篷特别快。谢颜虽然也提前学过，但还是显得笨手笨脚，要一点一点慢慢来。

徐华意和谢颜打了声招呼："你别着急，慢慢来。我和安安先去外面找吃的，等回来再帮你。"

谢颜朝他点点头，继续扎帐篷。

不远处是导演夫妇腻腻歪歪地扎双人帐篷，汪远倒是选了个离他们很远的地方。

谢颜扎完帐篷，没有出去，又将被子铺好，收拾了一些干柴火，堆在帐篷旁。

徐华意和阮安宁出去的时候已经很晚了，虽然节目组已经提前排查过这里的环境，但山路难走，他们找了些果子，晚上饥肠辘辘的三个人围着火堆，一人吃了一把果子。而隔壁一组连果子都没找到几个，因为太饿，还到这一组讨果子吃。徐华意将他们狠狠敲诈了一顿，对方全都答应了，可谓是十分卑微了。

吃完晚饭，又聊了会儿天，众人就各自回帐篷休息了。谢颜换了件衣服，躺在硬邦邦的被褥上，今天第一次打开手机。节目组虽然让他们带了手机，可在山上不能充电，手机电量用完了就是一块板砖。谢颜想着要留着电同傅青联系，就直接关了手机，要用的时候再开。

他打开手机，微信窗口弹出了傅青的消息，上午十点发的第一条，下午三点又发了两条，晚上七点的时候又问他现在怎么样了。

刚刚发的是最后一条。

谢颜想了一会儿，每一条信息都认真地回了，可是山上的信号不好，谢颜的手机又破又旧，发不出消息，他看着那几个圆圈转了半天，最后变成红色感叹号。

他没办法，随手罩了件外套，打开帐篷去外面晃悠找信号。

摄影组的帐篷在山的另一边，今晚没有拍摄任务，外面安静极了。

谢颜转了几圈，才听到隐约的说话声。他本来不想背后听墙脚，准备转身离开的，却认出来是阮安宁的声音，正提起自己。

阮安宁问：“徐哥，你为什么做手脚，让我和谢颜分到一组？”

谢颜的脚步一顿，停在原处。

徐华意的声音压得很低：“这次来的那个王仲道，风评很差，汪哥说他经常占年轻漂亮的孩子的便宜，但他在外界的形象名声都好，拿他没办法。我和汪哥说好了，这次总不可能真随机，把你随机分到和他一块去了。你看汪哥都牺牲自己和他一组了！”

他的话顿了一下：“至于谢颜，也是个年轻男孩，长得还那么好看，本来有人就托我照顾他。你看他脾气那么软乎，进行业这才多久，就被人黑了无数次，经常被人欺负，不是那种欺负别人的性格。总不能羊入虎口，让他和王仲道一组，所以为了护着你们，我不就……暗箱操作了一下嘛。”

谢颜冷静地听完了徐华意的评价，不知道今天自己什么样的行为，带给他这么大的错觉。

阮安宁沉默了片刻，才问：“你说的那是谢颜？谢颜能那样？你今天才见到谢颜，和你说的对得上吗？”

徐华意辩解：“人家害羞不行吗？用冷漠的外表遮掩内心的柔软胆怯，你不懂也别乱说啊。总之现在汪哥和王仲道在一块，没别的事就互不招惹呗。”

阮安宁生性敏感，本来似乎是想要说话，却又察觉到了什么，忽然转过头。

今晚的月亮很圆，很亮，将谢颜的身影拉得很长。

阮安宁能看清谢颜的大半张脸，他的长相和从前比没什么变化。

阮安宁十九岁就走到了这里，对业界的了解当然很深，每天都关注外界的变化。从谢颜第一次上热搜时，她就认出对方了。即使这么多年过去了，谢颜依旧是美貌的、锋利的，似乎没什么人或事物能让他屈服。可阮安宁不想和谢颜接触，她对徐华意撂下一句，声音很轻：“别担心，我不害怕谢颜。”

徐华意倒是有些尴尬，毕竟是背后说人是非。他曾经为杨寻主演的电视剧演唱过主题曲，杨寻唱插曲，结果唱得太差，录音室都救不过来，他就去教了杨寻唱歌的技巧，两个人就这么认识了，而且关系还不错。

前几天杨寻给他发消息，请他多照顾谢颜一点。徐华意这么有义气的人，当然是义不容辞，连黑箱都提前搞好了。但是杨寻千叮咛万嘱咐不能让谢颜知道，说谢颜脸皮薄，性子害羞，自尊心强，怕他难堪，结果第一天就露馅了。

徐华意镇定地想，反正谢颜又不知道是谁，没关系，一切就当无事发生。

谢颜走到他面前三步开外的地方，问：“是杨寻。”明明是疑问，他说出来却是陈述的语气。

谢颜就站在徐华意的面前，个子比对方高大半个头，半垂着眼眸，微抿着唇，冷淡而锋利的目光落在徐华意的身上。

徐华意还想要再狡辩一番，可被谢颜的气势逼退了，点了下头，还添了一句：“要是王仲道骚扰你，你就这么对付他。汪哥说他只敢欺负胆子小的，你这样他肯定不敢了。”

谢颜冷漠地想，行吧，回去再找杨寻算账。徐华意果然不愧是能和杨寻玩得这么好的人，性格真般配。

他低头看了眼手机，消息已经发出去了。

傅青也回了一条，说：“晚安。”

谢颜轻轻笑了笑，眉眼都很柔软的样子，关掉了手机。

第二天一起床，所有人都是饥肠辘辘的。徐华意觉得不能只靠着野果度日，这样很难活过七天，就打发谢颜和阮安宁找野果去了。

两人沉默地走在寻找果树的路上，节目组的工作人员扛着摄影机，在后面跟着。

阮安宁没有强迫自己去和谢颜交流，因为如果两个人都不说话，没有爆点，节目组只会剪掉这一段剧情，不会放出来。

昨天找到的果树上已经没多少果子了，他们要去更远的地方。

他们往这座山的另一边走，发现了一棵长在半山坡上的果树，树干粗壮，枝头缀满了红彤彤的果子。阮安宁做了这么多期节目，对于一般野外可食用的果子都很熟悉，对着镜头介绍了一番，语气活泼甜美。

谢颜不记得阮安宁小时候叫什么名字了，不过记得那时阮安宁是个很沉默的女孩，也很害怕自己。

现在她长大了。

那棵树不高，谢颜伸手就能够到缀在下面的果子，可果子大多长在枝头，阮安宁一撸袖子就要往上爬。

谢颜说："我来吧。"

阮安宁笑着拒绝了："不用谢哥，我可是爬树高手，你看看。"

随着她的这句话，身后刚才好久没动弹的摄影机总算是开始移动了。

谢颜便不再阻止了。他大概也能猜出来，方才两个人没什么话，拍出来的镜头都用不上，阮安宁得自己制造出一些导演觉得有价值的、观众感兴趣的镜头来。

阮安宁的确很会利用自身优点，爬树摘果子的时候也不忘面对着镜头，介绍什么样的果子好吃。谢颜负责在下面接果子，还看着阮安宁，怕她不小心掉下来。

没过多久，山上又下来另一个人，是王仲道。

昨天谢颜让王仲道吃了个大亏，王仲道知道谢颜不好惹，只想着以后给他下绊子，让他进不了剧组，另一方面的想法倒是消失得无影无踪。可剧组里还有个活泼可爱的小女孩，只有十九岁，鲜嫩得很，让王仲道很心动。

今天又恰好遇到了阮安宁，王仲道没打算做多过分的事，只不过是碰一碰罢了。

谢颜看到王仲道时笑了笑，要将衣服里兜着的果子分一半给王仲道：“王老师，尊老爱幼，怎么能让您爬树？”

王仲道笑着说：“怎么能占你们年轻人的便宜？我年纪还没大到爬不动树的程度，你就在下面等着。”

几个摄像头恨不得凑到他们的脸上，谢颜也不能再推托，只是对阮安宁说：“应该够吃了，你下来吧，让王老师多摘些。”

王仲道已经在场外指导的帮助下，笨拙地爬上了树。树荫繁茂，若是刻意藏起身形，外人根本发现不了王仲道的动作。

谢颜皱着眉，仰着头，看着树上的动静。阮安宁个子小，已经完全看不到她了。

不知里头发生了什么，树干忽然剧烈地抖动了一下。

摄影师这边已经准备将摄像机架到树下，准备拍摄里头的情况，可是还没来得及站上去，就传来一阵短促的尖叫声。

树叶散落，阮安宁从上面掉了下来。

周围的工作人员还没反应过来，谢颜已经当机立断地将果子全扔了，接住了落下来的阮安宁。

树不高，下坠的力量也不算很大，可这是在山坡上，谢颜接到了阮安宁，可脚下不稳，直接往后跌了下去。

谢颜将阮安宁抱在怀里，往下滚了几圈，最后才停了下来。

谢颜松开手，阮安宁站起身，周围的工作人员急急忙忙地围上来，导演组也正在往这边赶过来，谢颜觉得有些头晕，他摆了摆手。

节目组的医生也赶到了这里，检查了一下。幸好这里虽然是一个山坡，可地面平整，谢颜只是被石头刮伤了皮肤，没有大碍。

导演紧张地问谢颜：“你要是还不舒服，就别参加节目，先回去吧。”

谢颜平静地说：“没关系，不是大伤，没什么问题。”

听了这话，导演的脸色才舒缓了些，他想了一会儿，笑了笑：“那这个消息，你觉得现在可以放出去吗？”

《我们今天要去哪儿》的热度的确很高，透露出这种受伤的消息，肯定会在短时期内吸引很多关注，不仅是谢颜上的那一期有热度，下一周播放的一期收视率也会升高。不过导演确实人品不错，没有擅自就把这个消息放出去，而是先问了谢颜的意见。

谢颜怔了怔，点了下头。

节目组将谢颜送回帐篷，他自己涂了药，还是觉得有点头晕，窝在被褥上慢慢睡着了。

醒来的时候，外面的天就黑了。

谢颜感觉好多了，从枕头下拿出手机，打开，推送的头条就是《我们今天要去哪儿》的谢颜为救阮安宁受伤。

傅青的微信窗口也弹出来了，发了很多条消息，其中夹杂着几条语音。

谢颜点开一条，傅青的语调和平常很不同，他问：“怎么了？小谢受伤很严重吗？要不要紧？”

谢颜一条一条地点开，最后一条是不久前才发的：“开车来找你了。”

谢颜怔了怔，不知道该怎么回傅青，却又弹出一条消息。

“开玩笑的，我没有去。剧组没把你送回来，受伤应该不严重。等小谢开机的时候，告诉我还疼不疼？”

谢颜知道傅青肯定是很担心的，就连最后一句话应当也不是玩笑，而是真的来了，或许开到半路上，又想到这样可能会给对方添麻烦才停下来了，再说出下面那句话。

综艺和电影不同，电影剧组只是拍摄一段时间，而综艺几乎是全天跟拍，这又是在荒山野岭，周围全是节目组的人。要是傅青来了，几乎就是人人皆知，大概很不方便。

傅青应当是想到了这一点，所以才说是开玩笑的，不再来了。

可谢颜不想让傅青担心，特别是还有五天不能见面。他想了片刻，决定把伤口的照片拍给对方看。

其实谢颜伤得不太严重，手臂上浅浅的擦伤早就不再流血了，只剩下细微的几道伤痕。

不过掀开衣服，肋骨和小腹全是大片大片的瘀青，很明显地烙印在雪白的皮肤上，甚至有些触目惊心了。

谢颜碰了一下，感觉有点疼。

他拍好了手臂的伤口，犹豫了片刻，想着要不要再拍身体上的。虽然他自己感觉很无所谓，但看起来还是有些吓人的。

拍这些是为了让傅青放心的，总不能让他看了照片更放不下。

可谢颜想了一会儿，还是决定要拍。毕竟是在山坡上滚了好几圈，只有手臂上的那几道伤口显得太假太敷衍。而且根据傅青的经验，应该很会判断伤势，不会以为很严重的。

谢颜这么想着，撩起上衣，露出伤口那处的皮肤，可怎么也拍不好。

帐篷空间太小，就那么丁点大，谢颜只能半蜷起来，可这样衣服就会往下掉，遮住伤口。他试着躺下去，衣服倒是不会再掉，可是光线不好，他挑了好几个角度，都拍得太模糊了。

谢颜折腾了好一会儿，不仅要拍出伤口，姿态还不能不好看，难度陡然变大，连一张能用的照片都没拍下来。

谢颜想了片刻，依旧是半蜷着的姿势，后背倚在枕头上。他撩起衣角，用牙齿轻轻咬住了，将裤腰往下拽了拽，露出胸口、肋骨，小腹处的皮肤，上面布满了大片大片的乌青。

帐篷里很安静，只有挂在一边的灯火摇摇晃晃，连光线都是乱糟糟的。

谢颜半仰着头，从脸颊红到耳朵，面对着镜头却不看，只用余光去瞥上面的自己，好不容易找到合适的角度，却因为拿着手机的手在轻轻发抖，好几张都拍得模模糊糊，看不清楚。

兴许是因为太专注了，谢颜没有听到帐篷外传来的脚步声。帐篷的拉链并没有拉严实，有人从外面打开，探头进来。

是阮安宁。

谢颜见到人才反应过来，手一抖，手机砸到肋骨瘀青的地方，却只是皱了下眉。两人的目光相对了三秒钟，依旧只有沉默。

“对不起，打扰了。”阮安宁迅速把脑袋缩回去。

谢颜低声骂了一句，简直想杀人灭口。

不过冷静三秒钟后，他又若无其事地松开衣角，脱了那件衣服，随手找了件新的套上了。

他闭着眼，揉了把脸，冷淡地说：“进来。”

阮安宁拉开拉链，脱了鞋，规规矩矩地爬了进来，装作无事发生地解释了一下刚才的事：“我就是想看看你睡醒了没有……下午我来看过几次了。”

她个头小，上半身也短，仰着头，抬着眼看着谢颜。这或许是她人生中第一次正面看着谢颜。

小时候阮安宁和谢颜在一个福利院，那时候她年纪还小，周围的人都很害怕谢颜，说他心情不好的时候就会打人，而且十天有八天心情都不好。她很胆小，很害怕挨打，宁愿献上自己的吃的，都不会和人起冲突。她从来都离谢颜很远，偶尔遇到也躲在一边，从不交谈说话。不过她还是会好奇，那个坏脾气，一天到晚打人，没人敢招惹的谢颜，究竟长成什么模样。

谢颜从小到大都是人群里最突出、最好看的那个。她有些羡慕那样的谢颜，不过只是藏在心里，谁都没告诉。

阮安宁这样看了谢颜好一会儿，才低声说：“谢谢你。”

谢颜倒没有很放在心上，他对阮安宁有一种很特殊的感情，所以过了这么多年，还是没有忘掉她。

阮安宁笑了一下：“是为了以前的事，很多年前就欠你的了，没来得及说出口。”

当年那件事发生过后，谢颜被送进医院，为了不对孩子产生影响，阮安宁被紧急送到另一个城市的福利院。临走前，有人问阮安宁要不要去看看谢颜，她没有去。

提起这些事，阮安宁的声音还是有些发涩：“因为太害怕了，很怕有人提起当年的事，所以装作什么也不知道。真是很对不起。”

谢颜低眉敛目，却很认真地说：“没关系，不会有人知道的。”

阮安宁知道，他的这句话是承诺，永不会把这件事说出去。

她抱着膝盖，提起从前的事：“小时候大家都很怕你，我也怕。不过，谢哥真的很好。这次也是谢哥救了我。”

谢颜难得地犹豫了片刻，不知道该不该问发生了什么。

当年阮安宁去了另一个福利院，在全新的环境里，她的性格一下子强势起来，至少看起来如此。

她想了一会儿，开口说：“王仲道真是挺恶心的。动手动脚的人很多，但是像他胆子那么大的还是少数，我觉得他应该是有恃无恐吧，觉得我不敢反抗。不过他的确在电视剧圈子里很厉害，拿他没办法。”

阮安宁转过头，问：“谢哥怎么会想要进这里？”

谢颜没对阮安宁说的“拿他没办法”提出质疑，只是说：“我很喜欢演戏。”

阮安宁似乎很意外：“是吗？真没想到，我当主持就是阴错阳差，但既然当了，而且报酬高到从前的我难以想象，就一直当下来了。”

她说到这里，停了一下，又对谢颜笑了笑，露出两个小酒窝：“最感激的是你曾经帮我抗争过，让我知道不只是忍耐，还有别的可能性。”

谢颜还没来得及回答阮安宁的话，听到她忽然说：“可是在演艺界我是你的前辈哦！你才二十一岁，又是走爆红的小生路线，最好别谈恋爱，谈了很耽误人气发展的。”

谢颜冷漠地说：“没谈。”

阮安宁不听他的解释，而是继续教授他做明星的道理，都是至理名言：“即使谈了，恨不得同生共死，也不要发那些暴露的照片，分手后真的容易出事。”

谢颜皱着眉：“他不是那样的人。”

阮安宁不愧是主持人，立刻抓住他话里的把柄：“不是说没谈恋爱吗？”

谢颜说："是我哥，不行吗？"

阮安笑了笑："哦，是你哥。不过，我不会在外面乱讲的。"她希望谢颜能够遇到很好的人，所有的愿望都能圆满地实现。

外面传来一阵很轻的声音，是徐华意在问："安宁，谢颜醒了吗？烤鱼做好了。"

其实本来的规则是在捕捉到第一个肉食食材后，节目组才会送上烹调用的锅碗瓢盆，可是谢颜为了保护阮安宁受伤，节目组作为奖励，送给了他们组一张渔网。徐华意在节目中无数次用过这玩意儿，驾轻就熟地捉到了好多条鱼。

谢颜随手拿了件外套，说："醒了。"

他看了眼手机，有关手臂上的伤口的图片都发出去了，而最后发的两张，第一张图片旁边是一个巨大的感叹号，第二张图片还在转。

山里的信号太差了。

节目组这次选定的地点离济安三百公里，开车需要三四个小时，傅青开到了一半，停在路边，给谢颜发了那条说是开玩笑的消息，却没有回去。

他在路边站着断断续续抽了小半盒烟，手机才振动了几下，收到了那几张照片。

是手臂上的伤口。

谢颜的手臂很白，上次被划破的伤口还有一道明显的伤疤，这次又多添了几条。

他说："傅哥别担心，没受什么伤，也不疼的。"

傅青想不明白，小谢为什么总是在受伤？这次又是为了什么？好像是接一个从树上掉下来的女孩子。

傅青有时候会希望小谢的心就和平时表面上装的那样硬，不会轻易为了别人的事让自己受伤。

可谢颜的心是很柔软的，他那样的性格是无法改变的。

傅青看过新闻上的图片，按照那样的力度，谢颜受的伤绝不仅仅是这么点，他在等接下来的照片。

他漫不经心地想，或许别的地方伤得严重，谢颜就装作无事发生，不会再拍照片了。

要怎么做呢？

一定要拆穿谢颜。小朋友怎么能骗人？

莫复打了个电话过来，实际上他之前也打了很多个，傅青都没接。

这一次电话打通了。

莫复急急忙忙地问：“周真说你不在，你不会真去找谢颜了吧？”

傅青一直沉默着。

莫复只好接着说：“其实谢颜没下山回来，说明他伤得肯定不严重，真的没必要去，去了你让谢颜怎么招待你，他自己都是在节目组的摄像头下……”

傅青打断莫复的话，但咬着烟，声音有些含糊：“去了，在半路上，现在停了。”

虽然莫复已经想到了，可还是倒吸了一口凉气：“你在谢颜的事情上，真是挺不理智的。”

莫复赶紧结束有关谢颜的话题，企图用重要的事把傅青引入正途：“许小红和你说了许三的事情了吗？许三在他那儿待了挺久了吧，也不和你说，他什么意思？”

傅青半垂着眼，目光落在忽明忽暗的烟头上：“无所谓，我心里有数。”

许小红无论同不同他哥一起做事，傅青都不意外，毕竟人心隔肚皮，即使他是看着对方长大的，也不会妄下断言。

傅青的手机又振动了几下。

路上没有人，他直接开了免提，打开微信界面。

谢颜说：“只有这些了，可能是我太白了，其实不严重，也不疼了。”

是两张新的照片，在没有打开原图之前，只能看到一团模糊的影子。

图片缓冲了两秒钟，终于清晰地呈现在傅青的眼前。

傅青挂断了电话，看了很多眼很白的皮肤上有几道瘀青。

他发了条语音过去，声音很低：“小骗子，明明很严重。还有别的伤口吗？

我不信你的话了。”

言语间似乎已经对谢颜失去了信任。

那边的最后一条消息姗姗来迟，谢颜也发了条语音，他问：“傅哥到家了吗？”

外面生了火，徐华意坐在那儿烤鱼，他捉的四条鱼全烤了，想得倒是很美滋滋，以后靠吃鱼为生，野果子可以存起来当筹码。

谢颜一坐下，徐华意就把一条烤好的鱼递过来，说：“你要是伤口还疼，明天就继续歇着吧，有渔网之后，咱们肯定是吃喝不愁的了。”

谢颜没有推拒,咬了一口,果然烤得很好,不愧是参加了这么多季节目的人。

谢颜先讲了句谢谢，又继续说：“没什么事，明天就可以出去了。”

听他这么说了后，徐华意也没有再劝，毕竟上节目肯定是为了吸引人气。如果一直待在帐篷里睡觉，也不会有镜头，还不如回家睡。

他们三个人开开心心地吃着烤鱼，远处却走来一个人，后面跟了一台摄影机。

谢颜抬起头，看到那人是王仲道。

王仲道径直走到谢颜身前：“小谢你醒了？”

谢颜放下烤鱼，站起身，朝他点了点头。

镜头集中到了他们两人的身上，王仲道开始了他的表演。

他演过很多年的戏，对于这种情景驾轻就熟，脸上满是真诚的歉意：“都是我不好，非要不自量力上那棵树，结果树上的空间太小，都是我的错，这才使你被不小心掉下来的小安砸中了，受了伤。”

阮安宁也站起来，笑得甜甜蜜蜜：“王老师在树上可能没看到，谢哥不是被砸中，而是一直在下面看着，特意接到我的。”

王仲道面色一僵，很快又恢复过来：“是吗？我没看到，后来大家又忙着给谢颜看病，没人和我说。”

阮安宁咬了口烤鱼，含糊地说：“王老师现在知道了。”

谢颜一直垂着眼，火光在他的脸上跳跃，他的脸色一直很平静，甚至朝王仲道笑了笑："没关系，王老师也不是故意的，劳您费心了。"

空气里弥漫着烤鱼的香味，王仲道不自觉地瞥了一眼，目光又很快移开。

徐华意手边还有一条烤好的鱼。若是别人来，他肯定是要分半条鱼给对方的，可这是王仲道，他就是扔了都不想给。

谢颜转过头，对徐华意说了句话，将最后一条烤鱼拿起来递了过去："王老师来这一趟辛苦了，正好还多了一条，你带回去吧。"

对于王仲道来说，连啃两天野果子是很为难的事，现在有烤鱼可以吃，他连推拒的意思都没有。

道完了歉，又拿了条烤鱼，王仲道收获颇丰地回去了。

谢颜沉默地看着王仲道离开。

徐华意很愤愤不平，又不敢在镜头前表现出来，只好发了条信息问汪远："汪哥，王仲道从我们这边拿了条烤鱼，他回去有没有分给你？"

汪远好半天才收到消息，回了一个冷漠的表情："别说烤鱼了，鱼味都没了。"

谢颜对徐华意说："明天可以教我捕鱼吗？"

徐华意愣了一下，没有拒绝。

吃完烤鱼，夜也深了，节目组的人也去了休息的地方。

阮安宁也要回自己的帐篷，一边和谢颜往回走，一边低声说："谢哥，这事都过去了，没必要动手。"

她刚刚打岔就是因为这个原因，谢颜从前给她的印象太深，真的是刺头中的刺头，打架动手没停过。

谢颜漫不经心地说："我知道，没必要。"

如果王仲道真的做了什么不可挽回的事，谢颜当时就动手了，可现在在镜头下动手实在是没必要，总有别的办法。

谢颜回去后才拿出手机，电量只剩下一点了，他打开微信，上面有几个红点，果然是傅青发来的信息。

他点开来，是傅青的声音。

傅哥说他是骗子。

真的吗？

谢颜怔了怔，又听了一遍。

“小骗子。”

他用力地咬了一下嘴唇，心里想这句话的意思。原来他在傅哥心中的形象已经如此糟糕了吗？从乖崽堕落成了小骗子。

谢颜想了一会儿，还是很不服气：“别的地方没有受伤了，真的。”

网络延迟很严重，谢颜发的语音一直在转圈，不知道什么时候才能发出去。

他点开下一条语音，前面停顿了好久，他以为是信号不好，正要重新点开的时候，傅青的声音才缓缓地传出来，说：“……没回家，在半路等你的照片。”

谢颜的心跳骤停了一拍，他没猜错，傅青果然开车来了，只是在半路又觉得这样不行，才会说不过是开玩笑，不想叫自己担心。

为了让傅青不要担心，他已经拍过一次照片，那么这一次也没什么大不了的。

谢颜想了片刻，还有什么地方容易受伤。手臂和胸口已经拍过了，从他多年打架的经历来看，剩下来的只有后背了。腿虽然不太容易受伤，但是为了让傅青放心，他还是拍到了大腿的位置。

帐篷里只亮了一盏灯，因为点了太久，已经电量不足，灯光是橘色的，模糊又昏暗，照得帐篷里的一切都是影影绰绰，重重叠叠。

谢颜脱掉了上衣，用手机对着自己的后背，难免会拍到前面，其实没什么，彼此都是男人，也没什么好害羞的。可谢颜姿势扭曲地看了会儿镜头里的自己，还是将上半身贴到蜷起的腿上。

模糊的光全映在了他的后背。

脸是半偏过去的，只露出小半边脸颊，用眼角余光看着身后的镜头。

谢颜的后背很好看，很瘦，脊柱沟明显地凹下去，肋骨分明，覆着薄薄的皮肉。

他的头发有些长，因为姿势的缘故，压在鬓角的黑发落到了脖颈间，他的皮肤很白，像是初落的雪，头发却很黑，是鸦羽的颜色。

纯粹的黑与纯粹的白映衬在一起，却丝毫不显得寡淡。

他的漂亮就是这样的，无意识的锋利与动人。

收到照片后，傅青告诉谢颜自己准备回家了。

谢颜放下心，睡得很好。他以为这些照片足以让傅青不再担心，能够安稳地回家，但傅青并没有如他所愿。

在录制的第三天，谢颜醒得很早，他烧了点热水，去和徐华意学怎么用渔网。

渔网的用法不难，谢颜很快就学会了，不过没有徐华意用得熟练。

到了下午的时候，已经网了好几条鱼，两个人回去的时候满载而归。

谢颜没有做过饭菜，杀鱼也不太熟练，跟着徐华意一步一步地学。三个人围成一圈说闲话，也不在意会被拍到。因为收拾这种东西的画面总是很血腥，即使拍出来也不能放到节目里，所以摄像机不会盯着他们。

阮安宁一边将剖好的鱼放在盆里清洗，一边对谢颜说：“其实王仲道的事，大家心里都有数，他做事很小心，业内那么多人被骚扰，也没有证据。即使有证据，也很难拿到台面上说，毕竟还要在屏幕前保持自己的形象。”

就像是阮安宁，她宁愿从树上跳下来，也不会在电视节目上说被骚扰了。

王仲道做事就是这样，他的演技很好，在大众面前的形象也不错，有固定的导演会用他。他用的手段很低劣，并不是看名气挑选骚扰对象，而是选那些性格不太强硬、很注重形象、不敢反抗的人。比如他和杨寻也合作过，规规矩矩的，一点多余的动作都没有，还教了杨寻很多演戏的技巧，杨寻甚至还以为他是很好的前辈老师。而且光是肢体上的骚扰很难界定，或者说仅仅是这样很难让那些人赌上前程揭发这件事，只会想着，忍一忍就过去了。

徐华意也叹了口气，算是默认了阮安宁的话。

谢颜的动作一顿，听了这些话，似乎不为所动，很漫不经心地说：“那是他们。如果可以在别人面前揭露他的真面目是很好。可对我来说，也不必要讲证据，他和我有仇，那么找机会还回来就行了。不用别人审判，我自己就可以。”

谢颜一直是这么做的。他从小到大，大概没怎么主动招惹过别人，可是麻烦总是不断。他并不寻求福利院那些工作人员的帮助，兴许有用，可他没想过。惹了那么多麻烦，也有他自己性格上的原因，有些事情服个软认个㞞就可以了。但对于谢颜来说，宁愿打断骨头，他也不会那样。

徐华意愣了一下，似乎没想到谢颜会说出这样的话。

他看到谢颜将杀好的鱼递给阮安宁。谢颜的手腕很细，皮肤白到近乎透明，能很清楚地看到里面青筋的颜色，像是很苍白脆弱，和杨寻对自己描述的很相似。

可其实不是这样的。

谢颜瞥了一眼远处的摄像机："而且只要不被拍下来就是安全的。"

就像是王仲道用业内的潜规则保护自己，那也可以约束他。只要不被摄像机拍到，即使王仲道想要闹事，这一切都是不存在的。

吃完午饭，谢颜同徐华意打了声招呼，自己一个人练习捕鱼去了。

大约两个小时后，阮安宁听到王仲道落水的消息。虽然河水不深，工作人员很快就把王仲道从水里捞上来，没什么大事，但本来就不会游泳的王仲道还是被吓得够呛，直接让导演打电话给经纪人不参加节目回去了。

所有人都去了王仲道的帐篷，在经纪人赶来之前一个一个同他道别，谢颜是最后一个，经纪人已经来了，说要和王仲道说一些私人相关的事，节目组只好暂时退出去了。

王仲道咬着牙问："你是故意的！"

下午他出去找果子，在河边遇到谢颜。他昨天吃了那条鱼，实在忍耐不了一直吃野果和压缩饼干的日子，便想向谢颜讨一条鱼。可谢颜说这些鱼是他们组的公共财产，实在不能送给他，但是总不能拒绝王老师，便答应将渔网借给他。谢颜教会了他如何使用渔网，可他自己捕鱼的时候，却不小心栽进河里了。

谢颜当然是故意的。从给出那条鱼，到遇到王仲道，最后是那个站不稳的泥滩，都是刻意选好的。

可这些都不能说出口。

王仲道的经纪人也气急败坏，逼着谢颜承认。

谢颜连一句对不起都没说，他只是说自己是不小心。

王仲道也拿他没办法，只好愤恨地说：“好，你给我等着。”

谢颜半垂着眼，里头没有一丝感情，他的声音很轻，冷淡且不耐烦：“我并没有坏心，可王老师这么说，那我就等着。”他说完这句话，就掀开帐篷离开了。

王仲道是不会把这件事闹出来的，他没有证据，也没办法堵住所有媒体的嘴，让人不要问为什么谢颜会做这件事。

随着王仲道的离开，节目录制的第三天也在意外事故中结束，不过剩下来的七个人关系都很融洽，汪远还对着导演大喊：“我们组只有我一个孤家寡人了！救救孩子！我一个人真的吃不饱啊！”

节目组看他实在可怜，询问了一下他的意见，可以并入现在剩下的两个小组的其中一组。

汪远很直接地表示要进徐华意他们组，连犹豫都没有，为了能吃上鱼立刻抛弃和另一组的兄弟情。

在录制的第六天晚上，徐华意邀请另一组的三个人来他们这边。虽然说是比赛竞争，但到底是综艺节目，也没必要多较真。

七个人围着篝火，和谐友好、狼吞虎咽地吃鱼。

吃完饭，照例该来一点别的活动。节目组只送上了一副牌，任由他们发挥。七个人一副牌，实在是没有办法，最后只好抽牌比大小，牌面最大的人可以向最小的那个提一个问题。

这个游戏流程简单，但对于提问的双方都很难。首先是提问的人不能问令人为难的尴尬问题，而回答的人如果想要吸粉，说的话也得有梗。

玩了几轮后，大多都是问一些不痛不痒的问题。

徐华意洗好牌，将牌举到每个人面前，谢颜是第一个抽的，他不太在意，很随意地拿了牌组上的第一张。

他的运气不太好，翻开来是一张红桃三。

如果没有意外，他拿的一定会是最小的那张牌了。

阮安宁抽到了红桃二，和他只差一个数字，却天差地别。

她对谢颜得意地笑了笑："谢哥，我要好好想想问你什么啦。"

只可惜话音刚落，另一句话接过来："不好意思，我的牌更大。"

吴云摊开手，上面摆了一张大鬼。

徐华意意思意思抽了一张，叹了口气，很失望地说："唉，看来轮不到我为难谢颜了。"

吴云搂着丽贝卡，将鬼牌随意地撂在一边，漫不经心地说："谢颜今年是不是二十一岁了？这个年纪，那就问……"

周围所有人的目光都聚集在吴云身上，摄像头也聚焦在吴云的脸上，他顿了一下："你现在有喜欢的人吗？"

阮安宁的呼吸一顿。在现在的演艺界，即使明面上没有恋爱禁忌，但脚跟未站稳的明星也最好不要谈恋爱，会很影响之后的路线。

谢颜坐在吴云的对面，想了片刻。

其实也没什么好想的，谢颜长到这么大，从没喜欢过一个人，他摇了摇头，语调平静："我没……"

他们围着火堆而坐，周围都是高树，树影影影绰绰，落在谢颜的脸上，很沉郁似的。

谢颜的话停在那里，有三秒钟，却不能继续说下去。

他顿了顿，轻轻道："我不知道。"

阮安宁只觉得要命。她偷偷转过头，看到站在摄影机后面的导演很兴奋，这是一个太容易炒作的话题了，肯定能使节目收视率再升高一点。

吴云对这个答案很不满意："你都二十一岁了，连喜不喜欢都不知道吗？"

谢颜皱了皱眉，似乎是反驳："我从前又没喜欢过人，怎么知道什么是喜欢。"他不想对别人说假话而已。

阮安宁急得要命，只想让谢颜闭嘴。

她戳了一下徐华意，徐华意立刻会意："问题问完了啊，开始下一轮了！"

接下来的问题又变成了不痛不痒，没有再涉及感情生活了。

第七天的中午，录制正式结束，徐华意他们组拿到了奖金，还去那个小村庄走了一趟。

王祝唯来节目组接谢颜回去，临走前，徐华意说：“其实我们节目组一直都很和谐的，这次不知道为什么会请王仲道，你不要对综艺节目有不好的印象啊！大多数主持人还是很友好的，一个行业的人，抬头不见低头见，那些过分的事，不至于，真不至于。”

谢颜点点头：“我知道。”

他低头无意识地摸了一下胸口的翡翠吊坠，其实已经不太记得王仲道的事了。

拍完综艺后，《入鞘》也正式播完了。严初之最后自刎于大殿之上，他想起年少时的自己，以回忆里的那个严初之结束了自己的一生。同时，主题曲缓缓响起，《入鞘》也结束了。

这个故事以复仇开始，又以复仇结束，求仁得仁。

《入鞘》完结后热度和讨论度丝毫没有下降，反而引起了新一轮的热潮，与此同时，几个演员的人气都有所上升，谢颜虽然不是主角，但也人气大涨，在网上的数据很好看。

现在王祝唯对谢颜上心极了，去哪儿都跟着，普通单纯消耗人气的通告都推了，只有真正有用的才会接。

他毕竟当了这么多年经纪人，现在谢颜眼看着又前途无量，公司也愿意给资源。他给谢颜争取了一份归家慈善晚会的邀请函。

这个慈善晚会和普通凑热闹的“野鸡”晚会不同，主要是帮助意外丢失孩子的父母和与父母失散的孩子寻回亲人。近些年来这个话题越来越受人重视，而归家已经承办了很多年了，主办方出了大笔资金，和专业机构联合办了个网站，各地都有大量志愿者活动。

而每年的八月份，就是这个慈善晚会总结过去一年成果的时候。晚会邀请了很多明星，主办方亲临，还有志愿者和找回亲人的父母或孩子讲述自己的亲身经历，到场媒体如云，在演艺界也算得上是一件大事。

除了拿着邀请函的谢颜，别人都进不去。王祝唯还是不放心，临走前还叮嘱：“这份邀请函来得不容易，好好把握机会，多上几个镜头，多结交几个人，以后都有好处。”

谢颜径直走进去了。

晚会是在主办方提供的一处豪宅举办的。里面四处都是人，服务员领着谢颜坐到邀请函上标明的地方。座位是根据名气和重要程度安排的，虽然谢颜近期的人气和知名度很高，但在满是业界前辈的晚会上就显得很不起眼了，所以坐在了一个偏远的角落。

旁边的位置空落落的，没坐几个人，大多都举着酒杯攀谈去了，剩下来的几个谢颜也都不认识。

周围人来人往，衣香鬓影，觥筹交错，镁光灯不停闪烁着，各种声音交织在一起，不能具体分辨是哪一种声响，仿佛又模糊又遥远。

谢颜一个人坐在自己的位置上，没喝酒，要了杯西瓜汁，喝了一口，入口很冰，味道很好，可还是比不上在傅家喝的。

他忽然想，不知道傅哥现在在做什么？

谢颜的西瓜汁喝了一半，有人在背后拍了一下他的肩膀，他一回头，看到那人是杨寻。

杨寻穿了一身收腰的白西装，他模样生得好，能衬得起这个颜色款式，在镜头下显得很好看。

他是杨家的二儿子，杨瑞的弟弟，位置排得很靠前，可他没拍两个镜头就跑到这里来了。他也要了一杯西瓜汁，和谢颜抱怨：“我哥开始都不让我来，说是这家人不怎么样，办的慈善晚会也少去。今年我是听说你要来，说好久没见了，而且慈善晚会这么多人，我要为你保驾护航，我哥才同意我来的。”

谢颜听完后，提出一个词：“保驾护航？”

杨寻很是嘚瑟起来：“可不是吗？谢哥你入行的时间太短，很多事不明白，经纪人又不顶用，我当然就义不容辞了。”

谢颜瞥了他一眼，问：“就像是上次和徐华意交代的那样？”

一提起徐华意，杨寻很猝不及防，没料到这件事会暴露，而且徐华意根本没和他说。

他还没来得及解释，谢颜就一字一顿地说："害羞、柔软、胆怯、经常被人欺负，是不是？"

杨寻讪讪地笑着："哎呀，这不是想让华意多照顾照顾你吗？这肯定得把话说得夸张一点，失实一点，我要是把谢哥的实际情况说出来，照顾的效果就大打折扣了。"

谢颜依旧看着杨寻，目光十分冰冷。

杨寻摆了摆手："好了好了，我下次不随便乱说了。我哥还说你根本不用我保驾护航，真是伤透了我的心。"

杨寻从小到大一直被别人护着，现在也想要护着别人，可惜谢颜本身的性格太刚，是真的没必要。

慈善晚宴的上半场主要聚焦在明星上台捐款，谢颜不想露脸，写了张三十万的支票，让服务员递上去了。

而此时已经进行到下半场了，主办方的代表上台讲话。那人西装革履，三十岁左右，面容严肃英俊，身量高挑。听说这个慈善晚会以前都是他的父亲出场，今年因为他接手家业，所以轮到他讲话，一举一动都很有风范，是典型的青年才俊。

杨寻讲八卦的声音太大，谢颜想不听都不行，他抬起眼，漫不经心地朝台上瞥了一眼。

谢颜怔了怔。

那人正好在介绍自己："……我是冯泓，欢迎大家来到归家慈善晚会。"

杨寻接着说："我听说是冯家的二儿子丢了，四处找不到，冯夫人伤心欲绝，冯老先生以己度人，才会创办这个慈善项目，愿意帮助天下失去孩子的父母和与父母失散的孩子。"

接下来的话，谢颜都不再听了，他扯了扯嘴角，觉得挺好笑的。

随着晚会往后进行，一对父母走上了舞台，哭诉与儿子分别三十余年，终于在归家的帮助下找到了孩子。

不仅场上的人在哭，场下那些被感动又或是没被感动的人也一起哭了起来。

谢颜被他们哭得头疼，实在听不下去，同杨寻说了一声，独自去外面透气。

他在看到冯泓的那一刻就想要提前回去了，可询问了服务员后，发现手续实在是麻烦，而且提前退场也确实太引人注意，才忍到了现在。

这座宅子很大，除了后院被用作慈善晚会，左边还有一个开放的花园用作游览，不过来慈善晚会的人大多都想要多拍两个镜头，对这里没兴趣。左边的花园空落落的，几乎没有一个人。

谢颜靠在大理石柱上，他有点想抽烟，可这种场合是不可能带烟的，只好作罢，看了一会儿不远处的喷泉。

不远处传来一阵脚步声。

谢颜往大理石柱后面避了避，听到有人问："先生，小姐说在家等着您。今晚您还有什么安排吗？"

那位先生便是冯泓，他摆了摆手："现在这么忙，我怎么有空回去。你让她安分一点，别自找麻烦。"

谢颜半垂着眼，无意听到这些话。

他大概能猜到那个小姐是什么人。

不过这都是些无关紧要的事，谢颜早就忘得差不多了，要不是今天遇到冯泓，他一辈子都不会再记起来。

冯泓是现在冯家的当家人，行程繁忙，行色匆匆，后面跟着几个助理，却都没注意到谢颜藏身的那个大理石柱。

谢颜没探头去看，听他们走远了，便从大理石柱后面离开。

冯泓正巧有事回来一趟，只看到了一个人转入拐角，露出小半张脸。

他目光一顿，在原处停了许久，直到助理问有什么事情没办，才如梦初醒，忽然说："别惊动别人，你现在去查今天来了哪些人。"

助理愣了一下，有些没明白过来。这都是公关提前做的事，冯泓没必要为这些细枝末节费心的。

冯泓又添了一句："不仅是那些邀请过来的嘉宾和志愿者，还有服务员，都要有完整的名单，附上照片，我要看。”

他几乎以为自己看错了。

晚宴结束后，谢颜同杨寻告别，走出这栋宅子，上了王祝唯的车。

张小风踩下油门，王祝唯坐在副驾驶的位置，问：“我忘了提前告诉你准备一张支票，这个慈善晚会是要捐钱的，要是不捐被媒体扒出来不太好看，你捐了没？”

谢颜对着窗户吹风，点了下头。

王祝唯继续问：“多少钱？”

谢颜轻飘飘地说：“三十万。”

他拍了两部戏，一个男主角，一个男配角，戏份相差甚远，可报酬都是十万块。那些钱都被谢颜拿去给傅青结账了，本来是没有钱了。可前不久接了《我们今天要去哪儿》，那个节目组是真的财大气粗，只不过是七天的综艺，就给了一百二十万的片酬。除去和公司的分成，谢颜还剩五十万，这钱来得太轻易，又没地方花，趁着这次的机会索性捐出去了。

“啊？”

王祝唯吃了一惊，那钱不是他自己的，他却很心疼：“你捐了三十万？有什么必要？就是去露个脸，不如拿那个钱多置办几件好衣服，炒炒热度。”

他想了一会儿，咬着牙说：“捐也捐了，只能这样了，我再找几个媒体炒一把，给你立个人设……”

谢颜打断他的话，冷淡地说：“这件事别炒。”

王祝唯还想再说什么，谢颜直接仰靠着闭上了眼。

他现在很烦，最好以后别提到他来过这里，以防被人注意。虽然冯泓应该不会记得他，也不会看那些报道，但他实在是不想和他们一家再牵扯上什么关系。

也许是谢颜的语气太强硬，王祝唯左思右想，觉得不值得为了这么点事就和谢颜闹掰，才终于点了点头。

过了一会儿，王祝唯从包里拿出几个剧本，让谢颜挑一挑，又说：“对了，最近公司替你新租了房子，你什么时候搬过去？”

谢颜问：“怎么忽然要搬？”

王祝唯真是拿他没辙：“你现在人气这么高，要不是通告少，就你住的那个破地方，早被记者包抄了。搬肯定是要搬的，要不要约个时间，我和你一起。”

谢颜想了片刻：“我自己找人搬就行了。”

王祝唯欲言又止，还是忍住了。

慈善晚会的场所离谢颜住的地方很远，开车回去的时候已经是深夜了。

谢颜回家脱了西装，冲了个澡，换上宽松的T恤短裤，坐在床上发了会儿愣。

他不再想那些无关紧要的事，翻了翻剧本，发现都是现下最流行的偶像剧，人物和剧情都很普通，没什么意思，打起精神看了会儿，又摸到手机，没忍住给傅青打了个电话。

打完才发现现在是凌晨一点，不应该打扰傅青休息，可在他想立刻挂断前却被接起来了。

谢颜对着电话，半天都没说话。

傅青估计是才被电话吵醒的，声音低哑地问了他好几声，才察觉到他的情绪不太对，问：“怎么了？”

谢颜抿了抿唇：“没事，就是才工作回来，有点累。傅哥，我要搬走了，公司替我租了新的房子，要不要来？”

傅青似乎是彻底清醒了，对着电话笑了笑：“你要搬新家，我肯定是要去的，总不能让你一个小孩自己搬。”

谢颜应了一声。

傅青知道小朋友多有精力，即使累了，睡一觉就好了，不会像现在这样。可谢颜不想说，他也不勉强，如果真的影响到了生活，再询问也不迟。可他不愿意看到谢颜陷在这个为难的状态。

傅青笑了一下，忽然问：“最近怎么了，联系都变少了，还是搬家才记得找我？”

谢颜没料到会听到这句话，急急忙忙地开口：“没有的事，没有……最近工作很忙。”

别的事都烟消云散，谢颜拼命编出句半真半假的心里话：“只有好好工作，才能养得起傅哥和傅爷爷。”

傅青轻轻说：“我知道，我等着。”

接下来的几天，谢颜依旧忙于四处参加活动，并没有和任何一个人说有关冯泓的事。

没过多久，就到了《我们今天要去哪儿》播出的时间了。《入鞘》完结后，谢颜的人气一直很高，节目组也趁热打铁，很快就剪出了他参加的那一期的预告片。剪辑的重点放在了谢颜受伤的那件事上，虽然粉丝早就知道有这回事，但还是为自家“爱豆”胆战心惊，特别好奇那时候到底发生了什么。

连预告片都设足了悬念，这一期的热度越炒越高，未播先火。

谢颜去的那一期分成了上下两期，等到上期正式播出的时候，谢颜也没有看。他有看自己演过的戏的习惯，寻找出当初表演时有哪些不足。可综艺不同，拍的时候也没用演技，拍完了就是完了，不需要再回顾。

播完后的第二天早晨，王祝唯打电话庆贺谢颜，说是收视率节节攀高，好几个与节目相关的话题都上了热搜，热度明显又上升了一个档次，还有商家来谈代言的事。

谢颜对这些都不太关心，也没去搜相关的消息。

直到下一周，节目播完后，公司终于将新公寓的钥匙给谢颜了。

那天谢颜没有工作，拿了钥匙就回家了。他看了会儿剧本，拍了一张新公寓的钥匙的照片，没忍住同傅青发消息，两人约定好了搬家的时间。

谢颜靠在床头边看剧本边同傅青聊天，他们断断续续聊了两个小时，剧本只翻了两页。

他不是那种注意力不集中的人，相反，平常别的人别的事都丝毫影响不到他专心做想做的事。可他同傅青聊天发微信，总是在等待对方的回复。傅青有事回复得太慢，他会漫无目的地翻以前的聊天记录。

本来应该就聊到这里，可是傅青那边显示了好久对方正在输入，许久后才发来一条消息。

傅青说："小谢，作为你的粉丝，可以问一件事吗？"

谢颜一怔，发了个"嗯"，想想又觉得不够，又添了一句："什么都可以问。"

过了一会儿，那边发来一条消息，傅青问："最近很多新闻都在说你和《我们今天要去哪儿》女主持的事，为什么？小谢是想要谈恋爱了吗？"

谢颜的呼吸略停顿了一秒钟，他不知道自己想不想要谈恋爱，却很明白即使是想谈，也不是和阮安宁。

谢颜打开很久没登录的微博，搜索自己和阮安宁的名字，用左手刷微博。

这是杨寻教给他的妙招。

杨寻喜欢看八卦，经常在微博上暗搓搓地搜自己或别人的名字，虽然有小号，但并不是每一次都记得切换，有一次真的忘了登的是大号，不小心点赞了一条微博，即使很快就取消了，也还是被嘲了很久。自此以后，杨寻吸取教训，只用左手刷微博，再也不用担心误赞了，并十分热心地将这个好办法教给了没有小号的谢颜。

几乎是一夜之间，最近新发的微博都把他们俩绑定在了一起，谢颜和阮安宁的CP博文到处都是，无数的cut、图片、剪辑和小论文，CP的热度也冲得很高。

每一个眼神，每一个动作都被无限放大，就好像他们真的有什么似的。

谢颜看得越多，眉头皱得越紧。他还没太明白自己的心意，就同别人卷入暧昧不清的关系。

无论如何，也不该这样。

谢颜用力地咬住了下嘴唇，敲下一行字："我不知道这件事。应该是经纪人在炒作，傅哥等我一下，我去问问他。"

他发了这条消息，就立刻给王祝唯打了个电话。

王祝唯很快就接通了，谢颜最近发展势头很好，他在公司也很春风得意，看到是谢颜的电话，语气都很温和。

谢颜关掉微博，用搜索引擎搜了他和阮安宁的名字，看着满页都是新闻通稿，情绪越发烦躁，他问："我和阮安宁是怎么回事？"

王祝唯似乎是愣了一下，很快就解释，语气真诚极了："这个啊，忘了和你说，阮安宁那边和我谈好了，联合起来炒CP，对你们俩都有好处，你最近不是很忙？

就没空……”

谢颜不太了解这些炒作的手段，可也并不傻，打断他的话：“是不是忘了你自己知道。你现在在哪儿？还在公司吗？我们当面说。”

王祝唯沉默了片刻，才说：“在。”

去公司的路上，谢颜打开了粉丝剪的有关自己和阮安宁在节目里的片段。

谢颜并不是那种很适合上综艺的人。他长得好看，人设很好，做事认真，可这在综艺上都没什么用处。因为综艺首先是要满足观众的娱乐需求，作为嘉宾可以不好看，可以没演技，却不能没有好笑有趣的梗。

而谢颜沉默寡言，性格冷淡，人设本来并不突出。

谢颜和阮安宁刚开始的互动很少，节目组就重点截了几个谢颜不经意间看阮安宁的镜头，配合粉色的内心独白，靠着这样的剪辑，硬生生地把谢颜堆成了面对阮安宁因害羞而沉默的小天使人设。

上期就是以谢颜为了接住阮安宁而受伤的场景结束，在节目组的剪辑和通告水军的引导下，涌现了一大批张嘴吃糖的 CP 粉，也带热了两个人的热度。

车子开到了公司门口，谢颜关了手机，走进办公室。王祝唯坐在办公桌后面，看到谢颜的时候脸上还带着笑。

他试着解释：“你和阮安宁的事确实是我和节目组商量着一起炒的。你现在热度正高，阮安宁热度也不低，两个人炒 CP，首先能吸引新粉，节目组也有收视率，对你们双方都有好处。你看现在不就多了很多代言……”

谢颜站在王祝唯面前，依旧是沉默的，不为所动，他冷淡地说：“我不需要这样的热度。而且从头到尾，你都没和我说过。”

王祝唯咬了咬牙，大声说：“送上门的热度谁不要？而且和你说，你会同意吗？你告诉我。”

谢颜看着他：“不会。”

办公室瞬间陷入寂静中。

王祝唯站起身，用力地拍了一下桌子：“那你说现在怎么办？”

谢颜认真地想了一会儿：“别再发通稿，然后澄清我和阮安宁的关系。我在节目组关心她，是拿她当妹妹。”

王祝唯冷笑了一声：“炒 CP 过后说是妹妹，你可真想得出来。实话和你说，这个 CP 炒起来也是因为你在节目里回答了那个问题。你还记得吧，那时候问你有没有喜欢的人，你说不知道，真厉害，上升期说出这样的话。我和节目组商量，删掉这个片段，但节目组想要热度，舍不得这一段，也不想和辉达闹翻。阮安宁正好想蹭你的热度，提出来可以和你炒 CP，节目组才松口，闹成现在的局面。”

谢颜怔了怔，王祝唯讲得十分义正词严，他却没有轻易被糊弄住：“即使是这样，现在节目已经结束了，不必再装下去了。”

王祝唯死死地盯着谢颜，面色通红：“我是你的经纪人，做的一切都是为了你好，你懂什么？这些事是想做就能做，想不做就不做的吗？”

王祝唯似乎是头一回这么生气，连和蔼耐心的表象都全扯开了，想要以此逼迫谢颜。王祝唯知道谢颜是很前途无量，但是太不听话了，即使那时候秦昊成都没有谢颜这样的倔强，难以驯服。

谢颜的脾气一贯不太好，此刻却没生气，他敲了敲桌子，冷静地提醒王祝唯：“我们是合作关系。从前的事，我不再提，不是不知道。我第一次来的时候就说过，合作的基础是互相尊重，我有底线。”

王祝唯被捉住了痛脚，他很怕提起从前，因为确实做过对不起谢颜的事。此时他被暴怒和心虚冲昏了头脑：“你的底线？你的底线是什么？不愿意炒 CP，热度都不要，因为什么，因为你有病吗？你在这里混，就要遵守这里的规则，别和不三不四的人混。哦，对了，就是那个小混混是吧，和他交朋友，等着被记者扒出来直接名声扫地，跌入谷底吗？”

谢颜哑着嗓音说：“闭嘴。”

王祝唯继续自说自话：“哦，对了，他叫什么名字来着，傅青是吧，剃着平头，脸上有疤，真没本……”

他的话没有说完，被一声巨响打断。

是谢颜直接踹翻了办公桌，桌子上的东西零零散散地散落了一地，有一连串清脆的声音。

谢颜低头看着王祝唯，半垂着眼，眼神阴郁又凶狠，他拽着王祝唯的衣领，往墙上一推。

王祝唯使劲推着谢颜的手，谢颜却纹丝不动，径直把王祝唯按在墙上，双脚都微微离地。

谢颜长得太漂亮了，这种漂亮经常会模糊别人对他危险程度的认知。

就像是王祝唯一直以来也以为他是虚张声势罢了。

王祝唯的声音有些发抖，却依旧不肯示弱："他有什么好？让你不顾自己的前程，也要和他来往？"

这句话叫谢颜的动作一顿，他的手腕卸了力气，王祝唯趁机挣扎开来。

谢颜没心思再同王祝唯纠缠，三两步走到王祝唯面前，低着头扯了扯嘴角，可仅仅是这样的目光，也足够让王祝唯害怕了。

他说："他是我哥，什么都好，没有什么地方不好，可我为什么要说给你听？没有下一次了，别在我面前说他任何一句不好。"

说完这句话，他干脆利落地离开，可走到一半又转身回来："办公桌的钱从我的工资里直接扣就行了。"

谢颜出去后就给阮安宁打了电话，对方没有接通，等他到家的时候才又回拨过来。

阮安宁问他有什么事。

谢颜低声问："我不想炒 CP，也不想被人误会。我想要和我哥解释一下，还有和你的关系，可以说我们是在福利院认识的吗？"

阮安宁也笑了笑："如果只是这个的话，当然可以。谢哥这么信任的人，不会是坏人。"

她当初提出炒 CP 的建议就是为了让节目组放弃炒谢颜说的那句话，防止对谢颜的人气产生影响，现在这个风波过去了，也不必再炒了。

谢颜又问了一句听起来很莫名其妙的话："对了，能不能把这件事在微信上再说一遍？"

阮安宁不知问了什么，谢颜沉默了好久，才勉强回答："……因为我想截图给他看。”

他在傅哥的心中本来是乖崽形象，因为说过几句自认为无伤大雅的谎话而沦为小骗子，要是再在节目中谈恋爱炒 CP，恐怕又要背上不敬业的名头。

虽然他知道傅哥只是说着玩，却不想傅哥对自己有任何不好的印象。

那件事后，谢颜想了想，王祝唯能得知傅青消息的渠道也很简单，除了张小风，也再没有别人能告诉他了。

他发了条消息给张小风。

过了很久，张小风才回了很长一段话，谢颜简略地看了两眼，她确实承认了，那别的都不必多看了。

谢颜直接把她拉黑了，打电话给公司说辞退张小风，再另找一个助理。

他在微博和阮安宁互动了一拨，说是拿对方当妹妹，CP 粉遭受重创，一蹶不振。也有些营销号出来说他们俩是为了节目的收视率特意炒作，但营业时间太短，CP 粉才嗑了点汤，还没有真情实感，转化不成真正的粉丝，节目一结束秒变妹妹，即使是为了热度，分分合合也太快了，导致有的粉丝反而脱粉回踩。

王祝唯还是抵不过谢颜的压力屈服了，他舍不得放弃新的摇钱树，不想和谢颜闹得两败俱伤。

接下来的几天谢颜都没什么工作，专心在家看剧本。说是专心，但其实也不太专心。

前几日的事到底对他有点影响，和王祝唯的争吵，和阮安宁的对话，每一件都是从前没有过的。

可谢颜很快就都忘了。他一直都潇潇洒洒，有梦不顾一切都要追，这些障碍和挫折都不可能对他构成麻烦。

过了一会儿，谢颜又想到搬家的事，半靠在床上，单手打字给傅青发消息，问他明天什么时候到。

傅青说明天早晨有点事，可能会迟一点才能到，让谢颜别着急。

谢颜咬了一下嘴唇，在对话框里敲下一句“好，明天见”，指尖在手机屏幕上方停了十几秒钟，终于在那句话的后面加了个表情符号。

他们从前聊天内容都很简洁，连标点都少见，至于表情更是前所未有。

可日久天长，酷哥谢颜也学会了用表情包。闭眼的时候，谢颜希望天快亮，因为他已经迫不及待地想同傅青见面了。

搬家的那两天王祝唯都没给谢颜安排工作，谢颜第二天起得很早，先收拾了一遍。他的东西少，衣服没几件，家具那些大件都是房主的，他添置的小东西也没必要带走。

谢颜在这里住了一年多，也没什么留恋。

他整理得差不多的时候，外面传来一阵敲门声。

谢颜打开门，看到傅青站在那儿。

谢颜半仰着头，无意识地对傅青笑了笑，眉眼低敛，很柔软似的，反应却好像慢了半拍，后知后觉地理了理鬓角的乱发，轻声说："傅哥。"

傅青怔了怔，朝里面看了一眼，屋子里空荡荡的，东西比以往更少了，客厅中间摆了两个箱子，他走进来问："刚才有点事，来迟了。你都收拾好了吗？"

谢颜点了下头。

傅青一手提起一个箱子，要拎起来往外走。

谢颜跑了几步，拽住傅青的左手腕，也握住了行李箱的拎手，不让傅青用力。拎手不大，两个男人的手都放在里面就显得很狭窄，拘谨地挤在一起。

傅青开始没反应过来，实际上这伤是很多年前的了，他掩饰得很好，别人都不知道，现在又很少做需要过分卖力的事，久而久之也就忘了。他松开手，轻声说："我都不记得了。"

谢颜提着箱子，同他并肩走在狭窄的楼梯上，有阳光透进来，两人的影子交叠在一起。

他问："平时会疼吗？"

傅青想了一会儿："不会，不严重。"他顿了一下，举着左手，又添了一句，"阴雨天会有点感觉。"

谢颜看了一眼外面，幸好今天的天气很好。

傅青将两个箱子放在后备厢，点火开车，问了一句谢颜新搬的小区在哪儿。

谢颜报了一个地址。

傅青本身是做房地产的，对这些信息都很熟悉，夸了那个小区几句。

新房子是公司租的，房租已经扣过了。两室一厅，地段很好，交通方便，最主要的是那个小区很注意保护住户的安全和隐私，记者轻易混不进来。

谢颜歪着头，微微皱了眉："可是，那里离老街更远了。"

傅青揉了揉他的脑袋，安抚似的："我来接你，多远都不用担心。"

谢颜将窗户开得很大，对着那吹风，点了下头。

新房子离原来的地方大约是一个小时的车程。傅青开进小区停好车，再坐电梯上楼。谢颜拿出前几天王祝唯给他的钥匙，打开了大门，里面的家具一应俱全，可是那些必备的小东西却没添置。

傅青把箱子搬进去，说要下去买点东西，临走前问："小谢，你中午想吃什么？"

谢颜蹲在地上收拾东西，偏过头正好看到厨房里放着整套的厨具，说："吃火锅吧，我想吃。"

傅青回来的时候拎了几个大塑料袋，同谢颜打了声招呼，就去厨房准备饭菜了。

做火锅很简单，只需要洗菜切菜，放好底料等着水沸腾就可以吃了。

谢颜听到厨房里传来的水声，停下手上的事，走到厨房对面的那堵墙，半倚在上面，看着里面正在洗菜的傅青。

他才开始是低着头，不过用眼角余光瞥着傅青。

傅青注意到谢颜的目光，抬头看向他，轻笑着问："嗯？有什么事吗？"

谢颜才如梦初醒，猛地偏过头："没事，就是看你这边要不要帮忙。"

傅青挑了挑眉，觉得有点奇怪，不过也没多想，朝谢颜挥了挥手："厨房里有我一个人就够了，你先去收拾东西。要是累了就歇一会儿，我过会儿去看看。"

谢颜镇定地点点头，手脚僵硬地挪开脚步，走到卧室，重重地关上门。

他躺在刚刚铺好的床铺上，拿胳膊横挡住了眼睛，眼前陷入一片黑暗。

吃完火锅，已经是下午了。傅青和谢颜两个人将整套房子都打扫了一遍，天已经完全黑了。

谢颜推开窗，能看到压在天边的滚滚乌云。不过片刻，暴雨倾泻而至。

谢颜犹豫了片刻，终于还是说："雨太大了，傅哥要不然先别回去了，在这里住一晚吧。"

傅青说："好。我给爷爷打个电话，还有点别的事要交代。"

谢颜打开门走出去，把整间屋子都留给了傅青。

傅青是推了今天的工作过来的，原本是打算晚上回公司再做，可现在要在谢颜这里留宿就没办法了。他给周真打了个电话，将明天的事交代了一下，又让助理把文件发过来，他有空再看。

打完电话后，傅青从阳台走出来，客厅里已经没有人了。

桌子上留了一张字条，是谢颜写的，说是临时有事要出去一下。

傅青不知道他有什么事非要现在出去。

大约半个小时后，傅青打了个电话，谢颜没有接，过了十几分钟才发了条微信过来："马上就回来了。"

没过一会儿，门外传来钥匙转动的声音。

傅青走到玄关前，正好看到谢颜从门外进来，他把伞放在门外，手上还拎着一个白色塑料袋，里面不知道放了什么。

外面的雨太大，即使撑了伞也没多大用处。谢颜身上的衣服都被雨水打湿了，淅淅沥沥地滴着水，他的头发也是湿的，落在脸颊上，鼻尖上也贴了一绺，脸色很白，眼睛却是亮的。

谢颜脱掉浸了水的鞋子，赤脚站在地上，却差点被雨水滑倒，幸好扶住一边的架子，看起来很狼狈。

傅青不太看得了谢颜现在的模样，这世上没有什么事比小朋友的身体更重要，外面下着暴雨刮着大风，有什么事非要现在出去做？

他问："有什么要紧的事非要现在去做吗？"

谢颜一怔，点了点头，赤脚站在原处，仰头看着傅青。兴许是淋透了雨，此刻连眼眸都是湿漉漉的，闪着润泽而温柔的光。

他捋了捋湿透的头发，似乎是想让自己看起来不那么狼狈，可雨水还是顺着脸颊的轮廓往下滴落，有些落在眼睛里，或是嘴唇上，有点痒，他却不在意，漫不经心地说：“其实也没什么，就是买了个暖手袋给傅哥。”

因为傅青说阴雨天的时候左手会有点疼，谢颜不是医生，不能治好傅青的左手，只能去做力所能及的事，买一个热水袋，能稍微缓解疼痛也好。不过现在是夏天，外面又下着大雨，路过的很多便利店都关了门，没关门的也没有热水袋的存货，谢颜是去很远的一家大超市买到的。

傅青才去那里买过东西，知道那个地方有多远，更何况现在又下着雨，谢颜是走过去的。

他打开袋子，拆开包装，看到里面是一个灰色的毛绒热水袋。

直到此时，傅青才能感觉到左手传来的疼痛。那种疼痛并不剧烈，而是连绵不绝的，因为很平常又轻微，所以就很容易被忽视，甚至成了感知的一部分，只有被人提醒了，好像才能明白过来，原来那是疼痛，而不是感知本身。

傅青的心忽然软成了一团，他被这个小朋友照顾、保护。

谢颜看着傅青，终于很得意地笑了一下，露出尖尖的小白牙：“没关系的。”

他很乐意。

因为傅青是很重要的、需要很郑重保护的那个人。

虽然傅青上午买了新床单，可是还没有过水，不好拿出来现用。没有床单被褥，即使有另一间屋子都没用，最后还是决定睡一张床。

谢颜淋了雨，早就洗好澡，靠在床上看剧本。傅青也洗完了，他穿着谢颜最宽大的衣服。

傅青也用手机看了一会儿文件，给助理发了处理意见，他看时间到了深夜十二点，偏头对谢颜说：“是不是该睡了？”

谢颜“啪嗒”一声合上剧本，又愣了一下，才点了点头。

谢颜关了灯，屋里开着空调，他们盖着同一条薄被，傅青的左手下面垫了那个温热的暖手袋。

那个谢颜冒着大雨，找了好几家超市也要买来的东西。

在睡着之前，谢颜听到傅青用很轻的语调说：“谢谢。”

似乎并不想让他听见，只为了记住。

那些被大雨砸痛的记忆都变得很模糊，谢颜心满意足地睡着了。

谢颜醒来的时候很晚。他的生物钟一贯很准时，除非生病受伤，很少会睡到这么迟，不过昨晚他兴奋到大半夜，所以今天醒得有点晚。

谢颜还没太清醒，半睁开眼，第一眼便看到个下巴，又眨了几下眼，微微仰着头，看到傅青的脸，他正看着左手举着的手机，屏幕上闪着单调的光。

傅青察觉到动静，目光从屏幕上移开，落在谢颜身上。

“醒了吗？中午想吃什么？”

谢颜彻底清醒过来。

谢颜不挑嘴，什么都能吃得下，但不是什么都喜欢，他想了一会儿才问：“傅哥今天有事吗？”

傅青笑了笑：“没什么事。”

他今天起得很早，将昨天积压的文件处理完了，和助理说了今天依旧不去公司，有重要的文件要签就让周玉下午送过来就行了。

谢颜“哦”了一声，讲：“就是那个，上次吃的炸肉卷。”

那是道大菜，做起来挺麻烦的，傅青不常做，谢颜还是在去年腊月二十九时吃过一次，傅青在家里做菜请客。

谢颜想吃那道菜，不会因为做起来麻烦就不说。因为傅青问他想吃什么，就是为了满足他的口味喜好，如果不说出自己的真实想法，反倒本末倒置了。

傅哥是他唯一不需要客气的人，是他的哥哥。

傅青点了下头：“那就做那个，再加几道别的。我过会儿出去买菜。”

调炸肉卷馅料的原材料很多，要求又高，昨天冰箱里剩下的菜不够用，得现在出去买。

现在谢颜有点后悔点这道菜了，不过他也没有改口，而是轻轻捏了一下傅青还撑在床上的左手：“还疼吗？”

傅青说："不疼，平时都不疼不痒。真的，别太在意。疼的时候肯定会告诉你。"

谢颜一怔，低着眉眼，睫毛轻轻颤抖，点了点头，很认真地说："好。"

傅青出门买菜，谢颜正好抽出点时间看剧本，这几个都是现下流行的偶像剧本子，大同小异，本质差别不大，和谢颜拍过的《白鲸》《入鞘》根本没办法相比，甚至比给杨寻跑过龙套的那部刑侦剧都差远了。但王祝唯只给了他这些剧本，片酬倒是都不算低。谢颜看了很久，还写了笔记，想要在矮子里挑将军，选一个好一点的接。

没过多久，外面就传来钥匙转动的声音，谢颜拿着剧本走出去，看到傅青拎着菜回来了。

他跟在傅青身后进了厨房，也不说话，就看着傅青将买好的菜分类放入冰箱，挑出今天要用的放到水池里冲洗。

傅青一边洗菜，一边问他："要是剧本的事很着急，就先去看吧。"

谢颜怔了怔，将剧本对着傅青摊开："不怎么着急，写得很无聊，不太看得下去。"

傅青瞥了一眼，上面的剧情正写到男女主角在大雨中拥吻。

谢颜的话到这里停下来，似乎犹豫了片刻，才凑到傅青的眼前："不过就算很有趣，也看不下去。"

剧本可以有很多，可是傅哥只有一个，他很珍惜两人难得能在一起团聚的时光。

谢颜看着傅青，对方的眼瞳是深邃的琥珀色，里面倒映着自己的影子。

似乎他们想得也差不多，所以一个人推了工作，另一个人没看剧本。

傅青很会做菜，不过炸肉卷做得少，他调好了馅料，热了油锅，先炸了两个试试口味，肉卷在油锅里滚成金黄色。

他将肉卷夹出来，举着筷子往谢颜的嘴边送。

谢颜咬了一口，很诚实地说："味道有点淡，好像没有上一次的鲜。"

傅青收回筷子，也吃了一口，尝了下味道："好久没做了，有点手生，不太把握得好。”

傅青重新调了一下肉卷的馅料，将剩下的都炸了，又做了两菜一汤，正准备吃饭的时候，外面忽然传来敲门声。

谢颜打开门，周玉站在门外，跟他打了个招呼，说：“谢哥搬新家啦？怎么不庆祝一下？我有点东西来送给傅哥。”

周玉手里拿着一个档案袋，走到傅青身边递过去，里面装了几份文件。

谢颜有些疑惑地看着那个档案袋。

周玉察觉到谢颜感觉不对，突然警铃大作。

也是，如果傅哥真的只是一个街霸，能有什么文件要签呢？

周玉作为唯一一个对两人之间隐瞒的情况了解得一清二楚的人，此时脑子转得飞快，打起了马虎眼：“谢哥你不要看不起‘街霸’这个职业啊，咱们傅哥是新时代新‘街霸’，怎么能和从前那些一样？要用发展的眼光看世界啊！”

傅青：“……”

周玉敏感地察觉到周围的气氛不太对，即使很垂涎傅青亲手做的饭菜，送完文件后还是立刻开溜，没多留一秒钟。

傅青把档案袋放在桌子上，看着坐在自己身边的谢颜欲言又止，似乎有什么话要说。

过了片刻，他听到谢颜终于开口，很隐晦地说：“傅哥……就是不要做那些风险太高的事。”

傅青一怔，小朋友真的是很怕自己进局子。

他一想到这件事，就有点痛苦。其实一开始只是个误会，后来也没认真隐瞒，只是谢颜一直很相信自己，从没怀疑过。早解释早解脱，越拖越说不清。他本来想要坦白，可又觉得今天气氛太好，适合说点开心的，讲这些扫兴的事实在不太合适。

算了，改天再说吧。

他们俩正准备动筷子，门外又传来一阵敲门声。

谢颜去开的门。

门外站了个陌生男人，戴着眼镜，愣愣地看着谢颜。

谢颜穿了一件单薄的T恤，头发散乱，低着头，垂着眼，微抿着唇，锋利而冷淡的目光落在门外的人身上，问：“你是谁？”

那人比谢颜矮大半个头，被这目光看得瑟瑟发抖，哆哆嗦嗦地说：“谢老师，我是江同，您的新助理，资料应该发给您了。”

谢颜想到昨天发来的资料，点了下头，又问：“你签保密合同了吗？”

其实谢颜没觉得自己的事有什么好瞒的，只是讨厌别人把那些事告诉不相干的人，才要求找个嘴严的助理，而且挂在自己的名字下面。

江同连连点头：“签了签了，都是按照您的要求签的，我嘴很严的，什么事都绝对不会对外说的。”

他猜测谢颜是不是有什么不为人知的劲爆秘密。

然后，江同就看到一个男人从屋里走出来，那人很高，他本来就要仰着头才能看清谢颜的脸，那人竟然比谢颜还要高一些。

谢颜握住那人的手腕，轻描淡写地说：“这是我哥，见到别拦。”

好像也没什么劲爆的，可能是明星都比较在乎隐私吧。江同在心里默默地想。

辉达是大公司，对旗下艺人很优待。谢颜想要一个听话的助理，也不是什么大不了的事，人事那边很快就帮他办妥了。

江同以前没做过这一行，这次还培训了几天才上岗。

做明星助理比普通助理要累得多，没什么固定下班时间，得跟着人四处跑，平时要细心体贴会照顾人，但最主要的就是嘴得严实，不能乱说话。

江同过来之前，王祝唯找他聊了会儿，还给他塞了一个大红包。

江同没能推掉，但心里还是挺清醒的。他是三流大学出来的三流学生，好不容易在毕业后找到这么一份薪水很不错的工作，自然知道不能因小失大，谢颜才是他的老板。

江同没敢多看傅青，也没说要进门，挑了几句要紧的话先说：“谢老师，王哥想问您剧本看好了没有，如果看好了，就挑一本告诉他，先签了合同，早点进组。”

谢颜半垂着眼，表情没什么变化，冷淡且平常，稍点了下头，朝屋里走去了。

江同没明白他的意思，急急忙忙又添了一句："王哥说如果您看上了两本也行，一起拍关系也不大。"

谢颜的脚步顿了一下。

江同就这么站在门外，傅青领着他进来，倒了杯水递给他。

傅青望着谢颜在卧室里的身影笑了笑，压低了嗓音："不好意思，小谢才二十一岁，脾气急了点，你是他的助理，以后还要劳烦你多照顾他。"

傅青起身拿起手机，点开微信，对江同晃了晃，两人互相加了微信，他又说："但是相处久了，你就知道他性格很可爱的。"

江同作为一个硬核直男，从不追星，找工作也是广撒网，没被招进来之前完全不知道谢颜这个人。

刚才他第一眼看到谢颜时着实吓了一跳，漂亮得不似真人，兴许是因为太过漂亮，又很冷淡，总是很疏离。

至于傅青说的可爱，可爱是不会觉得可爱的，这辈子也不会觉得可爱的。对于傅青这样的认知，江同只能以兄弟间的自带滤镜解释了。

他还这么想着的时候，手机叮了一下，江同点开转账，那可真是一个大红包。

江同倒吸了口凉气。

傅青似乎是察觉到了什么，朝江同笑了笑，琥珀色的瞳孔内敛而深邃，明明和方才一样很温和，可江同不自觉地感到一阵危险。

他只能摇了摇头，说："傅先生破费了。"

大约两分钟后，谢颜从屋里走出来，手里拿了两份剧本，递给江同："这几份看完了，我不会拍，你带回去给王祝唯。"

江同连忙点头，他从谢颜家里走出来时晕晕乎乎的。

王祝唯之前还很隐晦地提过两句，说是谢颜身边有个很凶的人，江同当时还很奇怪，现在看来，那个人就是谢颜的哥哥了。

他好痛苦啊，要是没照顾好谢颜，那个看起来很温和但实际很社会的大哥会不会找人打自己啊？

江同走后，总算没有人来敲门了。两人吃完饭，谢颜看着傅青洗碗，到了下午，又躺回床上了。

谢颜还留了两个剧本，倒不是他想拍两个，就是想再挑挑。剧本都不怎么样，同等水平下也有好有坏，有的也有闪光点。

他们两人本来都是各自规规矩矩地靠在床头，谢颜看剧本，傅青看文件，互不打扰。谢颜坐得笔直，看剧本看得很认真，还用彩笔做了笔记。

傅青的目光落在剧本上，他瞥了一眼，念了一句里头的台词："你疼，我也疼。你难过，我更难过。"

他想起了谢颜那次醉酒后同自己说的话。

小朋友说："但如果傅哥因此不开心了，我才会难过。"又说，"傅哥可以让我别难过吗？"

比剧本里的话好听，可惜小朋友应该不记得了。

谢颜忍不住笑了，明明看的时候觉得没什么，可傅青讲出来就很好笑。不过笑过了，他又继续看起了剧本，傅青又念了下一句台词。

这样重复了好几次，谢颜才微微皱着眉，他没有生气，就是歪着脑袋看着傅青，问："傅哥怎么了？"

傅青说："不是嫌这些无聊又没意思，不想拍这些，那就别看了。"

谢颜纵然不太想看了，不过还是要看的，他现在想多赚点钱，买一套自己的房子，让傅青搬进来一起住。傅青是他哥，傅爷爷对他这么好，那就更是自己的责任了，照顾老人很花钱的，他得多攒些钱。

他想了很多以后的事。

不过这些他暂时不会同傅青讲，他想了一会儿，才说了另一个理由："现在找上来的剧本就这么多，不拍这些也没别的拍。而且我本来就喜欢演戏，这些和别的也没什么区别。等演完这些，也许就有更好的本子找上来了。"

傅青后悔了。

人生路的确是有波折，事业和梦想也不总是一帆风顺，需要一步一步地走。可小谢不必经历这些，因为以前经历的坏事太多，现在不应该再受委屈，不必做不想做的事，拍不想拍的戏，只需要演喜欢的角色，在镜头下发光就可以了。

他当初不该拒绝莫复的那个建议，现在也不是不能补救。

傅青偏头望着谢颜，叹了口气，又开玩笑似的说：“我今年三十三岁了，一直都很忙没遇到什么好朋友，小谢包容一下，多理理我。”

他看到小谢听了这话怔了怔，过分漂亮的眉眼一松，收敛起了里头藏着的锋利，小谢抿了抿唇，又舔了一下，雪白的脸颊微微泛红，耳朵也是粉色的，像是很柔软的模样。

就很可爱。

谢颜把剧本放到床头柜上，轻轻说：“好啊。”

过了一会儿，傅青的手机亮了好几下，是周真发来的微信。

谢颜说：“傅哥，有你的信息。”

他们俩之间本来就不怎么避嫌，傅青当着谢颜的面打开手机，点开微信，然后……

然后就看到了那张背景照片。

是谢颜的。

傅青的手一顿，他沉默了片刻才解释：“小谢太可爱了，我追星追到了私人照片，一时昏头就用了。但这样的照片确实不太应该留下来，今天你的那个助理，好像就不小心看了一眼。”

傅青准备换掉背景，删掉那张照片，谢颜却按住了他的手。

谢颜说：“傅哥想要看的话，留着就留着，没多大关系。”他顿了一下，有点坏心眼地说，“不过，礼尚往来，傅哥也要给我拍一张。”

直到这种时候，傅青才觉得他确实有点二十几岁年轻人的小脾气。

谢颜下床拉起了窗帘，打开了一盏壁灯。

屋里很暗，只有床头的一小片地方是亮着的。

傅青脱了上衣，他后背的肌肉线条很好，蜜色皮肤，满是健康的光泽，却布满了深深浅浅的伤疤。

最长的那条从后颈划到腰腹，几乎割开了小半边身体。

谢颜拿手指轻轻碰了碰那道伤疤，很难想象当时会有多疼。

傅青没意识到那些伤疤的存在，这是他过去生活的一部分，没必要特别记住，还没明白过来谢颜的反常。

谢颜喘了口气，拍下了傅青布满伤疤的后背。他有点难过。因为傅哥从前过得太难了，谢颜想，他得对傅哥再好点。

这时，阮安宁的信息忽然跳了出来。

谢颜点开来，看到她问："谢哥最近接了什么通告吗？"

他说还没接。

阮安宁很快发了下一条："哎，吴云说给你发了新电影的试镜，你经纪人说你才接了剧没有时间，他不死心，才又叫我问问……"

从头到尾，王祝唯根本没提过电影的事。

谢颜看着屏幕，手指在上头停了一会儿，给阮安宁发了一条消息过去："那你把吴云的联系方式给我，我去和他谈。"他们俩又聊了一会儿，谢颜关了手机，仰着头，靠在床头。

傅青揉着他的头发，问："怎么了？"

谢颜低声说："有个导演找我试镜，王祝唯没告诉我，直接推了。那个导演就是上次在综艺上认识的，他让阮安宁又来问我这件事。"

傅青一怔："别着急，他既然还来找你，肯定是想让你拍。至于王祝唯，明天去问问他。"

谢颜摇了摇头："没着急。不过这些剧本不用再看了。"他的话顿了一下，又笑了笑，"那今天无事可做了。"

傅青想，谢颜的确是不能再在辉达待了。

以前做的事暂且不论，这次谢颜肯定要和他的经纪人撕破脸了。傅青以前问过莫复辉达的情况。辉达是大公司，制度完备，一般不会轻易换经纪人，而谢颜虽然因为《入鞘》而红，眼看着前途无量，可之后的路也说不准，公司不会因为他而改变一贯的规则。王祝唯确实没什么本事，可想要恶心谢颜，给他以后的事业下绊子却很容易。

第二天，谢颜出去后，傅青带着处理完的文件回公司，把莫复也找过来了。

莫复过来的时候听见小秘书抱怨，说是老板两天没来，堆了好多事情，今天得加班到半夜。他一进门，挑着眉毛问：“小谢又出事了？两天不上班，不像你啊。”

傅青没遇到谢颜之前可谓是标准的工作狂，有时候晚上回去看看傅爷爷又开车回来继续工作，别人下班他不下，别人放假他加班，除了偶尔被拉出去透透气。

但现在就不同了。

傅青瞥了他一眼，轻描淡写地说：“没出事，在那儿陪了他两天。”

莫复愣了一下，大笑起来：“行吧行吧，感天动地！”他挤眉弄眼地看着傅青，似乎有话要问，却又没有问出口。

傅青看着他，随口说：“你这么无聊，成天在想什么？”

莫复也只是调侃了一句，很知道分寸，也不再多说，问傅青叫自己过来干什么。

傅青同莫复说了谢颜的事。

周围安静了片刻，莫复说：“你的意思是想把谢颜从辉达捞出来？”他想了会儿，有些迟疑，“恐怕不太容易。从目前来看，谢颜算是很有潜力，合约又没到期，辉达那边恐怕不会轻易放人。”

傅青看了一早晨辉达的情况，知道他们现在不再想仅仅局限在艺人公司里，而是在大量地出品影视剧，想要在影视行业中分一杯羹。

这就是个机会。

他抬眼看着莫复，笑了笑：“所以想让你帮我个忙。”

而此时谢颜已经到公司了。

他提前和王祝唯打过电话，约在了公司见面，江同在门口等着他。

谢颜从出租车上下来，径直走向电梯。江同就跟在后面，见他脸色不好，也不敢问话。

电梯停在了十一楼，谢颜下了电梯，没敲门，直接推开了王祝唯办公室的门。

他看了江同一眼，撂下一句：“你在门口等我。”

王祝唯在办公桌后面坐着，脸上连一丝笑都没有，和寻常大不相同，他似乎很愤怒："我是你的经纪人，你有什么事不能和我说，和公司讲什么？"

谢颜昨天和吴云谈好了试镜的事后，直接同公司上层说了。辉达是大公司，每年强捧也能捧出几个当年爆红的明星，但是想要真正发展下去却很难，明星更新换代的速度实在太快了。所以公司更倾向于培养有能力的艺人走拍电影拿奖的路子，保持高度的商业价值，长红不衰，作为公司招牌。所以当谢颜提到和吴云试镜的事，就直接同意了他的决定，还说会同王祝唯交流一下他以后的发展方向。

从王祝唯的表现来看，公司已经和他交流过了，而且交流的情况不太好。

谢颜站在办公桌前，半垂着眼，目光落在王祝唯身上。他不说话的时候很有压迫感，让王祝唯不自觉地心虚。

他漫不经心地问："吴云的试镜你为什么不说？"

其实谢颜仅仅是问问罢了。

王祝唯的身体抖了抖，但他还要辩驳："我本来就给你拿了那么多剧本，你已经够看了，何必再去看电影剧本？"

他想得很明白，也没打算和谢颜走远，毕竟合同就只有三年，结束后即使谢颜会留在辉达，也肯定不会和自己续约。这样也没必要规划什么长期发展路线，他就打算趁着谢颜现在还有人气，多接几部偶像剧，一年能拍好多部。可电影就不同了，得慢慢磨，片酬也没多少，王祝唯知道谢颜想拍，所以连问都没问就直接给推了。谢颜脾气硬，和人亲近不起来，王祝唯猜测他和综艺里的人肯定熟悉不起来，联系不上，所以没想过这事会被发现。实际也确实如此，吴云找不到谢颜本人，可他忘了还有一个阮安宁。

谢颜踢了一脚桌子，他没怎么生气，主要是不值得，就是来告诉一声王祝唯他的态度。辉达高层虽然同意谢颜接这部电影，却没提换经纪人的事，那样就对谢颜太优待了，对公司来说没必要。

他瞥了王祝唯一眼："我去试镜了。以后有剧本我自己看就行了。"临走前，他说了声，"没有下次了。"

这次就算是彻底闹翻了。

王祝唯狠声说："你以为自己有那么好的运气吗？拍电视剧不容易翻车，

钱多事少，如果电影扑街了，以后还有路能走吗？”

谢颜没说话，径直出了门。

王祝唯气急败坏地踢翻了椅子。

江同听到里面的动静，吓了一跳，然后就听到谢颜说：“叫辆车，我回去了。”

以谢颜现在的身价本来应该有专车接送，可惜王祝唯对他不上心，这些事只能让江同去做。

司机开着车送他们俩回去，谢颜偏着头，看向窗外，无意间瞥到路边有一家花店。

他从前觉得送礼是一件没有意义的事，可是认识了傅青后，又改变了想法，觉得送礼物是一种珍视对方的表现。

谢颜说要停车。

江同转过头朝他说：“谢哥有什么事吗？”

谢颜不必他帮忙，利落地单手戴上口罩，下车跳到了路边。

花店小妹听到摇铃声，抬头看到一个人推开了门。

“我想买一束玫瑰。”谢颜没买过花，既然玫瑰卖得最好，那么送出去总不会讨人厌。

花店小妹赶紧介绍起来。

谢颜俯身挑选起了玫瑰，他的袖子挽了一半，手腕很瘦，玫瑰的花瓣映衬着他雪白的皮肤，红得似乎能灼伤人眼。

过了好一会儿，谢颜才捧了一束热烈的红玫瑰上了车。

江同想要劝他，最终还是没有说话。

谢颜回去后看了会儿吴云发过来的剧本，又想着傅青什么时候回来，忍不住发了微信，到下午的时候不自觉睡着了。

醒来时天已经快黑了，外面昏昏沉沉的，屋里没有开灯，一切都是模糊的，只能隐约看到一个身影很是高大英俊。

是傅青回来了。

谢颜的意识还是模模糊糊的，眼睛是半睁着的，努力抬起眼，才看到傅青单手揽着那束玫瑰，轻声问："是小谢送我的吗？"

谢颜点了下头。

他听到傅青接着说："我也送过你玫瑰。"顿了一下，又添了句，"就是那次。"

# 第九章

DIJIUZHANG

## 我也送过你玫瑰

谢颜一时还没明白过来，他揉了揉眼，“唔”了一声，问：“傅哥什么时候偷偷送过花？”

他平时从熟睡到彻底清醒需要很短的时间，可或许因为知道身边的人是傅青，这段半睡半醒，迷迷糊糊的状态延长了许久。

傅青沉默了片刻，终于开口说：“没有偷偷，是光明正大。就是在片场那次，我送了你花。”

话音在这里戛然而止，周围忽然陷入全然的安静，谢颜听到傅青接着说：“还有那张支票。”

谢颜清醒过来了。

他几乎是在瞬间就想明白了。从一开始那个影迷投资六千万却没有任何要求，再到那一千万的支票风波，最后是那篇长微博。

全是他的傅哥。

傅青不再说多余的话。小朋友的性格可爱，可花的事没什么好解释的，支票的事也无可辩驳，这件事的起源就是他昏了头，不知人言可畏，才做下的错事。即使后来弥补了，也不能当作没有发生过。

傅青听到小朋友问话的语气还是很平静：“花是傅哥送的，那支票是谁放的？”

谢颜从来没想过傅青会误会自己，也没想过他会伤害自己。

送花是欣赏，是表达珍视的礼物，可支票不是，傅青即使是想要追加投资，也不会用那样的方式。

傅青愣了愣。

他回来有好一会儿了。从看到那束玫瑰就决定不能再将那件事拖下去，他在阳台抽了会儿烟，想着该怎么说，谢颜会有怎么样的反应。后来索性不再想了，进屋子看着熟睡的谢颜就够了。

傅青设想过谢颜的很多种反应和回答，唯独没有这一种。

他看着身旁的谢颜，轻声说：“支票是我一个朋友放的。这件事我没有出面，是托付给他办的。”

谢颜不太理解那个朋友的逻辑，不过也总算是说清楚了。

但不只是这些，还有老街的事，傅青一直以来展示出来的职业都是街霸，全是假的。

谢颜现在不能想自己从前做的那些事，包括非要帮傅青清账还钱。他这辈子没做过这样羞耻的事，想起来就脸热。

谢颜微皱起了眉，哑着嗓音，与傅青对视：“那，别的事也是骗人的吗？就是从前的那些经历。”

傅青偏过头，错过谢颜的目光，大概是心虚了的缘故：“没骗你，那些是真的。我的确不带十几个人不好意思出门。”他又添了一句，“对不起，瞒了你那么久。”

谢颜仔细回忆了从前的事，其实傅青也没正面承认过街霸的身份，好像一直都是他误以为真，不过傅青也没解释。

他一直不说话，傅青忍不住放下玫瑰：“乖崽小谢生气了吗？”

谢颜垂着头，也不拒绝傅青摸他的脑袋，好半天才开口，很认真地说：“如果是别人这么瞒着我，不说实话，那我肯定会生气的。”

傅青听到这句话，心里反倒一松，谢颜真的生气了，也比那样不上不下吊着强。

可谢颜的话顿了一下，嗓音忽然放软了：“可傅哥不是别人。”

谢颜的底线一直很低，对傅青又格外低一点，比对自己还要宽容许多。

傅青笑了笑，抬手撑住半边脸，遮住了脸上的表情，很无奈似的："小谢真是……其实刚才我有点害怕，怕你生气，不知道怎么哄回来，那该怎么办？"

谢颜怔了怔，好像忽然明白了。他总以为傅哥是无所不能的，但其实不是的。

谢颜并不在意别人，却又想起了曾经以为是粉丝，实际却是傅青的签名。

"你追逐光，我追逐你。"

其中的感情太过炽热动人，连谢颜这样冷淡的性格，都不由得记在心中。那是傅哥的真实想法吗？

谢颜觉得不能继续沉默了。

他抬起头，看着傅青："光，也分你一半。"

我有的都给你。

之后的几天，谢颜待在家里专心看吴云发过来的剧本，也不用再回公司，连王祝唯的微信都直接删掉了。

坦白身份的第二天，傅青同谢颜谈了原先的打算，他说："你现在在辉达，经纪人又是那个样子，总是待得不舒服。要是小谢愿意，我想拜托个朋友，把你的合同转出来，单独开个工作室，这样以后不用受拘束，想做什么就能做。"

他并不专断地为谢颜做决定，谢颜是个独立的个体，有自己的想法，他可以为谢颜做所有的事，可也得是谢颜想要的。

谢颜才从跑步机上下来，喝了大半瓶水，鬓角的头发略带着些潮湿，眼睛却很明亮。他本来是打算直接洗澡的，却被傅青叫住。他停下脚步，抬起眼，不紧不慢地问："还是那个在花里塞支票的朋友吗？他靠谱吗？"

说起那束花，他还有些可惜，当时不知道是傅青送的，并没有好好珍惜。

傅青听到他的回答，忍不住笑了一下："挺靠谱的，就是那时候脑子抽了，下次介绍你们认识。"

谢颜点了下头。他的脾气是很倔，可也不是不知变通。原本留在辉达也是没办法，王祝唯虽然一直耍小手段，可毕竟合约在人家手里，拍那些不喜欢的剧本是为了给以后接更好的剧本铺路。现在不同了，不需要拍无聊的剧本，也不需要再忍耐讨厌的人。如果是别人为他做这些，谢颜的确会拒绝，因为不愿意欠人情。可傅青不是外人，那就没什么好拒绝的了。

莫复的确挺靠谱的，很快就拟好了这次合作的条款，辉达也爽快地答应了。

目前辉达不仅想做经纪公司，还想要向影视业发展，这几年的电视剧都是试水，组建班底，积累经验。实际上还拍摄了几部小成本电影，只有一部在院线上映，票房虽然不尽如人意，但口碑还不错，后续的商业大片也都在筹备过程中。

电影的成功与否和很多方面都有关系，可排片率总是很重要，而佳兴是目前最大的连锁电影院。这次合同最主要的条款就是用未来几年内辉达出品的电影保证在佳兴电影院的排片率来换谢颜的合同。

这个合同对辉达百利而无一害，可佳兴却是要担着风险的，合同能签下来的原因在于傅青贴补了不少，还签了另一个保底合同，佳兴内部才没闹出什么意见。

谢颜的合约解除后，傅青给谢颜建了个工作室，挂在佳兴的名下，虽然目前工作室还不完善，可没有砸钱办不好的事，谢颜的合同也捏在自己手里，不必担心以后再受制于人。

去签转约合同的那天，是莫复第一次真正亲眼见到谢颜，实际上他对谢颜还挺好奇的。

不过当着辉达总监的面，莫复有了上次的教训，表现得很正经，什么也没说。等签完合同，他下楼到了停车场，才站到谢颜的车前，挑着嘴角，朝谢颜打了个招呼："你好啊。"

谢颜怔了怔，难得地对着陌生人笑了笑，说："你好。"

莫复从成年起就在业内换了一个又一个恋爱对象，算得上是见多识广了，也没见到过长得这么好看的。

那是一种极端的漂亮，仅仅站在那里，镜头就会自动追寻着他。

莫复离开后，江同坐在前排，欲言又止。他当了谢颜这么多天助理，连莫复都没见过。可莫复刚刚签下的合同，又很明显是为了谢颜，他就很好奇，这两个人到底是什么关系。

谢颜点开许久没打开的微博，瞥了江同一眼，轻描淡写地说："他是我哥的朋友。"

江同陷入了迷茫，不是说谢颜的哥是街霸吗？

签下合同后，辉达立刻就发布了这个消息，很真诚地祝福谢颜以后越走越好。一般来说，这种合约期没待满就直接离开的艺人，肯定会和原公司大撕一场，很少会有这样被祝福着离开的。

谢颜转发了这条微博，只说了句"多谢过往的照顾"。

他的手指停在关掉微博页面的按键上，想了片刻，打开搜索栏，输入了一个 ID——"xieyan5566"。

那是傅青的微博号。

置顶还是那条长微博，谢颜重读了好几遍，无意识地抿唇笑了。

这个微博账号之后也没有弃用，"xieyan5566"时常会赞助各种粉丝站做的与谢颜有关的物料，谢颜接的任何代言或是杂志也都是搬箱抽奖。

谢颜的手停在了那句签名上，现在不是个好时机，他能想到后果，可还是回关了"xieyan5566"。

那是对长微博最后一句话的回应。

傅青曾经说："他属于电影，不属于我。"

可现在不是了。

谢颜知道，他们是殊途同归的两个人。

这是谢颜时隔几个月第一次发微博，评论里的粉丝都喜极而泣，虽然还没说新合约签在了哪里，但也纷纷恭喜谢颜，以后要走花路，拍更多的戏，接更多的代言，赚更多的钱。

业界也没搞明白辉达的意图，有消息灵通的知道辉达和佳兴签的合同，可也不敢乱往外抖料，上次乱编谢颜黑料的后果还历历在目，现在发生了这么大的一件事，媒体反倒陷入沉默。

谢颜知道自己的评论应该看不出什么，就在搜索栏打下自己的名字，点开实时，搜到了一条转发。

点开原博，是谢颜的一个大粉，不久前刚发了一条微博。

【虽然但是，颜颜这时候回关大佬粉丝，真的会让我产生莫名其妙的联想……】

底下的评论也是议论纷纷。

【虽然但是，大佬上次花了七千万都没换来颜颜的回关，这次该花了多少？】

【算了算了，妈妈不多想了。能离开王祝唯就行了！我撒花庆祝！马上去抽个奖！】

【大佬和我颜的 CP 是不是有点好嗑！】

这条评论下面一溜的“姐妹你的想法很危险”“大佬可以！我也可以”。

谢颜皱着眉，什么也没说。

现在的女孩子在想些什么，他已经完全不明白了。

转完合同的当天晚上，谢颜就坐飞机去了另一个城市，试镜吴云的新戏。

电影的名字叫作《再见，玫瑰》，听起来像是个文艺片，内核还是吴云很擅长的悬疑电影。

故事是从一件凶杀案开始的，被害人是一个单身中年男子，孤身住在单人公寓，被凶手杀害数天后才被物业发现尸体。这是一场虐杀，本应该留下很多痕迹，可警方侦查现场，几乎没有任何发现。只有镜子上的一行话，笔迹很歪扭，书写者似乎怀着巨大的痛苦，大概是凶手逼迫着被害者写下来的。

那句话是——

“猜猜我是谁？”

这很明显是一件有预谋的杀人案，而种种线索又表明杀人者很熟悉反侦查套路又极度张扬疯狂，这个人太危险了，在不知道他的作案动机的时候，警方预测他很有可能会再次犯案。因此高度重视这个案件，派了公安局专案组的队长陈云生负责侦查此案。一个叫作顾雪文的才毕业的青年正好被分配到了专案组，成了陈云生的助手。

顾雪文长得比局里的任何一个年轻人都好看，漂亮到看不出是个协警，倒像是个明星。陈云生嫌弃顾雪文是个初出茅庐的小屁孩，又娇气又没用，长得还太招惹人眼球，但因为工作的安排无可奈何，还是把他捎上了。

不出预料，这个案件发生不久后，另一个省份也发生了相似的案件。但这一次是灭门惨案，一家三口都在一夜间死去，其中还有一个女孩子。

谢颜扮演的就是小助手顾雪文，试镜的片段是他和陈云生赶到第二起凶杀案现场时发生的事。

这次的被害人明显生活在一个富裕之家，住在郊区别墅里。陈云生和顾雪文连夜开车赶来，警方还在勘查现场，没有将尸体搬离。

陈云生在当地警方的带领下来到案发现场，别墅的二楼主卧室，扑面而来的是一阵浓重的血腥气。

顾雪文跟在陈云生身后，走到死去的两夫妻面前，发现和第一个案件的被害者的死法如出一辙。他刚出学校，之前见过最血腥的画面也不过是老师教课时播放的 PPT，忽然进入实景有点受不了，想去卫生间吐一轮，却被镜子上的话吓了一跳。

还是那句话，只不过重复写了两遍，字迹一粗一细，应该是夫妻俩一人写了一次。

“猜猜我是谁？”

死了三个人，凶手却只强迫其中两个人写了这句很有象征意义的话。

那个女孩子和父母的死法不一样。她的小手臂上有一个针眼，法医初步判断她应该是被注射毒物而死的。

法医四十多岁，大概他的女儿和死去的女孩年纪差不多大，看着她的尸体，又悲哀又无奈，他叹了口气：“她死去的时候应该感受不到多大的痛苦，希望能早点抓到凶手，她才好安心离开。”

陈云生办了很多大案，听了这话不为所动，专心地在笔记本上记下了这次案件的种种细节。

顾雪文停在床头，略低着头，目光落在那个死去的女孩身上，他说：“刚刚法医说，希望她能早点入土为安。”

陈云生懒得理他，只打发着说：“你闲得无聊？多看看尸体的状况，好歹也提点意见，要不然就去这边的派出所调出这家人的档案，别说这些有的没的。”

女孩的床头柜上摆了几枝新鲜的玫瑰花，顾雪文俯下身，轻轻碰了碰柔软的花瓣，忽然笑了一下。

陈云生愣了一下，抬起头，看着自己的小助理笑起来的模样比玫瑰花还要艳丽。

不过顾雪文很快就恢复以往的样子，对陈云生讲：“那我去调查这家人的档案了，法医那边我就不去了。”

陈云生知道他是害怕了。

顾雪文就像是个娇生惯养的小少爷，很怕吃苦受累，怕虫怕蛇，还过分在意外貌，现在外面热得要命，他也裹得严严实实，怕晒黑了。

他实在是拿这个小助手没办法，只好同意了顾雪文的话。

顾雪文推开女孩卧室的门的一瞬间，谢颜朝评审席鞠了个躬。

他的试镜完了。

谢颜用力喘了两口气，才将情绪调节回来。

虽然全场只有谢颜一个人，甚至连道具都很简易，没有玫瑰，也没有尸体，可谢颜仅凭方才的表演，就足够将周围的人带入剧情中了。

吴云鼓起了掌，在场的人也没有多话，谢颜的确是最适合这个角色的人，也难怪吴云等他这么久。

谢颜走到吴云身边，沉默了片刻，问：“我是‘玫瑰’吗？”

因为只是试镜的缘故，谢颜并没有拿到完整的剧本，只有一些截取的片段。

这话让吴云愣了一下，他推了推眼镜：“我以为你对感情不太敏感。”

吴云在综艺里看到谢颜的第一眼就认定他是《再见，玫瑰》里的顾雪文了。

演艺界里长得漂亮的人很多，可很难有人能漂亮到剧本里描述的让人疯狂的地步。

谢颜就像那朵在黑暗中扭曲着绽放的病态玫瑰。

可他在综艺里的表现又很迟钝，而剧本里顾雪文的表演是非常细腻的，需要完全表达出那种独特的、堕落的、不可复制的气息。

吴云犹豫了，他看了谢颜拍摄的《入鞘》，可毕竟戏份太少，感情也不够深入，还是不敢冒险邀请谢颜，而是等到综艺结束，又私下找到了孙怀君，看了《白鲸》里谢颜的表演，才下定决心要让谢颜扮演顾雪文。

可王祝唯拒绝了。吴云拿了这么多奖，本来心高气傲，不会等一个拒绝了的演员，可谢颜实在太合适了，他还是拜托阮安宁再去问了谢颜。

不过在这次试镜前，他还是以为谢颜只是很擅长在镜头前表演导演的安排，而不是真正地理解剧本。

谢颜半垂着眼，没再解释。对于不在意的事，他一贯都是无视，当然就显得很迟钝。

虽然电影的名字是《再见，玫瑰》，作为“玫瑰”的顾雪文是第一男主角，但陈云生的戏份明面上比顾雪文还要多一些。而吴云早就请了最佳男演员获奖者李谦担任这一角色。

如果这次再邀不到谢颜，吴云也不可能为了他不拍这部戏，所以也只是抱着试试的态度，不行也挑好了备选的人。剧组里其他的事都准备得差不多了，甚至连李谦都快要进组，而谢颜却连完整的剧本都没看过，肯定要比别人更努力些。而吴云也安排了好几个老师教导谢颜，其中有方言、武术指导，还有别的要学。

谢颜以为试镜完还有一段时间再进组，没想到行程这么紧张，一来红城短时间再也回不了济安了。

谢颜的课从早到晚都排得很满，上课的时候没空想别的事，不过一出教室，江同就能感觉到谢颜的情绪不太高。

虽然谢颜的情绪一直不怎么高，但江同跟他相处久了，也能分辨出什么时候是冷淡，什么时候是不高兴。

他跟着谢颜回了酒店，在前面拿房卡开了门，又拍了下脑袋，扭头对谢颜说：“谢哥，实在不好意思，我好像把东西丢在教室了，现在得回去拿。真是对不起，谢哥。”

谢颜虽然脾气不好，但不是那种刻薄的老板，略点了下头，从江同手里接过房卡。

直到走进门，他才发现不对。

傅青站在昏暗的窗户前，朝他笑了笑。

傅青好不容易来一趟，谢颜当然是要陪他的，于是，谢颜请了一上午的假。

不知怎的，许是最近课排得太满，又有很多武术课，所以太过疲惫，他看起来迷迷糊糊的。

傅青拿着谢颜的手机，出去给江同打了个电话，说是可以把接下来那节课的假也一起请了。

他出去打电话也不过是一会儿的时间，再回来的时候，谢颜已经歪着脑袋睡着了。

傅青半抱着谢颜，将他放到被子里又站在床头，看了他好一会儿才离开。

谢颜醒来的时候，好半天才反应过来现在已经是中午了。

他看了一圈周围，没找到傅青，意识也是模模糊糊的。

没过一会儿，傅青推开门，手上拎着一个饭盒，打开来放在谢颜面前，连筷子都摆好了。

谢颜只尝了一口，就知道是傅青亲手做的。他从早晨到现在都没吃饭，饿过了头，喝了碗汤后才缓过来，又慢慢吃了中饭。

傅青看着他吃，问：“还难不难受？”

谢颜摇摇头：“还好，下午可以去上课了。”

他只说到这里，接下来就不再说了。

可傅青明白。

吃完饭，谢颜又歇了一会儿，同傅青说了一声，就准备先去教室了。

他推开门，穿过走廊，正好看到往里走的丽贝卡。吴云也住在这家酒店的同一层，丽贝卡有空就会来探望丈夫，谢颜偶尔会遇到她。

丽贝卡身材高挑，只比谢颜矮一些，她向上瞥了一眼，目光一顿，语气里带着些调笑，她说：“下午好，你看起来心情不错。”

说完这句话后，她也没等谢颜的回应，径直朝里走去。

谢颜一怔，脚步顿在原处。

他向前走了一段路，路过玻璃门的时候抬眼看了看里面的自己，他低声说：“是很不错。”

他的性格一贯冷淡，情绪变化不明显，可是在傅青身边，没有不开心的时候。

外面下雨了，到处都是湿漉漉的，雨水沾着泥土的味道。

谢颜走出酒店，抬起头，仰望着自己房间的那扇窗户，那里似乎有一团阴影，里面站着傅青。

《再见，玫瑰》筹备了很久，主要就是找适合演顾雪文的演员。毫不夸张地说，国内有点名气拍过电影电视剧的适龄男演员，吴云几乎翻了个遍，连杨寻都考虑过，还想着化妆后能不能凑合凑合，但最后还是不甘心就这么将就，才一路找下去，碰巧遇到了谢颜。

谢颜进组的时候，包括李谦在内的演员都已经准备得很充分了，他得付出加倍的努力才能赶上别人的进度，每天的行程都安排得很满，只有晚上才能同傅青见面。

傅青的工作很忙，公司也离不开他。他在这儿待五天已经是极限，必须要回济安了。

那天谢颜得拍剧照，不是平时的课程，请不了假。他只能让剧组先安排自己的拍摄计划，拍完后再赶去机场，傅青则先过去了。

谢颜拍完剧照后，就立刻打车过去了，幸好傅青还没安检。

他赶得很急，连江同都没等，自己先跑进去了。

机场里人很多，熙熙攘攘，谢颜戴着黑色口罩，大口大口地喘着气，寻找着傅青的身影。

有人忽然拽住谢颜的左手，将他拉到大理石柱后面。

谢颜略仰起头，朝左边看过去。

傅青将谢颜从头到尾看了一遍，小朋友赶得太急，连妆都没卸，额头上满是细汗。他半蹲下来，替谢颜掸了掸小腿处的脚印：“我要走了。”

谢颜没说话，看着傅青的发旋，点了下头。

虽然他很舍不得，却没有办法。

傅青站起身，握住了谢颜的手，想了片刻，才轻声说：“等拍完戏，下次回去的时候，去见见爷爷吧。”

谢颜半垂着眼，回：“好，我也想爷爷了。”

傅青忍不住笑了笑：“担心什么？爷爷早就盼着你去看他了。”

谢颜干巴巴地“哦”了一声，然后反手拽住傅青的衣角，沉默了片刻才说：“这次的角色很容易让人入戏，也可能不太出得来。”

傅青怔了怔，才明白过来是乖崽在隐晦地撒娇。

在拍《白鲸》那次入戏时，谢颜在看到他的时候，从陆逢春变回了自己，重回了人世间。

那这次也会是这样。

舍不得，想要多联系，他的小谢能很明白地讲清楚心意，却不能轻易将这些近乎撒娇的话说出口。

傅青无奈地摇了摇头，拿谢颜也没什么办法。

他说：“好，知道了。我在这里，小谢就是小谢，不会是别人。”

很快便临近登机时间，谢颜看着傅青离开，直到连背影也看不到了才准备离开。

突然有个人叫住了他。

谢颜偏过头，看到一张陌生的面孔，又想了一会儿，才认出来这是他的新经纪人。她的名字叫许影芝，资历很老，也带出了两个最佳演员，在影视业很有话语权。

新经纪人也是从辉达过来的，算是辉达送给谢颜的一个礼物，但也是许影芝自己要求过来的。顺带还有另一个小礼物，就是以滥用职权的名义开除了王祝唯。

许影芝坐上一趟航班到这里也不是巧合，而是要同傅青碰面，谈谈谢颜的事。

所以刚刚的那一幕，许影芝也从头看到了尾。

许影芝今年四十多岁，戴了副金边眼镜，很成熟稳重，身材保养得也好，先同谢颜打了个招呼，进了车里才继续谈剩下的事。

她对谢颜笑了笑，并不严厉苛刻，反倒很谅解他刚刚的行为："年轻人嘛，总是很跳脱，不受约束。这也是年轻的好处，没什么办法。"

谢颜皱了皱眉，他不了解许影芝，但傅青安排她成为自己的经纪人，他还是对她很放心的。

许影芝继续说："其实无论是从我还是你的角度来说，我都希望你和傅先生的这种情谊长久地保持下去，永远不要变。"

谢颜没和许影芝解释他和傅青之间的关系，那是他们的事，不需要别人知道。而准确来说，许影芝是个很现实的人，她从现实的角度考虑问题。

许影芝也没逼迫谢颜说什么，而是冷静地说："但你毕竟还是一个公众人物，站在大众的目光中，需要一定的形象，不要过分地暴露自己的人际关系，特别傅先生这样的身份。"

谢颜没立刻答应。

许影芝叹了口气："就算是不从别的角度说，我一个外人都看得出来，傅先生对你很好，做了那么多事，那么他肯定不会希望因为你们的关系导致你才开始发展的事业戛然而止，对不对？"

谢颜想，她真的很擅长说服别人。

他点了点头，说："合作愉快。"

许影芝也笑了，握住谢颜的手："合作愉快。"

傅青下飞机后就接到了莫复的电话，他开口就是打趣傅青几句，周真已经快疯了，逼得周玉成了个小可怜，躲到了自己这里。

傅青轻描淡写地说："公司里的事怎么能和小谢比？"

莫复长长地感叹一声，不过他话锋一转，声音压低了些："对了，告诉你一件事。”

他顿了顿，继续说：“有人在查谢颜的事，我这边已经找到了，估计很快就能排查到你那里。”

傅青问：“是谁？”

“冯家，冯泓。”

《再见，玫瑰》终于正式开拍。

这个消息在社交平台正式放出去的时候，还是引起了轩然大波。吴云是在国外独立电影里闯出来的，拿了好几个奖，和谢颜搭戏的又是双料最佳演员李谦，而吴云在采访中谈到，谢颜出演的顾雪文才是电影里的绝对主角。谢颜最近的人气很高，但说到底其实没什么作品，唯一主演的电影《白鲸》还不知道什么时候才能上映。

吴云要拍在国内上映的电影的消息放出来后，想要出演主角的演员很多，这次的选角不够叫人满意。吴云担心别人曲解他的话，还特意解释了一番，并不是别人的演技不够出色，而是不符合剧本的设定，有些角色只有某些人才能表演出来。

只有玫瑰才能盛开如玫瑰，别的不能。那毋庸置疑。

而谢颜是那朵玫瑰。

第一个案件发生后，是顾雪文出场的第一幕。

陈云生接到局里的命令，忙得不可开交，老领导却领着个新人到他面前，说要给他当助手，让那小孩学学东西。

陈云生几天没睡觉，就为了找出这个大案的头绪，根本没空带新人，闻言就和老领导打马虎眼，说是实在没空。

老领导把陈云生拽到里屋，叹了口气，才对陈云生说实话：“他是我一个远方亲戚家的孩子，我比他爸还长一辈，算是他爷爷辈。这孩子呢，高中暑假参加夏令营的时候，父母在家被人用极为残忍的手段杀害了，却找不出凶手，就立誓要成为警察，找出凶手，现在才大学毕业，就找到我这里，说想积累经验。”

他似乎很怜惜顾雪文："你别看他这样，他在高中的时候得过化学竞赛金奖，可以保送进全国最好的学校，就是为了父母的事才改变了志向。他很聪明，你不用费什么心，教教他就行了。"

陈云生点了根烟，松了口。

他偏过头，看到站在外面的顾雪文仰着头，细碎的黑发散落在脖颈处，正望着枝头上站成一排的麻雀。

这是陈云生第一次正视顾雪文。

很瘦，很漂亮，还很天真似的，根本不能胜任警察这个职业。陈云生有点后悔方才的心软了。

果然，顾雪文就是个废物中的废物，不说有什么思路，连笔记都记不好，气得陈云生一天骂他二十遍。

法医那边的尸检报告出来了，陈云生带着小废物顾雪文去询问法医，看能不能找到有用的信息。

尸体被发现时是仰躺在地板上的。

法医说着尸体的状况："被害人身上有三十二道伤口，分散在全身各处，但都不是致命伤，而像是凶手在戏弄虐待被害人。致命伤是脖子那里，可以说手段非常凶残，又疯狂，好像对被害人怀着深沉的仇恨。"

陈云生一字不漏地将这些话记了下来。

陈云生没空管顾雪文，又急着开车去被害人工作的地方调查他的人际关系。那段路太堵，陈云生索性没开进去，而是带着顾雪文徒步走完了最后两公里路。

那天正好是情人节，路上有许多人在卖玫瑰花，陈云生不小心碰倒了一个花篮，两个人急急忙忙地俯身捡花。

顾雪文拾起一枝玫瑰，忽然说："玫瑰被摘下花瓣，会感觉到疼痛吗？"

陈云生被这件案子烦得头疼，又着急出了这桩意外，闻言不耐烦地说："你是不是有病？脑子有病？"

顾雪文不再说话了，一枝玫瑰被风吹到了公路上，他没看周围的情况，直接冲了过去，差点被撞，幸好陈云生把他拉了回来。

顾雪文似乎没意识到刚刚经历了生死，很遗憾地说：“那枝玫瑰被碾碎了……”

陈云生打断了他的话，紧皱着眉：“你进公安局不是为了父母的案子吗？那就多学点有用的东西，再无理取闹就滚回去。”

顾雪文怔了怔，似乎被吓到了，脸色近乎惨白，嘴唇却还是红的。他低着头，缓慢地说：“对不起，我知道的，队长，以后我会好好学的。”

陈云生又狠狠抽了口烟，觉得自己昏了头，这话太过分了，他不该那么说。

这段戏份结束后，李谦走了过来，同谢颜搭话。

无论是戏里还是戏外，李谦的话都很少，也不会轻易和别人打交道。

李谦看了一眼谢颜，有些感叹：“难怪吴导曾说，除了你，无人能演顾雪文。”他才三十岁出头，已经拿了两个最佳男演员奖项，可是表演用的是方法派，和谢颜走的路子不一样。

谢颜还是沉默的，他坐在不远处，垂着头，一言不发。

李谦又劝了一句：“你演得很好，真是有灵气，但，别入戏太深。”

毕竟他们都看过剧本，也知道顾雪文是什么样的。

傅青下飞机后，就找人去查了冯家的事。

调查的进度不算迅速，目前知道的只有冯泓对谢颜的事感兴趣，别的一概不知。冯家的关系错综复杂，那些事又隐藏得很深，只能根据谢颜的经历往深处查。

这事查了有两个星期，才找出来些蛛丝马迹，被整理成文档递到傅青面前。

许小红敲门进来，手里拿着那些资料。

傅青将档案袋放在一边。

许小红挠了挠头，犹豫了一会儿，问：“傅哥，你最近是有事吗？”

傅青闻言点了下头，是一贯的沉默，却没忍住笑了笑，连眉眼都变得很温柔了似的，说：“是有点事，认识了一个人。下次他回来介绍给你们认识。”

许小红从来没见过这样的傅青，和平常都不一样，直到走出办公室还没反应过来。

他家从小就穷，大哥死后，二哥也死了，三哥走了，傅青来他家，说以后会照顾他，他就死心塌地跟着傅青了。

许小红心里很清楚，老街同样年纪里的，他不算有本事，能坐到现在的位置，大多是因为傅青的承诺。

可现在三哥回来了，还告诉了他一些从前不知道的事，他就不知道该相信谁了。

许小红走后，傅青打开了档案袋，里面记录了冯家与谢颜的交集。十年前，冯家曾经收养过谢颜，可这次收养十分短暂，只持续了两个月，就以冯家放弃领养谢颜而结束。这件事没什么人知道，收养退养的手续都是静悄悄地办的，时隔多年，连资料都丢失得差不多了。

因为涉及了收养孩子的事，资料里还详细记载了冯家的情况。冯泓的父亲冯褚是白手起家，娶了青梅竹马的妻子，生下了冯泓。可惜好景不长，冯泓的母亲因一场大病去世，冯褚又娶了容家的独生女容沅沅。从前冯褚不过是济安的新起之秀，有了容家的支持后便一路青云直上。婚后几年，容沅沅才怀孕生下了一个孩子，不过这个孩子命不好，从小就体弱多病，藏在家里，刚学会走路后因家里一时失察走丢了。大约是为了安慰失子的容沅沅，冯家收养了一个与谢颜差不多年纪的小女孩冯如，又成立了寻子基金会。可奇怪之处在于，过了七八年后，又莫名其妙收养了谢颜，却只养了几个月。现在冯褚病倒在床，容沅沅久不外出，至少明面上做主的变成了冯泓，还有一个在上大学的冯如。

这件事肯定还有内情，但目前还查不出来。

傅青紧皱着眉，手指在冯泓的名字上停顿了片刻。他不想谢颜再牵扯到冯家的事情中，连提都不愿意在谢颜面前提起。

无论是什么理由，那时候的谢颜才是个十岁大的小朋友，满心欢喜地被新家庭收养，没过多久却被退回福利院，用的还是蛮横无理，不堪管教这样的理由。

傅青不太敢想那时候的谢颜会有多难过，小朋友看起来脾气又冷又硬，心却比任何人都柔软。

忽然就想去见他了。

前两个案子所占全片比例较小，《再见，玫瑰》的拍摄进程又很快，已经到了第三个案子。这一次案发地点又回到了第一个案件发生的市区。被害人是当地很有名的一个企业家。据家里的人交代，当天夜里，先生回家后不久就忽然停电，备用电路也不能启动，等了一个小时后，才终于找到了电力系统里的故障。晚归的妻子带着女儿回家后推开房门，正好看到地面的尸体，鲜血浸透了整个地毯。

警察很快赶到案发现场，拉上了警戒线。

在场的警察都感觉到一阵寒意，现场勘查得都差不多了，顾雪文才姗姗来迟。

他对陈云生道歉："队长不好意思，我回去后太累了，洗澡的时候不小心睡着了，醒过来才看到电话。"

他们一行人在第二个凶杀案的案发地待了大半个月，收集资料，查询被害人的人际关系，也没找出个所以然来，专案组只好狼狈地回来了。

可他们回来的第一天，凶手就立刻犯下了第三起案子。

陈云生"啧"了一声："你累什么？就在那儿打打杂，连腿都没怎么跑。"

他看到顾雪文换了件新衬衫，头发还是湿漉漉的，身上沾着沐浴露的味道，很甜。

陈云生在门口拦住顾雪文，没让他进去看现在是个什么状况，怕他又吐出来，白洗了这个澡。

顾雪文怔了怔，没反应过来是为什么。

陈云生目光一瞥，落在顾雪文的身上。顾雪文今天出来得急，袖口不像平常整整齐齐，而是挽起了一圈，露出一小截雪白的小臂，上面有一个旧伤痕，很圆，陈云生一眼就认出来，是烟头烫出来的。

顾雪文似乎注意到了他的目光，急忙放下袖子，磕磕绊绊地说谎："这个伤口，就是我小时候不小心烫的……"

陈云生被顾雪文气笑了，抓住他细白的手腕："你骗我做什么？这样的伤痕，要么是你自己有病刻意按的，要么是别人拉着你的手强迫着摁了烟头上去的。还能不小心吗？”

顾雪文沉默了片刻，轻轻挽起了袖子，露出一整个小臂，不仅是刚刚看到的那一个伤疤，零零散散还有好几个，都是被烟头烫的。

他说：“队长，我不是故意要说谎的，就是讲出来很丢脸。这些伤是因为我小时候成绩不太好，家里人烫的。”

陈云生一抬手，把烟头按灭在了墙上。他低下头，放下顾雪文的袖子，轻声说：“对不起。”

顾雪文朝他笑了一下，眉眼都是弯弯的，很可爱的模样：“不会的，我知道队长关心我。”

自此以后，陈云生没在顾雪文面前抽过烟了。

陈云生和专案组的人讨论案情，他认为这一次凶手比过往暴露了更多的信息。

“首先，凶手虽然很疯狂，但他是有目的的。第二起凶杀案他杀死了一家三口，但是这一次被害人有妻有子，他却只杀死了一个人。”

目前最主要的问题是找不到杀人动机。这种明显有目的的连环凶杀案，最主要的就是要找出根本的原因，将每一个被害人串联在线索上，才能预测凶手的下一步行动。而警方调查被害人的资料，几乎找不到他们之间的联系，受害人就像是彼此不相连的孤点。

陈云生反复地看着笔记，忽然用力敲了一下桌面，想通了第二个案子里，为什么凶手没有让那个女孩写下那句话。

他冷静地说：“因为那个小女孩没见过他，根本猜不到他是谁。可凶手却杀了她，说明她一定在那件事发生时出现了。去查查那个孩子不记事的时候发生了些什么事，最主要调查的是在她母亲怀着她的时候，究竟做了什么。”

陈云生几乎可以肯定这是仇杀了，但没有证据，他不会将这个结论轻易说出口。

顾雪文眨了眨眼：“队长好厉害啊。”他半垂下眼，又默念了一句，“队长真厉害。”

吴云站在摄像机后，喊了句“cut”，片场关掉了打光，谢颜还保持着原来的动作好一会儿，才走到了墙边，靠了上去。

江同都没敢上去打扰他。

谢颜仰着头，从旁边放着的外套里拿了根烟，顾雪文是不抽烟的，所以他想抽。

他点了火，就这么凝视着跳动的火焰，却也没有抽，脸色是阴郁的，连火也点不亮。

拍这部电影时，谢颜并不是不想脱离顾雪文这个角色，而是有时候确实无法出戏。

太恶意了。

谢颜拿起手机，呼吸灯却没有亮，他拍了这么久，傅哥没给他发消息。

他今天白天拍了一整天，晚上除了这一场，接下来还有单人的夜戏。

谢颜点开微信，手指在屏幕上停了片刻，还是换成了语音，他放软了嗓音，声音很轻：“今天有点累，明天傅哥陪我说说话。”

他很清楚自己最近的状态不对，就想多听听傅青的声音，想知道什么是人间。

中途休息了半个小时，大多数演员都离开了，吴云过来拍了拍谢颜的肩膀，说继续拍。

谢颜放下手机，抿了抿唇。

他拍完最后一场戏，即使换了衣服，浑身也都是人工血浆的味道。

谢颜累极了，又不能完全从刚才的剧情里脱离，他的手还在微微颤抖，一个人坐在椅子上，睁眼面对着昏暗的灯光。

过了好一会儿，谢颜才勉强打开手机，三分钟前傅青发来了一条语音。

他说：“明天到了，我就来了。”

现在是凌晨一点半。

谢颜猝然抬头，黑发也随之一扬，看见傅青就站在不远处。他身材高大，影子拉得很长，英俊极了。

江同看到谢颜忽然站起身，还没来得及问怎么了，就看到他径直朝外面走去。

傅青看着走到自己面前的谢颜，小朋友本来就很瘦，为了贴合顾雪文的形象，拍摄过程中一直在节食减重，现在几乎瘦成了一把骨头，脖颈处只覆盖着一层薄薄的皮肉，近乎透明，能看得清里面青色的筋脉。

太瘦了，却没办法。

就像他明知道谢颜拍这部电影太过吃力，费尽了精神，心情阴郁，整个人都不对劲，却不能说一句阻止的话。

那是谢颜的梦想，是他所追求的，傅青再舍不得，也只能多陪陪他。

傅青问："累不累？"

傅青站在谢颜的身边。

谢颜一怔，终于从剧情走出来，安心下来。

片场的人越来越少，灯都关得差不多了，周围一下子暗了下去，最后只剩下零零散散几个人。

可谢颜和傅青还待在原处，没打算离开。

吴云和丽贝卡还在等着他们。

傅青先谢颜一步走到吴云面前，说："你好，我是傅青，小谢的哥哥。"

吴云听了他的话也没多惊讶，面色平常："你好你好。"

丽贝卡走到吴云的身边，没有说话。

谢颜的话本来就少，这种场面下更不可能主动搭话，还是吴云想起了原来想说的事："哦，对了，本来就打算给谢颜放两天假的。"

别说是江同，连谢颜都抬起了头，不太相信。

因为吴云表现得实在太像是片场暴君了，拍了这么久的戏，除了谢颜，就没人没被吴云骂过，从摄影、灯光到演员，连李谦也没能逃过。不骂谢颜不是说他就没有缺漏之处，而是因为他完全沉浸在角色里，吴云怕打破这种状态，每次即使他演得没能让吴云满意，也只会稍加指点。

吴云继续解释："虽然说你演戏走的是体验派的路子，浸入角色越深，演得越好，但没必要为了这部戏搭上以后。顾雪文这个人物，如果你就这么从头到尾演下来，我怕你走不出来。"

他的话一顿："今天的戏告一段落，明天不安排你的戏份了。你就出去逛逛，感受大好人生，然后再重新进角色。"

谢颜点了点头。

傅青皱紧了眉。

待他们走后，吴云很委屈似的和一边的丽贝卡抱怨："讲道理，我也不是什么魔鬼吧……"

丽贝卡听了丈夫的话，忍不住笑着吻了一下他的额头。

回去的时候，江同谨遵许影芝的指示，以死相逼，不让谢颜和傅青走在一起，防止被记者拍到，又说了些什么乱七八糟的话。

这威胁不到谢颜，傅青却先退让了，让谢颜走在前头。

江同在谢颜身边待了也有几个月了，两人天天待在一块，也算得上了解谢颜的性格了，却还是难以置信。

江同从没见过这样的谢颜。

谢颜长得好看，但平时又强硬又冷淡，就像是把太过锋利的刀，即使再美丽，也因其危险而让人感觉疏离害怕。现在不同，他依旧锋利，却心甘情愿地将自己的刀锋装入剑鞘之中，只余惊人的漂亮。忘记危险是很快的事，特别是谢颜曾经那样高不可攀，这种对比就越发强烈。

他们一前一后地进了酒店，已经是凌晨两点半了。

虽然要出门，可第二天谢颜还是睡到了自然醒。他最近绷得太紧，又过度疲累，好不容易能休息一回，又有傅青的陪伴，一下子就放松了下来。

傅青不知道从什么地方借了厨房，做好了早饭。谢颜擅长解决麻烦，傅青很会解决问题，无论在什么地方，只要不是在外面，他一般都是亲手给谢颜做饭。

谢颜起来后喝了碗粥，配着傅青现做的小菜，吃得很饱。

因为时间已经接近中午了，太远的地方去不了，一个小时后，他们赶往最近的商业街。

今天正好是周六，商业街非常热闹，周围“人山车海”，没人注意到淹没在里头的谢颜和傅青。

谢颜几乎没来过这种地方，也不知道有什么好逛的，于是买了两张票，去顶楼看了一场电影，出来的时候外面有个玩偶小熊在卖气球。

谢颜平时的话很少，对着傅青倒是挺能说的，他看着那个笨重可爱的玩偶在向路人推销气球，漫不经心地说：“我也做过这个活。”

傅青看着谢颜，听他继续说：“以前才从福利院出来找不到稳定工作就打零工，比发传单赚钱多了。”

但发传单比这个轻松。谢颜这样的皮相，发传单是非常容易的，甚至有些胆大的女孩子特意找他要传单，只为了和他讲一句话，所以一起工作的人里，他的传单发得最快。

傅青怔了怔，朝那个玩偶走过去，买了一个小熊气球，转身递了过去，对谢颜说：“有点可惜，没遇到那时候的小谢。”

他有时候也想，为什么没遇到十岁的谢颜呢？如果那时候遇到了，他就可以把小朋友带回家，宠着惯着养着，不必再经历那些艰难困苦。

可惜没有如果。

谢颜把那个气球缠在了自己的手腕上，认真地打了个结。周围都是小朋友牵着气球，只有他这么个大朋友，显得有些滑稽可笑，还隐隐透着几分可爱。

至少傅青是这么觉得的。

他们走下楼，到了外面的广场。傅青忽然接到了一个电话，他直接挂断了。对方又打了过来，还发了条信息，说是事情很紧急。

如果是别的事，傅青根本不会避着谢颜。可这次不一样，是冯家的事，他不想让谢颜知道。

傅青瞥了一眼周围，拽住了谢颜的手，轻声说：“我去一趟洗手间。”

谢颜几乎没有思考：“那我一起去。”

傅青朝谢颜的脸颊边凑近了些，指着不远处一个排着长队的地方，笑着说：

“听说那一家的冰激凌很有名，看起来人太多了，要不然小谢就先去那里排队买冰激凌好不好？”

周围人来人往，没人注意到这边的动静，谢颜朝冰激凌店看了一眼，点了下头。

傅青绕到了一个僻静的地方，接了电话。

那人的声音很急促，他说：“傅哥，外面都说容沅沅是因为伤心过度，在家里吃斋念佛为孩子祈福，所以不怎么出门，其实不是的，容沅沅早就在孩子才丢的那几年疯了。以前还能出来走一走，装装场面，现在病得厉害，连人都不能见了，住在冯家出资办的私人医院里。”

傅青“嗯”了一声，让他继续往下说。

那人的声音一顿，他接了这件事，自然是很清楚傅青和谢颜之间的关系。他又跟了傅青这么多年，明白傅青是什么性格，接下来的消息就不太敢说出口了。

他平息了好一会儿，才继续说：“那家私人医院里，还有两年前做过的亲子鉴定存档。”

但是冯家没有认回谢颜，甚至没有在谢颜被别人伤害时，出面维护。

傅青前所未有地愤怒起来，他也猜想过这件事到底是怎么回事，可还是没料到冯家是这么一群恶心的玩意儿。

后面都没什么要紧的消息，那人还顺嘴提了一句，这次查资料的事太冒险，也许冯家会很快查过来。

傅青只说了句不要紧便挂断了电话。

他紧皱着眉，额角的疤痕便格外明显，眼神阴沉沉的。

他忍不住点了根烟，不知想了些什么。

那家冰激凌店排着长长的队伍，大多是情侣，也有结伴的女孩子，像是谢颜这样孤身一人的男人很少见。

他戴着黑色口罩，遮住了大半张脸，只露出一双秀致的眉眼。

谢颜半低着头，垂着眼，站在队伍角落，刻意躲避着众人的目光，但周围还是有人注意到了他。

不过他自带生人勿近的气势，那些打量的眼神也不敢太过分。

谢颜等了很久，才终于排到了他，他买了两个冰激凌。

店员手脚麻利，速度很快，谢颜接过冰激凌时皱了下眉，看了一眼周围，傅青还没有回来。

他穿过重重人群，打算去一边等着傅青的时候，后面两个女生看他要离开了，队也不排了，也跟着谢颜走出去，忍不住追上去问了一句："是颜颜吗？"

其实她们已经很确定了，身形和眉眼都很相似，左手腕相同位置处有一枚小痣，而且谢颜最近也在红城拍戏，行程也对得上。

谢颜一怔，他没转身，只是摇了摇头。

如果是他一个人，一般被人认出来，拍照也好，签名也罢，都没什么问题，可现在是他和傅青一起出来玩，不想被任何人打搅。

他脚步加快，想甩掉背后的两个人。可她们已经确定了"爱豆"的身份，怎么会轻易放弃，一直小跑着跟在谢颜后面，叫着他的名字。她们的声音虽然压得很低，可周围总有人听见。而且谢颜目前的人气很高，特别是在年轻女孩子里，他们时跑时走，一路上有更多人跟过来了。

谢颜比那些女孩子跑得快多了，可惜周围的人太多，甩不开，逃不出她们的视野。人群一路浩浩荡荡地追赶，似乎成了路上的一道奇景。

在大路上走不掉，谢颜只好往小巷子里跑。幸好这里的商业街虽然很繁华，可还是属于老城区，周围还有没拆的老房子，路线错综复杂。

谢颜先她们一步进了小巷，在转第一个弯的时候被人拽进了另一个巷口。他甚至没有偏过头去看，就能知道那人是傅青。

傅青拽着谢颜的手腕，周围一切都是陌生的，他们在小巷里穿梭。

谢颜的心跳得很快，风在他的脸颊边拂过，他抬起眼，能看到傅青的半边侧脸，有一瞬间他觉得自己好像飞起来了。不知道穿过了多少小巷，他们终于停下了脚步。

谢颜感觉到双手都是冰凉的，低下头看了一眼才意识到冰激凌已经融化大半了。他有些懊恼，又有些生气，连唇都紧紧抿起，沉默了片刻才说："冰激凌化掉了。”

谢颜想，如果不是因为自己被粉丝发现，他们应该还在悠闲地玩，慢慢地吃掉这两个冰激凌。

谢颜皱着眉，踢了一脚路边的石子，很努力地克制了一会儿，可惜他本来就不是能够忍耐的性子，又是在傅青面前，还是没忍住说：“我不想交个朋友都躲躲藏藏。”

傅青不仅仅是谢颜的朋友，更是谢颜工作室背后的出资人，《白鲸》的投资人。

他的身份过于敏感，不适合将两人的关系公之于众。

傅青正在给谢颜擦手上的糖水，闻言动作一顿，沉默着继续方才做的事。他并不是不想回答，只是还没想好该怎么说。

谢颜讲出这句心里话后反而冷静下来，能够重新思考了。

他知道傅青不想公开的原因，是怕对自己的事业产生不可扭转的影响，全是为了自己着想，为了自己的未来负责。

谢颜的手指搭在傅青的掌心，轻轻颤抖着，他说：“傅哥，我刚刚是不是很任性？”

他从小就很清楚自己是个什么脾气，又倔强又自我，不顾别人的看法和意见，却从没想过改变，因为没有必要，他不需要别人的认同。

直到今天。

傅青终于将谢颜的手指擦干净了，他叹了口气：“如果说刚刚小谢确实做错了一件事，但是在我面前，你提出的任何要求都不会是任性。”

他抬起头：“无论小谢长到多大，我也永远比你大十二岁。在我这里，你永远都是小朋友。而且这件事是我把自己的想法强加给你了。”

谢颜闻言一怔，用力地摇了摇头：“不是这样的……”

傅哥无论什么地方都很好，谁也不能说他不好，即使是傅青自己都不行。

傅青继续说：“如果小谢想要这么做的话，也没什么不可以的。”

他一开始不愿意将他们的关系放在公众的视野下，不过是因为担心谢颜的事业，怕谢颜因为别人的偏见而接不到喜欢的剧本。但如果因为这样让谢颜更不开心，那就是本末倒置了。对傅青而言，除了谢颜，别的事都是可控的。

傅青笑了一下：“其实也没别的原因。怎么说，我愿你无拘无束，永远是轻狂少年。”

这世事永远不尽如人意，长大的过程都会被磨掉一些棱角鲜明的骨头。可小谢不同，即使这世事如此，他却从不低头，奋力挣扎了二十一年，放肆地活到了现在。

从前如此，以后也该是这样。

谢颜偏过脸，想了片刻：“唔，我想好了，还是以后再说。等我拿到第一个奖项，演技得到承认，不那么受大众评价影响的时候就对所有人说傅哥是我哥好了。”

他站在傅青的角度想了，要是因为公开而产生太大的影响，对方肯定不会开心的。这是他第一次不那么自我，站在别人的角度想问题，很新奇，也很容易想通一些事情。

傅青没有回答他。

谢颜只好换句话说：“没关系的，以后还有很长很长时间，也不在乎这么一时半会儿。”

傅青没固执地坚持原来的想法，点头应了一声。

谢颜的想法不是一成不变的，只要他不是因为委屈自己而做下的决定，就没有什么让他再改变的必要。

的确如此，以后的日子还长。傅青做一件事就是有始有终，对老街负责如此，对谢颜也是如此。

他们在小巷子里穿梭半日，直到晚上才从另一个巷口出来打车回了酒店。明天还有一天的假期，他们不打算出门，就在酒店的房间里窝了一天。

谢颜在逛商场时被发现，只好惊慌失措跑路的新闻，登上了各大头条。

照片里的谢颜戴着口罩，遮住了大半张脸，手上拿着两个冰激凌，头也不回地狼狈逃跑。

谢颜的粉丝闻风而动，纷纷赶来。

【偶尔也要给颜颜一点自由活动的时间啊！虽然我在现场可能也忍不住……】

【惊慌失措 .JPG】

【讲真的，颜颜真的很少会这样，平时出席活动都是 [ 冷漠 .JPG][ 莫挨我 .JPG]，今天真的超可爱了。】

【不是，没人注意到颜颜手里拿的是红城很出名的冰激凌吗……】

【没看到那些记者都没特意点明这一点，不说了，我什么都不知道！】

虽然谢颜在网上的人气一直很高，但走的不是偶像路线。而且他的性格是真的冷淡，连营业都很少，久而久之，粉丝也都习惯了他的特立独行，没有在意的必要。

到了第三天，傅青准备离开。

谢颜问："傅哥要走了吗？"

傅青点了下头，说："再过十几天就是你的生日了，到时候再来看你。"

谢颜稍稍低下头，想了片刻："生日的时候，我和吴导请个假，回济安见爷爷。"

傅青笑了笑："爷爷也很想你了，一直惦记着让我把你带回去。不过见面也不急这一时，他知道你有事，忙着拍戏。到时候要是行程太赶，以后再去看他也是一样的。"

谢颜没说话。他是那种想要做什么就会做到的人，无论怎么样，他也会请到假。

傅青看了一眼时间，说："走了，小谢再见。"

谢颜看着他离开，合上了房门，过了好一会儿才倒回床上，又沉沉地入睡了。

休息了两天后，吴云不怕谢颜入戏太深出不来，就将接下来的行程排得很满。

而《再见，玫瑰》也终于到了快要揭开面纱的时候。

凶手越来越猖獗，犯案间隔也越来越短，很快，又发生了第四次惨案。这次的被害人是一个中年女人，也是这个城市的。犯罪手法依旧与前几个案子一样，不过法医察觉到这一次凶手不是在被害者生前划上几十刀，而是在死后才做的。

从这些案子细微的不同之处，陈云生能猜测出，凶手对他们的仇恨也是有所不同的。

不知是哪个环节出了纰漏，这次现场照片都被泄露出去，放到了媒体上。网上舆论喧嚣越来越大，各种揣测说法都有，甚至整个城市都人心惶惶，市民不敢出门。

顾雪文看着那些网友搜集到的陈云生的信息和照片，在网上肆意地辱骂他的无能渎职，气愤地说："这和他有什么关系？队长为了这个案子，好几个月都没睡了。再说这是仇杀，不做亏心事，怎么会怕？"

陈云生正在看档案，听了他的话也没生气："不能这么说。即使这个案子真的是仇杀，无论他们犯下了什么罪，做错了什么事，也该是由法律惩处，而不是凶手放任自己的仇恨，拿起屠刀。当他这么做的时候，已经和当初的加害者没什么不同了，都失去了理智。"

顾雪文怔怔地望着陈云生，不再说话了。

陈云生做了几年基层工作，被人骂多了，更何况也就在网上骂骂，还不是当着他的面。他望着顾雪文，心平气和地教育这个小朋友："我们既然做了这行，就算不说那些空话，最起码要对得起身上的这身衣服。现在大家都这么害怕，就是我们工作没做好，没能尽到应尽的职责。"

顾雪文似乎有些疑惑，问："那，警察都是这样的吗？"

陈云生被问得愣住了，重重地拍了一下顾雪文的肩膀："你管别人做什么？先做好自己的事，总不会出错。"

顾雪文忽然笑了笑："队长，我记得了。"

凶手的反侦查能力实在太强了，几乎没有露出任何马脚。而且他的犯案手法从一开始就是非常成熟的，作案时间也越来越快。这让警方，特别是陈云生有很多猜测。

虽然在现场实在找不出问题，但从几个受害人的社会关系入手，终于查到了他们之间唯一的联系点。

十七年前，也就是那个小女孩还在母亲肚子里的时候，他们都曾参加过一个驴友聚会，爬山露营。而且那次聚会结束之后，这几个再也没联系过，彼此之间再无交集。

警方花了大力气继续深查这个线索，才总算发现这是个论坛聚会。当时的帖子已经删掉了，论坛虽然还存在着，可想要恢复十多年前的数据也十分困难，一时半会儿做不到。

毋庸置疑，那次驴友聚会中一定发生了什么，导致凶手选择在十七年后报复，造成如今这一件件惨案。

在谢颜专心拍戏的同时，冯泓也将谢颜的事都调查清楚，他知道了这么多年来谢颜的经历，也知道了傅青，但还没下定决心和谢颜见面。

傅青也能隐约猜到冯家那边的动作，他决定在小朋友生日之前解决掉冯家的事，这样他新的一岁便再也不会受那些人那些事的牵绊。

他和冯泓彼此心照不宣，约了见面的日期。

傅青和冯泓的这一面最终还是没有见成。

冯泓还记得小时候的谢颜，是一个很可爱的小朋友，说出来的第一句话不是爸爸或妈妈，而是哥哥。虽然上一次没有好结果，但没有关系，现在一切由他做主，又可以将谢颜找回来了。

虽然有傅青拦在前头，冯泓却没放在心上，没人会拒绝送上门的身份和钱财。

冯泓难得回一趟家，去了花房，容沅沅正待在里面。近几年来，她已经病得神志不清了，大多数时候都待在医院里，偶尔回冯家也是待在花房。

已经是十月了，花房里还满是盛放的鲜花，容沅沅一个人待在里面，坐在轮椅上，她很安静，不会吵闹。

冯泓半跪在轮椅边，容沅沅完全没有注意到多出来一个人，对着一盆鲜花喃喃自语。

她的声音很轻，又很模糊，冯泓凑到她的脸边，才勉强听到只言片语，她说：“灿灿，灿灿喜欢……”

灿灿是谢颜在冯家时的名字，全名叫作冯灿。

冯泓抓住她的手，安慰着说：“母亲，灿灿就快回来了，等再过几天，我就带灿灿过来见你。”

容沅沅似乎听不懂他的话，依旧念叨着灿灿的名字。

她如今病入膏肓，像一枝干枯凋谢的玫瑰，可从眉眼间还能隐约看得出年轻时的容貌，是极致的矜贵与漂亮。

冯泓听到身后的响动，转身看到冯如站在花房门口，她冷冷地笑着：“我竟不知道，原来这么多年，哥还是没忘了那个谢颜啊？他算是个什么东西，妈妈看到他，只会病情加重。”

她的话一顿，指着自己继续说：“是我，是我陪了妈妈这么多年，陪着她看病吃药，几乎所有的时间都花在了她的身上，哥怎么不惦记着我的功劳呢？”

冯泓看着她，一言不发。冯如是他在冯灿走丢后做主收养的，原因也很简单，就是为了陪伴安慰失去孩子的容沅沅。当初挑选孩子的要求就是要性格柔顺，身体健康。冯如的性情早熟，很小的时候就晓事了，进了冯家后一直低眉顺眼，很会哄容沅沅。直到容沅沅疯得差不多，真的将她当作亲生的孩子，难得清醒时将名下的产业都送给了她后，她才不怎么顾得上容沅沅了。

冯如三两步走到容沅沅的身后，轻声说：“妈妈，哥哥凶我，我好害怕。”

十几年来，容沅沅几乎都是和她待在一起的，只对她的话有些反应，本能地说：“泓泓是哥哥，又是男孩子，多让着点妹妹，好不好？”

冯泓点了点头，低声说：“你不过是鸠占鹊巢，你自己心里清楚。”

冯如俯下身，脸颊贴着容沅沅的手，语调很亲昵温柔，说出来的话却刻薄极了：“哥，你觉得这能怪我？”她抬起头，对冯泓一笑，“无论如何，最后做决定的可是你。”

两年前，找到弟弟时，他没有选择将一切公开，而是继续敷衍，想等到尘埃落定，大权在握，谢颜不可能有继承权后再公开他的身份。

冯泓说不出话，的确如此，能怪谁呢？

冯如看着冯泓摔门离开，才渐渐皱紧了眉，不复方才的轻松。

她问：“如果灿灿回来了，妈妈还会爱我吗？还会把所有的东西都留给我吗？”

容沅沅似乎不能明白这么复杂的话，有些疑惑地看着冯如，笑着问：“如如，你在说什么？妈妈听不懂。”

冯如叹了口气。

她很清楚冯家是一群什么样的人，这栋宅子里的所有人都是自私的，所作所为也只为自己。

冯褚、冯泓、冯如，还有容沅沅。

三天后，傅青同冯泓约定见面的前一天，直接从一个自媒体上爆了个大料。

那件事出来得太突然，瞬间就传遍了网络，还迅速联动了线下的媒体，那些记者来得太快，连许影芝都没反应过来，记者们就已经扛着摄像头到片场外面堵着了。

当时是下午，谢颜还在拍戏，外面的声音太大，吴云被迫喊停，有场务急匆匆地跑过来，凑在他面前说明情况，还往谢颜这边瞥了两眼。

李谦正在和谢颜对戏，敏锐地察觉到出了问题，但他和谢颜相处了这么久，还是很相信谢颜的人品，对谢颜说：“可能就是媒体扎堆过来，没什么大事，你先歇一歇。”

谢颜还没坐下，江同就捧着他的手机过来，说是许影芝的电话。

那头的声音也很急促，她说：“这边正在处理，你那边先不要回应，无论问什么沉默就行了。”

谢颜“嗯”了一声，没问到底是什么事就挂断电话。他出戏很慢，还没太从顾雪文的情绪里走出来，现在对外界的事在意不起来。

江同收到许影芝给他发的消息，小心地问：“谢哥，要不我们先回酒店吧，那边最起码还有安保，要安全一点。片场外面恐怕拦不了多久。”

来的记者越来越多，都堵在片场外面，现在还勉强能走得出去，再待一会儿就说不准了。

江同找片场的几个场务帮忙，想先把谢颜护送到车上再说。

片场门口果然堵了很多记者，江同已经让司机提前开车过来了，自己顶在最前面，让别的人围在谢颜身边，拦住那些堵上来的镜头。他做助理的时间短，第一次应对这种情况，虽然手忙脚乱，但能做的都做到了。那些记者不能靠近谢颜，只能打开闪光灯狂拍。

谢颜的身量太高，低头看向那些记者时是居高临下的姿态，又半垂着眼，嘲讽似的。

闪光灯更亮了。

镜头里的谢颜和寻常并没有什么不同，即使灯光对着他的眼睛，他依旧是冷淡疏离的，没有丝毫变化。

几十米的距离，他们却走了十几分钟。

终于到了车上，江同费力地关了车门，催促着司机赶快开车，看着逐渐远去的记者，才总算是松了一口气。

谢颜偏过头，望着窗外掠过的风景，过了好一会儿，他才缓过神，从顾雪文的角色里出来了，漫不经心地问："这次是怎么了？"

江同坐在副驾驶的位置，欲言又止，这件事和前面那几次不同，不是粉群挂长微博，也不是别人暗中泼脏水，而是更严重，更不能触及的事。

谢颜并没有看他，又添了一句："无论是什么，都没关系。"

江同才小声开口："记者不知道从哪里把谢哥的档案扒出来了，就是在福利院的事，有一次伤害老人的记录。当然，那肯定是伪造的，不是真的。"

谢颜低头看着手机，甚至不需要搜索关键词，热搜前几全是自己的名字。

他随便点开一条，就能详细地了解这次到底发生什么事了。

里面拍了谢颜档案的照片，一切都记得很清楚。

这份档案劣迹斑斑，不由得让人浮想联翩谢颜到底是个多顽劣的人了。

不需要联想，光是殴打福利院的工作人员，或是让一名老人进医院，已经足够让谢颜滚出演艺界了。

谢颜没再看下面的评论了，随口说了一句：“档案写的是真的。”

谢颜想了片刻，给许影芝发了条信息，让她别在打人那件事上追根究底。

因为那和阮安宁有关，可发生了殴打工作人员的事，总得有个交代，谢颜就说把这件事放在自己身上就行了。

其实这些档案在谢颜确定拍《白鲸》的时候，傅青就找人压下去了，一般娱记是不可能查到的。

谢颜想不到是谁，直到收到了一条陌生号码发来的短信。

她说：“两年前我能把你赶出去，现在你也不可能回得来。你永远不可能抢得了我的位置。”

没有落款，谢颜却认出来是谁了。不过他想了半天，才记起对方的名字。

好像是叫冯如，冯家收养的女儿。

谢颜垂眼看着屏幕，又和冯家扯上了关系。

两年前他没有想过回到那个地方，现在更加不可能。

而冯如做这件事本来就没想过能隐瞒过去，她只求将谢颜过去的事尽快散布出去，达成目的就行了。

她想得很清楚，冯家主办的归家慈善项目已经做到了众人皆知的高度，甚至成为冯家的一个招牌，代表着冯家的声誉，而这个项目的中心人物就是丢失的小儿子冯灿。冯灿可以平凡，可以普通，却绝不能声名狼藉、满身污点，这样就配不上这个慈善的招牌了。

为了自己的利益，冯泓之前放弃过一次，没敢认谢颜回来。这次也能将其中的利害关系想清楚，及时止损。

他的选择也会一如从前，不会有改变的。

谢颜冲了个澡，靠在床上，大脑很清醒也很放松。

他从前以为此生都不会再与冯家有交集，甚至连冯家的事情都忘得差不多了。

冯如从小就疯，但她很明白自己为什么发疯，总有想要达成的目的，不可能无缘无故做这件事。

谢颜大概能猜得到理由，兴许是冯泓又无意间找到了自己，起了莫名其妙的想法，又准备把自己接回去。

这只是猜测，可如果真是这样，那就太可笑了，在自己已经知道事情的真相后。

谢颜把头蒙进被子里，不再想那些事了。因为入戏，他最近精神不太好，虽然不至于到要吃安眠药才能入睡的程度，但今天又遇到这种事，闭眼躺了很久，一直也没睡着。

床头柜上的手机振动起来。

谢颜接起来，是傅青的电话。

他们都沉默了片刻，没有人开口说话。

谢颜躺在被子里，脸颊贴着手机屏幕，听着那头传来的呼吸声，就足够叫他平静下来了。

过了好一会儿，傅青似乎已经否决了很多句话，才终于开口："我过去找你。"

他无法安慰谢颜，因为无论是身世还是档案的曝光都是因为他没保护好谢颜。

这是他的错。

谢颜轻声说："最近这边太乱了，傅哥就别来了。"

傅青说："没关系，这事很快就解决了，别担心。是我的错。"

谢颜似乎忽然想到了什么，压低了声音："傅哥总是说，要我对你坦白。可是，傅哥是不是早就知道冯家的事，怎么不对我坦白？"

其实谢颜说这句话的语气同平时的语气差不多，可他从未这么对傅青讲过话，锋利得近乎逼问。

那头的人沉默了很久。

谢颜听到傅青讲了一个字，是"对"，接下来的话就被他的笑声打断了。

他说："我就是诈你一下，傅哥还当真了吗？"

傅青失笑，在电话那边摇了摇头："是我对你不坦白，以为能迅速地解决掉这件事，不会发生什么意外，现在却弄成这样。"

这件事出来后，傅青就立刻开始着手调查解决。可这次和以前不同，背后的人知道他们有能力压下一般的媒体，直接让主流媒体出面，想要立刻压下去很难。

而且那人肆无忌惮，做这件事时也没想过遮掩自己的痕迹，傅青知道那人就是冯如，冯家的养女。

谢颜皱起眉："他们怎么配让傅哥道歉？其实以前那些事，我都不太记得清了。"

目前来说，冯家的事还没有解决档案要紧，谢颜把这个排在很后面，不过必须要亲自解决，以后一刀两断，再也别牵扯上关系。

想到这里，谢颜对傅青说："我可能要到过生日那天才有空回济安。傅哥帮我约一下冯泓，到时候当面说。你陪我一起去，好不好？"

傅青没办法说不好。

他们又再聊了一会儿，谢颜逐渐有了困意，昏昏沉沉地想要睡过去，在入睡前，他还是忍不住对傅青道："真的和傅哥没有关系。"

傅青轻轻"嗯"了一声，说："我知道。"

挂断电话后，谢颜很快就睡着了。

谢颜想到两年前的事。

两年前，他长到十八岁成年，本来应该离开福利院，阿姨却说他的亲生父母找了过来，是一户很有钱的人家，说是小时候不小心弄丢了他，现在想接他回家。

谢颜对父母亲情没有那么渴求，但也没有那么抵触。如果只是不小心弄丢了自己，又找了十几年，他愿意接受这样的家庭，甚至愿意为了亲人收回身上的刺。

他跟着冯泓，也就是他的哥哥，回到冯家。

冯家虽然有钱，但家庭成员简单，家庭关系很奇怪。除了哥哥，好像没有人欢迎谢颜的回归。父亲冯褚很少回家，有一次回来后一言不发地打量了谢颜很久，最终还是什么也没说。母亲容沅沅则患有精神方面的疾病，谢颜小时候也是因此不小心被丢掉的，谢颜并不责怪她。只是重新见面时，母亲表现得好像很抵触，为了对方的身体着想，谢颜并不经常与母亲见面，偶尔会在花房的角落看着她。而冯如是冯家的养女，弄丢谢颜后，母亲的精神状况更差，为了让她转移注意力，便收养了一个与谢颜差不多大的孩子。每次见面时，冯如对谢颜都是笑着的，可谢颜对敌意很敏感，知道对方不喜欢自己，甚至是讨厌。

还有一个人是谢颜的外公，他生了重病，住在医院里不能下床，谢颜曾想去探望他，但是被冯泓拒绝，说不要打扰外公静养。

谢颜觉得很奇怪。

有一次，谢颜推开了花房的门，里面空无一人。过了一会儿，有人推门进来，他转身看过去，不是容沉沉，而是冯如。

冯如吓了一跳，再也不能保持以前和善的假象，质问谢颜："你来这里做什么？"

谢颜瞥了她一眼，没有理会她。

冯如疯了一样扑上去，想要将谢颜推搡出去，一边推一边说："你是要抢走我的妈妈吗？滚出去，她是我的妈妈，这里是我的家，你算什么东西！陪在妈妈身边的是我……"

谢颜很轻易地制住了她，将她按在墙壁上。

他们俩纠缠在一起的时候，容沉沉也回到了花房，冯如立刻掉了眼泪，趁着谢颜失神的时候推开了他，扑进了容沉沉的怀里，很委屈地说："妈妈，他欺负我，打我，拽我的头发，想要杀了我，好可怕。妈妈救救我。"

谢颜抬着头，怔怔地望着容沉沉。

他们的眉眼最像。

容沉沉也愣了一下，似乎想要说些什么，终究还是被尖叫声代替了，她哭着喊："你走，滚开，不许欺负如如，不许欺负我的女儿，谁都不能欺负她！"

谢颜偶尔也会难过，他的母亲因为他而病情加重，却又控制不住自己。

那天晚上，容沉沉因为突然发病进了医院，冯如也跟着一起去了。

谢颜一个人待在自己的房间，冯家的事，他想了很多，也想不出结果。

他闭了闭眼，用力地咬着下嘴唇，却不自觉地笑了一下。

他决定离开这里。

离开这个没有感情，污泥一般的地方。

# 第十章

DISHIZHANG

## 梦到这里为止

谢颜做了一夜的梦，虽然醒来后只剩些模模糊糊的记忆，却像是又经历了一遍十一岁时的事。

他下床洗了个冷水脸，打湿了脸颊周围的一圈头发。他撑着脸，抬起头，看到镜子里的自己像是不太能睁开眼，脸色苍白，精神很差。他很烦，活到这么大，很少会因为某件事而这么烦心。

他不想牵扯到冯家，也不想有记者挖出与阮安宁相关的往事。而且因为他的原因，《再见，玫瑰》也被迫停拍了。

经过一夜，这件事发酵得更严重了。各种媒体都下场了，主要聚焦谢颜的出身和档案中记录的事情上。

许影芝做经纪人这么多年，经历过很多次危机公关，也是大风大浪里过来的，但现在职业生涯直接和谢颜绑定，也为了这件事着急上火。福利院出身的公众人物在未成年的时候殴打老人，这件事简直戳中了当前所有的热点。许影芝还是想从根本上解决掉这件事，就是谢颜的所作所为是另有隐情，否则无论这次的公关多到位，以后只要提起谢颜，肯定还是会将这件旧事搬出来，甚至一辈子都摆脱不了。

公众的记忆很短，可又很长。

谢颜回了她两次，他只说没有。

许影芝也拿他没办法，着急上火地和公关团队开了一整天的会。

许影芝打电话给谢颜：“这件事到底是怎么样，你一定要告诉我。”

谢颜一个人坐在房间里，窗帘紧闭，也没开灯。他点了根烟，抽了一半，烟头的火光明明灭灭，点不亮周围，就如同他的脸色，冷淡而晦暗，谁也瞧不清，也没人能看得见。

他并不为此开心，反而心情更差了，连思索也没有，抿了抿唇，还是难以回答。

“我是你的经纪人，也只是经纪人而已，这条路最终还是要你自己走，没人代替得了。即使你的前程真毁了，砸在我手里，我以后也还能重新接别的艺人，而你却不可能重来了。”

她说完后就直接挂断了电话，没等谢颜的回应。

谢颜摁灭了烟头。

虽然许影芝说会召开发布会，但为了独家抢先报道，记者还是没有散去，全堵在酒店里，想要找机会采访谢颜。

谢颜被困在房间里出不去，在屋里和傅青打了个视频电话，聊天的时候心情还不错，挂断后的一瞬间就恢复原样了。

不过大半天的时间，已经足够让他想好该怎么处理这件事了。他不会说出阮安宁的事，也不想和冯家扯上关系，即使是记者发布会，也并不打算像许影芝建议的那样对那个老人道歉，那个人不配。如果这件事影响真的太大，以后没办法再拍电影，他就不想再出现在公众视野里。

一切从头再来也没多大关系，就和从前的许多次差不多。

只是谢颜还是很想拍完《再见，玫瑰》，他也很对不起许影芝和那些喜欢他的粉丝。

如果必须要离开，也该补偿他们。

他的烦恼永远不在于前路有多困难，多看不到尽头，而是在于他自己不明白接下来的路要怎么走。现在外界对谢颜的影响确实比从前要多一些，可仍不至于改变他。

他可以为了追梦折断骨头，却不会低头。

想清楚这些事，谢颜的心情反倒好多了，甚至又能看起了剧本。

到了晚上七八点的时候，江同发了条信息过来，说是送晚饭过来，谢颜起身开门，外面站着的却不是江同。

是戴着帽子，端着饭菜的阮安宁。

谢颜怔了怔，然后侧过身，让阮安宁进来，又顺手打开了灯。

阮安宁摘下帽子和墨镜，灯光落在她的脸上，她没有化妆，黑眼圈很重，眼眶是红的，应该是哭了很久。

谢颜站在她的面前，没说话，他一贯不会安慰人。

阮安宁似乎是下定了决心终于开口："谢哥，我们说出那件事的真相吧。"

屋内一片寂静，两人屏住了呼吸，只有若有似无的喘气声。

谢颜的身量很高，他站在壁灯下面，遮住了大半的光亮，影子被拉得很长，几乎将个头小巧的阮安宁全笼罩住了。

他沉默地看着阮安宁，似乎对她所说的话并不怎么惊讶，不紧不慢地说："没必要。"

阮安宁抬头看着谢颜，她不再哭了："有必要的。我想了很久，这么多年来才终于想明白了。"

她已经能够平静地回忆起当初的事了："那个时候我没多大，确实很害怕，只想逃避，一辈子也不想和这件事牵扯上关系。"

谢颜紧皱着眉，有些不耐烦，又点了根烟，却不怎么抽，只是点燃了搁在指间，任由烟头兀自燃烧。

阮安宁追着谢颜的目光，声音放得很轻："我已经躲了快十年了，不可能永远逃避下去。我不想让这件事在记忆里腐烂。"她的话一顿，又继续说，"从目前来看，这是我自己的事，无论有什么后果，本也该由我自己承担。这不是谢哥的错或是责任，怎么能让你背一辈子？何况是现在这种情况。"

谢颜张了张嘴，似乎想要说些什么，却被阮安宁提前察觉到了，她赶紧加快语速说了下一句话：“坦白这件事情真相的意义却不仅如此。”

阮安宁以为在谢颜面前袒露自己的内心会很胆怯害怕，却越说越有满腔的勇气，她的心绪完全平静下来：“我因这件事而痛苦、难堪，一直很难相信别人，也害怕外人会知道我曾经被猥亵的事，甚至连想一想都羞愧得难以抬起头。但这完全不是我的错，我在用恶人犯下的罪伤害自己。这是不对的。”

她的目光很坚定：“而且不仅仅是我遭受了这种事，还有很多孩子曾经遭遇过这种事，或者正在遭遇，他们同样因为各种各样的原因而羞愧，不敢发声。每个人都有隐藏自己伤口，逃避再次被伤害的权利，但既然我已经可以坦然面对这件事了，那就可以站出来，将这件事完完整整告诉所有关心这件事的人，摆在台面上，让他们不得不关注。”

如果没办法改变从前，至少希望以后会变得更好。

说完了这一大段话，阮安宁一下子轻松了起来，微微笑了起来：“这样说出来好像有点抬高我自己了，其实这件事只是加速了我决定面对自我的进程，给了我孤注一掷的勇气。”

谢颜摁灭了烟头，他没办法再说出拒绝的话了。

他履行承诺，不代表要拒绝一个勇敢的人重新站起来。

阮安宁走后，谢颜给许影芝打了个电话。

他说：“尽快开记者发布会吧。”

那边似乎怒气冲冲地说了几句什么话。

谢颜不以为意，轻声说：“当年到底发生了什么事，可以告诉所有人了。”

许影芝得知这件事的真相后，立刻亲自前往几百公里外的福利院，找到了当时的工作人员，专门将他们请到红城，租借了一个巨大的会议场所，召开了记者发布会。

令这些记者疑惑的是，阮安宁也出现在了现场，甚至坐在最前排。

她缓慢而平静地讲述了多年前发生的事，没有刻意地添加激烈的情感，仅仅像是一个局外人那样叙述。其间展示了她和谢颜的档案，证明他们的确在同一家福利院生活过，还有当时的就医记录和工作人员的口述，证实这件事是真实发生过的。

记者全都目瞪口呆，他们写过最大开脑洞的稿子，也没现实来得让人震惊。

而这场发布会也是全网直播，无数人都想看谢颜究竟如何“洗白”自己。

然后，弹幕从一开始的冷嘲热讽肆意辱骂到最后变成了大型“真香”现场。不仅是对谢颜，还有对阮安宁，钦佩她的勇敢，能在现在这样的环境下说出真相。

谢颜明明是这场发布会的主角，他却从头到尾都没说一句话，仅仅是在澄清事实的时候会偶尔点一下头。

他懒得做戏。

记者的提问环节，有些问题问得太过火，阮安宁觉得没什么，谢颜倒是会不耐烦地敲桌子。

他的动作很明显，带着点警告的意味，一般对于公众人物来说，无论因为什么事情，公开怼记者总是会给人不好的印象。

然而弹幕是一片嘻嘻哈哈又快活的气氛。

“‘刚’是真的‘刚’，从小到大，人前人后，没有一刻不‘刚’……”

“颜颜才是真正的表里如一，毫不伪装吧（戴上我的八百倍滤镜说话）。”

“暴躁小谢，在线怼人，此时应配乖崽版 [ 莫挨我 .JPG]。”

记者会结束前的最后一刻，阮安宁走到谢颜的座位前，微微弯下腰，做出了拥抱的动作。

她闭着眼，弯着眉眼，脸颊上有两个小酒窝，笑得很可爱。

谢颜一怔，站起来拥抱住了阮安宁。

所有在场的记者，或是隔着屏幕观看直播的网友，全都清清楚楚地听到了她说的那句话：“感谢你保护了那时候懦弱又胆怯的我。”

只有谢颜能感觉肩膀被温热的液体打湿了。

最严重的恶迹已经解释清楚了，还有些盛传谢颜从小就爱好打架斗殴，是个刺头的谣言也都不攻自破。虽然这些本就是真的，不过还有些人，其中还有媒体，并不相信这就是事情的真相，觉得肯定是谢颜和他背后的人用某些手段收买了阮安宁，让她编造了假消息。

在他们兢兢业业的辛苦挖掘下，终于找到了那个当年被打的老头，而那个人已经因为再次犯罪被判刑了。

没人会再质疑这件事的真实性了。

谢颜从拍《白鲸》至今，出现在大众面前不到一年，类似的事情已经发生过很多次了，且每一次都很严重，但他总能绝地求生。

还有很多记者想搞深度访谈，可谢颜让许影芝把这些事全都推了，他只想专心拍《再见，玫瑰》。因为发生了这件意外的事，严重拖慢了整个剧组的进度，谢颜差点没请到回济安过生日的假。

还是谢颜说，上次的事情还有些没处理完，吴云才放他走人。

这件事的确是真的，谢颜回去不仅是过生日，还要顺便和冯泓见面。虽然这事同与傅青见面的重要程度相比不值一提，却不可不做。

生日的前一天，谢颜拍戏到晚上八点，赶十点的飞机回济安，落地已经是凌晨三点了。

他回去睡了几个小时，定了早晨的闹钟，醒来的时候忽然想到他还没亲自联系过冯泓，都是让傅青转述他的话的。

也许是因为潜意识里真的不愿意与冯泓再牵扯上关系了。

第二天，他们先坐飞机去了冯家在的城市，下飞机后有人开车来接他们。傅青没要司机，亲自开车往那里赶去。

谢颜坐在副驾驶的位置，还挺轻松的，他把接下来的见面当作此生最后一次和冯家的牵扯，一想到结束后就再也不见，心情就坏不起来。或者说，和冯泓见面的烦躁完全抵消不了接下来要和傅青在一起过生日的快乐。

可傅青开着车，沉默了半路。

谢颜再不敏感，也能感觉到傅青的坏心情。

他凑了过去，抬眼看着傅青："傅哥是因为我要和冯泓见面不高兴吗？"

平日里傅青能算得上喜怒不形于色，或者说是一般的事不足以触动他的感情。只有谢颜的事是意外，他心疼小朋友还要去和冯家的人周旋。

傅青的嗓音有些哑，他难得地想改变谢颜的想法：“我去就行了，你再去见那些人做什么？”

谢颜抿了抿唇：“我不亲自去说清楚，冯泓不会死心的。他一直都是这样。”

傅青的手因为那句话而骤然握紧方向盘，指节和青筋都很用力地突出，有些狰狞可怕的意味。

一个小时后，车开进了冯宅，停在了院子里。

有人在门口等着他们，那人带着他们俩穿过院子，走到三楼的书房。

大约是因为脚步声，还没人敲门，里面就先传来一句话：“进来。”

傅青紧紧握着谢颜的手，先他一步走进屋子里。

书房的摆设和两年前没什么区别，严肃庄重，四处摆放的都是红木家具，窗户开得很大，冯泓就站在那儿，眼睛盯着门。

其实谢颜的记忆已经很模糊了，只是在前几天做的那个梦里，冯泓的身影还很高大似的，现在却已经大不相同了。

冯泓的面容可以被称作英俊，是继承冯褚而来的。他从小生活富裕，保养得很好，可或许是因为工作常年需要板着张脸，眉间有很深刻的皱纹。

谢颜停在红木桌的另一边，疏离又平静地打量着对方，带着些漫不经心的意味。

时至今日，冯泓已经几乎不能对他产生任何影响了。

可冯泓却在看到谢颜的那一瞬间，眼睛都亮了起来，他的嗓音颤抖得很厉害：“灿灿，我的灿灿。”

就像是终于找到了丢失已久的珍宝似的。

谢颜并不说话，没有回应这个称呼。倒是傅青嫌冯泓烦，已经想要直接动手了，却被谢颜拉住往身后拽。

冯泓很快收敛起了自己的失态，他勉强笑了笑，用很亲昵的语气说：“灿灿，我一直没说，你可能不知道，我们虽然是兄弟，但同父异母，两年前你离开时，我没有找回你，都是有原因的……”

谢颜半垂着眼，透过窗户照进来的阳光映在他的睫毛上，落下一片青灰的阴影，遮住了眼里的神采，连傅青离得这么近，都不知道他此刻在想些什么。

他瞥了冯泓一眼，直白地说：“我一直都知道，有一次你从公司回来，冯褚和你说……”

冯家的家业，很大一部分来自容沅沅的父亲容士衡留下的财产。容沅沅没有管理的能力，精神状态也出现了问题，只好由丈夫冯褚代为管理。但终究还不属于冯家。

冯泓并不是容沅沅亲生的孩子，对于容士衡而言，有血缘关系的只有不小心丢失的冯灿。

冯褚没有说太多，或者威胁，他直白地告诉冯泓，这么多年以来，容士衡一直没有放弃寻找冯灿。而现在容士衡还没有去世，一旦他知道谢颜的存在，会有什么样的结果，他让冯泓自己想想。

冯泓没有像在谢颜面前那样表现出对弟弟的关怀，他说自己知道怎么做。

谈不上失望，谢颜只是知道了这一事实。

这样的一个家庭。

冯泓没想过谢颜会知道这件事，或许他心里有这个猜测，但总怀有希冀，谢颜不知道这件事，他们会和好如初。

他再也绷不住情绪，喃喃地说：“对不起，灿灿……”

谢颜的话只停了一瞬，又继续往下说：“其实我离开你应该很高兴，因为不会再有任何威胁了。就算很重要的人醒过来，也不会知道这些了。”

他就这样直白地揭露了两年前的真相，不让冯泓有任何美化过去的机会。

谢颜对于不在乎的人或事总是这样。

冯泓低着头，不再敢看谢颜，他的声音抖得几乎凑不成完整的话：“是，是我的错……”

这是一段很漫长的往事，冯泓说到最后已经哽咽。

谢颜也听完了，却也仅仅是听完了。他的语调一如往常，甚至没有质问对方：“可这和我没有关系。”

无论是开始还是结束，冯灿只是其中的一个小插曲，他没做错任何事，却一直被人放弃。

冯泓是很在乎颜面的人，却在谢颜面前哭了出来，他说："是哥哥对不起你，你回来吧，或者无论是你想做什么，我都可以帮你……"

其实这么两年来，冯泓有很多次机会找到谢颜，可是容士衡还没有去世，即使他躺在病床上，却依旧令冯泓害怕。他不敢找回谢颜，即使知道冯褚说的是假话，也不敢去赌，他并不贪图容家的财产，却害怕失去冯家，以后会一无所有。

他是冯褚生下来的孩子，似乎骨血里就遗传了对方的自私，可又是被容沅沅养大的，性格受了对方很大的影响，还残存着些许的善良和懦弱。

冯泓是爱着冯灿的，还有很大一部分的愧疚，这份爱也并不是无足轻重，可一旦威胁到自身便会舍弃掉冯灿。

谢颜看着这样的冯泓，就像是在看一出荒诞的悲剧。

甚至整个冯家和容家，都因为对于金钱的贪欲而扭曲成了现在的模样。

他有些庆幸自己被弄丢了。

谢颜走到冯泓身前两步的位置停下来，低着头，目光落在冯泓的身上。他来这里并不是听这些往日里的故事的，里头的主角他一个不认识。况且无论原因如何，都不能改变现在的结果。

他不过是个局外人罢了。

谢颜皱着眉："我只是来解决问题的。"

冯泓一愣，没能立刻明白他的意思。

谢颜的目光移向窗外，似乎是看向花园的地方，又似乎是没有，他继续说："也没什么，这次的事是冯如做的，她做错了，得付出代价。"

容士衡在年前去世，冯褚也躺在重症监护室，随时可能保不住性命。而冯泓，他们的关系也早在两年前断干净了。

现在唯一剩下的就是冯如了，谢颜从来没有让人欺负就算了的时候，他没亲自动手，也不是说看在谁的面子上，而是顺便要来见冯泓，如果冯家能自行解决冯如那就最好，如果不能，他可能就要去找她了。

冯泓以为他们之间的矛盾是冯如，只要解决了就好了，连忙解释：“我知道是冯如做的，已经想好怎么处理她了，不会委屈你的。我准备直接公开她做的这些事,公开把她从冯家除名。而母亲的那些财产都不会留给她,都给你……”

幸好冯如在容沅沅完全发疯后就彻底不管不顾，导致容沅沅现在也不再那么依赖她，可以很容易地就让冯如离开。

谢颜只听到这里，就打断他的话：“那好，就这么做。”

可这不是冯泓想听到的答案,他的语调近乎哀求了:“灿灿,你回来吧……”

他不提这件事就罢了，傅青原本就压着火听到现在，冯家的这群玩意儿，连话都不配同小谢说，现在还想求着小谢留在这里。

傅青走上前两步，但被谢颜拽住了。

从进来到现在为止，谢颜一直很冷淡，此时却对傅青笑了笑：“傅哥可以先出去一下吗？有什么事等我同他谈好了再做。”

他没打算阻止，只不过不是现在。

傅青低头看着谢颜，眉头紧皱，就像是把他当作一个需要小心保护照顾的小朋友，不愿他脱离自己的视野。

傅青沉默了片刻，最后还是说：“那我在外面等你。”

那是谢颜自己的事，无论他想用怎么样的方法解决，傅青都会永远尊重他的决定。

傅青走到书房的外面，等抽完第三根烟的时候，门终于又被推开了。

谢颜走出来，轻描淡写地说：“解决了。”

傅青点了下头，没问他怎么解决的，径直走了进去，拎着冯泓的衣领就动手了。

傅青一只手推开窗户，另一只手将踉踉跄跄的冯泓拽到旁边，不费什么力气就将一个成年男人按在窗台上。

冯泓上半身悬空在外面，摇摇欲坠，加剧的喘息声充满了惊讶与害怕。

开始冯泓也许是心怀愧疚，看到傅青准备动手也没挣扎，可这招实在太狠了，他很害怕，拼命想要爬起来。

傅青朝冯泓笑了一下，很平和似的，说出来的话却是警告："你可以试试看挣扎会怎么样，我一松手，你就掉下去了。"

无论冯泓说了多少不得已的理由，也掩盖不了他自私的本质。

冯泓因为害怕而不敢动弹，可傅青太狠了，他本能地挣扎，想要逃脱这种折磨。

谢颜倚在门框上，半垂着眼，对眼前发生的一切似乎视若无睹，也点了根烟，夹在指节间，偶尔抬起眼抽上一口，顺便提醒一句："左手不要太用劲，小心手疼。"

很久之后傅青终于把冯泓从窗户边拉上来。

冯泓捂着脸跪在地板上，咳嗽了几声。

傅青活动着手腕，朝门外走去。他本来是想直接离开的，没料到被谢颜拽住了袖子。

谢颜将烟衔在唇间，弯着腰，低下头，一只手握着傅青的手腕，另一只手拽出自己内衬的衣服，袖子是雪白的，很干净，他却毫不犹豫地替傅青擦拭指节处沾染上的污渍。

他的动作有些笨拙，很明显是不常做这些事，算不上温柔，却细致极了。

烟灰不小心抖落在了傅青的手背上。谢颜怔了怔，用手拂去那些烟灰。

有人适时地出现，带领他们走出这栋宅子。可是这条路却和来的时候不一样，需要从花园绕一圈。

谢颜不太记路，才开始并没有意识到，直到他看到那个玻璃花房，还有里面坐着轮椅的容沅沅。

她很瘦，看起来病得很严重，眼里没什么光亮，迷茫地看着眼前开着的花。

谢颜走近了些。

傅青仔细地打量容沅沅。谢颜的眉眼确实与容沅沅有几分相似，可容沅沅太软弱了，单是眉眼，没有和谢颜一般的风骨。

许是因为听到外面的动静，容沅沅抬起头，看到了迎面而来的谢颜，她似乎有片刻的迷茫，惊醒过来，眼里满是久违的欢喜，像个小女孩似的说："哥哥来接我出去玩了吗？”

比起容沅沅，谢颜更像她早逝的兄长。

这是本不应该发生的悲剧故事。

容沅沅有一个优秀的兄长，本来应当继承容家，而容沅沅只需要继续无忧无虑地长大，过着童话故事里公主一般的生活。

一次意外，兄长死于车祸。容沅沅被迫长大，被父亲寄予厚望，准备以后继承家业。

但是过去的十多年里，她已经被养得太过娇弱，无法承受这样的重担。

在那些苦闷的日子里，她遇到冯褚，一个英俊而风趣的男人，她无法自拔地爱上了对方。

冯褚的妻子去世后，容沅沅不顾一切地嫁给了他。即使容士衡知道冯褚心怀叵测，但他不能接受再失去一个孩子的可能了。

他允许容沅沅和冯褚结婚，希望女儿可以在幸福美满中生活下去。

而冯家处处都有前一任女主人留下的痕迹。冯家的亲朋好友，言谈之间总是会无意透露冯褚前妻是因为丈夫和富家女出轨郁郁而终。容沅沅没有办法承受这样的精神压力，渐渐被愧疚压垮，变成了现在的模样。

如果兄长没有死就好了，一切都不会发展成现在这样。

容沅沅的性格决定无法自我拯救，只能依靠别人拯救。

谢颜看了容沅沅最后一眼，没有说话，只是拉着傅青的手走到了大门口。

到了车上，傅青才问谢颜是怎么断了冯泓的念头的。

谢颜迎面吹着风，语调很轻快：“很简单的事。我告诉他，如果他真的想要我认回冯家也可以。反正冯褚还没死，也没立遗嘱，以后财产分割各凭本事。他本事不够，我也没这方面的本事。”

他的话一顿，朝傅青看过去：“但是我有傅哥帮我，他怎么比得上？”

傅青笑了笑：“是啊，我来就是给小谢撑腰的。”

不过，容家的财产倒有了归属。

容士衡临死之前把公司拆分卖掉，用所有的财产成立了一个基金会，都留给了容沅沅。他知道容沅沅的精神不太正常，守不住这些钱，就对经理人和律师叮嘱过了。如果容沅沅还活着，那么每个月会定向拨款给她。如果她死了，又没找回冯灿，就将所有的钱捐给福利院，好像这样就可以帮到流落在外，不知生死的冯灿似的。

谢颜轻声说："容先生的决定很好，也没什么好改变的。"

似乎是觉得说这些有些伤感，谢颜很快就不再提了，反而说："其实我原本也想要对冯泓动手，可想了想傅哥肯定会帮我出气的，我就忍住了。"

傅青开着车，问："怎么了？"

谢颜撇了撇嘴，很嫌弃似的："他太弱了。"

傅青忍不住笑了，又忽然说："虽然容沅沅不是个好母亲，可我还是很感激她。"

谢颜有些疑惑，就听到傅青继续说："感谢她生下了小谢。"

这就是他的傅哥，会在第一次见面的时候就认真地祝福二十岁的小谢生日快乐，也会在他不太开心时郑重地感谢他的出生。

再没有比傅哥更好的人。

傅青想了片刻："以后小谢就要过两个生日了，十月一个，三月还有一个。"

他很清楚谢颜是真的不在意冯家的事，才会提起这些。

谢颜也确实不在意，却摇了摇头。

他早就和冯家断绝了关系，而肉体的重生和灵魂的唤醒都是十月的这一天，他生于此日。

福利院统一把院里孩子的生日定为被福利院收养的那天，谢颜的人生是从那一天开始的，如果没有被福利院收养，他可能都活不到这么大。

而二十岁的那天，他遇到了傅青。

# 第十一章

DISHIYIZHANG

## 谢谢你

过完生日的第二天下午，谢颜就飞回了红城继续拍戏。

《再见，玫瑰》的拍摄太吃状态，即使是谢颜这样浸入角色，有时候都不能完全表现出剧本里的顾雪文，只能一遍一遍地重拍。

日子一天一天地过去，拍摄进程也终于进入了后半段。

凶手已经有好几个月没犯案了，可专案组不敢掉以轻心。技术组还在尝试恢复十几年前的论坛数据，那些数据似乎被人刻意再次删除过，很难找回，只能从当时论坛管理方向有关部门上交的数据备份入手。

那年初雪的一天，公安局来了一位特殊的客人，说是有连环杀人案的线索。

陈云生坐在办公室里，正准备吃午饭，听到这个消息连饭也不吃了，直接去会客厅见他。

那人叫木子华，看起来有五十岁出头，头发花白，眉间的皱纹深刻，面色严肃。

他似乎还是很犹豫，半晌后才终于开口：“这个连环杀人案的所有被害者，都是十七年前一次论坛聚会的驴友，我当时也去了。”

陈云生脸色忽变。

虽然他们已经查出了这些杀人案与那次驴友聚会相关，但从来没对外公开过，外人根本不可能知道，却没料到当事人找上了门。

他朝外面喊了一声：“小顾，来给我做笔录。”

不过喊了两声，还是没有动静，倒是另一个人走到门口讲了一句：“陈队，小顾刚刚吃了两口饭，说是胃痛，现在趴在桌子上起不来，要我给您叫来吗？”

陈云生没好气地说：“他都胃痛了还叫个屁，你来给我记。”

木子华搓了搓手：“就是提供个线索，不用这么正式吧……”

陈云生是处理惯了这些事的，也不给他台阶下，皮笑肉不笑地说：“既然说是线索，到时候要当证据用，肯定是要做笔录更有效。”

木子华讲起了十七年前发生的事。那时候他也才三十来岁，喜欢东奔西跑，在论坛上遇到了一群同好，正好又是同城，最远的一个也是邻省，所以决定搞一个线下聚会，地方就在附近的奇灵山上。那一次来了好些人，三个单身男人，一个单身女人，还有两对夫妇，其中一个怀了孕，另一对夫妻带了个七八岁的小男孩。

当年旅游业还不发达，奇灵山的主峰太险，又有裂谷，他们一行人没敢去那儿，就爬了个小山峰，晚上歇在山顶，喝酒吃烧烤，本来相安无事。事情却出在了那个小男孩的身上，吃完饭后，他的母亲忽然发现儿子不见了，就吵着闹着要去找。可那时候天色已晚，一群人又没有专门的救援工具，周围全是峡谷，就劝那个母亲早晨再找。她却不愿意，发了疯似的非要找，没人陪她就要自己去，结果也没能回来。

木子华说到这里叹了口气：“不是我们见死不救，而是当时确实没办法。一行人上山，下山的时候却少了两个，我们也不敢再待了，就地解散回家后再也没联系了。”

陈云生冷静地听完了这个漏洞百出的故事，也没说相信或者不信，只是问：“那你们下山后怎么没有报警？至少我们没查到十七年前奇灵山的报警记录。”

木子华避开了陈云生探究的目光，眼神有些闪躲：“我们都是萍水相逢，遇到这种事也不敢插手，更何况那时候那个男人还活着，我们都以为他肯定是要报警的。”

陈云生听完了，沉默了片刻，和木子华握了握手：“那你还记得是哪一户人家吗？”

过去那么多年了，木子华似乎也不太记得了，只说了印象最深的事，就是那个失踪的女人非常非常漂亮，论坛里应该有她的照片，是她的丈夫发出去的，引得坛友纷纷赞叹他的好运气。

陈云生将这个关键的消息发给技术组，又转脸看向木子华，语气甚至带了一丝引诱的意味：“你觉得谁会是凶手呢？”

周围忽然安静下来，连呼吸都不敢大声。

木子华赤红着脸，斩钉截铁地说：“肯定是那个孩子，他来复仇了，要杀了我们这群无辜的人。也许下一个就是我了，你们一定要尽快找到凶手。”

陈云生一笑：“感谢你的线索，真的非常重要。”

他又装作不经意地问了一句：“那你是怎么知道这个消息的？”

木子华的半只脚已经踏出会客室了，闻言也没回头，讷讷地应了一句：“无意间看到了一个受害人的照片，就想起来了。”

询问完木子华后，陈云生难得有些轻松地吹了声口哨，按照这个关键线索查下去，肯定会有所收获。

他准备回办公室整理思路，走到一半又回到茶水间，打了杯热水，递到顾雪文的桌子上，薅着顾雪文的头发，不着调地问：“怎么又胃痛，你这么娇气，怎么能当警察？”

顾雪文抬起头，脸色近乎惨白，甚至连嘴唇上都没有一丝血色，他看起来没什么精神，懒懒散散地说：“反正我就是想查出父母案子的真相。”

陈云生心里一动：“没关系，等把这个案子办完，我就和你去翻旧案卷，陪你一起查。”

顾雪文歪着头，朝他笑了一下：“那就提前谢谢队长啦。这次的案子是不是有重大进展了？”

陈云生被顾雪文笑得心痒痒的，有点想抽烟，还是忍住了：“是，刚刚有个当事人来了，说的那些线索，怎么说，真假都有，但肯定能查出东西来。”

顾雪文仰头望着他，很崇拜他似的。

陈云生就将那些推测说给顾雪文听了，譬如为什么那个木子华一定说了假话。他肯定是无意间知道其中一人的死亡，才查出了其余人的情况，才能确定这个连环杀人案和十七年发生的事有关。而这么久以来，他一直不敢来报案，是因为心里有鬼，但对死亡的害怕压倒了胆怯，他才选择来说出这些线索，却还是对当年发生的事进行了美化。

这只是初步的想法，剩下来的陈云生还没思考到，就听顾雪文说："队长可真厉害，我一辈子可能都想不到这些事。"

陈云生愣了一会儿，才点了头，大步走出办公室，似乎有些像是仓皇出逃。

顾雪文望着他的背影，很久都没回过神，轻轻地说："队长，再见啦。"

吴云在这里喊了停。

谢颜还是坐在椅子上，半合着眼，紧皱着眉，脸色依旧很白，额角有冷汗往下滴，好一会儿都没站起来。

为了演这一出戏，他的确好久没吃饭了。

江同赶紧拿着热毛巾给谢颜擦汗，端着热汤，想多少得让他吃点东西。可谢颜实在是吃不下，何况接下来还有戏要拍，他不想破坏这种状态。

李谦刚刚已经出去了，此时拿了个热水袋进来，递给了谢颜，他却没要。

李谦一怔，还是很快调整过来，笑着继续说："一起拍了这么久的戏，就当是朋友塞给你的，还不行吗？"

可谢颜还是不要。

李谦不是个小气的人，只是说："算了。"

李谦也不再打扰谢颜，很识趣地离开了。

休息时间很快结束，又要开拍了。

陈云生给顾雪文买了粥，又和他聊了一会儿，下午去技术组整理资料，晚上又将木子华的笔录看了一遍。

有一点还是很奇怪，就是为什么凶手隔了这么久还没犯案。

直到他看到木子华笔录里的一个细节，他才终于反应过来——木子华比寻常人更多一分警惕，他当时没用真名，甚至连工作和地址说的都是假的。凶手根本不知道木子华是谁，找不到木子华，所以没办法犯案。

这也解释了凶手为什么杀死企业家时手法有些许不同。因为其余的被害人都是普通人，警察这边再捂得严实一点，那些新闻记者也不会将受害人的信息报道出去。而那个企业家就不同了，至少在当地很有名望，出事之后一定会有新闻报道。

凶手是为了引出木子华。

陈云生不敢再多想，连外套都没拿，直接冲出去开车前往木子华的住所。

他只看到了木子华的尸体，还带着余温，没死多久。

陈云生忙到半夜从现场回来，顾雪文不在位置上，留守的警察说他因为胃痛，下午就去医院看病了。他揉了揉额角，疲惫极了，有些莫名其妙的想法冲出来，但他按捺住了，没有多想，正打算给顾雪文打个电话，准备问问对方的情况的时候，技术组发了张照片过来。

那是一张女人侧颜的照片，很模糊，却依旧能看得出她长得非常漂亮，是那种一眼就足够叫人失神的动人。

还有一个令人毛骨悚然的事实，就是顾雪文长得同她很相像。

如同一株玫瑰藤上开出的两朵花。

陈云生几近窒息，他拨通了一个号码，声音止不住地发抖，却强作镇静：“去查顾雪文的档案，我现在就要。”

那天晚上顾雪文没有回来，之后的每个晚上，他都没再回来。

谢颜坐着颠簸的大巴车，跟着剧组来到红城周边的一个小村庄，在这里拍一段剧本里所写的追逐戏。

这段戏很耗费体力，谢颜扮演的顾雪文一遍又一遍地跌倒在雪地里，膝盖都被小石子磕青了。

谢颜最近瘦得厉害，比以往憔悴许多，这场戏又磨人，吴云总嫌镜头拍出来不够好看，重复了许多遍。谢颜有时候拍完一次，不缓一会儿都站不起来。

剧组预定要在这里拍一周，因为效果不好，第一天就拍到晚上，直到八九点吴云才放人回去。谢颜的住处是一栋二层小楼，环境有些糟糕，看得出来之前只勉强打扫了一下，没有暖气，被子也不厚实，冷得要命。

幸好江同早有准备，即使大巴车位置有限，他依旧兢兢业业地连带着把一个小太阳也搬过来了。

他手脚利索地又把屋子打扫了一遍，换上新被套，又把大羽绒服罩在上面，最后叮嘱了谢颜一句，说是如果实在太冷，就把小太阳打开，咱们不缺那么点电费。

谢颜对江同点了点头，洗了个澡，躺在了床上，翻了好几次身，还是睡不着。

外面传来很吵闹的声音，村子里就这么大的地方，有一点动静就会传得哪里都能听见。谢颜站到窗户旁，听到了些只言片语，大约是村子里正在举办结婚晚宴。

很热闹，从窗户缝隙里吹进来的冷风都沾染上了烟火味。

谢颜有点烦。

他躺回床上，打开手机，犹豫了一会儿还是点开了傅青的对话框，不是发信息，而是直接拨通了电话。

《再见，玫瑰》的拍摄计划很紧，傅青最近好像也有很重要的事要做，他们两个人都很忙，所以已经有一个多月没能见面了，平时都是发发消息，连偶尔打电话好像都是奢侈似的。

电话响了几声才接通，谢颜冷得厉害，整个人都缩在被子里，连头也没露出来，声音都是瓮声瓮气的，他问："傅哥正在忙吗？"

傅青那边顿了一下，很快就说："没有，现在正有空。小谢在做什么？"

其实他说了假话，在谢颜打电话来之前，他正待在外面，身边有莫复和专业会计，正在对公司的账本。

傅青早就知道许三回来了，也一直没有动手，倒不是说要放许三离开，而是过早下手没有必要。他这次打算将公司里隐藏起来，还有异心的人连根拔起，除得干干净净。

这事他没和公司里任何一个人说过，连周真也没有。倒不是不相信对方，而是这次怀疑对象是公司的所有人，而他一贯一视同仁。

傅青接到电话后，捂住手机话筒，朝莫复无声地说："我出去打个电话。"

莫复耸耸肩，丝毫不意外。

傅青走到外面：“最近又瘦了吗？”

他前一个月见谢颜的时候，小朋友已经很瘦了，他挺心疼的。

手机另一边的谢颜很认真地想了会儿，没说假话：“可能比那时候还要瘦一点。”

其实这也和剧本中的角色设定有关，无论剧情发展到哪一步，顾雪文都应当如同一枝玫瑰，而玫瑰即使凋谢、枯萎，或是颓靡，都是不会丑陋的。

傅青有点心疼，接着说：“再过几天就要过年了，小谢就要回来了。回来要多吃一点，长胖一些。”

直到腊月二十九的下午，拍完这段追逐戏，吴云才给全剧组放假回家。

他们坐着大巴车离开，谢颜让江同收拾好就能先回家了，自己订了飞去另一个城市的机票拿重要的东西，因为太晚已经没有回济安的航班，只能被迫在这里待一夜，除夕夜才能回去。

中途他给傅青发了好几条消息，很久都没得到回应，以往即使傅青再忙，也不会这样。

谢颜总觉得有些不安，可想到今天是腊月二十九，傅哥要在家里做饭请客，可能喝醉了，实在抽不出空看手机也很正常。

直到谢颜在临睡前收到周玉的消息，他问：“谢哥什么时候回来？”

谢颜没回周玉，直接打通了周玉的电话，在等待的那一会儿从床上起身穿衣服。

过了好一会儿，那边才接通了电话，谢颜问：“傅哥怎么了？”

周玉的声音压得很低，鬼鬼祟祟的，好像在躲着人，说一句要停顿一会儿：“那啥，傅哥受伤了，现在在医院里，谢哥什么时候能回来？”

谢颜听到“受伤”两个字的时候心脏猝然紧缩，停跳了好几秒，又忽然疼得厉害，不得不弓着身体，就像是一根绷紧的弦，大约是为了缓解这疼痛，没停下穿衣服的动作。

他有片刻说不出话，过了好一会儿才问：“你把地址发给我，我现在就回去。傅哥的伤，严重吗？”

周玉有些迟疑：“是出了车祸，但我当时不在，不太清楚。我哥他们也不让我进病房，我不知道。”

谢颜没再多问了，只说了一句：“如果有消息立刻发给我，等我回去。”就挂断了电话。

现在正好是春运，处处是回家的人，无论什么交通工具都是爆满。谢颜退了房，看附近有什么票就怎么回去，最后选定一条曲折的路线，抢到了一张去往邻省的火车站票，要站三个小时，再转飞机，最后再站两个小时的火车回济安。

全程七个小时，几乎片刻不得安宁。

谢颜没有任何行李，只在怀里揣着个盒子。

火车的环境很糟糕，正赶上春运，行李和人挤在一起，连落脚的地方都没有，谢颜被人挤到车门边，每次停靠站点他都要跟着人流上上下下。

一旁是说话声、争吵声，还有隐约的哭泣声，没人能听得清，只剩吵闹声。

谢颜很焦虑，这种焦虑缘于对傅青伤势莫名的恐惧。理智告诉他，傅青应当没出什么大事，否则不会连周玉也瞒住了。

可感性这方面是没办法克制住的。

谢颜从没这样过。他错过很多次机会，也没后悔过，甚至不再回头看，因为他知道自己的人生并不止步于此，之后还会有很长的路，很多的机会，没必要为过去的事耗费感情。

可傅青不同。

谢颜觉得自己现在这样的情绪不太行，想了片刻后，打开微信窗口，将与傅青聊天记录里的每一条语音都点开了。

他问：“小谢在哪儿？”

“小谢在做什么？”

谢颜在心里默念着，一句又一句回答着他的话。

他说：“我在火车上。”

“现在准备回去见你。”

就好像他们之间离得很近，每说一句话都有回应。

谢颜觉得好多了。

站在斜对面的女孩已经偷瞄了谢颜好多眼。他穿着一身黑色羽绒服，在车上也戴着帽子，遮住了额头眉角，还戴着一个黑色口罩。他半垂着眼，从女孩子的角度望过去，仅仅是垂眼的弧度都很动人似的。明明外套过分宽大，显示不出身形，浑身上下也没半点装饰，只露出一双眼睛，但只要谢颜站在那里，就像是发着光似的。

她觉得那个小哥很像是谢颜，但大概是认为谢颜不可能乘坐这样的火车，即使经纪公司再抠门，也不可能这样对待当红小生吧。不过她还是偷偷拍了一张照片，存在了手机里，留作纪念。

下了火车，又转乘飞机，有两个小时的路程，谢颜强迫自己入睡。他知道傅哥受伤了，回去后要照顾对方，首先要有充足的精神，可他没办法睡着，一点睡意也没有。

这一路的行程太过漫长，谢颜到医院的时候已经是早晨七点了。

周玉偷偷藏在医院门口，一看到谢颜就迎上去了。

傅青出了事，他也很紧张，不过周真不让他进病房，他也没办法，只能站在外面干着急，头一回后悔自己没用，什么都不会，连这时候都帮不上忙，最后又忍不住联系谢颜。

周玉叽叽喳喳地说着自己偷偷摸摸听到的情况：“昨天有很多人在傅哥的病房进进出出，不知道干什么，我还听到有人说警察，好像很复杂……”

谢颜一踏进医院，迎面而来的就是冰冷刺鼻的消毒水味。他停下脚步，对周玉说：“你去帮我买两件毛衣外套。”

周玉愣了一下：“买什么样的？”

谢颜继续向前走：“随便什么样子的。快点回来。”

周玉没再陪他，谢颜一个人上了楼。

傅青住在一个单独的病房，门前守着两个人。

旁边还站了几个人，莫复偏头看到谢颜的时候愣了一下：“你知道了？傅青让我们先别和你说。”

谢颜看着他，没回答这句话：“傅哥怎么样？”

莫复笑了笑，似乎是安慰他：“没什么大事，就是点擦伤，其实今天就能出院的，都没打算告诉你。不过他昨天处理了点事情，一宿没睡，临近早晨才休息的。对了，你要进去看他吗？”

谢颜摇了摇头，目光移到楼梯口，说：“等一下。”

没过一会儿，周玉喘着气，满头大汗地跑上来，将两件衣服递上来。

谢颜去卫生间换上新衣服才推开了病房的门。

谢颜在拥挤的火车车厢里站了一宿，衣服上沾满了味道，很容易就能闻出来。其实赶了一宿火车的事也没什么好隐瞒的，可谢颜至少不想让现在的傅青担心。

单人病房很大，里面很安静，什么声音也没有，谢颜放轻了脚步，他没挪凳子，也没靠在床上，而是悄无声息地坐在了床边的地上。

他歪着头，目光落在傅青的脸上。

谢颜几乎没怎么看过傅青睡着时的模样。

他闭着眼，脸色似乎比以往苍白一些，眉头是紧皱着的，连睡着时也不能舒展开，额角的伤疤格外明显。

谢颜一宿没睡，直到现在看到傅青，确定他真的没什么大事，才安心下来，一直盯着他的脸，就这样倚在床头柜上，不知不觉地睡着了。

再醒过来，谢颜看到的就是傅青的脸。

傅青似乎和寻常没什么区别，依旧是笑着的：“对不起，让小谢担心了，还连夜赶回来，是我的不对。”

谢颜咬了下嘴唇，他有点想骂傅青隐瞒自己的事，可又舍不得，只好信口胡编：“没有，我是回来才知道的。”

傅青说：“别骗我，小谢做了什么我都知道。”

谢颜不说话，只是面无表情地看着他，过了好一会儿才泄气：“傅哥怎么知道的？”

傅青抬起手，揪住谢颜新衣服的标牌：“连这个都忘记剪了。”

谢颜怔了怔，沉默片刻，抿了抿唇，问：“傅哥说过，无论我出了什么事都要告诉你。可你却不告诉我。”

傅青还没来得及回答，莫复就直接打开房门，领着一群人进来，看着对视的傅青和谢颜，没有一点歉意地道了个歉：“不好意思啊，没想到你们俩正在聊天。就是别人都处理了，这个怎么办？”

后面两个人将一个人推了进来，那人身材高大，却踉踉跄跄，好一会儿才稳住脚步。

是许小红。

这里只有谢颜不清楚是怎么回事。莫复本着看热闹不嫌事大的心理，将昨天发生的事原原本本地复述了一遍。

原来傅青已经将资料准备得差不多了，准备过完年就收网，可没料到许三疯到这种地步，上次是找人对傅青动手，这次是直接开车撞人。幸好傅青一直很警惕，老街的路况又不好，才没出什么大事，不过还是添了几处擦伤。傅青装作受伤入院，趁着公司动乱提前收网，昨晚忙了一夜。

那些人都已经送到派出所了，除了许小红。

许小红什么也没做，他知道这一切，但并没插手，从头到尾都这么看着，放纵了这件事的发生。

所以最后就剩他还在这儿了。

许小红低着头，没解释一句。

谢颜站在一旁，冷眼看着许小红，等莫复说完最后一句话，他就直接冲上去拎住了许小红的领子，把他往墙上按。

刚开始的几下许小红没反抗，任由谢颜动作，一言不发，似乎没什么好说的。

过了会儿，许小红也渐渐冒出些火气，他想要挥开谢颜的手，朝傅青大声吼着：“我的大哥二哥都是因你而死，凭什么他们都死了，你还好好地活着站在这里，有这么好的人生？公司不该是我们的吗？”

谢颜和许小红差不多高，就是看起来重量还不到许小红的一半，闻言一拳就挥上去了：“你说什么？”

许小红的大哥死于工厂事故，可傅青的父母同样死在那里。他的二哥是染上恶习，最后自寻死路，而在此之前，傅青为他的二哥不知道收拾过多少次烂摊子。

也许是说出了真心话，许小红似乎也没什么愧疚，和谢颜打起来了。

傅青一把将谢颜拉开，抬脚将许小红踹了出去：“我做过的事，负的责，无论哪一件，都问心无愧。”

其实许小红也明白，傅青把他带在身边，好好地培养他到这么大，他都知道，可就是不甘心。

凭什么呢？

傅青不想再说这件事了，他看了一眼莫复，对方很识相地带着一群人走了。

谢颜看着空荡荡的房子，半垂着眼，咬着牙说：“为了这些人，不值得。”

傅青看着谢颜，轻声说：“小谢为了这些人也不值得。”他顿了顿，又添了一句，“其实没什么值不值得的，就是负责。”

与生俱来的责任，推卸不了，他担了这么久，也没打算推卸，也不要求别人必须对他表示感谢。

傅青平静地说：“这些并不能算是我的所有物，可我这辈子好像除了这件事就没做过别的了。”他顿了一下，接着说，“除此之外，我就一无所有了。”

谢颜的心狠狠地颤抖了一下。

他知道这句话是真的，傅青一直在放弃，割舍掉属于自己的一部分，补上老街的缺失。老街越繁荣，公司发展越好，傅青就失去得越多。

傅青笑了笑，望着谢颜，似乎在说一句很平常的话：“可现在不同了。我认识了小谢，小谢不是老街的。”

他一直平平淡淡地活着，也会这样背负着命运的枷锁。

大约是成熟得太早了，傅青也一直没觉得这样有什么不好，不过他有二十年都未曾好好活过了。

直到他在那个雨夜遇到谢颜为止。谢颜是所有人中最不一样的那个，是老街打着灯笼也找不到的乖崽小谢。和小谢在一起的时候，他会不自觉地轻松和开心。

谢颜和傅青在一起过了认识后的第二个年。

以后还有很多个年，只要他们在一起过年，无论过多少次都是新鲜而快乐的。

过年休息了几天后，谢颜又回剧组继续拍戏了。而此时《再见，玫瑰》的拍摄进程几近尾声了。

吴云对演员的要求并没有放松，反而更加严格。

《再见，玫瑰》正式杀青，这一场戏拍完后，谢颜有大概三天都不太能缓过来，后来还是傅青过来陪着他，才让他走出来了。

拍完这部戏后，谢颜休息了半个多月，又到了《白鲸》快要上映的时间了。孙怀君打电话过来和谢颜说过很看重这次上映，路演一场都不能不来。

谢颜挂断了电话，发了条消息给傅青。

第二日，傅青过来接他。

那天的天气很好，阳光很大，傅青站在光中，对谢颜伸出手。

过去种种，皆是昨日。

他说：“小谢，我带你回家了。”

# 番外

F A N W A I

## 因为是命中注定

谢颜三十一岁时，准备与孙怀君合作第二部电影。

片名叫作《血的代价》，讲的是二十世纪六十年代，一个心狠手辣的商人周俊义最终走向成功的传记类故事。

这个故事偏商业，要从十六岁演到四十六岁，孙怀君在一众男演员中挑挑拣拣，不是嫌弃年轻演员演技不够，演不出周俊义的狠辣与沧桑，就是嫌中年演员太老，怎么化妆也不像十六岁。

选角成了难题，挑来挑去，最后选中了谢颜。

宣布的时候，微博热搜都上了好几个。

“孙谢冰融，十一年来的再次携手”“十年隐秘，当年故事”，外界浮想联翩，什么乱七八糟的猜想都有。

他们第一次合作的《白鲸》取得了巨大的成功，谢颜第一次拍戏，是个互相成就的美好故事，本应该在接下来度过蜜月期，接连合作才是。可十一年里，孙怀君再导的四部电影，主角都不是谢颜，于是外界有了许多猜测，譬如两人早已闹翻。

其实不是的，两人私下关系不错，闲时也会讨论电影，只是外人并不知道。孙怀君是个倔脾气，容忍不了拍重复的题材和故事，认为那样是浪费自己的时间，接下来的几部电影里的角色都与谢颜的形象不符。而谢颜除了拍戏和必要的营业活动，更不会提自己的私人生活。

谢颜看本子接戏，又清楚前两部文艺电影叫孙怀君赔得不少，现下拉的投资也不多，礼节性地要了十万的片酬，四舍五入下来约等于不要钱。

这是与十一年前一样的片酬。

可如今的谢颜却与当初截然不同。二十九岁时，他的最佳男演员名头就拿了大满贯，如今国内的奖项已经拿了快两轮，别的演员三十岁才算是迈进电影行业，而他已经将一切能拿到的荣誉都拿到了。

有人称谢颜为传奇。

谢颜本人倒不在乎这些。

时隔十一年的再次合作，谢颜和孙怀君是旧友重逢。

孙怀君还是一样嘴损："谢颜，你有义气，还拿十万块。就是不知道能不能再拉来个影迷无偿投资八千万，让咱们剧组也宽裕宽裕。"

谢颜瞥了他一眼，语气丝毫没有客气："那得给傅哥按比例分红。"

孙怀君阴阳怪气道："哟，有哥哥就是不一样，硬气。"

两人互怼了一番，连谢颜都忍不住笑了一下。

开拍之前，照例是要先上课。

这次拍的是二十世纪六十年代的港城，要学的也是当地的话。

谢颜是一个月前拿到剧本的，几乎日夜不休地看了一个星期，将整个故事吃透，再细细琢磨起其中的人物。

故事从主角周俊义十六岁时讲起。

十六岁的周俊义本来游手好闲，不做正事，和几个年纪差不多的拜了把子后，一起跟在年长的大哥身边做些卖力气的活。因为走了些偏门，赚得比一般人多，所以兄弟结群，招摇过市，自觉活得有模有样。没料到大哥犯了忌讳，一朝入狱，树倒猢狲散，一群小弟也变得人人喊打，抬不起头。

周俊义的脑袋活泛，当时港城经济迅速发展，鱼龙混杂，他靠卖力气给人看舞厅的场子得到赏识，后来自己也开了夜总会，赚到第一桶金。

周俊义和别人不同的地方在于，他有脑子，所以他再次转变了赚钱的方式，把钱拿去买土地、建房子、开药厂，最终成功踏入上流社会，成为人人称赞的大商人。

那是一个喧嚣的、热闹的大时代。在最终沉寂前，他是最后一个抓住机遇的人。他是人，可也像是恶鬼，最后披上成功的外衣。

谢颜学了一个月方言后，《血的代价》正式开拍。

拍戏的时候，孙怀君的鬓角已有一绺白发。

他感叹似的对监制说："我真的有点羡慕谢颜了。"

谢颜与十一年前没什么区别，他并没有被残忍的现实打磨得圆润，依旧对世界毫不妥协，依旧锋利，永远不会允许有丝毫将就。

拍戏总是很累。

谢颜拍了一出在街巷中的追逐戏，一镜到底，总共有八分钟，穿过三条小巷，路过二十一个人，躲过三把枪，无数拳头。

这出戏排了半个月，用了整整三天拍摄，谢颜从早跑到晚，每日汗如雨下。

终于，结束完这幕戏，谢颜靠在树上，江同为他递上矿泉水。

他大口大口地喘息，闭着眼，脑子里满是方才的情景，想到接下来要做什么，没有听到逐渐靠近的脚步声。

那人走近，一字一句地说："家属探班。"

谢颜睁开眼，愣了好一会儿，才露出一个笑来："傅哥。"

因为距离上一次和傅哥见面已经有三个月零十天了。

若是以往，每次拍戏，傅青每隔十天半个月必然要来探班。可这次不同，傅青在忙着产业切割的诸多事宜，实在抽不出空，就连这次都是推了三个会议，转到路上在线上开的。

谢颜本来很累，看到傅青后又很有活力了。

孙怀君看到他们两个，叹了口气，朝那边挥了挥手："十一年了，你们兄弟俩还这么形影不离，你们哥俩好去吧，反正今天你也没戏可拍了！"

他们回到了租住的房子里。

电影在老旧的小城取景，小城的交通拥堵，为了方便，租的也是附近的房子。这间小公寓始建于二十世纪七十年代，年代久远，小城的房屋空间本就很小，更显得逼仄。

傅青推开门，对谢颜的居住条件很不满意。

每当这个时候，他又觉得谢颜很不乖，是个需要人照顾的小朋友。

谢颜站在门前，窗帘半开着，昏黄的日光落在他的身上，将他的影子拉得很长。

他的头发剃得很短，只留一层薄薄的青茬，几近于光头了。《血的代价》是按照时间线拍摄的，所以谢颜穿着十几岁的周俊义穿的衣服，宽大的短衫，夸张的喇叭裤，最俗的打扮，在他身上却很好看，看起来就是任性桀骜的十几岁少年人。

只是瘦，太瘦了，瘦得几乎是皮包骨了。

傅青知道谢颜为了拍戏吃了很多苦，难得来一次，也舍不得苛责他，软下声音，轻轻地问："想要吃什么，我去买来做？"

小城的食物与济安很不同，谢颜从前很好养活，什么都吃，可被傅青照顾了十多年，已经十分挑嘴，对寻常食物都没兴趣了。

谢颜皱起眉，靠在墙上，单脚着地，另一只脚点在墙壁上。他抬起头，朝傅青的方向看过去，像是抱怨，又像是对哥哥撒娇："拍这部戏要减肥，傅哥，我吃了一个月鸡胸肉和黄瓜了。"

即使是谢颜这种天生吃不胖的体质都只能吃这些。

因为"魔鬼"孙怀君的原话是"瘦得要像鬼，眼里得有劲"。

眼里有劲靠演，瘦得像鬼靠饿。

对于谢颜来说，为了演戏挨饿并不是什么大不了的事，他也不觉得是难以忍受的痛苦。

可傅青来了，谢颜忽然莫名其妙地觉得委屈。

如果站在谢颜面前的是除了傅青以外的任何一人，他都不会说这样的话。

傅青看着他，叹了口气："我记得你说过一次。但来这里看到你这么瘦，忽然就记起了。"

他知道谢颜的性格，为了拍戏的效果愿意付出一切，所以没有劝他吃那些美食，而是提出了另一件事："那我陪你一起吃鸡胸肉和黄瓜。"

谢颜歪了歪脑袋，觉得接下来的一餐肯定会很好吃。

接下来的六个月里，傅青来探了九次班。

第五次探班的时候出了一点意外。

拍到中途，有一个预定好要来客串的演员由于车祸紧急住院，不能拍摄。而场地的租借费用太高，钱不等人。

更为重要的是，那个角色虽然只有很少几个镜头，却不是无关紧要的人物，而是主角周俊义心中的一条暗线。

孙怀君急得满地乱窜，却找不到能用的人，还是无意间看到来探班的傅青，灵光一闪，抓着谢颜不放："你哥，你哥适合这个角色！"

于是，当了二十年老板的傅青忽遭赶鸭子上架，演人生中的第一部戏。

此时剧情进展到周俊义做事太过激进惹到了大佬，赴会谈判，最终有惊无险，全身而退，却还是连夜跑路。

傅青演的那个角色叫作虎哥，与周俊义从小在一个巷子中长大，却因生活奔波分离，最后成为大佬身边的助手。

虎哥在酒桌上看到对面是从小爱护着的弟弟，托人写了一张字条塞到周俊义掌心。

他说："我帮你，走东出口。"

镜头对准虎哥，他沉默地看着周俊义。

傅青并不会演戏，可虎哥对周俊义，与他本身对待谢颜的情感奇妙地重合了，隐忍的、克制的爱护是无法隐藏的本能。

在夜总会混乱的灯光下，周围所有人唾沫横飞，虎哥的身材高大无比，他站在大佬旁边，隔着重重人群，眼神隐晦地落在周俊义的身上，很漫长，从未有片刻的离开。

在周俊义十二岁前，最爱的人是他老妈，最恨的人是他老豆，最信任的人是隔壁的虎哥。

他知道虎哥没读过书，一看到字就发晕，那张字条一定是他托人写的。如果被发现，就是背叛大佬，要吃挂落的。

可二十六岁的周俊义最终没有选择去东出口，也没有带走虎哥。

他不是十二岁的周俊义了，虎哥也该留在过去，不该成为他前进的阻碍。

拍完后，孙怀君给谢颜看方才那段的回放，感叹道：“刚才傅青的那一个眼神完完全全就是虎哥本人。”

---

谢颜找孙怀君要了原片，在傅青不在的每一个夜晚，他都会点开来看。

故事在周俊义的四十六岁时结束。

他成功上岸，成立了建筑公司，在新建的大楼前与当红的女歌星一同剪彩。

剪彩结束，他参加了一场庆祝宴会，喝得半醉，回到顶层的房间睡觉。

半睡半醒间，他梦到了很久之前的事。

那时他在上小学，家住在码头附近，老豆整日喝酒赌钱，家里靠老妈替人洗衣维生。

下午放学，他搬了一张椅子，借着还未完全落下的夕阳写作业。屋里有白炽灯，可电太贵，老妈舍不得点。

过了一会儿，邻居家的虎哥回来了，叫他：“幺仔，今日有无读书？”

虎哥生得人高马大，十六岁就去码头做事。在这条巷子中，旁人都叫周俊义义仔，只有虎哥叫他幺仔。

虎哥对巷子里所有的小孩子都不坏，只对幺仔最特别。

当时周俊义说：“虎哥，今日读了好多。”

虎哥察觉到周俊义在瘸了腿的椅子上写字，半蹲下来，替他扶住椅背。

老妈边洗衣边说：“净给虎哥找麻烦。”

镜头里没有一个人，只有三人的影子在夕阳下摇摇晃晃。

那都是很久很久之前的事了。

周俊义模模糊糊地想，那时为什么要读书？

哦，好像是为了要考警察。当上警察，每个月有固定工资给老妈，让她不必再洗衣，可以把赌钱打人的老豆铐起来，也可以为虎哥在码头上撑腰，不许那些人欺负他。

那些幻象转瞬即逝，一切消失得无影无踪。

周俊义重新回答虎哥的那个问题。

他说："没有读，不读书了。"

不用读书，他也拥有了一切。

即使没戴上曾经梦寐以求的警徽，也没有了老妈，没有了老豆和虎哥。

故事在这里戛然而止。

拍完《血的代价》，谢颜休息了一个月。

在这个行业中，即使是纯粹的演员也不能完全没有曝光，休息太久。

谢颜接了一个访谈。

他很久未曾出现在公众视野，好不容易出来一次，记者将他团团包围，无数摄像头对准了他，每个记者都在大声地询问自己的问题。

谢颜一个都没有回答，径直进入大楼，去往访谈间。

还是一样的任性。

谢颜的长相太好，衣品又佳，穿什么都好看，杂志社也没有重新替他换衣服，只是略补了妆，主持人就开始提问。

才开始都是问与电影相关的问题，最多的就是还在制作中的《血的代价》。

可是问到最后，主持人也忍不住打了擦边球，开始询问谢颜的私生活。

主持人以闲聊打趣的口吻问："谢老师，大家都知道你很不喜欢暴露私生活，但是都很好奇，你能不能透露一下，有没有成家的打算？"

过分闪亮的镁光灯打在谢颜的脸上，将他的神色映衬得格外冷淡。

主持人已经做好谢颜不会回答的准备，准备跳过这个问题时，谢颜忽然问："什么样的成家？"

主持人心中一喜："就是结婚恋爱之类！"

谢颜半垂着眼，他的余光瞥到挽起的袖子上，袖口处缀着一枚袖扣，白金材质，玫瑰形状，是傅青送给他的，说是很适合他。

每次穿这件衣服，他都能想到傅青将这枚袖扣递给自己的神态。

于是，他有片刻的走神，又缓缓地摇头："不会结婚，也没想过恋爱。因为，我已经有家了。"

很温暖的，一生都不会想离开的家。

采访结束后，谢颜从侧门离开，实在不想再经历一场记者的围追堵截。

外面下了雨，江同为谢颜撑起伞，两人准备上车。

谢颜戴着口罩，视线被伞面遮挡了大半，却忽然抬起眼，看到马路对面站了一个人。

傅青站在昏黄的路灯下，撑着一把黑伞，手上提着一个很小的六寸蛋糕，怀里抱了一束热烈盛开的向日葵。

谢颜一怔，立刻接过江同手里的伞，朝马路对面走了过去。

雨水沾湿了他的鞋面。又变成慢跑，最后是扑向傅青的方向。

谢颜仰头看着傅青，不自觉地想起从前的事。

那是他二十岁的生日，拒绝了一个要和他交朋友的导演，丢掉了难得的角色，随意乘坐一辆路过的公交车，到达一个从未来过的地方，点了一个不喜欢吃的蛋糕，又下了大雨，最后遇到了一个陌生人。

一切都是意外，一切都是很难发生在谢颜身上的事。

可一切又奇妙地同时发生了。

谢颜轻轻皱眉，说："我们认识好久了。"

傅青将伞移到谢颜的头顶，点了下头："有十二年了。"

十二年前，三十二岁的傅青遇到了二十岁的谢颜。

而现在谢颜要过三十二岁的生日，在傅青眼中他还是和二十岁时一样可爱。

傅青低头，与谢颜对视，很温和地笑着："生日快乐，我的小谢。"

谢颜看着他。

就像他们第一次见面，那个陌生的、高大的英俊男人站在他的面前，问他要不要和自己回家。

答应了，就是一辈子的事。

三十二岁的生日，这个人会替他打伞，提前买好不会腻的蛋糕，会送一束向日葵。

然后，他会对自己说："回家了。"